QUANTUM

Patricia Cornwell est internationalement connue pour la série Kay Scarpetta, traduite en trente-six langues dans plus de cent vingt pays. Son premier roman, *Postmortem*, a créé le genre qui a inspiré tant de séries télé consacrées aux experts scientifiques. Pour écrire *Quantum*, elle a effectué deux ans de recherches sur la technologie spatiale, la robotique et les derniers protocoles de sécurité au sein de la NASA, des services secrets américains, de Scotland Yard et d'Interpol.

Paru au Livre de Poche :

Les enquêtes
de Kay Scarpetta

POSTMORTEM
MÉMOIRES MORTES
ET IL NE RESTERA QUE POUSSIÈRE
UNE PEINE D'EXCEPTION
LA SÉQUENCE DES CORPS
UNE MORT SANS NOM
MORTS EN EAUX TROUBLES
MORDOC
COMBUSTION
CADAVRE X
DOSSIER BENTON
BATON ROUGE
SIGNE SUSPECT
SANS RAISON
REGISTRE DES MORTS
SCARPETTA
L'INSTINCT DU MAL
HAVRE DES MORTS
VOILE ROUGE
VENT DE GLACE
TRAÎNÉE DE POUDRE
MONNAIE DE SANG
INHUMAINE
CHAOS

Les enquêtes de Judy Hammer et Andy Brazil

LA VILLE DES FRELONS
LA GRIFFE DU SUD
L'ÎLE DES CHIENS

Les enquêtes
de Win Garano

TOLÉRANCE ZÉRO
TROMPE-L'ŒIL

JACK L'ÉVENTREUR : AFFAIRE CLASSÉE

PATRICIA CORNWELL

Quantum

ROMAN TRADUIT DE L'ANGLAIS (ÉTATS-UNIS)
PAR DOMINIQUE DEFERT

JC LATTÈS

Titre original :
QUANTUM
Paru chez Thomas & Mercer, Seattle

Ceci est une œuvre de fiction. Tous les noms, personnages, lieux, organismes et événements sont soit issus de l'imagination de l'auteure, soit utilisés de manière fictive. Toute ressemblance avec des faits réels ou des personnes existantes ou ayant existé serait purement fortuite.

ISBN : 978-2-253-07922-4 – 1re publication LGF

À Staci, sans qui rien n'eût été possible…
Et à vous, Irv et Lonni,
qui habitez parmi les étoiles…

ACTION FANTÔME À DISTANCE

« Quiconque n'est pas choqué par la théorie quantique
ne la comprend pas. »
Niels Bohr

« Apprenons à voir. Prenons conscience
que toute chose est connectée à toutes les autres. »
Léonard de Vinci

« Nous sommes le produit des fluctuations quantiques
de l'univers primordial. »
Stephen Hawking

« La physique quantique révèle ainsi
une unité fondamentale de l'univers. »
Erwin Schrödinger

« Tout est énergie, et c'est là tout ce qu'il y a
à comprendre dans la vie. »
Albert Einstein

« Ne te sens pas seul, l'univers entier est en toi. »

Rûmî

Trois ans plus tôt…

La lumière est aveuglante. Les bouches d'aération sur les parois de métal sont trop petites, et bien trop hautes.

Malgré la panique, la nausée, je me force à bouger. Il faut que j'arrange ça. L'air est lourd, étouffant, parce que les fenêtres sont du côté est. Je n'ai rien mangé depuis si longtemps.

Ma tasse s'est renversée, le café noir coule autour des bagels, des portions de fromage frais et de beurre. Le comptoir en pierre est maculé de rouge. Et le sang goutte du bord. Tombe au sol. Le rend poisseux.

— Oh non… non…

Ça tourne dans ma tête, je vais m'évanouir. J'attrape une autre poignée de serviettes en papier. Mes faiblesses étaient évidentes. Elles me sautent aux yeux maintenant, malgré la panique. Toujours les mêmes. Pourquoi n'y ai-je pas prêté attention ? J'aurais dû intégrer ces données : Heure. Saison. Altitude. Longitude et latitude. Fenêtres de toit. Baies vitrées. Conditions météo.

Aucune équation, aucun algorithme ne saurait toutefois prédire ce qui peut arriver quand on sort de sa bulle à l'abri des émotions. Pour se montrer sympathique, donner un coup de main. Et peu importe ce qui est demandé. Le moment. Ou comment je vais.

Je veux être fidèle au poste. Avec moi, nul besoin de proférer les menaces habituelles : disgrâce, rétrogradation, punition et mise aux arrêts.

— Vite… dépêche-toi !

00 : 00 : 00 : 00 : 0

Une autre minute passe sur l'horloge murale. Je jette dans la poubelle les serviettes rouges et souillées. Il y a du sang partout. On dirait une scène de film d'horreur.

Je ne m'attendais pas à ça quand je suis arrivée ce matin… il y a exactement vingt et une minutes… cette horloge avec ces chiffres verts que je ne quitte plus des yeux, trônant entre le drapeau américain et celui de l'Air Force Space Command sur leur potence de bois verni. Je m'active, m'agite ; l'eau coule dans l'évier.

Cela fait quatre minutes que j'ai envoyé le SMS. Dick est en route. Il va arriver.

— Vite ! Vite !

Mon cœur cogne dans mes oreilles. Alors que je tente de nettoyer, ça ne m'aide pas. Le sang traverse le torchon que j'ai enroulé autour de ma main droite. Je garde mon bras replié contre moi, comme une aile cassée. Je sue, je tremble, j'ai les dents qui claquent…

— Oh non... non...

Ce n'était pourtant pas compliqué. Un jeu d'enfant.

Quelle idiote !

Un travail qui n'exigeait aucune compétence, ni préparation, ni entraînement. J'étais juste flattée. Heureuse de rendre service. Je n'ai pas hésité une seconde. Pire, je me suis portée volontaire.

Idiote !

J'aurais dû me méfier. Il y a toujours une contrepartie. Les bonnes intentions se payent toujours. C'est comme ça que surviennent les problèmes. Je n'ai pas réfléchi. Et maintenant je me retrouve derrière cette porte à attendre que Dick arrive.

À tout nettoyer. Tout ça parce que j'étais en mode sommeil. Et non en mode veille. Parce que vigilante, je ne l'étais pas.

1

3 décembre 2019
Langley Research Center (LaRC) de la NASA
Hampton, Virginie

Je ne sais pas trop quand ce tunnel vieux d'un siècle a été scellé comme une tombe.

Sans doute à l'époque où il a commencé à apparaître de façon anodine sur les plans de voirie, référencé en tout petits caractères comme tant d'autres éléments cartographiques auxquels personne ne fait jamais attention. Encombré de conduites d'eau à haute pression et autres tuyaux, cette section de tunnel, numérotée 1111-A, a finalement été surnommée le Yellow Submarine.

— Cela n'a jamais été reconnu publiquement, et encore moins écrit quelque part.

C'est ce que j'explique à la pauvre Fran Lacey, major de police au sein de la brigade de la NASA, qui me suit tant bien que mal dans l'escalier.

— On a dû lui donner ce petit nom entre le milieu et la fin des années 1970, poursuis-je comme si cela l'intéressait. Si mes calculs sont bons.

Aucune réponse. Encore une fois. Je me retourne pour vérifier comment elle va. Elle en est au stade mutique. Et donc ne peut plus me contredire. Je pourrais savourer cette petite victoire, mais non. Impossible. Je n'aime pas la voir dans cet état. En revanche, je ne vais pas la lâcher. Pas même en rêve !

— Autrement dit, le Moyen Âge, l'époque où tu es née ! (Je la taquine toujours sur son âge !) En ce temps-là, les huiles de la NASA ne savaient pas dans quoi ils se lançaient. S'ils avaient mesuré les risques, on n'en serait pas là et je n'aurais pas été obligée de te montrer comment gérer ça.

Je me tais, dans l'espoir d'entendre une réponse de sa part. Mais rien. Nous continuons à descendre l'escalier. C'est lent, laborieux, nos pieds résonnent sur les marches en ciment, avec leurs nez bardés d'une cornière peinte en jaune. Toutes les deux ou trois secondes, nous faisons une halte. L'air devient de plus en plus chaud et étouffant. On se croirait en plein été ! Nous n'arrêtons pas de tousser à cause de l'air saturé d'humidité, nous sommes en nage.

— Je suppose que l'on doit ce sobriquet à un technicien imaginatif ou à un gars des services secrets, reprends-je. En tout cas, c'était un fan des Beatles, donc vraisemblablement après 1968.

Je continue à l'abreuver d'informations dont elle n'a cure.

Parler non-stop durant notre descente, c'est l'astuce. En rythme avec la cadence de nos pieds. Nous faisons encore une pause ou deux. À force d'entendre ses soupirs agacés et ses quintes de toux, je me retourne à nouveau. Son état ne s'est pas aggravé. Elle me fait même un double doigt d'honneur. Parfait ! Elle n'a rien perdu de son esprit revêche. Mais, cette fois, ce n'est pas pour de rire. La superflic qui n'a peur de rien vit un enfer.

Officier détaché de la police de Hampton, Fran supervise les enquêtes de nos services de protection au LaRC. Un service qui se compose de soixante-dix gardes en uniforme et d'une dizaine d'agents fédéraux, tous armés et assermentés par le gouvernement pour assurer l'ordre et la sécurité sur le site. En outre, elle dirige le service d'investigation de la ville de Hampton ainsi que les unités conjointes des Marines et de l'Aviation. Plus nos équipes d'intervention, nos brigades antiémeutes et le SWAT.

À cela s'ajoutent la protection des VIP de passage chez nous et la coordination des opérations avec la police militaire de la base de l'US Air Force qui jouxte notre centre de recherche, séparée seulement par une clôture de deux mètres cinquante, surmontée de barbelés. Inutile de dire que Fran n'est pas n'importe qui. Et ce serait une grosse erreur de la sous-estimer ou de lui manquer de respect. Ce n'est pas pour autant que je vais lui faciliter la tâche, lui montrer de l'empathie ou de l'embarras parce que je lui fais subir cette épreuve. Je suis sa partenaire de travail, sa plus fidèle alliée et son amie, je ne peux compatir à son supplice. Ce serait la dernière chose à faire – égoïste et dangereux. Pire même, ce serait catastrophique.

— Je vais prendre ce vilain geste pour un « oui », réponds-je. Tu te débrouilles comme une chef !

Inutile de prendre la mouche pour ces deux doigts dressés. Cela n'a rien de personnel. Juste un signe de détresse !

— Ferme-la, parvient-elle à articuler.

Là encore ces paroles déplaisantes étaient prévisibles, or la Fran que je connais est une personne tout à fait aimable.

Mais l'angoisse extrême, qu'elle soit muette ou refoulée, rend rarement les gens coopératifs et gracieux. Ses cheveux bruns, tout humides, sont plaqués sur son front froncé, juste sous la visière de son casque de chantier, et ses lunettes de protection sont couvertes de buée. Elle regarde ses chaussures, accomplit chaque pas avec précaution, s'enfonçant, marche après marche, plus profond dans cette cage d'escalier honnie – des endroits que, d'ordinaire, elle évite comme la peste. Si cela n'avait tenu qu'à elle, elle n'y aurait jamais mis les pieds. Seulement cette fois – coup de chance – c'est moi qui commande. Même si elle est ma supérieure. Du moins sur le papier.

— J'avance cette date, bien sûr, parce que leur célèbre album éponyme n'était pas sorti avant, réponds-je alors qu'elle ne m'a pas posé la question. *Yellow Submarine*. On est tous sur le même bateau, une métaphore pour le vaisseau Terre. Un surnom plutôt bien trouvé quand on sait ce qu'il y a là-dessous, tu vas voir ça.

Je fais mine d'oublier sa terreur des endroits confinés ou des lieux ou objets de contention.

Les caves, les plâtres chirurgicaux, les métros, les ceintures de sécurité, les menottes, les bunkers, les sous-marins et, par-dessus tout, les tunnels. Je ne suis pas insensible à sa détresse. Loin de là. Mais en ce qui concerne ses phobies, je suis son fournisseur officiel, pas son docteur. Autrement dit, elle m'a agacée hier quand elle a refusé de m'accompagner alors que je devais procéder à une analyse réseau dans les entrailles du Yellow Submarine. C'était un test de la plus haute importance. Et même critique, au vu de ce qui se passe aujourd'hui, mais Fran n'a rien voulu savoir. Elle n'a plus répondu à mes SMS ni à mes appels. Elle a joué l'autruche. Et je me suis retrouvée à faire le boulot sans elle.

Et puis, par une sorte de synchronisme mystérieux, l'un des capteurs du sas d'accès au 1111-A m'a envoyé une alerte il y a exactement vingt-deux minutes, offrant ainsi à Fran la possibilité de se racheter. Je lui ai fait une proposition qu'elle ne pouvait refuser devant les pontes du LaRC et leurs prestigieux invités, et aussi devant les services de protection de la NASA et les cadres de la police de Hampton.

Et par-dessus tout, devant mon ancien patron, le général Dick Melville, le commandant en chef de la Space Force… Par réflexe, je passe mon pouce sur mon index, explorant ma cicatrice. Il a fait la même chose il y a quelques heures à peine à la réunion quand il m'a serré la main et a pressé son doigt à la recherche de cette vieille blessure, parcourant ses reliefs comme un stigmate sacré. Ce fut si fugace que je ne sais pas si c'était intentionnel.

Mais jamais je ne me suis sentie aussi observée. Et il a aussi réagi bizarrement quand le capteur de mouvement dans le tunnel s'est mis à sonner. Quand je dis « bizarrement », en fait, il n'avait eu aucune réaction du tout. Il est resté de marbre, assis sur son siège, pendant que je me confondais en excuses, et annonçais que Fran et moi devions absolument aller voir ce qui se passait.

Ironie du sort, les failles mêmes du système auxquelles je faisais allusion déclenchaient une alarme. L'intégrité du Yellow Submarine était peut-être en danger. Ici et maintenant !

— Pour un peu, on croirait que c'est un coup monté ! a lâché Fran devant la noble assemblée.

Se sentant prise au piège, elle n'avait d'autre choix pour sauver la face que de laisser entendre qu'il s'agissait d'une chasse au dahu, d'un simulacre. Elle était furieuse, même si elle l'a bien caché. Tant pis pour elle. Fausse alerte ou non, cette fois Fran ne pouvait botter en touche.

Elle est sur le point de découvrir ce qu'il y a à l'intérieur de cette section murée du tunnel qui court à quinze mètres de profondeur sous les bâtiments 1110 et 1111. Enfin, elle va prendre au sérieux mes inquiétudes concernant deux installations d'avant-guerre en bordure du LaRC, où la NASA possède des laboratoires de recherche en télécommunications, technologies spatiales et électromagnétisme. Et aussi en bien autre chose.

Et c'est cet « autre chose » qu'il faut qu'elle comprenne dans sa chair, sinon elle ne pourra jamais saisir pourquoi ce secteur de Langley n'est pas simplement un lieu sensible mais, à mes yeux, notre grand talon d'Achille, le point le plus vulnérable de tous les centres de recherche de la NASA. Parce que ce soir nous avons affaire à un mélange détonant : un dysfonctionnement politique associé à un événement météorologique majeur, aggravé par la géographie particulière de cette péninsule.

Fran doit savoir où est la faille si elle ne veut pas d'une Troisième Guerre mondiale. Parce que, bientôt, je ne pourrai plus la lui montrer. Si tout se passe bien, je ne serai plus sur cette terre.

00 : 00 : 00 : 00 : 0

Et après moi ? Qui empêchera la major Lacey de se transformer en poule mouillée ?

Si Fran a une crise de panique, elle peut se retrouver en position fœtale sur une civière, ou tétanisée en haut d'une échelle. Je n'ai ni don ni potion miracle. Mais le meilleur remède, lorsqu'elle est sur le point de craquer, c'est de lui parler non-stop.

Histoire de la submerger d'informations, de l'empêcher d'être happée, emportée, dans ce vortex de terreur. Cela a toujours fonctionné quand le boulot nous emmène dans des environnements hostiles pour elle. Et ils sont nombreux.

— Vois ça comme un trou de ver qui va te mener…

— Trou de mon cul, oui !

— En tout cas, les deux débouchent sur un univers où une énergie noire veut régner.

J'ai l'impression de parler martien. Je m'inquiète quand même :

— Ça va ? Tu tiens le coup ?

— Arrête de me poser la question !

Elle a le souffle court et se tient plusieurs mètres derrière moi. À chaque seconde qui passe, elle est plus grognon et écarlate.

Mais je ne la laisserai pas s'enfuir. C'est pour son bien. Je continue à lui mettre la pression et surveille les symptômes : hyperventilation, congestion, choc anaphylactique, et Dieu sait quoi encore ! Il y a du progrès toutefois : elle ne descend plus les marches, assise sur les fesses, une à une, incapable de tenir debout. Parce que, oui, je l'ai déjà vue faire ça quand la peur est trop forte.

Pour l'instant, on n'en est pas là. Mais ce n'est pas loin. Elle garde les yeux rivés sur ses chaussures de sécurité au bout renforcé d'acier, sans relever une seule fois la tête pour voir où elle va. Ça ne l'intéresse pas. Tout ce qui compte, c'est la terreur dans sa chair. Elle me suit, pas à pas, tremblante. À voir sa tête, et sa façon de s'accrocher à la rampe, elle descend dans l'Enfer de Dante.

Toi et tes satanées phobies ! Comment vas-tu faire quand je ne serai plus là ?

— Oh non… pas ça… (À l'évidence, j'ai dû penser à voix haute.) Ne commence pas ce petit jeu avec moi…

— Je ne commence rien du tout. Mais je pourrais. (Je m'arrête sur une marche. Ma voix résonne dans la cage d'escalier :) Fran, je sais à quel point tu détestes ça, mais il faut que tu y arrives. Je vais te tenir la main.

— Tu sais où tu peux te la mettre, ta main ?

Elle renifle, les yeux rouges et déjà bouffis par ses allergies, incapable de voir à quel point c'est important.

Son emploi du temps surchargé comme sa claustrophobie n'y sont pour rien. C'est épidermique chez elle. Elle ne veut pas affronter la réalité, admettre la véritable raison pour laquelle je tiens à lui montrer en détail tout ce que je dois gérer au LaRC – pas seulement ici au bâtiment 1111, mais dans les doubles champs de la science et de la sécurité, parce que, à notre époque d'hybridation et de fusion tous azimuts, tout est mêlé, intimement intriqué. Elle s'y refuse, ne veut rien entendre, et cela ne date pas d'aujourd'hui.

Pourtant il n'a jamais été question que je reste ici pour toujours. Fran va devoir se débrouiller sans moi, tôt ou tard, que ça lui plaise ou non. Comme dit Carmé, ma sœur jumelle : « Parfois, tu es dans la réalité, Sisto. » Bien sûr, ce n'est pas le mot *réalité* qu'elle emploie.

Et *Sisto*, c'est à titre officieux, un surnom qu'elle a trouvé et qui vient « de l'infini et au-delà », comme j'aime à le dire. Une contraction de *sœur* et de *Callisto*. Nos parents, l'un et l'autre membres de la NASA, nous ont donné les noms de deux lunes de Jupiter. Même si Carmé aujourd'hui est plutôt considérée comme un satellite extérieur irrégulier alors que Callisto est la plus grande lune de Jupiter, juste après Ganymède. Seule ma sœur m'appelle Sisto, pour tous les autres c'est Calli. Et Carmé, c'est juste Carmé – ou Carm, à la limite. À une lettre près, on pourrait l'appeler Charme, ce qui serait une grossière erreur étant donné le caractère impétueux de mon clone génétique.

La dernière fois que nous nous sommes vues, Carmé m'a fait jurer que si tout se passait comme prévu je ne laisserais pas en plan nos parents, ni Fran, ni personne. Depuis, je m'efforce d'organiser les choses, de préparer le départ, puisqu'il y a une chance sur deux que ma jumelle pilote de chasse et moi soyons rappelées à Houston. En fait, je pense qu'avant la fin de l'année, nous serons de retour au Texas, et pour longtemps.

Peut-être trouverons-nous une maison sur le bord du lac, là où nous rêvions d'avoir un petit bateau ? C'est à moins d'un quart d'heure du centre spatial Lyndon B. Johnson, quand ça roule bien. Mais maintenant que ce projet est sur le point de se réaliser, c'est un sujet difficile à aborder avec Fran. On n'a jamais discuté de l'avenir, pour tout dire.

Fran refuse de reconnaître que c'est pour de vrai, elle ne veut pas voir ce que ça va impliquer dans nos vies et se contente de m'envoyer des piques parce que en ce moment elle me trouve tendue et sur les nerfs. À ses yeux, je m'inquiète pour rien, et ne sais pas mettre mon travail de côté pour consacrer du temps à mes proches.

— … et donc, en 1975, le gouvernement a utilisé des fibres optiques afin de relier pour la première fois des ordinateurs en réseau… (Avec obstination, je poursuis mon résumé historique alors que nous abordons un nouvel escalier.) Cela a été réalisé dans un site classé secret-défense de l'armée de l'air à Colorado

Springs. À Cheyenne Mountain, pour être précise. Mon dernier travail honnête, comme tu dis.

Il y a trois ans encore, j'étais capitaine au sein de la police militaire, responsable de la cybersécurité dans cette base souterraine que je surnomme la Batcave d'Amérique du Nord, un bunker enfoui à six cents mètres de profondeur sous le mont Cheyenne, censé résister à une explosion atomique. C'était bien le pire endroit pour tester un réseau de télécommunication par fibre optique. Mais ce choix stratégique date du temps des Beatles et de la guerre froide, donc bien avant ma naissance.

Sinon, j'aurais fait savoir que c'était une très mauvaise idée de créer un réseau à cryptage quantique dans un lieu pareil. Et de faire courir des câbles depuis Cheyenne Mountain jusqu'au cœur du centre de recherche informatique flambant neuf à Langley, le Computational Research Facility Katherine G. Johnson, « l'ordinateur humain » qui a quasiment calculé de tête toutes les trajectoires de nos premiers engins spatiaux.

Rien dans les médias, que ce soit lors de la cérémonie d'inauguration ou autres événements, n'a laissé entendre l'importance stratégique du CRF concernant notre défense. Si cela n'avait tenu qu'à moi, j'aurais ôté de la chaîne le maillon 1111-A, le Yellow Submarine. Et que ce soit dans ce tunnel ou dans n'importe quel autre local technique, j'aurais formellement interdit d'installer des câbles de télécommunication, des boîtiers de connexion et autres équipements.

Jamais, au grand jamais, je n'aurais approuvé que des systèmes de liaison point à point, transportant des données à haut débit, soient placés dans des lieux souterrains exigus où cohabitent rongeurs, reptiles et toutes sortes de personnels d'entretien.

00 : 00 : 00 : 00 : 0

Malgré les multiples distractions qui pouvaient parasiter mon travail – ça, je savais les gérer –, tout se serait bien passé. Mais personne n'avait songé au timing !

Je venais d'apprendre la pire nouvelle de toute ma vie, j'étais préoccupée, tourneboulée. Il était si facile d'oublier son entraînement. Depuis si longtemps, je n'avais plus vu le soleil, la lune, le ciel, par-delà mon tombeau souterrain. Toutes ces heures passées sans air frais, sans voir la lumière du jour – pas de fenêtres, pas de baies vitrées ni de coupoles de verre. Aucune pièce avec une vue sur notre bonne vieille Terre qui me manquait tant. Mon seul horizon : des cadrans, des écrans d'ordinateurs plongés dans la pénombre. Presque dans une nuit permanente.

J'avais ma mission à accomplir. L'ultime. Je devais être prête. Empêcher que l'impensable ne devienne réalité. Des jours de traque, à chercher les traces, leurs empreintes encore chaudes. Tout mon esprit était obnubilé par cette chasse. Un signe pouvait émerger à tout instant, de n'importe où. C'est pour cela que j'avais du mal avec le couteau, un couteau de cuisine avec un manche en bois et une grande lame tranchante.

J'étais devenue une taupe, les yeux acclimatés à la pénombre, les pupilles dilatées et pleines de larmes, la rétine éblouie par la moindre lumière. Dans mon état fébrile, ma confusion, je n'ai pas fait attention. J'étais terrorisée, désespérée. Je n'ai rien senti quand c'est arrivé. Il y avait du sang partout. D'un coup, j'ai paniqué, couru en tous sens, comme un animal mutilé, un petit animal souterrain affolé qui sait que c'est la fin pour lui.

J'étais sidérée, mortifiée. Mais la blessure n'était pas mortelle. Pas physiquement. Il fallait vite nettoyer tout ça avant que quelqu'un ne s'aperçoive de ma bêtise !

2

— On peut se dépêcher ? se lamente Fran, suant sous la chemise blanche de son uniforme.

Nous sommes arrivées devant la première porte du sas. Je l'entends souffler comme un bœuf derrière moi.

— Et arrête de jouer au guide touristique ! ajoute-t-elle. Une vraie pipelette !

— Au contraire, des explications s'imposent.

Je plonge la main sous ma veste pour attraper le cordon où est attaché mon badge.

Je sors la carte magnétique de son étui. Aussitôt, je me rappelle mon numéro d'identification. Comme s'il était gravé dans mon esprit :

00010-080121101

Avoir une telle mémoire est parfois éreintant. Cela me rend folle, presque autant que Fran en ce moment.

— Je veux que tu comprennes bien ce qui est en jeu ici, lui réponds-je d'un ton sans appel. Quelqu'un d'autre que moi doit être au courant. Pense à quand je ne serai plus là.

— On croirait que tu vas mourir !

— En attendant, toi, respire. Lentement. Bien à fond. Il faut refroidir tes neurones sinon tu vas nous faire une attaque. On a encore du pain sur la planche et…

— Qu'est-ce que tu veux refroidir avec une chaleur pareille !

— Ce n'est qu'un avant-goût.

Sous la lumière tremblotante d'une lampe à sodium, je plaque ma carte sur le lecteur installé au sommet d'un poteau d'acier peint en jaune.

Plus on s'approche du Yellow Submarine, plus il fait chaud et humide. Il doit faire près de trente degrés. Mes sous-vêtements et mes chaussettes sont trempés. Mon casque de chantier me gratte. Et je déteste porter des lunettes de protection. Au moins, celles-ci sont ambre et légères, conçues pour le stand de tir. Mais cela ne les empêche pas de glisser constamment sur mon nez en sueur.

La porte se déverrouille dans un claquement.

— OK. On continue.

Je fais signe à Fran de passer, tandis que je tire le battant métallique qui, comme le reste ici, est couvert de bandes fluo et d'avertissements.

Du jaune. Encore du jaune. Jusqu'à la série d'autocollants mettant en garde contre le risque d'écrasement des doigts et des mains si l'utilisateur oublie de fermer une porte avant d'ouvrir la suivante.

Ainsi que d'autres périls plus ou moins mortels :

ESPACE CONFINÉ

DANGER AMIANTE

ACCÈS INTERDIT À TOUTE PERSONNE ÉTRANGÈRE AU SERVICE

DÉFENSE D'ENTRER SEUL

En même temps, qui voudrait explorer en solo un boyau de ciment bardé d'amiante et de tuyaux de vapeur frisant les 220 °C, patauger dans une eau saumâtre et être douché par les fuites tout le long du chemin ? Sans compter qu'un tas de bestioles adorent les endroits chauds et humides. Autant dire un cauchemar quand on est atteint de multiples phobies comme Fran.

Elle qui ne peut enfiler un masque de plongée ou passer une IRM sans avoir l'impression d'être enterrée vivante ! Ou qui a des poussées d'urticaire à la simple idée qu'il puisse y avoir des araignées ou des serpents dans le secteur. Rien d'étonnant à ce qu'elle soit passée en mode horreur depuis que j'ai reçu l'alerte il y a trente minutes, à H-1538, heure de la côte Est (UTC-5). Apparemment, alors que je terminais ma présentation, un capteur volumétrique du sas d'accès au Yellow Submarine a détecté un mouvement suspect.

J'ai demandé à Fran de foncer au bâtiment 1195C, notre PC, pour récupérer des casques, des lunettes, des lampes, des chaussures de sécurité, avant de me rejoindre sur le parking du 1111 où je l'attendrai avec mon matériel d'investigation et mon analyseur de spectre déjà à l'action.

Le temps qu'elle arrive, me disais-je, j'aurai scanné tout le périmètre avec cet appareil pas plus gros qu'un talkie-walkie – une petite merveille de technologie capable de détecter 99 pour cent des signaux électroniques jusqu'à 12,4 GHz. Ce spectre couvre tous les systèmes sans fil, moniteurs cardiaques, balises de détresse et de navigation, communications radio et émissions télé.

Tout signal suspect en deçà des hyperfréquences sera repéré par ce petit joujou que je garde sur moi, ou dans ma voiture. Il est ma baguette de sourcier, l'antenne avec laquelle j'explore le monde. Je repère aussitôt la signature électromagnétique des capteurs de mouvement. Ils sont tous opérationnels. Et cela ne me rassure pas vraiment. Je déteste les pannes par intermittence.

Et je déteste encore plus que l'on me raconte des craques. Je ne peux m'empêcher de penser à cette histoire de badge volé hier. La victime supposée travaillait dans le bâtiment 1110, et celui-ci est relié au 1111 par ce tunnel condamné qui est la source de toutes mes inquiétudes. Je n'ai pas cru à ce vol. Et maintenant, c'est comme un caillou dans ma chaussure. Ce badge manquant, avec son accréditation haute sécurité, aurait pu permettre à quelqu'un de passer le sas du Yellow Submarine. Pire : avant que la carte soit désactivée, celui-ci a pu se promener où bon lui semblait à Langley, et même avoir accès à la base aérienne.

Je préfère toutefois me convaincre qu'il y a une explication plus simple. C'est presque toujours le cas. Et je commets l'erreur de dire à voix haute qu'il y a peut-être des chauves-souris ici. Que l'intrus n'est pas forcément du genre humain.

— Des chauves-souris ? Oh non…, bredouille Fran en regardant de tous côtés.

— Du calme. Je n'en ai jamais vu une seule, du moins pas dans ce tunnel. Je cherche juste à comprendre ce qui a pu déclencher un capteur et pas les autres. Cela n'a peut-être pas deux pattes, mais huit ou plus. Ou alors ça volait, c'est entré et ressorti. Ou bien ça rampait.

— Tais-toi !

— Je préfère ça plutôt que me dire qu'un type se balade avec un badge volé.

— On a bloqué la carte tout de suite !

Pure illusion. On a traité le problème uniquement lorsqu'on a été au courant. Et on n'a pas été prévenus dans la minute. Il s'est écoulé plusieurs heures. Bien trop. Mais je comprends son point de vue : le badge a été désactivé il y a vingt-trois heures, vers 17 heures hier. Donc il n'a pas pu permettre à l'intrus de pénétrer dans le tunnel durant cette dernière demi-heure. J'espère qu'elle a raison, mais en même temps cette histoire de carte prétendument volée me tracasse.

— Je compte jusqu'à trois. Écarte-toi ! Un, deux… trois !

Mes paroles se répercutent contre les parois de ciment. En veillant à tenir mes bras et pieds hors du passage, je referme le battant d'acier derrière nous, pour que nous puissions ouvrir l'autre partie du sas. La seconde porte se trouve devant nous, au milieu d'une paroi en béton maculée de taches d'humidité. Il s'agit d'une ancienne écoutille de sous-marin, d'où peut-être ce surnom, le Yellow Submarine. Elle date de la Seconde Guerre mondiale et est peinte en jaune moutarde, un panneau d'acier ovale qui pèse une tonne, épais comme une porte de bunker, et percé d'une grosse molette crantée comme sur un coffre-fort de l'époque de Bonnie et Clyde.

Seules quelques rares personnes, dont moi, ont la combinaison. Bientôt ce sera le problème de Fran, en plus de la faille de sécurité du tunnel 1111-A. Parce qu'elle ne pourra rien gérer si elle ne surmonte pas ses phobies. Et Dieu sait que j'ai essayé de l'aider !

00 : 00 : 00 : 00 : 0

— Une fausse alerte, quelle surprise ! Je l'avais bien dit ! (Cela sort malgré elle, sans qu'elle ait le temps d'y mettre les formes.) Ce doit être un bogue si le détecteur de mouvement ici n'a pas sonné. Alors que l'autre s'est déclenché, précise-t-elle en désignant le capteur de la porte que l'on vient de passer.

Je ne recommence pas avec ma théorie de la chauve-souris. Ni ne suggère qu'il s'agit d'un oiseau. Ou d'un fantôme. Ou d'un extraterrestre. Et en aucun cas, que cela peut être une araignée ou un serpent. Je rappelle à Fran que toute hypothèse commençant par « ce doit être » est la plupart du temps fausse. Elle est bien placée pour le savoir ! C'est elle qui m'a enseigné à ne jamais me fier aux apparences, à rejeter toute conclusion hâtive.

Réfléchir, prendre le temps, s'attacher aux détails… Et aujourd'hui elle est incapable d'appliquer ses propres préceptes à elle-même !

— Personne n'est venu ici, c'est évident.

Son visage anguleux est écarlate, ses yeux bleus brillent comme ceux d'une biche prise dans les phares d'une voiture. Elle se tient près de la porte et me regarde explorer l'espace avec mon mouchard. En fixant des yeux le petit cadran, je pointe l'antenne en l'air, telle une baguette magique, à la recherche du moindre signal, qu'il provienne d'un téléphone portable, d'une radio ou, plus important, d'un capteur volumétrique censé transmettre un message d'alerte au moindre mouvement, tel celui que j'ai reçu plus tôt.

Je pivote lentement, scannant l'air sur trois cent soixante degrés. Je ne trouve rien de suspect concernant le détecteur protégeant l'écoutille jaune qui se trouve à quatre mètres de moi.

— C'est bizarre.

— Ben voyons ! s'agace Fran en essuyant son visage en sueur sur sa manche. C'est plutôt toi qui es bizarre avec ta petite valse !

Elle ne manque jamais une occasion de critiquer mes piètres talents de danseuse.

— Le seul capteur qui aurait bogué serait celui qui a lancé l'alerte pendant la réunion ?

J'arrête de tourner sur moi-même et, troublée, j'observe la porte métallique derrière nous.

— Une panne, c'est ce que je t'ai dit, insiste Fran en ouvrant sa veste d'uniforme pour dégager l'accès à son Glock au cas où elle aurait besoin de s'en servir rapidement.

De mon côté je n'ai pas d'arme ni de tenue adéquate, hormis ces chaussures de sécurité que Fran m'a rapportées. Je porte un tailleur et un blouson d'aviateur. Certes, j'étais en pleine réunion quand l'alarme a sonné. Je n'ai pas pris le temps de me changer, surtout quand le problème vient du 1111-A, et que se prépare un shutdown – un arrêt des activités gouvernementales – doublé d'une grosse tempête arctique. Autrement dit les conditions idéales pour lancer une opération d'espionnage et/ou de sabotage.

Vers minuit, la plupart des employés fédéraux vont se retrouver en congé sans solde si, une fois encore, le Congrès refuse de voter le budget. Les centres de la NASA de tout le pays seront fermés, et le personnel ne pourra plus accéder aux installations, aux bureaux et aux ordinateurs. Cette interdiction ne s'appliquera pas à moi, quelle que soit mon étiquette à l'instant T. Parfois je suis flic. Parfois une scientifique. Tout dépend des circonstances.

Grâce à cette double casquette à Langley, je jouis de privilèges inaccessibles à l'employé moyen de la NASA. En qualité d'agent spécial, j'ai les pouvoirs et les accréditations d'un représentant des forces de l'ordre, et je porte donc une arme. Mais j'ai également un master en ingénierie aérospatiale et un doctorat en mécanique quantique, auxquels s'ajoutent diverses compétences et spécialisations, dont la cybersécurité. Et en ce domaine, sans vouloir me vanter, je me défends.

— C'est bien ce que je dis, s'impatiente Fran. Tu dois ouvrir la première porte pour pouvoir accéder à la deuxième, à moins de t'appeler Houdini. Donc, si ce détecteur à cette écoutille ne s'est pas déclenché, c'est que personne ne s'est approché de ton « trou de ver super-secret ».

— C'est sans doute le cas. Mais je veux m'en assurer, réponds-je en sortant ma lampe de ma poche. Et cette histoire de badge volé continue de me chagriner. Ça date d'hier après-midi. Et la victime du prétendu vol travaille justement dans le bâtiment à côté.

— Je n'en peux plus. Ça me démange partout et je n'arrive pas à respirer. Il n'y a pas assez d'oxygène ici ! Je ne veux pas en plus avoir une crise d'asthme !

— Il y a plein d'oxygène, et tu n'as pas d'asthme, réponds-je tandis qu'avec ma lampe j'inspecte les parois, le plafond, le sol.

Je cherche la preuve que l'alarme ne s'est pas déclenchée pour rien et qu'un intrus est bel et bien entré ici. Un indice tout simple, rien de high-tech, juste un mégot de cigarette, une empreinte de pas ou une trace de doigt sur une paroi, un cheveu, un bouton perdu. N'importe quoi qui aurait pu tomber d'une poche. Une petite erreur d'inattention.

— Qu'est-ce qui te prend ? (Fran est au bord de la crise de nerfs.) C'est complètement crétin, tu le sais ! À envoyer tes scuds comme quoi tu ne vas plus être là et ce genre de stupidités.

— Mon retour à Langley n'a rien de définitif, lui dis-je gentiment, sachant que cette vérité cache une réalité douloureuse pour tout le monde. Je suis là sans y être vraiment, mes ambitions, mon cœur et mon âme sont ailleurs. Et tu l'as toujours su.

— Et tu me fais descendre ici ? Pour rien ! (À l'évidence, elle ne m'écoute pas.) Comme si on allait être piratés par la Corée du Nord.

— Si des pirates veulent nous attaquer, qu'il s'agisse d'un pays ou d'un groupe d'individus, tu ne vas pas les laisser parvenir à leurs fins, n'est-ce pas ? Voilà pourquoi j'ai essayé de te montrer tout ça bien avant – hier encore, par exemple –, mais tu n'as rien voulu savoir. (Je m'éloigne, pendant qu'elle reste à côté de la première porte du sas.) La prochaine fois qu'une grosse tempête approchera ou qu'une alarme sonnera, ou les deux à la fois, tu sauras ce qu'il faut faire. Et si tu n'es pas capable de descendre ici toute seule, tu devras trouver quelqu'un pour y aller à ta place.

Je m'efforce de lui faire comprendre que bientôt elle sera la seule à devoir gérer les problèmes de cybersécurité au LaRC.

— Qu'est-ce qu'il y a à pirater ici ? Des tuyaux d'eau chaude ?

J'ignore son sarcasme et reporte mon attention sur l'écoutille. Je m'approche avec précaution. Pour Fran, c'est le ventre de la bête, le monstre caché dans le placard. Elle aurait fait n'importe quoi pour ne pas avoir à entrer dans ce tunnel ou dans un autre. En particulier après ce qui s'est passé il y a trois ans, la veille de Noël.

Elle s'est interdit beaucoup de choses depuis, et je suis la seule sans doute à connaître aussi bien ses terreurs. Je sais ce qu'elle ressent et compatis réellement à sa souffrance. Mais si je laisse ses phobies prendre le dessus, elle ne pourra plus faire son travail. Elle devrait même l'avoir perdu à l'heure qu'il est ! Et pourtant, quand elle a une crise, c'est à moi qu'elle s'en prend. C'est son système de défense, comme si c'était moi qui avais un comportement irrationnel.

— … depuis que tu es revenue de Houston, tu t'inquiètes pour tout, me lance-t-elle en agitant son index dans l'air. Si tu ne marches pas sur la Lune, c'est la fin du monde, c'est ça ?

C'est vrai que j'aimerais bien y faire un tour ! Mais je garde cette pensée pour moi. J'ai également des vues sur d'autres destinations, dont Mars. Je m'accroupis devant l'écoutille jaune et range mon analyseur de spectre dans mon sac.

— Tu connais ma position concernant les choses qu'on ne peut maîtriser, réponds-je. *Que será, será.*

— C'est ça ! N'importe quoi ! Tu es hystérique depuis que tu as passé ces entretiens.

Fran ne va ni me ménager, ni même être polie. C'était couru d'avance. C'est le revers de la médaille quand on connaît quelqu'un presque depuis toujours.

3

Âgée d'une bonne quarantaine d'années, elle paraît bien plus jeune et est bien plus en forme qu'elle ne le mérite – une injustice flagrante ! En particulier pour quelqu'un comme moi qui pratique la chasse aux calories et le fitness de façon obsessionnelle.

Fran, en revanche, peut manger et boire autant qu'elle le veut sans remords ni pénalités, et faire l'impasse sur les exercices physiques. Inutile, dit-elle, quand on fait le ménage dans sa maison, les réparations soi-même et qu'on entretient son jardin. La dernière fois que je l'ai traînée au club de gym de Langley, elle s'est inventé une allergie aux salles de sport.

Et pourtant, elle n'a pas le moindre bourrelet. Elle est sèche comme un docker et à peu près aussi forte. À la moindre occasion, je lui rappelle qu'elle pourrait être ma mère. Mais son comportement n'a rien de maternel ni de doux. Elle me fait plutôt penser à une tante autoritaire devant qui on ne la ramène pas. Une flic pur jus, issue d'une longue lignée. Rien ni personne ne la fera changer.

C'est à prendre ou à laisser. Elle est câblée ainsi, et je suis assez d'accord. Elle est la preuve vivante que la pomme ne tombe jamais loin de l'arbre. Son père était cadre de la police de Hampton et commandant du SWAT. Et son grand-père un enquêteur de légende pour la police de l'État de Virginie. Même sans ce pedigree parfait, Fran était déjà une pointure dans le métier quand la police de Hampton et les services de protection de la NASA ont conclu un partenariat, à l'époque où Carmé et moi entrions tout juste à l'université.

Depuis lors, Fran a autorité dans tout le périmètre du LaRC. Et de notre côté, les agents de la NASA comme moi peuvent intervenir dans tout Hampton. C'est bien utile parce que aucun employé n'habite à Langley et tous doivent traverser la ville tous les jours pour se rendre au travail. Comment faire si je suis témoin d'un crime ou d'un délit alors que je suis sur la route entre chez moi et le centre de recherche ? Autrefois, cela posait un réel problème. On avait beau avoir un uniforme, une plaque et une arme, on était un simple citoyen hors du site, même si une banque se faisait dévaliser devant nous.

Il était urgent de mettre en place une collaboration et une synergie optimales. Nos deux services ont donc mutualisé les moyens techniques, les armes, le matériel, les véhicules. Et aussi, et c'est le plus important, les ressources humaines – les meilleurs éléments. Bien sûr, Fran était en tête de liste. S'il n'y avait eu ce problème quand Easton avait trois ans, je suis certaine qu'elle serait retournée travailler à plein temps à Hampton.

Elle serait sans doute la big boss là-bas si elle ne s'était retrouvée entravée par cette camisole, à tenter de cacher son problème tout en élevant son fils précoce avec un mari rarement présent. Ce n'est pas la faute de Tommy, soit dit en passant. Je ne sais pas comment il fait pour être encore avec elle. Comparée à Fran, je suis une fille simple et sans casseroles. Célibataire, vingt-huit ans, sans enfants, je suis ici depuis trois ans, depuis que j'ai quitté l'armée de l'air pour rejoindre la NASA.

Ma spécialité c'est la sécurité aérienne et les systèmes de contrôle des avions. Quand je ne suis pas en uniforme – enfin quand je pense à l'enlever –, je mène toutes sortes d'activités auxquelles les policiers ne sont guère accoutumés et qui, aux yeux de Fran, sont particulièrement rasoirs, telles qu'écrire des algorithmes pour des simulateurs de vol, effectuer des essais de pilotage pour des aéronefs autonomes (des drones), exploiter les données de mes fidèles mannequins de crash-tests.

Ou alors tester au HIRF lab (le High Intensity Radiated Fields Laboratory) la fiabilité des systèmes électroniques d'un engin spatial avant d'envoyer la prochaine sonde Cassini dans le système solaire. Il est assez courant que des gens de la NASA cumulent plusieurs emplois – certains même travaillent simultanément dans le secteur privé. Tout en étant pilote d'essai et ingénieur aérospatial pour le Dynamic Systems and Control Branch, je suis aussi capitaine pour les services de protection de la NASA, en charge des questions de cybersécurité. C'est la raison pour laquelle, en cet instant précis, je suis accroupie devant cette écoutille de sous-marin, dans un sas souterrain, très loin sous le niveau de la mer.

— Peut-être que la cause de cette fausse alerte c'est l'humidité ? insiste Fran.

Elle se déplace pour voir ce que je fabrique tout en surveillant la porte que nous venons de franchir.

— Impossible.

Je relève les yeux vers le capteur infrarouge installé dans l'angle du mur à côté de l'écoutille. Comme les autres détecteurs, il est logé dans un boîtier étanche. Je lui montre la vitre intacte et exempte de buée.

— Ils sont exactement dans le même état qu'hier, quand je suis venue ici analyser les systèmes et que tu n'as pas voulu m'accompagner, bien entendu. Et comme par hasard, je me suis trouvée peu après juste à côté, au 1110, pour cette histoire de badge volé. Et pour la millième fois, je n'aime pas les coïncidences.

— Je ne vois pas le rapport.

— Le Yellow Submarine passe sous le 1110 et le 1111, le voilà le rapport ! Tu le fais exprès ou quoi ?

— Pour l'instant, tout ce que je vois c'est une fausse alerte. Donc, je me dis que de la condensation a dû se former sur le circuit du capteur et qu'un des composants a grillé. (Elle voudrait tellement que ce soit cela.) C'est possible, non ?

— Non. Parce que, maintenant, tout fonctionne. Mon mouchard a capté les signaux des détecteurs, forts et clairs, et juste les leurs, rien d'autre. S'il y avait un problème avec ce détecteur ou un autre, mon analyseur m'aurait indiqué une perte de connexion.

Mais au lieu de ça, j'ai reçu une alerte sur mon téléphone, semblable à celles qu'on m'envoie quand il y a un avis de tempête, une disparition d'enfant ou une tuerie de masse dans notre coin de Virginie. À ce moment-là, j'étais en pleine présentation devant notre comité directeur. Et mon appli m'a avertie qu'il y avait peut-être un problème, une intrusion dans ce territoire chtonien où la NASA cache un grand secret.

L'écoutille du Yellow Submarine est le portail d'accès au cœur de notre gouvernement, voire à son âme. C'est là une réelle vulnérabilité et pas un jour ne passe sans que ce risque ne quitte mon esprit.

C'est dans des moments particuliers comme ce soir, lors des alignements de tous les dangers, que notre cybersécurité est la plus fragile, et nos ennemis le savent.

Si j'ai appris une chose durant mon service à la police militaire de Colorado Springs, c'est de ne jamais quitter une scène de crime avant d'avoir fait toutes les vérifications, posé toutes les questions.

Je glisse dans ma poche mes gants violets en nitrile, qui sont désormais contaminés, et en sors une paire neuve. On ne sait jamais. Peut-être y a-t-il des traces d'ADN sur les poignées et les serrures ?

J'agite mes doigts comme un perceur de coffre-fort et commence à tourner la molette, me concentrant sur les nombres de crans à gauche et à droite. Je n'ai rien écrit. C'est toujours une mauvaise idée quand il s'agit de codes ou de chiffres secrets. À quoi servirait la mémoire sinon ? Une fois la combinaison entrée, j'actionne la grande roue et les pênes, gros comme des saucisses, sortent des gâches. Je tire le lourd battant, pas trop fort, pour ne pas être écrasée contre le mur par l'inertie du panneau.

Je me penche dans l'ouverture, d'où s'échappe un souffle chaud, comme dans la gueule d'un four. Il n'y fait pas plus clair d'ailleurs. Dès que je passe la jambe par-dessus le cadre, l'humidité me prend à la gorge.

— Viens ! (Je tends la main vers Fran pour l'aider à franchir l'écoutille.) Fais attention, dis-je en désignant le sol mouillé et glissant.

L'eau dégouline des tuyaux gainés d'amiante, suinte des ventilateurs rouillés et des grilles des échangeurs de chaleur.

— Quelle horreur ! proteste-t-elle.

Ma peau se contracte sous la chaleur, mes poumons me brûlent déjà. Je suis dans la Vallée de la Mort.

— Ce n'est pas très loin et il n'y en a pas pour longtemps. (C'est la vérité. Aucune envie de traîner ici !) Je veux juste vérifier un endroit en particulier. Là où on s'est connectés hier.

C'est une procédure de routine quand la météo annonce un blizzard ou un ouragan. Ce point de connexion nous permet d'établir une liaison par satellite avec Ames, notre centre de recherche jumeau dans la Silicon Valley. Ils utilisent un protocole cryptographique par distribution quantique de clés et ont un ordinateur quantique, et cette connexion entre la côte Est et la côte Ouest permet à Langley de faire une sauvegarde de toutes ses données au cas où nous serions emportés par un typhon ou submergés par les eaux.

Mais cela rend aussi le système de télécommunication de la NASA plus vulnérable. Cela fait un maillon de plus dans la chaîne. Et, comme Carmé et moi le disons souvent, plus il y a de portes dans une maison, plus il est facile d'y entrer.

00 : 00 : 00 : 00 : 0

— Reste à côté de l'écoutille. Ne la perds pas de vue ! dis-je à Fran qui n'a aucune envie de bouger de toute façon. Je ne veux pas être coincée ici…

— Oh non…

— Du calme. Il y a un téléphone de secours tous les cinquante mètres.

— Autant dire le bout du monde !

— Si on doit se retrouver prisonnières, je ne mangerai pas ton cadavre, promis !

— Quoi ?

Laisse tomber.

Je commence à avancer dans le boyau de ciment ruisselant d'eau. J'ai devant moi un fouillis de conduits rouillés, mais rien de « non nominal », comme on dit à la NASA. Je progresse avec précaution entre les flaques gluantes, environnée par les gros tuyaux dans leur enveloppe d'amiante qui se désagrège. Surtout ne pas y toucher ! La température de l'air doit atteindre les 45 °C. Avec le taux d'hygrométrie, pour un peu, il se mettrait à pleuvoir !

Je suis déjà en eau. Mon pouls s'affole. Mais je ne veux pas ouvrir mon blouson et encore moins l'ôter. Au moins le cuir m'offre une certaine protection en cas de contact avec l'un de ces « objets brûlants non identifiés » et les poches me permettent de garder mes mains à l'abri. En outre, je bénis mon casque ! Parce que en chemin je me cogne violemment à une conduite que je n'avais pas vue. Sans lui, je me serais assommée.

— Ne t'éloigne pas trop ! Parce que je ne viendrai pas te sauver ! braille Fran. Qu'est-ce qu'il fait chaud ! C'est un enfer. Tu cherches quoi au juste ?

— Je t'expliquerai après.

Ce n'est pas vrai. Je ne peux pas lui dire grand-chose.

À plusieurs reprises encore, mon casque heurte des trucs et des machins au-dessus de ma tête, tandis que je continue à avancer sous la forêt de câbles et de tuyaux antédiluviens. Par intermittence, j'aperçois une portion de tube plus récent que les autres, en acier galvanisé. C'est ma route de brique jaune, comme dans *Le Magicien d'Oz* ! Je crie à Fran que ma cible est toute proche.

— Dépêche-toi, je vais avoir une crise cardiaque ! glapit-elle en retour.

J'évite une grosse grappe de fils, enjambe une souris morte gisant à côté d'une flaque, sous un tuyau de cuivre qui fuit, corrodé comme une vieille pièce. Je repère les ampoules que je viens de passer, nichées dans leur cage métallique. Deux pour l'instant. Avec soulagement, j'aperçois la troisième droit devant.

Je suis venue ici la veille à cause de la tempête. La conjonction de plusieurs événements critiques de ce type représente un risque majeur. Cette éventualité me donne des insomnies depuis des mois. Et cela se produit aujourd'hui.

Bien avant que le mauvais temps et les vicissitudes budgétaires du gouvernement ne deviennent un souci, j'ai tenté à maintes reprises d'alerter mes supérieurs. Nous nous exposons à une cyberattaque si nous ne nous montrons pas très prudents. Voilà pourquoi j'ai passé des heures hier dans cette fournaise à lancer une analyse système via ce Point de Branchement Optique numéro Un.

Le PBO-1, comme l'appellent ceux qui connaissent son existence, est connecté depuis hier au superordinateur de Ames dans la Silicon Valley pour activer ce processus de sauvegarde. Parce que malgré l'arrêt des activités gouvernementales, les astronautes doivent être ravitaillés ou faire leur EVA (prononcer *i-vi-ai*), pour ExtraVehicular Activity, autrement dit leur sortie dans l'espace, et l'une d'entre elles, la plus délicate, est prévue pour demain à H-0700 UTC – soit, cette nuit, à 2 heures du matin sur la côte Est. Dans dix petites heures, deux astronautes américains vont installer un nœud quantique top-secret tandis que le reste du monde croira qu'il s'agit d'un appareil de recherche scientifique.

Ce nœud de réseau va être placé sur une plateforme extérieure de l'ISS – la station spatiale internationale – où l'on mène des expériences en physique des particules grâce au Cold Atom Laboratory. Je suis juste chargée des téléopérations et serai assise à côté de Rush Delgato à la salle de contrôle de Langley quand il sera en communication avec les astronautes durant l'EVA. Mais je me tiendrai prête dès minuit dans le cas où Rush aurait besoin d'assistance technique. Sauf imprévu, j'ai donc un peu de temps devant moi.

Personnellement, j'aurais préféré qu'on n'installe pas un nœud quantique sur la poutre de l'ISS au moment où l'on envoie une fusée cargo depuis notre base de lancement de Wallops Island sur la côte. Cela fait trop d'opérations à la fois, et chaque événement présente des vulnérabilités colossales ; et c'est justement pour cette raison que je suis à nouveau dans ce tunnel. Je veux m'assurer que personne ne s'est branché au PBO-1 qui se trouve devant moi, dans son armoire métallique de la taille d'un minibar d'hôtel.

Le tableau de commande se trouve à côté, enfermé dans un boîtier. C'est depuis ce pupitre que nous pouvons surveiller le réseau de télécommunication de la NASA. Autant dire qu'un bataillon d'informaticiens et de ninjas de la cybernétique comme moi viennent ici pratiquer une multitude de tests pour vérifier que tout est OK. C'est ce que j'ai fait hier, avant de donner le feu vert pour le transfert de toutes les infos sensibles du LaRC, tels que les mails et vidéos des départements de recherche. Et c'est aussi terrifiant que de se connecter à Internet quand on redoute d'être piraté ! On croise les doigts pour qu'un petit futé malintentionné n'ait pas raison des pare-feux et du cryptage.

Aujourd'hui, le danger c'est un gamin de douze ans habitant en Chine qui trouverait le moyen de percer les défenses du cyberespace international. Et avec la naissance des réseaux quantiques, les dégâts seraient apocalyptiques. Oui, un gosse pourrait détruire notre planète aussi simplement que dans un jeu vidéo. Mais je ne veux pas que cela se produise. Voilà pourquoi je suis ici, tandis que la sueur me coule dans les yeux et qu'une alarme se déclenche au tréfonds de moi : mon corps m'annonce qu'il ne va pas tenir longtemps. Bientôt je vais cesser de transpirer et commencer à grelotter.

J'ai la bouche sèche, la langue rêche comme du papier de verre, les yeux me brûlent, alors que je soulève le couvercle protégeant la serrure à combinaison du PBO-1. Il s'agit d'un système mécanique à l'ancienne qui n'est pas sensible aux coupures de courant. J'entre mon code. À première vue, tout va bien. Je ne remarque aucun signe d'intrusion jusqu'à ce que quelque chose attire mon regard. À ma gauche, il y a des petites coulures noires sur la gaine d'amiante d'un gros tuyau de vapeur. Ça ressemble à du sang séché.

Repérer les hiéroglyphes morbides, les reliques de chocs violents ou autres agressions, est devenu une seconde nature chez moi, que ce soit sur les humains ou mes mannequins des crash-tests. Et je suis certaine que ces traces n'étaient pas là hier. Quelle qu'en soit l'explication, le problème est évident : personne n'est censé s'approcher du PBO-1 sans mon autorisation expresse. Même Rush doit m'avertir avant de descendre au Yellow Submarine.

Je cherche un endroit sec où poser mon sac et commence à sortir le matériel de base que j'emporte quasiment partout avec moi. Des cotons-tiges. Une petite bouteille d'eau stérile. Des gants, toujours en nitrile, parce que cet élastomère est hypoallergénique et ne fondra pas. Et, bien sûr, la collection classique de masques chirurgicaux, de surchaussures, d'enveloppes et de sachets. Pour les travaux plus importants, nécessitant des lampes spéciales, des rubalises, des bâches, des produits chimiques et des appareils photo, j'ai une grande caisse à l'arrière de mon pick-up.

Mais je n'en ai pas besoin ici. Je sors un feutre indélébile, puis mes petits stickers en forme de règles miniatures. J'inscris la date du jour sur l'un d'eux et le colle sur le revêtement argenté de la gaine pour donner une échelle, juste en dessous des taches. J'espère que l'isolant a suffisamment réduit la chaleur émise par le tuyau et que l'ADN est intact.

Au-delà de 190 °C, tout est détruit. Je retire mes gants, essuie mon téléphone avec un tampon d'alcool et prends des photos et des vidéos des gouttelettes noires séchées. Après avoir enfilé une nouvelle paire de gants, je tamponne les coulures avec l'extrémité de coton qui vire au rouge sombre. *On dirait bien du sang.* Mais je me garde bien de le dire tout fort.

— Qu'est-ce que tu fiches ? s'impatiente Fran, plantée à côté de l'écoutille.

Je ne réponds pas et scelle chaque coton-tige dans des sachets distincts – une précaution sans doute inutile comme de noter la plaque d'immatriculation quand un automobiliste est un danger public sur la route. La plupart du temps, ça ne sert à rien. Mais on ne sait jamais. Autant ne pas avoir de regret.

Mission accomplie. Nous ressortons du sas pour rejoindre l'escalier. La remontée est plus difficile que la descente, en tout cas pour moi, parce que Fran galope devant, tel un cheval sentant l'écurie. Nous ressortons hors d'haleine du bâtiment 1111, par la porte de derrière. Pendant notre absence, le parking s'est considérablement vidé.

— Ne me refais plus jamais ça ! hoquette-t-elle.

— Ferme ta veste, lui réponds-je, en voyant son souffle former un nuage blanc autour de son visage

Il fait 11 °F au thermomètre, soit – 11,6667 °C, pour être précise. Et précise, je le suis toujours. Ça aussi, c'est une seconde nature chez moi. Pour ne pas dire une tare que je préfère cacher, comme mon goût pour les calculs mentaux. Et ce n'est pas mes deux seules manies. Selon Carmé, je suis un puits sans fond d'idiosyncrasies agaçantes.

— Regarde où tu mets les pieds, dis-je en scrutant le sol à la recherche des plaques de verglas que j'avais repérées à notre arrivée. C'est gelé ici, et là.

— Génial ! maintenant, je vais me casser le cou !

Évidemment, tout est ma faute, même le froid en hiver. J'enfouis mes mains dans mes poches et commence à grelotter. Je ne sais pas pourquoi, en sortant de chez moi, j'ai mis ce blouson de cuir au lieu de ma grosse doudoune. En fait si, c'est évident. Je voulais faire bonne impression, envoyer un signal pendant ma conférence.

Le général Melville ne m'a pas vue porter ce blouson de pilote de la Seconde Guerre mondiale depuis que j'ai quitté son unité à Colorado Springs. Je pensais qu'il serait sensible à ce clin d'œil. Mais il n'a fait aucun commentaire. Il s'est montré poli, mais distant. Par réflexe, je touche à nouveau ma cicatrice sur mon index.

00 : 00 : 00 : 00 : 0

Tout doit disparaître avant que Dick et les autres ne débarquent.

Je range, nettoie, m'agite comme si ma vie en dépendait. Je veux cacher la bêtise que j'ai commise pendant un moment d'inattention. Mais j'ai mis du sang partout, et plus je frotte, pire c'est. Comment j'ai pu me faire ça ?

« Contrairement à toi, je n'ai pas le droit de relâcher mon attention, Sisto. » C'est Carmé qui me dit ça, quand on boit une bière toutes les deux dans la grange. Bien sûr, je n'aurais pas dû lui raconter. « Si j'ai la tête ailleurs, ne serait-ce qu'une nanoseconde, je me retrouve en orbite ! » Nous sommes devant un établi à tripoter des capteurs et des lasers de poche multimodes. « Voilà ce qui arrive quand on se trouve dans deux états à la fois ! Que cela te serve de leçon. Arrête ce petit manège quantique qui tournicote dans ta tête ! »

Oui, j'ai retenu la leçon. *Je ne le dis pas à voix haute. Et je ne risque pas de l'avouer, ni à elle ni à nos parents. À personne. La vérité : je ne me fais plus confiance, voilà ! J'ai été mise en charpie par mon manque de concentration. Par faiblesse émotionnelle. Carmé a raison. Si j'avais été à sa place, je n'aurais sans doute pas survécu.*

4

Le soleil couchant flamboie derrière les arbres dénudés, éclairant à contre-jour la silhouette du Lunar Landing Research Facility, l'ancien site d'entraînement à l'alunissage, qui se dresse à l'horizon.

Surnommé entre nous « le portique », sa structure de soixante-treize mètres de haut et de cent vingt-deux mètres de long sert aujourd'hui à effectuer des crash-tests d'avion-cargo, de drones, d'engins spatiaux, et tout récemment d'un avion de ligne. Il y a quelques semaines, nous avons testé des taxis autonomes et des voitures volantes, ainsi qu'une nouvelle capsule spatiale destinée à aller sur la Lune et à en revenir.

Des atterrissages en urgence. Des amerrissages. Chaque scénario est plus stressant que le précédent, avec de moins en moins de personnel et de plus en plus d'enjeux. Tout ça pour dire que la structure métallique rouge et blanche en forme de A géant et ses bâtiments autour, tout proches de la centrale thermique et de ses fumées nauséabondes, sont mon refuge, ma seconde maison pour de multiples raisons. Elles sont au moins vingt, si on fait référence au nombre de mes fidèles partenaires, écrasés, cassés, meurtris – mes chers mannequins entassés dans le hangar. Pour eux, je dois passer ici régulièrement. Comme s'ils étaient mes patients ou mes enfants. (Et oui, ils ont tous un nom !)

Je dois m'assurer qu'ils n'ont besoin de rien. Quelques reprogrammations, quelques ajustements. Je soigne les petits bobos, bichonne leurs séries de capteurs qui me permettent de savoir si nos pilotes, nos astronautes et d'éventuels passagers auraient survécu dans des conditions similaires – après s'être crashés au sol ou contre un immeuble à la suite d'un décollage raté dans une zone urbanisée comme Boston ou New York, ou en cas d'amerrissage en catastrophe au retour d'une mission sur l'ISS, la Lune ou Mars.

— Une bière ! Il me faut une bière ! lance Fran, tandis que nous faisons biper ensemble nos télécommandes de voitures.

Ouverture des portes et démarrage à distance – on n'est jamais trop prudent ! Une explosion est si vite arrivée !

— Et tu es bonne pour payer ta tournée après m'avoir fait un coup pareil !

Elle dit ça, mais ce n'est que pure posture.

— Pas question. Pas même une pinte, lui réponds-je. À moins d'un miracle, on va être au chômage technique d'ici minuit. Et devine qui va être d'astreinte ? Sans compter que j'ai l'EVA cette nuit.

— Comme d'hab, tu es une vraie rabat-joie.

— La bonne nouvelle, c'est que tu pourras traîner dans la salle de contrôle, regarder le décollage, écouter Rush parler aux astronautes…

— Des fusées, encore des fusées ! Tu sais combien de décollages et de sorties dans l'espace j'ai vus ? Tout le monde se contrefiche des astronautes aujourd'hui ! lance-t-elle.

Le sous-texte, c'est qu'elle ne veut pas que j'en sois un. Mais elle ne l'avouera jamais.

Son Tahoe noir est garé à côté de mon pick-up de service, un Silverado blanc, avec benne couverte, sirènes, gyrophares, pneus run-flat et sur les portières le logo bleu de *NASA Protective Services*. Nous sommes les seules forces de sécurité à avoir sur notre écusson un globe terrestre, une lune et un chapelet d'étoiles.

Cela n'a rien d'extraordinaire quand on œuvre au LaRC, le plus ancien des dix centres de recherche de la NASA, un lieu qu'on appelle simplement Langley, à ne pas confondre avec l'autre Langley, celui du siège de la CIA qui se trouve à trois cents kilomètres de là au nord-ouest de notre petite péninsule que nous partageons avec la base de l'US Air Force. D'une certaine manière, on peut dire que Carmé et moi sommes issues d'une soupe primordiale high-tech : un méli-mélo de rivières, de plages et d'océan traversé par les éclairs et le tonnerre des fusées. Nous avons toujours eu un pied dans l'eau et un autre dans les étoiles.

Notre bulle nourricière s'étend sur trois cents hectares. Elle abrite une collection de bâtiments reliés par des tunnels, formant un dédale de chambres mystérieuses, d'incubateurs, de laboratoires et de centres d'essai légendaires. Et ceux qui habitent ce territoire sont tous des génies. Dès notre enfance, ma sœur et moi avons arpenté les mêmes couloirs et hangars qu'Amelia Earhart, Charles Lindbergh et John Glenn.

Régulièrement, des témoins nous racontaient des anecdotes concernant Neil Armstrong, John Young, Buzz Aldrin et autres trompe-la-mort de l'exploration spatiale quand ils ont appris à piloter le LEM au portique. Tout a commencé ici, en Virginie, et non en Floride ou au Texas. Sur ce petit bout de péninsule en 1917, quand le gouvernement a créé son premier laboratoire d'expérimentation du vol humain, le National Advisory Committee for Aeronautics, le NACA.

À l'époque, il n'y avait pas de S dans l'acronyme, pour *Space* – l'espace n'était pas encore au programme –, pas plus d'aéroports et de FAA. Et il faudrait attendre dix ans pour que Robert Goddard mette au point la première fusée à ergol liquide. Atteindre les étoiles ne deviendra une priorité nationale qu'à partir de 1957, après que les Russes eurent envoyé le premier satellite de l'Histoire. Le lancement de Spoutnik, célèbre dans le monde entier, a été un véritable affront pour les Américains.

Le NACA s'est transformé en NASA, la National Aeronautics & Space Administration. La course à l'espace était lancée. Bien sûr, selon moi, cette quête des étoiles a commencé dès l'apparition de la vie sur terre. Depuis des temps immémoriaux. Parce que c'est dans notre chair, écrit dans nos cellules, nous devons voyager dans les airs et aller toujours plus loin. Cet appel vers les cieux, vers l'infini et la liberté, date de bien avant l'époque où Igor Sikorsky et les frères Wright essayaient de quitter le plancher des vaches, dans des tentatives téméraires et effrénées qui souvent se soldaient par des crashes. Ces inventeurs et leurs machines bringuebalantes n'étaient pas les premiers à vouloir tutoyer le ciel.

Léonard de Vinci a conçu des planeurs et des hélicoptères dès le XVe siècle. Mille ans auparavant, des contes fantastiques narraient la visite de voyageurs galactiques qui tombaient du ciel telles des boules de feu et repartaient en soulevant des tornades, ou racontaient l'épopée de simples mortels, des illuminés qui s'équipaient d'ailes de cire et de plumes et s'approchaient trop près du soleil. Mythes et textes anciens, y compris la Bible, regorgent d'indices et d'allusions qui pourraient nous révéler nos véritables origines si nous acceptions d'ouvrir les yeux et de lire entre les lignes.

Les routes pavées d'or, le buisson ardent, Balaam et son ânesse, la femme de Loth transformée en statue de sel, le passage de la mer Rouge, la multiplication des pains… les exemples sont nombreux. Et mon préféré : Jonas l'entêté qui refuse de faire voile vers Ninive et qui se retrouve quand même là-bas, recraché sur le rivage après avoir passé trois jours dans le ventre d'une baleine. Un retour sur terre non nominal, et une mise en garde que je prends à titre personnel : ne pas se planter en salle de contrôle !

Bien sûr, il y a les anges et les démons, le mont Olympe et les dieux, et tout cela pose problème quand on se méfie des croyances aveugles et des fables. Dans ma famille, nous prenons les miracles, la magie et le paranormal pour ce qu'ils sont : des phénomènes physiques inexpliqués que l'homme, par atavisme et ignorance, surinterprète et anthropomorphise. Voire politise. Souvent pour impressionner. Presque toujours pour son intérêt personnel.

Un jour, nous comprendrons notre place dans le grand schéma : un petit point bleu, parmi d'innombrables planètes à travers l'infini, qui tournent, orbitent dans l'espace comme autant de perles d'un collier cassé. Des mondes séparés cherchant à se reconnecter, tels les deux doigts de la *Création d'Adam* au plafond de la chapelle Sixtine, tel E.T. regardant le ciel sa maison, telle Dorothée du *Magicien d'Oz* qui veut rentrer chez elle – comme si nous ne venions pas d'ici, mais d'ailleurs, là où nous voulons désespérément retourner.

Voilà pourquoi c'est dans nos gènes, notre nature profonde de propulser nos corps fragiles de chair dans les airs, malgré tous les dangers. Nous voulons prendre notre envol… avec des capes et des cerfs-volants, des ballons et des dirigeables, des planeurs, des tyroliennes et des catapultes, des élastiques, des parachutes, des avions et des fusées, des navettes spatiales, des jetpacks, des drones…

Nous sommes prêts à tout pour défier la gravité et briser nos chaînes, revenir enfin à nos origines, retrouver ce que nous avons perdu, et voler, libres, sur les vagues de l'espace-temps.

00 : 00 : 00 : 00 : 0

Fran et moi sommes garées tête-bêche, portière contre portière, comme tous les flics en voiture se rejoignant sur un parking désert. Nous baissons nos vitres.

— Qu'est-ce que tu vas faire ? Prévenir le Pentagone pour ta fausse alarme ? raille-t-elle. Ou aller trouver ton bon général Melville ? Sauf que je ne l'ai pas trouvé aujourd'hui très affectueux à ton égard.

Je lui fais signe de se taire pour que je puisse signaler par radio la fin de l'intervention :

— Alpha 5 à central. 10-95 au 1111.

J'annonce au standard que nous quittons les lieux, sans donner de plus amples détails. Depuis le premier appel radio, je veille à en dire le moins possible. Pour tout le monde, je n'ai fait que répondre à une alerte de routine. Je n'ai pas parlé ni du tunnel 1111-A, ni du réseau quantique.

Je n'ai pas évoqué non plus l'histoire du badge volé la veille au 1110. Un journaliste peut toujours nous épier. Et le pire de tous est Mason Dixon. (Oui, c'est son vrai nom !)

— 10-4, Alpha 5, me répond Christine.

Je raccroche le micro.

— J'ai deux ou trois trucs à régler, dis-je à Fran en bouclant ma ceinture. Et je te rappelle qu'il ne s'agissait pas d'une fausse alerte. Alors ne va pas raconter n'importe quoi. Et surtout pas dans ton rapport.

— Je n'ai aucun rapport à écrire. Ce n'est pas *ma* fausse alerte. Et je ne dénonce jamais tes délires, capitaine Parano.

— Trop aimable, major Butor. Tout ce que je dis, c'est que nous ne savons pas ce qui a déclenché cette alarme. Pas encore. Mais je vais continuer à chercher.

— Tu rentres quand à la maison ?

Comme c'était prévisible, elle veut me parler en tête à tête.

— Dans une heure, j'espère. Ça dépend de ce qui est arrivé sur mon bureau entre-temps. Et il faut que je range les prélèvements, que je mette tout ça au réfrigérateur.

— Pour quoi faire ? N'imagine pas refiler ces échantillons au labo, ils sont débordés. (Ça y est, elle recommence à me donner des leçons !) Je ne vois pas en quoi c'est si important que tu aies trouvé du sang dans un tunnel. Plein de gens doivent se couper, avec tous ces machins en métal partout. Rien qu'être si bas sous le niveau de la mer pourrait te faire saigner du nez ! Ou péter les artères.

— N'importe quoi.

— Je suis sûre que c'est une réalité médicale, insiste-t-elle, sans craindre de paraître ridicule.

— Pas du tout.

— Je te rappelle qu'il y a eu des morts là-dedans ! (Ce n'est pas tout à fait exact, mais pas complètement faux non plus.) De quand date ton rappel contre le tétanos ?

— Je suis à jour. Et ce n'est pas moi qui ai saigné.

Je dois élever la voix parce que des F-22 jaillissent du crépuscule, fendant le ciel dans une courbe improbable.

— Mais tu ne sais pas depuis combien de temps ce sang est là. Une heure, un jour, une semaine, un mois ? À supposer qu'il s'agisse bien de sang, et de sang humain.

Tout en me parlant, elle jette des coups d'œil dans le rétroviseur. Maintenant qu'elle est à l'air libre, elle a récupéré ses réflexes de flic.

— Au plus tard, ça date d'hier. En revanche, c'est peut-être plus récent, beaucoup plus récent... Il se peut que quelqu'un se soit trouvé là juste avant notre arrivée. Avec la chaleur de ces tuyaux, le sang a pu virer au noir très vite. En quelques minutes. Voire une poignée de secondes.

Et j'ajoute qu'il sera très simple de vérifier mon hypothèse.

Il me suffit de descendre dans le tunnel, de me faire une entaille et laisser tomber quelques gouttes de sang au même endroit. Je saurai alors précisément, dans ces conditions de température et d'hygrométrie, au bout de quel laps de temps la coagulation sera complète. Certes, cela ne me dira pas combien de temps la trace résiste avant d'être réduite en poussière par la chaleur ou dissoute par l'humidité ambiante.

— Si tu veux faire un truc aussi idiot, ne te gêne pas. On te retrouvera momifiée là-dedans dans vingt ans ! Vas-y, je m'en fiche !

Elle ne pense pas ce qu'elle dit. Je lui annonce qu'il y aura sans doute ce soir des restes intéressants dans la cuisine chez mes parents. Peut-être des macaronis au fromage, comme ceux de *Kitchen Combat*, l'émission culinaire préférée de ma mère. Ou un plat de haricots à la sauce tomate bien calorique avec des oignons caramélisés et du bacon. Ce serait bien de manger un morceau ensemble avant de devoir revenir ici et passer une nuit blanche.

— Je t'envoie un SMS quand je suis à la maison. Donne-moi deux heures, le temps de terminer quelques trucs avant de traîner tes savates par chez nous.

Et ce n'est pas une image.

Nous sommes voisines, et plus que cela même. Comme une tribu, ou un clan, la famille Chase et ses proches ont toujours vécu dans ce coin de la Back River, depuis les années 1860, quand la ferme où j'ai grandi a été donnée à l'arrière-grand-père de mon père, George Washington Chase, après la guerre de Sécession. On raconte dans la famille que notre nom a été permuté, si ce n'est inventé de toutes pièces, par un Nordiste trouvant amusant de rappeler que nos ancêtres mulâtres avaient été *chassés* de tout temps.

À l'époque, ce n'était pas drôle. Et aujourd'hui non plus. Mais à l'évidence, contrairement à bien d'autres, la saga des Chase a connu un happy end. Nous sommes une grande et belle famille, et il n'y a pas besoin d'être du même sang pour en faire partie. Fran et Easton, son fils de six ans, vivent juste derrière chez nous. Elle a intégré le cercle familial en épousant son petit copain du lycée, Tommy, qui se trouve être le cousin de ma mère. Tommy a pris le large pour l'instant, et je le comprends.

Fran et lui ont décidé de se donner un peu d'air. Appelons ça un congé sabbatique de couple, ou tout simplement une cure de repos – ce sera plus proche de la réalité. Et c'était surtout Tommy qui en avait besoin, depuis que Fran ressemblait bien plus souvent à Mrs Hyde qu'au Dr Jekyll. Ses phobies sont montées en flèche pour des raisons inconnues, même si je pense savoir pourquoi.

Je ne crois pas aux coïncidences. Et son état a empiré quand elle a appris, le printemps dernier, que Carmé et moi étions retenues au programme de formation des astronautes. Si tout se passe comme je l'espère, la vie de Fran va changer drastiquement, et elle le sait. Bien sûr, jamais elle ne le reconnaîtra. N'empêche qu'elle est devenue désagréable, sur les nerfs et hystérique, au point que Tommy a été contraint de prendre un appartement à Williamsburg.

Il a insisté pour que Fran, Easton et Shroder, leur chat tigré orange, restent à Hampton, dans cette petite maison au bord du rivage, à deux pas de chez nous. C'était préférable pour tous qu'ils soient ensemble, ici, sous la protection du clan Chase. Comme disent mes parents, la famille, c'est ce qu'il y a de mieux pour les enfants. Les Chase veillent sur les siens. L'important, c'est que tout le monde soit bien.

Ou le mieux possible. Et je dis à Fran que je la verrai là-bas, remonte ma vitre et quitte le parking. Il va bientôt faire nuit. Les employés commencent à rentrer chez eux et il y a du monde sur North Dryden Street quand je m'éloigne du portique pour rejoindre le centre du LaRC.

5

Je veille à ne pas dépasser les trente kilomètres à l'heure. Je traverse les grandes prairies du centre d'essai des drones, puis des bois touffus, et des marécages parsemés de glace et d'herbes brunes.

Je longe des successions de bâtiments anodins, percés de minuscules fenêtres. Les noms sur les façades donnent une petite idée de ce qui se passe à l'intérieur : MEASUREMENT SYSTEMS. AUTONOMY INCUBATOR. CONTINUOUS-FLOW HYPERSONIC TUNNEL. FLIGHT RESEARCH. ACOUSTICS. La plupart des laboratoires sont peints en blanc et hérissés d'antennes et de paraboles. Je consulte mes messages sur mon téléphone.

Mason Dixon a encore essayé de me joindre ! Et comme si ce nom n'était pas assez agaçant, il a le charme d'Alec Baldwin, ce qui justifie son surnom : Beau Gosse.

C'est un journaliste Internet plus ou moins célèbre. Il est doué, charismatique, et son oncle Willard est le gouverneur de la Virginie. Je m'en veux encore de lui avoir donné mon numéro personnel ! Mais, à l'époque, cela paraissait logique. Et je commettrais sans doute la même erreur dans les mêmes circonstances.

J'écoute son message tout en conduisant.

— Salut Calli, c'est moi, « Mason Dixon, comme la ligne qu'on ne franchit pas quand on est journaliste ». Ha ! Ha ! (Il a toujours cette voix suave du crooner qui croit que toutes les filles sont folles de lui.) Pas mal comme accroche, non ? Ça va être viral, j'en suis sûr ! Tu aimes ?

Non. C'est pourri ! Mon père est le descendant d'une esclave et de son maître à une époque où la ligne Mason-Dixon représentait bien autre chose que la simple frontière entre les États nordistes et sudistes ! Je pourrais accuser Mason d'être raciste, mais ce n'est pas mon genre. En outre, il s'intéresse bien trop à lui-même pour faire attention à ce genre de maladresse. Il ne sait rien de mon histoire familiale, rien de ma mixité ethnique, sinon que je lui rappelle J-Lo. C'est vrai qu'avec le bon déguisement à Halloween, je peux me faire passer pour elle, mais en réalité, non, je ne lui ressemble pas du tout. Et c'est bien dommage.

— … Il paraît que l'aigle est au nid, autrement dit le grand manitou de la Space Force est dans le secteur, continue la voix enregistrée. Ici, à Langley, pour être précis. Et ton ami Mason est…

Tu n'es pas mon ami. Et cela ne te regarde pas !

— … ton ami Mason est avec son bourbon on the rocks et il s'interroge… qu'est-ce que vient faire sa seigneurie le général Moby Dick Melville dans ton coin de forêt ? Bonne question, non ? Lui, le trophée légendaire que tous les amateurs de pêche au gros rêvent d'attraper. Tu sais à quel point je veux cette interview, Calli. Je suis sûr que tu peux m'aider sur ce coup et qu'au nom de notre affection mutuelle tu pourrais…

— Affection mutuelle ? Pas même en rêve, espèce de grosse bouse.

Heureusement que personne ne peut m'entendre.

— Bref, si le gros poisson est dans les parages, poursuit Mason sur le répondeur, c'est que d'autres vont rappliquer, n'est-ce pas ? Alors, je te le demande, douce dulcinée, que se passe-t-il donc ? C'est pour le moins curieux. Appelle-moi. Ah oui, au fait, c'est vrai que lui et toi, une fois…

Je coupe le message. Je n'en peux plus de ce petit ton mielleux et hautain, comme s'il avait quelque droit sur moi. Comment peut-il s'imaginer que je vais le mettre en relation avec mon ancien patron ? Ou avec qui que ce soit, d'ailleurs ? Quelle prétention !

Je suis sur Langley Boulevard à présent, je me dirige vers les sphères géantes de la grande soufflerie. L'image la plus connue du LaRC. Et de mes deux bureaux, situés de part et d'autre de la rue, je peux admirer cette vue. Le fait que, de mon antre dans le bâtiment 1232, je puisse voir mon bureau d'angle au 1195C me donne l'impression d'être dans deux endroits à la fois – un don d'ubiquité qui n'a pas que des avantages.

Je contourne une aire de repos avec des tables de pique-nique et des courts de tennis, juste à côté de la salle de gym où je ne vais que trop rarement. En particulier à cette période de l'année, quand mon métabolisme déjà paresseux se met carrément à hiberner. Puis j'aperçois la soufflerie à densité variable, une vieille dame âgée de près d'un siècle qui ressemble au *Hunley*, le sous-marin qui a coulé pendant la guerre de Sécession, ou à un poumon d'acier gothique – au choix. Voire à un vaisseau d'une race d'extraterrestres primitifs sorti tout droit de *Star Trek.*

Construit avec une débauche de rivets, comme au temps des frères Wright, cette relique historique était déjà exposée quand j'étais enfant. Ma sœur et moi passions notre temps à grimper dessus pour jouer à la guerre quand personne ne nous regardait. On se racontait qu'on chevauchait une navette spatiale d'attaque…

… ou qu'il s'agissait d'un vaisseau camouflé en astéroïde, ou d'un sous-marin de guerre… on filait sous la surface, périscope sorti… on plongeait dans les abysses… on lançait des torpilles sur l'ennemi…

Hé ! regarde la route !

Les phares de la file opposée m'éblouissent, comme autant de petits soleils blancs. Je cligne des yeux – bien trop souvent. Signe que mon taux de glycémie s'effondre. J'essaie de ne pas me faire remarquer des deux Suburban noirs qui me suivent, à deux ou trois voitures derrière moi. Des plaques d'immatriculation de Washington dans les numéros 900, des vitres teintées, des véhicules sans doute blindés pour protéger non seulement leurs occupants mais aussi les équipements à bord. Ce ne sont pas des SUV militaires, ni d'une agence de sécurité privée, ni du ministère des

Affaires étrangères. Je les ai repérés quelques minutes après avoir quitté le parking du 1111.

Ils me suivent alors que je dépasse le service des navettes. Ils restent à bonne distance, sinuant sur une même ligne comme s'ils étaient pris dans mon rayon tracteur. Mais c'est sans doute mon imagination qui me joue des tours. Si, pour des raisons inconnues, ils s'intéressaient à moi, ils se montreraient plus discrets, non ? J'ai trop tendance à être sur le qui-vive. La présence de Dick doit me rendre paranoïaque. Un peu.

Ils me suivent comme si j'étais une fréquence pirate, un système espion. J'ai l'impression d'avoir aux trousses une armée d'antivirus. Il est rare qu'un détachement d'agents patrouille ainsi dans les parages. En tout cas, pas ceux du Secret Service. Certes cela dépend de qui est en visite dans notre saint des saints.

Sauf qu'aucune visite officielle ne risque d'être organisée à cette heure où nous nous préparons à subir un shutdown et une tempête. Je suis toujours prévenue quand des VIP arrivent au LaRC.

00 : 00 : 00 : 00 : 0

Je surveille les Suburban dans le rétroviseur, je distingue deux personnes à bord dans chaque véhicule. J'évalue leur technologie, leur mode opératoire pour tenter de déterminer qui sont mes poursuivants.

L'absence d'antenne visible dans le premier SUV suggère la présence de microrubans enchâssés dans le toit et le corps du véhicule. Ces dispositifs permettent tous types de communications, y compris via satellite.

Le second Suburban, en revanche, est aussi hérissé d'antennes qu'un porc-épic, et sur le toit j'aperçois deux dômes typiques de systèmes de sécurité électronique et de brouillage. Un équipement d'exception, à moins que le vice-président ne se déplace en personne, comme il l'a fait la semaine dernière.

Il s'agit bien du Secret Service. J'en suis quasiment certaine – les SUV, les tactiques de filature, les plaques et le reste, c'est signé –, même si je ne sais pas tout de leur technologie puisque je fais partie depuis peu de leur force anticybercriminalité. En revanche, pourquoi n'ai-je pas été prévenue ? Mystère ! Et pourquoi deux véhicules seulement ? Où sont les autres ? Qui protègent-ils ?

Ou plutôt qui cherchent-ils ?

Cette pensée troublante remonte du tréfonds de mon esprit. Je ne sais pas d'où elle vient. Pourquoi le Secret Service chercherait un fugitif ou un témoin clé dans une base de la NASA ? Notre plus grande crainte, c'est l'espionnage. Et ce genre de péril est géré par le FBI. Il n'y a aucune raison que le SS s'en mêle, à moins qu'il n'y ait une menace imminente concernant leur pré carré.

Par exemple, une tentative d'assassinat visant le président, le vice-président ou leurs familles. Ou des membres du gouvernement et d'autres hauts représentants de l'État. Ou encore si des délits financiers, incluant des usurpations d'identité, des fraudes, risquent de mettre en péril la sûreté nationale. Mais je ne vois pas, en ce domaine, ce qu'on peut bien faire de terrible au LaRC.

Concentre-toi !

Les nerfs tendus comme des cordes de guitare, je prends la direction de notre PC. Au passage du rond-point, les grandes sphères de l'Hypersonic Facilities Complex bouchent l'horizon, tels des œufs d'autruche gigantesques. Le temps presse. Passer une nuit blanche à la salle de contrôle ne m'enchante guère. Et l'idée que tout le monde, ou presque, est renvoyé dans ses pénates me fait froid dans le dos. Tout cela à cause de politiciens revanchards. Et je n'ose pas dresser la liste de tout ce que je dois accomplir avant que ne commence le shutdown. Je préfère ne pas y penser.

Certes, cela reste souvent une menace en l'air. Mais l'inquiétude est là et fait déjà ses dégâts. Les chercheurs s'affolent à l'idée de se retrouver chassés de leurs laboratoires. C'est l'un des avantages de travailler pour les services de protection de la NASA. Le shutdown ne s'applique pas à nous. Du moins, pas à moi. Jamais.

Une fois le 1232 évacué, je ne pourrais peut-être plus y entrer en tant que scientifique, mais les portes resteront ouvertes pour l'agente de sécurité que je suis.

En d'autres termes, je vais où je veux, quand je veux. C'est vrai aussi de mes collègues au PC comme de mes voisins, les pompiers et les équipes de sauvetage de la NASA. Aussi, quand j'entre sur le parking, je suis surprise de le trouver quasiment vide, à l'exception de la petite flotte de quads Polaris vert kaki.

Où sont-ils tous passés ?

Je me gare sur la place de mon chef, là où se trouve d'ordinaire sa Harley-Davidson.

Il a dû rentrer chez lui quand je suis partie à la réunion avec Fran. Il a eu bien raison. Même avec des poignées et une selle chauffantes ainsi qu'une grosse bulle, il faudrait me payer cher pour piloter une moto par ce froid. J'attrape mon sac, ferme mon pick-up et fonce sous la bise.

Brrr !

Je presse le pas, en évitant les flaques de sel, pour rejoindre l'entrée derrière notre bâtiment de brique percé de vitres bleues. Je glisse ma carte magnétique dans la fente de la serrure. Sitôt passé le seuil, je me fige.

Bizarre...

Personne ! Comme si tout le monde était rentré chez soi. Je m'y attendais un peu après avoir vu le parking désert. Mais l'alarme n'est pas branchée. Je ne bouge pas, tous mes sens aux aguets. J'observe le hall dans notre microcosme azur. Tout est bleu : la moquette, les faux fauteuils anciens, les murs décorés du logo de l'Agence avec son globe – « la boulette de viande bleue », comme on la surnomme ici –, sans compter la collection de photos de fusées au décollage et de la Terre vue de l'espace, avec ses chapelets de nuages et ses océans lapis-lazuli.

Je scrute la moindre surface réfléchissante où pourrait se mirer le reflet d'un intrus. Ou un dispositif de surveillance. Aujourd'hui, un ennemi n'est pas forcément un être vivant. Mais je ne remarque rien de suspect, ni sur les portes vitrées ou parois de verre, ni sur le grand écran de télévision qui est allumé dans le hall, le son coupé.

Bizarrement aussi, la chaîne choisie est celle de la NASA montrant les deux astronautes à bord de l'ISS. La commandante, Peggy Whitson, et Jack Fischer préparent les câbles en vue de l'installation officielle d'un appareil d'analyse météorologique, le LEAR pour Low Earth Atmospheric Reader, programmée à 2 heures du matin cette nuit. Dans moins de neuf heures. À plusieurs reprises, aujourd'hui, j'ai regardé ces images de la NASA sur mon téléphone. Pour l'instant tout est nominal. Les indicateurs sont au vert pour cette double opération de la nuit.

La fusée de ravitaillement à Wallops est sur le pas de tir, un obélisque blanc et iridescent, insensible au mauvais temps. Dans l'espace, la capsule Dragon de SpaceX et l'ISS avaient rendez-vous hier, l'arrimage s'est bien passé et la cargaison est prête à être déchargée et installée. C'est un astro-rodéo auquel j'ai assisté bien des fois, sauf qu'aujourd'hui c'est différent. Et personne ne le sait.

Le LEAR est un leurre. Et par une sorte d'ironie du destin, je vois les deux astronautes qui se préparent pour l'EVA. Une mise en scène, pour dissimuler la véritable nature de ce boîtier envoyé de Cape Canaveral à bord du Dragon qui a orbité pendant deux semaines avant d'être attrapé par le bras articulé de la station internationale.

Pendant la sortie extravéhiculaire, c'est ce même bras qui emportera la commandante Whitson avec cette prétendue expérience scientifique vers la plateforme à l'extrémité de la poutre de la station. Parce que cet appareil n'est pas le LEAR en question et ne va faire aucune mesure ou observation, qu'il s'agisse de la Terre, de la Lune, de Mars, de l'espace lointain, ou de quoi que ce soit. Enfin pas exactement.

Ce qu'on dit au public ne peut être toujours la vérité, en tout cas pas quand il s'agit de l'armée ou de la NASA. Je regarde un moment les deux astronautes qui se parlent et communiquent avec la salle de contrôle à Houston. Il ne s'agit que de procédures préliminaires devant être effectuées dans le module américain à bord de l'ISS.

Car, pendant la sortie dans l'espace, c'est Rush qui sera aux commandes. Et il se trouvera dans la salle de contrôle à Langley, pour superviser l'installation du dispositif top-secret, valant plusieurs milliards de dollars, – une opération absolument « non nominale » et où l'échec est inenvisageable. Il ne s'agit pas d'une expérience scientifique, conçue par des élèves d'un lycée, qui va être déplacée dans l'espace sur une distance équivalente à un demi-terrain de football, puis être fixée à une palette extérieure tournant autour de la Terre à la vitesse de trente mille kilomètres à l'heure.

Ça me fait un drôle d'effet de voir ces images sur la télévision en ce moment. Comme un signe de mauvais augure. Parce que ce n'est vraiment pas de chance : avoir simultanément un lancement de fusée cargo et une sortie extravéhiculaire un jour de tempête et de shutdown ! Cela fait beaucoup à gérer quand le gros des équipes de la NASA va être renvoyé dans ses pénates.

Si l'arrêt des activités gouvernementales se produit comme prévu, alors à minuit le personnel du

LaRC passera de trois mille six cents personnes à cinquante. Ce n'est pas beaucoup pour tenir la place. Et le même phénomène aura lieu dans toutes les bases de la NASA, y compris à Wallops et Ames. Mais ce qui me tracasse, pile en ce moment, ce n'est ni le lancement de la fusée cargo, ni l'installation dans l'espace d'un appareil top-secret.

C'est un sujet beaucoup plus terre à terre : pourquoi la télévision dans le hall diffuse-t-elle les images de la station spatiale ? D'ordinaire le téléviseur est réglé sur CNN ou Fox TV, suivant qui tient la télécommande.

Une question s'impose : *Qui se trouvait là ?*

Je trouve la zapette sur une table, éteins la télévision et me dirige vers la série de box bleus réservés aux agents en visite et aux stagiaires. Personne. Aucune trace d'activité. Et quand c'est désert, cette zone ressemble à une boîte d'œufs vide. Une image désagréable. Je jette un coup d'œil aux bureaux, aux restes dans les corbeilles à papier, aux post-it et autres fiches punaisées sur les cloisons. Puis je poursuis mon inspection dans la salle de repos et les toilettes.

Toujours avec mon passe magnétique, je pénètre dans la salle de vigie où les écrans muraux retransmettent les images des centaines de caméras de surveillance réparties sur le site. Sur les télévisions, les présentateurs des diverses chaînes commentent en sourdine ce qui se passe dans les rues et dans l'espace, agrémenté de bulletins météo et de mini-reportages concernant les débats houleux au Sénat.

Je prends le temps d'écouter s'il y a du nouveau concernant le shutdown. Non, rien n'a changé. Sur les écrans, le standard de nos collègues des secours bourdonne d'activité, ce qui n'a rien d'étonnant. Pendant un moment, je regarde les opérateurs submergés d'appels. C'est l'heure de pointe et les bouchons et les accidents de la route s'enchaînent. Mais je ne vois aucun bulletin d'alerte concernant le chaos politique et l'imminence de la tempête.

Puisqu'il n'y a rien de nouveau, je quitte la vigie, referme la porte, et continue mon chemin le long du couloir menant aux divers bureaux et salles de réunion. Mes chaussures de sécurité couinent sur la moquette bleue. Je suis seule. Juste « moi avec moi-même ». Il n'y a personne et en même temps j'ai un mauvais pressentiment. D'abord, ces images de l'ISS sur la télévision dans le hall alors qu'il ne s'y passe rien d'extraordinaire. Et, détail plus troublant encore, cette alarme qui n'a pas été enclenchée. Je grommelle :

— Il faut vraiment être crétin pour oublier le b-a ba !

J'espère que ce n'est pas mon chef. C'est quand même peu probable. Elroy Rogers est un ancien du MIT, avec une solide formation dans le renseignement militaire et un doctorat en astrophysique. Il adore chevaucher son fier destrier d'acier, sa Harley blanche avec son système d'échappement Sreamin'Eagle et sa selle customisée façon cow-boy. Il l'a surnommée Trigger, comme le cheval de Roy Rodgers. Lui et sa monture ne sont sûrement pas partis depuis longtemps dans leur concert de pétarades. Le Dr Rogers a sans doute été le dernier à quitter les lieux.

Mais notre illustre chef n'est pas tête en l'air. Jamais, il n'oublierait de brancher l'alarme… et je commence à me demander où tout le monde est passé. Les portes sont fermées et verrouillées. À cette heure de la journée, il est normal que les cadres et chefs de service soient rentrés chez eux. Mais, avec le shutdown qui menace, c'est étrange de ne trouver aucun agent. Hormis moi.

Où sont-ils ?

Il se passe quelque chose. Inutile de se raconter des histoires ! Il y a toujours quelqu'un de garde. Je m'assois par terre, dos contre le mur. Je n'ai pas arrêté de marcher aujourd'hui. J'essaie de joindre Fran sur son portable.

— Je te manque déjà ? répond-elle dans les écouteurs avant que j'aie le temps dire un mot. J'allais justement t'appeler.

— Ça tombe bien ! Parce que je me pose des questions.

Je continue de regarder autour de moi. La NASA adore exposer photos, maquettes et reproductions de tous ses jouets.

De mon poste d'observation au ras du sol, j'aperçois le couloir dans toute sa longueur, un tunnel gris, décoré d'images sous verre montrant des aéronefs dans toutes sortes de souffleries, soumis à des conditions de chute libre comme à de très hautes températures. Tous les objets mobiles inventés par l'homme ont été testés – voitures de NASCAR, jets supersoniques, véhicules spatiaux. Nous sommes tellement habitués à ces exploits technologiques que nous n'y prêtons plus attention.

Moi la première. À force de voir ces engins partout sur les murs, on finit par se dire que les capsules spatiales, les satellites, les habitats lunaires, les robots et autres font partie du quotidien des mortels.

6

J'explique à Fran que je suis assise par terre au PC de la sécurité et qu'il n'y a pas âme qui vive.

Il y a plein de détails troublants, dont ces deux SUV noirs avec leurs antennes high-tech et leurs brouilleurs de signaux qui traversaient le centre. Et qui me suivaient peut-être.

— Tu es dans le couloir ? Pourquoi ? Tu t'es encore fait expulser de cours ? (J'entends qu'elle est au volant, sans doute sur le chemin de la maison.) Bien sûr que tu étais suivie. Puisqu'il y a du mystère partout, n'est-ce pas, Petite Agatha ?

Elle se fiche toujours de moi parce que je veux retourner chaque pierre. Moi, j'appelle ça de la conscience professionnelle. Mais pour elle, c'est faire du moindre détail une énigme à résoudre… comme dans un roman d'Agatha Christie.

— Je veux juste m'assurer que tout est OK ici.

Le couloir est une grande galerie d'exposition avec toutes ces photos, en particulier celles où l'on voit les astronautes dans leurs EMU, Extravehicular Mobility Units. Le terme technique pour désigner leurs grosses combinaisons équipées du système de propulsion autonome, le SAFER pour Simplified Aid For EVA Rescue, autrement dit un petit jetpack. Ils semblent minuscules et fragiles avec rien d'autre qu'un petit câble d'acier et des mains courantes pour s'accrocher à la station spatiale qui brille comme du platine sur le noir de l'espace.

Tout autour de moi, il y a des photos d'astronautes marchant sur la Lune, d'amerrissages de capsules au retour sur terre, et de la navette spatiale. Je reconnais que j'ai un faible pour nos vaisseaux en orbite, nos satellites et nos sondes comme Cassini, Viking et Galileo. Avec leurs paraboles et panneaux déployés comme des ailes dorées, ils m'évoquent des oiseaux de métal que nous envoyons aux confins de l'espace accomplir des voyages sans retour, pour scruter des planètes, des lunes et des étoiles. Ce sont nos créations, mais elles ne sont pas à notre image, c'est sûr ! Elles font ce qu'on leur demande, sans poser de questions stupides, sans faire des simagrées.

Toujours fidèles au poste, nos engins ne se plaignent jamais. Ils n'ont pas de vague à l'âme, ne partent pas en pause déjeuner ni ne font de petits sommes. Jamais ils ne nous quittent pour un monde meilleur. Nos astro-ambassadeurs autonomes nous obéissent au doigt et à l'œil. Certes, tant qu'ils ne sont pas piratés…

— Vraiment tu es bizarre, reprends Fran. Je veux dire, *plus* bizarre que d'habitude.

— À mon arrivée, la télévision était allumée dans le hall et l'alarme n'était pas enclenchée. Ça te paraît normal, toi ?

— C'est embêtant, effectivement. Tu sais qui est parti en dernier ?

— Je n'ai pas encore consulté le registre. Je compte bien trouver le fautif et faire un rapport. On ne peut tolérer que des gens entrent et sortent en oubliant l'alarme. Aux dernières nouvelles, nous sommes parmi les chanceux à ne pas être mis au chômage technique. Où sont-ils tous passés ?

— C'est presque l'heure de dîner, Petite Agatha. Regarde ta montre ! C'est peut-être l'explication. En tout cas, je sais où sont Kim et John. Ils ont dû partir plus tôt aujourd'hui, parce qu'ils ne se sentaient pas très bien. Avec ce virus qui traîne. Easton a été patraque il y a quelques semaines. Quant à Butch et Scottie, ils ont été envoyés sur un suicide.

— Un suicide ? Et pourquoi je ne suis pas au courant ?

J'ouvre mon sac.

— Du calme. C'est sûrement une affaire sensible. Et ils ne vont pas raconter ça à n'importe qui !

Elle ne peut s'empêcher de me lancer des vannes…

Tout ça pour se venger de l'avoir fait descendre dans ce tunnel. Chaque fois que je suis témoin de ses crises de panique, c'est moi qui paie les pots cassés.

— Ha, ha. Très drôle.

Je retire mes chaussures de sécurité.

— Je viens de recevoir l'appel de notre agent de Hampton, le premier arrivé sur les lieux. Il y a juste deux minutes. C'est pour ça que je voulais te téléphoner. Il s'agit d'une employée sous contrat avec la NASA.

— C'est moche.

Je n'ai jamais aimé entendre ce genre de nouvelles. Surtout à ce moment de l'année ! Mais je garde ça pour moi.

Bien sûr la mort et les forces noires ne prennent pas de vacances. Fran n'est plus la même après ce qui s'est passé il y a trois ans. Et plus on se rapproche du 24 décembre, plus elle va mal.

— Je voulais te prévenir, au cas où tu entendrais quelque chose, reprend-elle. Avec un peu de chance, on aura le temps de prévenir les proches avant que ça ne passe aux infos.

— Cela ne s'est donc pas produit sur la base, fais-je remarquer en renfilant mes chaussures de ville. Sinon, j'aurais été prévenue.

À moins que plus personne ne veuille me parler !

— Encore heureux ! répond sa voix dans mes écouteurs. C'est arrivé à Fort Monroe. La femme louait un appartement dans un de ces anciens bâtiments datant de la guerre civile. Un bel appart. Elle vivait seule.

Je fais un nœud double à mes lacets. J'ai un mauvais pressentiment. D'un coup, cette histoire de passe volé me revient à l'esprit.

— Fort Monroe, c'est là qu'on a dérobé le badge d'une employée extérieure, hier. Dans la boîte à gants de sa voiture.

— Le fort est immense. Plein de gens sous contrat chez vous louent des maisons ou des appartements là-bas. (Visiblement, elle en a soupé de mon histoire de carte magnétique disparue.) De plus, il n'y a rien de suspect dans cette mort. Elle a même laissé une lettre.

— Ou quelqu'un l'a écrite pour elle. Comment elle s'est tuée ?

— Elle s'est pendue avec le cordon de son ordinateur. À la porte de son placard. C'est ce qu'on m'a dit.

— Qui l'a trouvée ? Puisqu'elle était censée vivre seule ?

— Notre gars. Une visite de contrôle.

Ça ne tient pas debout.

— Pourquoi la police de Hampton a envoyé un agent là-bas ? Quelqu'un s'inquiétait ?

— Oui. Un collègue à elle. Il a appelé le numéro d'urgence un peu plus tôt, en demandant qu'on envoie quelqu'un vérifier que tout allait bien. Personne de son équipe n'a la clé de chez elle, et la femme n'était pas venue travailler et ne répondait pas au téléphone. Je peux obtenir l'enregistrement de l'appel, si tu veux. C'est l'un de vos petits surdoués avec une voix de gamin, comme celle d'Easton. Selon lui, elle a quitté le bureau hier plus tôt parce qu'elle ne se sentait pas bien, et c'est pour cette raison qu'il s'inquiétait. Du coup, j'ai demandé à un agent de Hampton d'aller vérifier sur place.

— Comment est-il entré ?

— La porte n'était pas fermée à clé. Je suppose qu'elle a voulu nous faciliter la tâche.

— Ou quelqu'un d'autre. Quel est le nom de la victime ?

— Ce n'est pas une « victime »…

— Faux ! Si elle s'est tuée toute seule, elle est sa propre victime. La femme que j'ai interrogée hier pour cette histoire de vol s'appelle Vera Young. (Je lui épelle le nom.) Une ingénieure en électronique de cinquante-quatre ans.

Grand silence.

— C'est elle. Ingénieure. Cinquante-quatre ans. Provisoirement affectée ici comme un tas de gens. Elle fait partie d'une équipe à Houston, sous contrat avec la NASA. Elle travaille sur les robots qui devront assembler des installations sur la Lune ou ailleurs.

— Habitats, abris antitempête, sas gonflables... C'est le domaine du département structure et matériaux. Et comme tu le sais, ce labo se trouve au 1110. Juste à côté du 1111. Et dessous, il y a le Yellow Submarine.

00 : 00 : 00 : 00 : 0

Je me relève et commence à faire les cent pas. Tout cela ne me dit rien qui vaille.

— Je sais que tu ne prends pas au sérieux mes inquiétudes, dis-je à Fran, mais quand j'ai terminé mon diagnostic réseau hier au 1111-A, on m'a appelée pour cette histoire de passe volé et cela concernait précisément ce labo qui occupe l'aile sud du 1110, au rez-de-chaussée.

— Qu'est-ce que Vera Young t'a dit quand tu l'as interrogée ? s'enquiert Fran tandis que j'étire mes jambes ankylosées. Je n'ai pas encore lu ton rapport. J'ai été un peu prise par la réunion, et après j'ai failli mourir étouffée dans ton tunnel de l'enfer.

— Qu'elle est rentrée chez elle vers 11 heures avec la migraine et qu'elle a oublié de fermer sa voiture à clé. (Je poursuis mes étirements, cette fois le dos, parce que j'ai un peu forcé à la salle de gym ce matin.) Quand elle a voulu retourner à Langley en fin de journée, elle s'est aperçue, en arrivant aux portes, que son badge n'était plus dans sa boîte à gants.

— Ça sent le pipeau à plein nez…

— Son passe permet d'accéder au 1110, donc techniquement au sas du 1111-A. Tu comprends maintenant pourquoi cela me tracasse ?

Je continuerai d'insister tant qu'elle n'aura pas mesuré l'étendue du problème !

— Sauf que tout t'inquiète. Il faut quand même avoir la combinaison pour entrer dans ton tunnel, non ? Or tu es la seule à la connaître.

— Je n'ai jamais dit que j'étais la seule. Et oui, je m'inquiète toujours quand des gens détiennent des informations qu'ils ne sont pas censés avoir. Comme des passes ou des codes secrets, dis-je en ramassant les chaussures de sécurité, mon casque de chantier et mon sac. D'accord, l'écoutille du Yellow Submarine est plutôt sûre, Dieu merci ! Et comme tu l'as précisé, on a désactivé le badge de Vera Young dès qu'elle a déclaré le vol. Le problème, c'est qu'elle est partie de Langley à 11 heures et n'a pas essayé de revenir avant 17 heures.

— Il y a vraiment des tire-au-flanc chez vous !

— Elle est retournée à Langley quand son mal de crâne s'est dissipé. Elle comptait travailler tard pour rattraper le temps perdu. En gros, on a une fenêtre de six ou sept heures pendant laquelle quelqu'un a pu utiliser ce passe avant qu'il ne soit neutralisé.

— C'est facile à vérifier. Suffit de regarder où la carte a bipé hier après-midi.

Visiblement, Fran s'impatiente.

— T'inquiète, je vais le faire. (Je continue de marcher de long en large dans le couloir, et ça me fait du bien.) Entre autres choses, ce qui m'a mis la puce à l'oreille, c'est l'attitude de Vera Young. Elle était sur la défensive, limite paranoïaque. Dès le début, je n'ai pas cru à son histoire.

— Si Butch et Scottie trouvent là-bas des trucs pas clairs, on fonce chez elle. Ou, bien sûr, si tu découvres qu'elle a laissé quelqu'un « emprunter » son badge.

— J'espère que non. Envoie-moi, s'il te plaît, toutes les infos que tu as – quand tu seras arrêtée à un feu rouge ou arrivée chez toi. (Je glisse ma carte dans la serrure pour entrer dans mon bureau.) J'aimerais bien voir cette lettre de suicide. Au fait, qui vient examiner le corps ?

— Joan.

— Parfait.

J'ouvre ma porte.

Joan Williams est l'inspectrice en chef du service médico-légal du district de Tidewater, mon experte préférée. En plus, nous sommes amies, et c'est toujours un atout quand on a besoin d'informations ou de soutien. J'entre dans mon bureau, pose mon sac sur une chaise, pile au moment où le téléphone fixe se met à sonner.

Quoi encore ?

Je me fraie un chemin entre les piles de cartons et de dossiers.

Peut-être qu'il y a du nouveau sur cette affaire de suicide ? Ou alors un illuminé souhaite m'annoncer qu'il a été enlevé par des extraterrestres, ou me dire qu'on n'a jamais marché sur la Lune, que l'évolution et le réchauffement climatique sont des fake news, ou encore que tous les scientifiques iront en enfer… La liste est sans fin et ne fait que s'allonger à mesure que les réseaux sociaux, l'intégrisme et la haine abreuvent cette population vulnérable que Fran surnomme les DCRB, les décérébrés.

Le sol est tellement encombré que je me cogne contre la table où j'ai laissé mon équipement tactique – gilet pare-balles, accessoires et protections diverses, boîtes de munitions, paire de menottes. Je manque de faire tomber mon bouclier classe III qui est tout cabossé depuis un entraînement anti-émeute au Hampton Coliseum la semaine dernière. Au moment de décrocher, je vois qu'il s'agit d'un appel en mode masqué. L'écran affiche « numéro inconnu ».

— Capitaine Chase, j'écoute.

— C'est Dick, répond aussitôt mon ancien chef, le général Melville.

Comment sait-il que je suis ici, dans mon bureau ?

— Alors comme ça, on m'espionne ?

C'est certes une boutade, mais je suis également sérieuse.

En tout cas, cet appel me prend de court, surtout après sa froideur à la réunion. Que se passe-t-il ? Je mets le haut-parleur.

— Très drôle, répond-il, sans la moindre trace d'amusement.

— C'est vrai qu'un général ça plaisante rarement. Je parie que tu te sers de mon appli. C'est comme ça que tu as vu mon numéro apparaître au 1195C.

— Fallait pas me la donner.

En fait, ce n'est pas vraiment mon appli, même si j'ai mis au point la première version quand je travaillais sous ses ordres à Colorado Springs.

— Pour être précise, j'ai juste participé au développement de ce traceur. Rien de plus. Il a dû y avoir bien d'autres mises à jour depuis.

— C'est exact. Ça me rappelle ce surnom que Liz te donnait…

Liz, c'est sa femme.

— Miss Modestia. Je sais. Et c'est toi qui as commencé à m'appeler comme ça. Bref, tu sais que je n'aime pas tirer la couverture à moi.

— Je suis sur haut-parleur ?

— Dans un PC désert, t'inquiète. Apparemment, tous mes collègues ont pris la poudre d'escampette. Attends… (Je ferme la porte pour plus d'intimité.) Alors ? La fin de la réunion s'est bien passée ?

Je contourne le fauteuil pour m'approcher du coffre où je range mes armes.

— Très bien. Certains discutent encore. On a bientôt terminé.

— Je suis désolée d'avoir dû filer, dis-je en entrant la combinaison sur le clavier. Moi et Fran.

— Et tu as découvert quelque chose ?

Le ton de Dick est affable mais toujours aussi distant.

— C'est étrange. Il n'y a aucun signe de panne, sur aucun des détecteurs du 1111-A, mais l'un a repéré un mouvement. C'est une évidence. Et je ne sais pas pourquoi. (Je me demande ce que j'ai bien pu faire qui justifie cette froideur de la part de Dick.) À cela s'ajoutent quelques faits troublants. Il y a eu un suicide, une employée sous contrat dont le badge a prétendument été volé hier. Et devine où elle travaillait ? Au 1110 !

— C'est fâcheux, en effet.

J'ouvre la porte d'acier du coffre.

— Je sais que tu comprends mes inquiétudes, Dick. En particulier quand cela touche cette partie murée du tunnel… sachant ce qu'il y a dedans. Je n'aime pas qu'un tel endroit puisse être accessible à des gens qui n'ont aucune accréditation secret-défense, et aucune raison de s'en approcher.

— Oui, oui. D'autant que je suis en partie responsable de cette situation.

Encore une fois, les mots sont aimables, mais pas sa voix.

— Tout va bien ? Tu parais soucieux ?

C'est une façon de lui dire que je sens sa distance, qu'il ne se comporte pas comme celui qui a été mon mentor et mon exemple pendant des années, ni comme le vieil ami de la famille Chase.

— J'ai un peu trop de choses à régler en ce moment. La routine, quoi. Si cela t'est possible, j'aimerais que tu me ramènes à la base aérienne avant d'être obligé de partir pour un autre dîner où je ne veux pas aller. Ce serait l'occasion de parler un petit peu tous les deux. Comme je l'ai dit à la réunion, je repars en avion dès demain matin.

— Je croyais que tu rentrais à Washington en voiture ?

J'ai la sensation désagréable qu'il me teste. J'ignore pourquoi. Il introduit des erreurs pour voir si je vais les relever.

Il sait pourtant que c'est plus fort que moi.

7

— Désolé, répond Dick. C'est un programme provisoire. Ça change tout le temps. Mais tu as raison, demain je file à Washington. J'aimerais bien savoir si tout va bien de ton côté, comment ça s'est passé à Houston. Nous n'avons pas eu l'occasion de parler depuis les entretiens.

— En fait si. Une fois. (À nouveau, je corrige Dick.) Juste après ma semaine au JSC. Je n'ai toujours aucun retour. Rien. Silence radio côté Houston. Et si ça dure, je vais finir par penser qu'il y a un problème, que les choses ne se sont pas si bien passées que cela.

— Et du côté de Carmé, bon ou mauvais karma ? (C'est son jeu de mots habituel, mais, là encore, je ne perçois aucun humour.) Tu as eu des nouvelles d'elle, ces derniers jours ?

C'est bizarre qu'il me parle de Carmé.

— Non. Pas beaucoup.

Je ne suis pas à l'aise parce que les silences de ma sœur sont devenus de plus en plus longs et inquiétants.

— Elle va bien ?

— En ce moment elle est aux abonnés absents, réponds-je en espérant que Dick éclaire ma lanterne.

Hélas, il est en mode « pêche aux infos », pas en mode « partage ».

— Je ne sais pas où elle se trouve en ce moment, reprends-je, mais ça n'a rien d'inhabituel. Je suppose qu'elle est en vie et qu'elle va bien, sinon tu le saurais.

Je marque une pause. J'attends. En vain ; il ne mord pas à l'hameçon. J'ajoute donc :

— Parce que tu me le dirais s'il lui était arrivé quelque chose.

Encore une fois, Dick reste silencieux. Si quelqu'un passe dans le couloir, il sera persuadé que je parle toute seule. Ce que je fais de temps en temps, pour tout dire.

— N'est-ce pas ?

Je commence vraiment à me dire qu'il est arrivé quelque chose de terrible à Carmé.

— Bien sûr, répond-il enfin. C'est évident.

— Je n'ai pas de nouvelles depuis presque un mois, dis-je un peu soulagée, mais pas tout à fait rassurée. D'ordinaire, cela signifie qu'elle accomplit une mission dont elle ne peut ou ne veut pas parler. Rien de plus grave.

J'attends des précisions de sa part.

Voyant que rien ne vient, je poursuis :

— C'est vrai qu'elle n'est pas très causante ces derniers temps, en tout cas pas la dernière fois qu'elle est rentrée à la maison. C'était il y a quinze jours, en novembre, après nos entretiens. Ensuite, elle est repartie. Je ne sais pas où on l'a envoyée. Ni si elle y est toujours. Personne ne m'a rien dit.

Dick est fermé comme une tombe. Pas un mot. Pas même un soupir. Je ne sais pas où Carmé a été affectée ni si elle est à peu près en sécurité. Peut-être sait-il où elle est. Peut-être pas. En tout cas il ne lâche rien.

— Je suppose qu'elle va bien. Qu'elle est du côté bon karma. Pas du mauvais.

Il ne relève toujours pas.

— Toi ou ta sœur, vous n'avez pas eu de nouvelles du JSC ? demande-t-il en changeant de sujet. Où ils en sont ? Ce qu'ils comptent faire ?

— Je ne sais pas si Carmé a des infos. Moi, je n'ai rien. Pas encore. (Je glisse un chargeur dans mon Glock.) Cela peut arriver du jour au lendemain. Tout dépend du shutdown. (Je remets en place la glissière de l'arme.) De l'arrêt effectif des activités fédérales et du temps que durera le blocage.

J'engage une balle à pointe creuse. S'il y avait du nouveau du côté du Centre Spatial Johnson, Dick le saurait déjà. C'est évident.

Je suis peut-être naïve, mais je suppose qu'un ancien astronaute, à la tête désormais de la toute nouvelle Space Force, est au courant de tout ce qui se passe à la NASA. En particulier quand il s'agit des « jumelles », comme on nous appelait à Houston. Et c'est probablement ça le problème. Peut-être que Dick sait déjà ce qu'a décidé la commission d'évaluation et que cela le met en porte-à-faux.

Il me cache peut-être l'information qui va changer ma vie, soit me permettre de réaliser mon rêve ou le mettre en charpie. Et à en croire son attitude bizarre, ce doit être la seconde option. C'est pour ça qu'il est si distant et qu'il me demande de jouer le taxi pour lui. Il veut se trouver en tête à tête avec moi pour m'annoncer la mauvaise nouvelle. Voilà la raison de sa froideur : me protéger.

Il veut me révéler mon échec en personne, parce qu'il a été mon ancien patron, celui qui m'a encouragée et a fait de moi une super-ninja du cyberespace. Il va m'informer que je suis recalée et que l'aventure s'arrête ici pour moi. Et peut-être pour Carmé aussi. Mais mon appréhension est ridicule. Tout cela parce qu'il est un peu froid.

Je n'ai aucun élément tangible. Je tire des conclusions hâtives.

C'est une erreur de débutant, je suis bien placée pour le savoir. Et indigne de sa confiance. Il attend mieux de moi.

Stop !

Toujours rester rationnelle. Ce n'est pas faute de le répéter à ma sœur, à Fran, et à qui veut l'entendre. Faire attention aux détails. Ce sont eux les grains de sable dans la machine, les bombes à retardement. Je ne dois pas perdre ma vigilance ni mon calme. Plus jamais. En toutes circonstances.

Ressaisis-toi !

Oui, j'ai appris la leçon par la manière forte. Alors j'affiche un calme olympien : oui, je suis contente de l'avoir vu aujourd'hui, heureuse qu'il ait pensé à m'appeler, et c'est un honneur de le conduire. Je fais au plus vite. Rendez-vous devant le 2101, le grand QG de Langley.

— Dans dix minutes max, lui dis-je en veillant à respirer lentement.

Du calme. Reste concentrée !

De la méthode. Une chose après l'autre. Je glisse mon pistolet dans son étui, le fixe à ma ceinture. Ensuite mon badge. Puis mes menottes. Avant d'ouvrir l'autre coffre, un conteneur étroit où je range mon fusil d'assaut, un HK416, qui a la fâcheuse habitude de tomber parce qu'il est trop grand pour être posé à plat. Je le récupère, referme doucement la porte, m'assure qu'elle est bien verrouillée. Je reprends les commandes. C'est mieux. Beaucoup mieux.

— Je serai dans un pick-up blanc devant l'entrée principale. Je mets mes échantillons au frigo et j'arrive.

— Tu as trouvé quelque chose dans le tunnel ?

Je lui fais mon rapport tandis que je jette un coup d'œil circulaire à mon bureau. C'est bon, je n'ai rien oublié. En même temps, il n'y a pas grand-chose. À l'inverse de mon autre travail à la NASA, je n'ai guère besoin ici de livres, de manuels, de revues, d'outils et de matériel high-tech.

C'est le bureau classique d'un agent spécial fédéral. Du matériel tactique et des armes, un ordinateur, et une fenêtre d'angle d'où je peux surveiller Langley Boulevard sans tourner le dos à la porte. Sur la desserte, il y a un grand carton plein de passes visiteurs désactivés que je n'ai toujours pas rendus au bureau des badges, à l'entrée de la base. Il y a aussi un panier avec une pile de rapports que je dois lire. Mais je m'inquiète moins de la paperasse maintenant.

Sur ma petite étagère : des codes de procédure et protocoles de sécurité. Et aussi un dictionnaire Webster qui date des années lycée. C'est tout. En revanche, je prends plein de notes, et j'ai un gros carnet de feuilles à petits carreaux pour mes graphiques et mes calculs. En ce moment, sur le tableau blanc au mur, il y a le schéma à l'échelle d'un AVP survenu sur le parking de la bibliothèque.

Dans deux armoires métalliques fermées à clé, je garde les copies de mes anciennes enquêtes, les transcriptions des auditions, et diverses documentations datant de l'époque où j'étais stagiaire. Sur une tablette, j'ai ma collection de médailles. Et à côté, une photo de famille, la seule et unique : Carmé en 2016 peu avant que je quitte Colorado Springs. Elle pose, avec son casque sous le bras, tout sourire, à côté d'un hélicoptère de combat en Syrie.

Il n'y a pas de photos de nos parents. C'eût été malvenu puisque les deux travaillent ici. Hormis cela, il n'y a pas grand-chose de personnel dans ce bureau. Moins les gens en savent sur moi, mieux c'est. C'est mon mantra. Je ne veux pas d'étalage égocentrique du genre : « Regardez comme je suis formidable ! » J'attrape mes affaires, mon sac, sors dans le couloir et verrouille ma porte.

Celle en face de mon bureau est équipée d'un clavier à l'ancienne derrière une vitre pour être utilisable même en cas de coupure d'électricité. Je passe mon badge dans le lecteur et pénètre dans une pièce où peu de gens ont accès. Certes, c'est ici que sont stockés les indices et les échantillons, mais cet endroit est une *terra interdicta* parce que dans un recoin protégé est installé notre terminal SIPRNet, le réseau crypté du ministère de la Défense permettant l'échange de données confidentielles.

Pour l'heure, ce qui m'intéresse, c'est le réfrigérateur en acier installé à côté de la salle de nettoyage des armes avec son établi, sa soufflette et son air qui fleure bon « l'Eau de Hoppe » – le petit nom que je donne au célèbre lubrifiant. Je sors les sachets de plastique de mon sac et m'assure qu'ils sont parfaitement étiquetés et référencés, tout en me demandant comment préserver au mieux ces échantillons – du sang, j'en suis certaine.

La moisissure et les bactéries sont les grands ennemis de l'ADN et mes prélèvements seront inutilisables si je les laisse confinés dans ces sachets de plastique. Je décide donc de les placer chacun dans une petite enveloppe de papier avant de sceller le tout dans une plus grande. Puis je glisse ma précieuse collecte dans l'un des tiroirs, qui, comme le réfrigérateur, ferme à clé. Après avoir fait un dernier tour d'inspection des lieux, y compris des toilettes, je retourne dans le hall. Je m'arrête sur le seuil, tends l'oreille. Rien. Le silence.

J'ouvre l'appli sur mon téléphone, la même qu'a utilisée Dick pour me retrouver, pour voir si des badges sont actifs ici, ce qui prouverait qu'il y a quelqu'un dans les murs ou qu'un passe magnétique a été oublié. Mais non. Seul mon numéro de carte s'affiche. Je branche l'alarme, sors dans la nuit froide, et démarre une nouvelle fois mon pick-up à distance, à l'aide de ma télécommande.

00 : 00 : 00 : 00 : 0

Il est 18 h 30, le vent se lève tandis que je parcours le court trajet qui me sépare du bâtiment 2101. La température ne cesse de chuter. Demain, à la même heure, la tempête sera descendue du Canada et le blizzard balayera la côte Est, du Maine jusqu'aux Outer Banks.

Des écharpes de nuages nimbent la lune et les étoiles, l'air est humide et froid. Je ne suis pas d'accord avec ce qu'annoncent les bulletins météo. Je pense qu'il va neiger bien plus tôt. J'ai un sixième sens pour ça. Va-t-on devoir annuler le lancement à Wallops ? Si le vent souffle trop fort, ce sera toute une affaire de retirer la fusée du pas de tir, la recoucher à l'horizontale et la reconduire dans son hangar.

Les silhouettes noires des arbres s'agitent sous les bourrasques quand je me gare devant le 2101, le tout nouveau quartier général de la base avec ses grandes verrières bombées et ses poutrelles d'acier. On l'appelle « le Paquebot » et l'image est juste, en particulier la nuit, quand toutes les lumières sont allumées. J'imagine Dick là-haut, sur le pont supérieur, en compagnie des membres de la direction et autres VIP. Est-il encore dans la salle où j'ai fait ma présentation un peu plus tôt dans la journée ?

Je laisse le moteur tourner au ralenti, mon Silverado garé sous les lampadaires de l'entrée principale.

Derrière mes vitres teintées, je regarde les gens s'en aller, les employés sous contrat comme les titulaires de la NASA. Personne ne fait attention à mon gros SUV de police tout blanc. Je ne suis même pas certaine qu'ils m'aient vue ! Pour être honnête, et tant pis pour le cliché, la plupart des gens de la NASA sont dans leur monde, perdus dans des galaxies très lointaines.

Ces gens poussent les portes quand il faut les tirer, traversent la rue hors des clous, sans regarder ni à droite ni à gauche, et pas même devant eux. Ils ne voient pas les feux rouges, n'entendent pas les sirènes, ne remarquent pas les gens armés. Ils branchent tous leurs appareils sur la même prise, créant régulièrement de mini-drames. Sans compter rayures, ailes enfoncées, pare-chocs froissés, et leur manie de se garer là où c'est interdit, et leur armada de vélos perdus ou endommagés.

Et ces étourderies sont perpétrées par les mêmes hurluberlus qui préparent sans faille une mission dans l'espace, le lancement d'une sonde, le déploiement de télescopes devant scruter le Soleil et Saturne. Ces magiciens qui, avec une précision chirurgicale, pilotent des engins sur le sol traître de Mars, Vénus ou la Lune, les font atterrir sur des comètes et des astéroïdes lointains comme Éros et Itokawa.

Je ne m'inclus pas dans ce lot d'excentriques, même si j'ai moi aussi quelques manies. Et oui, je peux être dans ma bulle et avoir quelques TOC. Parfois, je peux avoir un comportement bizarre, mais j'ai toujours conscience de mon environnement. C'est ainsi que j'ai repéré les deux Suburban avec des plaques du gouvernement qui me suivaient quand je suis partie du 1111.

Exactement le genre d'unités de soutien que pourrait avoir Dick. Et pourtant je me retrouve à jouer le chauffeur alors qu'il n'en a nulle utilité . Je lui envoie un SMS pour lui annoncer que je suis arrivée. Je me demande ce qu'il veut au juste. Par réflexe, je passe mon doigt sur ma cicatrice, et les images me reviennent. Je me souviens de la façon dont Dick, un peu plus tôt dans la journée, m'a touché la main. Et de cette onde de peur et de honte qui m'a traversée.

Il n'a pas besoin de moi pour le transporter, ni de ma protection. Pour assurer sa sécurité et son transport, le commandant en chef de la Space Force a l'embarras du choix, entre escortes militaires ou fédérales. Pourquoi moi ? Mon ancien patron n'est ni un impulsif ni un sentimental. La raison est ailleurs : il doit avoir quelque chose d'important à me dire, peut-être quelque chose de secret.

Dick a toujours été pragmatique. Je frotte à nouveau ma cicatrice, explorant ses contours et la partie qui est restée moins sensible. Je l'attends.

00 : 00 : 00 : 00 : 0

Je suis assise sur le sol carrelé, hors d'haleine, le cœur cognant dans ma poitrine. Il y a du sang partout. On croirait qu'il y a eu un massacre.

Mieux vaut que ce soit lui qui découvre tout ça. C'est essentiel même. On va gérer ça tous les deux. Juste nous deux. Personne d'autre ne doit me voir dans cet état, ne doit connaître mes failles. Lui, au moins, il sait. Il sait que je n'anticipe pas toujours au mieux. Pour ne pas dire jamais.

Vite !

Je n'ai rien vu venir. Et voilà le résultat !

Trois échecs et je suis hors jeu. Il ne va pas être tendre. Mais il restera moins cinglant que ses sbires. Comment ai-je pu en arriver là ? Moi qui suis toujours si prudente. Tout le monde le sait. C'est même obsessionnel, chez moi. Dick, viens me sauver ! Là où la lame s'est enfoncée, la chair est blanchâtre. Curieusement, il n'y a pas de sang.

De la chair morte.

J'imagine déjà les conséquences. Comment vais-je expliquer ça ? J'entends des pas dans le couloir, des pas décidés. C'est lui !

La porte s'ouvre.

— Pardon ! Pardon !

Je n'ai aucune excuse. Mais que puis-je dire d'autre ? Si ce n'est mon regret d'avoir tout gâché.

— C'est rien, Calli...

— J'ai essayé de nettoyer... J'aurais dû être plus attentive...

— C'est bon, Calli. Du calme. Relève-toi. Je vais t'aider.

Sa voix est loin au-dessus de moi, si loin...

— Quelle idiote ! Mais quelle idiote !

— Tout va bien. Ce n'est rien...

Il me soulève sans effort. Aussitôt sa chemise blanche est maculée de sang, ses chaussures aussi.

8

Je consulte l'heure. Comme d'habitude, je suis en avance.

Je lui ai dit dix minutes, et cela en fait juste huit. Pendant que je l'attends, j'envoie un message à Rush Delgato :

`Comment ça se présente ?`

Aux dernières nouvelles, tous les voyants étaient au vert pour l'EVA prévue à 2 heures du matin, une sortie dans l'espace n'est pas affectée par le mauvais temps ici sur terre, même si on doit annuler le lancement de la fusée cargo. Ce sont deux opérations indépendantes, elles sont juste simultanées. Et ça me rassurerait que Rush me donne des nouvelles. On ne s'est pas parlé depuis hier. Je lance à nouveau mon appli sur mon téléphone pour voir où sa carte est active.

Tant qu'il se trouve dans le périmètre du LaRC, je peux savoir où il est. Pour plaisanter, je lui dis souvent qu'il ne peut échapper à l'œil omniscient de Big Sister. *Alors, voyons ça…* J'entre le numéro de son passe dans la fenêtre de recherche, mais je n'obtiens aucun résultat. Apparemment, il n'est pas à Langley en ce moment, et de toute la journée il n'est entré dans aucun des deux cents bâtiments. Donc, à moins qu'il ne se balade dans le froid polaire, il n'est pas dans les parages.

J'écris un autre SMS :

> **Bon anniv. Ne déprime pas. Même les vieux chiens peuvent apprendre de nouveaux tours…**

Je me ravise et j'efface le passage sur la déprime et les vieux chiens. Il risque de ne pas trouver ça drôle. Et de continuer à m'ignorer. Demain, le fiancé de ma sœur a quarante ans et, la dernière fois que j'ai parlé à Carmé, elle m'a dit que Rush n'était pas très content de passer cette dizaine et qu'il valait mieux ne pas trop le titiller là-dessus. Même si ça lui ferait bien les pieds, a-t-elle raillé. Alors, je vais faire attention. J'ai toutefois un petit cadeau pour lui – et je compte le lui donner pendant le lancement –, un truc que j'ai trouvé en essayant des rangers chez Oak Tactical le mois dernier, alors que j'étais partie faire des courses pour ma mère à Williamsburg et Toano.

Je suis sûre que ça va lui plaire. C'est un stylo fait dans un matériau composite utilisé dans l'aérospatiale, avec lequel on peut écrire dans toutes les positions et toutes les conditions (tête en bas, dans l'eau, comme en microgravité). Il est également pourvu d'une pointe de carbure pour briser les vitres. Et en hommage à la tradition de sa Lousiane natale, j'ai ajouté un petit extra : des capteurs. C'est la spécialité de la NASA : améliorer la roue plutôt qu'en inventer une nouvelle. Mais je ne sais pas encore si je vais lui en parler.

Il y en a dans le stylo. Et d'autres dans l'étui en polymère que j'ai confectionné avec une imprimante 3D. Grâce à l'insertion de nanotubes de carbone légèrement aimantés, l'ensemble a un aspect noir mat du plus bel effet. Une façon amusante et originale de pouvoir garder à portée de main son outil d'écriture high-tech, pour peu que Rush trouve une surface métallique, ce qui ne manque pas ici-bas. Ou alors là-haut, un jour, dans le vaste espace où tout flotte. Cela sans avoir besoin de Velcro. J'interromps mes rêveries car j'aperçois Dick sur le perron du 2101. Je sors aussitôt de la voiture.

Tout en pianotant d'un doigt sur l'écran de son téléphone, il franchit les portes vitrées, avec ses longues jambes et ses épaules carrées dans sa tenue camo de l'US Air Force. Les quatre étoiles brodées sur le devant de sa chemise sont les seuls signes qui révèlent son rang. Chaussé de ses rangers couleur sable, il descend rapidement les marches, agile comme un chat, enveloppé du nuage de son haleine.

Il a son sac à dos sur une épaule, et il suit le trottoir jusqu'à mon pick-up, où je me tiens droite comme une sentinelle, attentive et prête à le saluer. Il n'a aucun geste de sympathie. Et certainement pas une embrassade. Pas même un bonjour quand je lui ouvre la portière. Il est le commandant en chef de la Space Force, et je me comporte comme son rang l'exige, d'autant que son attitude aujourd'hui incite à la retenue. C'est comme s'il ne me connaissait pas.

— Bonsoir, général.

Je garde mon bras droit le long de mon flanc, me retenant de lui faire un salut militaire comme du temps où j'étais à l'armée de l'air. Cela me demande un véritable effort, comme si je voulais empêcher un membre fantôme de bouger.

Il hoche la tête et range son téléphone. Son sourire est figé, son visage carré rasé de près comme à son habitude. Je lis sur ses traits de la tension. Il n'a pas enfilé sa parka et la tient sous le bras. Depuis toujours, il prétend avoir une bouillotte intérieure qui lui tient chaud. En particulier quand il est en colère.

— Oh, oh…

Il se passe quelque chose.

— Merci pour le transport, Carmé.

Il se trompe de prénom ! Je n'ai jamais aimé ça.

Et encore moins de sa part. C'est comme une humiliation, une gifle. Mais je ne risque pas de lui en faire part. Peu importe ce que je ressens. J'ai l'habitude de garder mes états d'âme pour moi.

— Tu veux dire Calli, réponds-je en m'installant au volant. (Je ferme ma portière, j'ai les yeux brillants à cause du froid.) Je te rappelle que Carmé le prend très mal quand on me confond avec elle. C'est carrément une insulte à ses yeux.

— Je le sais très bien. Je vous présente mes excuses, à toutes les deux. (Cette remarque n'arrange rien.) J'ai eu une longue journée.

Il pose son sac entre ses jambes, attrape la ceinture de sécurité et tente de la boucler, mais ce n'est pas facile dans l'obscurité.

— Pardon pour la lumière, dis-je en me penchant à mon tour pour l'aider.

Je perçois l'odeur boisée de son après-rasage.

Lui aussi pourrait sentir mon odeur. Si je mettais du parfum. Ce qui ne m'arrive jamais. Pas même les crèmes et les lotions White Musk que Carmé m'a fait acheter pour elle chez Body Shop. Il y en a partout dans la maison. Dans les armoires de la salle de bains, sur le comptoir de la cuisine, et dans l'ancienne grange qui abrite désormais nos chambres, nos bureaux et notre atelier.

— Désolée de te coller comme ça, reprends-je, mal à l'aise d'être aussi près de lui, ce qui me rend maladroite. Tu me connais. Je n'aime pas mettre les plafonniers. (Je finis par engager la languette de métal dans son logement.) Je préfère ne pas faire de moi une cible trop facile.

Je me redresse, soulagée de remettre de la distance entre lui et moi.

Il plie sa parka sur ses genoux. Je remarque que sa main droite reste ostensiblement dessous.

— Pourquoi ce « Oh, oh » ?

— Aucune importance. Je marmonne toute seule. N'empêche que tu n'as pas l'air très content, et je me demande si c'est à cause de la réunion. Je sais que je vous ai faussé compagnie un peu vite. (J'espère que c'est cela la raison de son agacement, rien de plus grave.) Voilà ce qui me tracasse, pour dire la vérité.

— C'est justement ce que je veux : la vérité, réplique-t-il en regardant droit devant lui.

La lumière des lampadaires souligne la ligne de ses mâchoires, son profil d'aigle et ses cheveux gris coupés court.

Un charme « à la Dick Tracy », comme dit maman. Ce qui est plutôt bien trouvé quand on sait que sa fille s'appelle Tracy.

— C'est tout ce que je demande, ajoute-t-il.

Pour la première fois de ma vie, j'ai la sensation qu'il met en doute mon intégrité. Est-ce la raison de sa froideur aujourd'hui ? Je n'en reviens pas.

— Rien que la vérité, insiste-t-il avec une tension dans son corps, comme un ressort prêt à se détendre. (J'ai soudain l'impression de l'avoir trahi. D'avoir fait quelque chose de mal. Et qu'il ne me reconnaît plus.) Je sais que je peux compter sur ton honnêteté. Qu'elle soit plaisante ou non, tu dis toujours la vérité. Sans fard, sans détour.

— Sauf que parfois je ne peux pas la dire. (Je démarre et m'engage sur le boulevard.) Je peux être tenue au secret, tout comme toi. Même si de ton côté, bien sûr, les enjeux sont beaucoup plus élevés.

— Parfois tu ne peux pas dire la vérité, répète-t-il. C'est bien la première fois que j'entends ces mots dans ta bouche.

— Avec toi, je n'ai jamais rien eu à cacher, en quelque circonstance.

Je prends la direction de la base aérienne.

— Y compris aujourd'hui ?

— Voilà que tu mets ma parole en doute ! Avec tout le respect que je te dois, je ne comprends pas pourquoi mon honnêteté se retrouve sur la sellette. En particulier aujourd'hui. Comme tu le sais, je ne crois pas aux coïncidences.

J'espère de toute mon âme que tout cela n'a rien à voir avec la décision du Johnson Space Center.

Ça y est, je recommence à m'angoisser, et c'est pire qu'avant.

00 : 00 : 00 : 00 : 0

— Tu en es sûre ? insiste-t-il dans la pénombre de la cabine.

— Comment ça ?

D'un coup, je suis en sueur.

— Tu es sûre qu'aujourd'hui tu peux me dire toute la vérité ?

— La vérité sur quoi ? (Je sens son regard posé sur moi.) Je ne vois pas quelle information je pourrais détenir et qu'il me serait interdit de te révéler.

— Aucune, je l'espère bien, lâche-t-il en se tournant à nouveau vers le pare-brise.

Dick contemple les bâtiments plongés dans l'obscurité. Les phares des voitures venant en sens inverse le font cligner des yeux.

— Il est crucial, reprend-il, absolument crucial, que nous puissions préserver cette confiance. D'autant plus aujourd'hui. Tu te souviens de ce qu'on se disait…

— On s'est dit beaucoup de choses…

— Sur la communication.

— Que c'était notre seule protection. Sans elle, nous étions perdus.

— Voilà pourquoi nos ennemis veulent nous rendre aveugles, sourds et muets. Et nous précipiter dans l'abîme du mensonge.

Cette remarque me rappelle comme j'aimais travailler avec Dick. Tous ces scénarios catastrophes que nous envisagions chaque jour… Et si des fake news déclenchaient une attaque, causant des milliers de victimes ? Et si des satellites « amis » avec leurs bras robotisés étaient programmés en secret pour passer à l'offensive dès la réception d'une certaine instruction ? Et si un essaim de drones tueurs étaient envoyés par une fusée ? Il y a un nombre incalculable de façons de neutraliser ou de pirater nos satellites et nos engins spatiaux. Et cela nous causerait plus de dégâts qu'une bombe conventionnelle.

Je suis bien d'accord avec lui.

— Aveugles, sourds et muets, en effet.

Nous sommes sur la même longueur d'onde. C'est notre mission commune. Protéger nos défenses. Déjouer les manœuvres belliqueuses avant qu'elles ne se produisent.

— Et pour savoir ce qui est le plus efficace, il suffit de regarder ce qui se fait déjà, dis-je. Prendre exemple sur la nature. C'est notre meilleur modèle. Quand un animal attaque, que vise-t-il en premier ? La tête – les yeux, la bouche, les oreilles.

— Et pas seulement chez les animaux. N'importe quel prédateur fait ça, renchérit Dick.

— Peu importe la puissance de nos missiles, de nos canons. Sans communication, sans possibilité d'envoyer ou de recevoir des instructions, nous sommes des proies faciles. (Je me concentre sur la circulation et surveille la lente procession de lumières rouges devant moi.) C'est ce que je comptais dire à la réunion avant d'être obligée de partir à cause de cette alarme. C'est toujours ma mise en garde. Mais c'est comme prêcher dans le désert ou crier au loup.

— Les gens comme toi et moi vivent dans un monde parallèle. Ce que nous discernons est invisible au commun des mortels. D'un certain point de vue, c'est une chance, sinon ce serait la panique dans les rues, mais d'un autre, c'est un grand péril si nous voulons continuer à exister et vivre libres, si nous ne voulons pas que notre planète soit une terre ravagée et stérile comme Mars. Le citoyen moyen ne pense jamais à ce qui se passerait si la Russie ou la Chine, ou les deux ensemble, décidaient de détruire nos satellites, nos stations spatiales, nos télescopes, nos rovers et nos fusées.

— Ou pire, s'ils les retournaient contre nous.

Dick reste silencieux.

Dans la nuit, je distingue tout juste la silhouette rouge et blanc du château d'eau qui se dresse telle une tulipe géante. Et, plus loin, la masse noire de la cheminée de l'usine de traitement des déchets.

— Devoir se battre contre ses propres inventions… Être trahi par ses propres créations, ce doit être terrible, non ?

— Je ne sais pas. Demande à Dieu.

— Inutile. On vit déjà cette folie d'une certaine manière. Je parle du pillage industriel et technologique, cette razzia furieuse et planétaire. Voilà l'ennemi insidieux auquel nous devons livrer bataille, jour après jour. C'était le cœur de ma communication aujourd'hui. C'est pour cela que je n'étais pas contente. Personne n'écoute.

— Si. Tout le monde t'écoutait. Mais quant à en mesurer les conséquences, c'est une autre histoire. C'est ce vieux dilemme de l'arbre qui cache la forêt. Il faut apprendre à voir les deux. Et rares sont ceux qui s'en donnent la peine. La plupart des gens ne distinguent que l'un ou l'autre.

— C'est pour cela que je passe le plus clair de mes journées à faire comme Chicken Little, à crier que le ciel va s'écrouler !

Je pose mon bras sur la console centrale. À ma surprise, Dick me prend la main.

Il la serre dans la sienne et ses doigts explorent mon index. Il tâte ma cicatrice, comme plus tôt à la réunion, mais cette fois avec davantage de minutie, puisque nous sommes seuls dans le noir. Je crois comprendre ce qu'il fait. C'est même évident !

Dans l'instant, je le sens se détendre, redevenir chaleureux.

— Je ne risque pas d'oublier ce jour-là, déclare-t-il.

— Moi non plus. J'ai été vraiment stupide.

Gênée, je retire ma main pour la poser à nouveau sur le volant.

— On se serait cru dans *Massacre à la tronçonneuse* ! N'aie crainte, je ne te demanderai plus jamais de couper de vieux bagels rassis !

— Ils n'étaient pas rassis, juste congelés au milieu. Tu ne veux pas me dire ce qui se passe ? (Je ne sais pas si je suis indignée ou blessée – sans doute les deux à la fois.) D'abord, ces fausses références, ces petits pièges, comme si je passais un test dans *Mission : Impossible*…

— Aïe ! Je pensais avoir été plus finaud que ça.

— M'appeler Carmé n'est pas non plus très subtil. Et pour une raison mystérieuse, tu vérifies mon identité en touchant mon « signe particulier ». Sérieusement, Dick ? C'est notre nouvelle poignée de main secrète ? « Cicatrice, es-tu là ? » Une cicatrice que ma sœur jumelle ne peut avoir. Tu ne sais donc pas à qui tu as parlé toute cette journée ? Après ce que nous avons vécu tous les deux, tu es incapable de me reconnaître ?

9

— Je ne suis plus sûr de rien en ce moment, Calli, déclare-t-il, en regardant droit devant lui.

— Comme nous tous. Toi, moi, tout le monde. Rien de nouveau sous le soleil ! réponds-je tandis que nous progressons pare-chocs contre pare-chocs. Mais pourquoi penser que je puisse être ma sœur. Pourquoi Carmé et moi, on te ferait ce coup-là ? À toi ? D'autant que je ne l'ai pas vue depuis quinze jours. Et quand bien même, je ne te ferais jamais ça.

— Vous vous amusiez à vous faire passer l'une pour l'autre quand vous étiez petites.

— Le mot clé est « petite ». Ça nous est arrivé quand on était à l'école primaire, et parfois au lycée – quoique rarement. (Comment peut-il m'imaginer aussi immature ?) Bref, quand on était enfants, voire ados. Point barre. Pourquoi Carmé serait dans le secteur ? Parce que, si elle est ici, tu me l'apprends ! Je ne sais jamais rien de ses faits et gestes. Elle peut être à Colorado Springs avec toi.

Encore un silence.

— Ou en Afrique du Nord. Ou au Moyen-Orient. Qu'est-ce qui te fait supposer qu'elle pourrait être en Virginie ?

— Dans la mesure du possible, j'essaie de me limiter aux faits.

— C'est pour ça que tu as ton pistolet sur les genoux ? Parce que tu te méfies de moi ?

— Me méfier de toi ? Quelle drôle d'idée ! répond-il sans bouger.

— Va savoir ! Tu caches ton arme sous ta parka depuis que tu es sorti du bâtiment. Et je t'ai vu aussi pianoter sur ton téléphone en descendant les marches, sans doute pour consulter l'appli connectée à l'analyseur de spectre qu'il y a dans ton sac à dos. J'en ai justement un dans mon sac, un qui marche très bien.

— Je pense que le mien est meilleur.

— Je n'en doute pas. Vous avez les moyens à l'armée ! Je ne sais pas ce que tu cherches au juste, mais si tu as un pistolet sur toi, alors tu es en infraction, parce que les armes sont interdites à Langley, à moins d'être un agent assermenté des forces de l'ordre. Ce que je suis. Mais pas toi. Je pourrais donc t'arrêter.

— J'implore ta clémence.

— Je pourrais même te passer les menottes et t'emmener au poste.

— Tout sauf la prison, madame la policière, lâche-t-il, pince-sans-rire.

— Je ne plaisante pas. Et s'il faut mettre les points sur les « i », tu n'es pas le seul à être armé, ni à être bon tireur. Et il paraît que je suis aussi adroite qu'Annie Oakley ! Alors, pour notre sécurité à tous les deux, faisons-nous la promesse de ne pas nous tirer dessus pendant ce petit voyage jusqu'à la base.

— C'est une bonne idée.

— Parfait.

— Maintenant que nous avons conclu un cessez-le-feu, j'ai une énigme à te soumettre. Quels seraient les deux plus gros problèmes que tu ne voudrais pas avoir avec un avion ou un vaisseau spatial ? Cette fois, pense à la forêt, pas aux arbres.

— À l'évidence, perdre le contrôle et perdre le signal. Les deux vont de pair, l'un entraînant l'autre, et on se retrouve b…

« Battus », c'est le mot que je voulais dire, mais ce n'est évidemment pas celui qu'il emploie pour finir ma phrase.

Je reconnais l'aire de repos avec ses tables de pique-nique, la vieille soufflerie verticale et les autres lieux où nous venions jouer, Carmé et moi, quand nous étions petites. On roule au pas vers le rond-point. Avec le mauvais temps qui arrive et l'arrêt imminent des activités gouvernementales, beaucoup de gens ont quitté leur bureau plus tôt au lieu de traîner ici en attendant qu'on soit officiellement fermés à minuit.

C'est une sage décision qui me facilite la tâche. Mais ce n'est pas l'attitude des équipes régulières qui m'inquiète. Le problème ce sont les chercheurs. Il va falloir les faire quitter de force leur labo, comme un fermier devant rentrer ses vaches à l'étable. À leur place je ferais de la résistance comme eux, mais il se trouve que c'est moi qui ai le bâton, et il me semble plus lourd que de coutume. Semblable à un gourdin de fer. Il va falloir que je fasse attention si je ne veux pas casser quelques crânes. Parce que je suis d'une humeur de dogue.

La colère : une mauvaise réaction chimique. Merci, Dick ! J'aurais préféré qu'il s'abstienne de me faire ce coup-là.

— Suppose que nous ayons perdu le contact avec un élément clé de notre dispositif, et aussi tout contrôle, me confie-t-il maintenant qu'il sait que je ne suis pas Carmé. Notre dernière fusée ou un humain capable de nous infliger de grands dommages, peu importe de quoi il s'agit. Dans l'un ou l'autre cas, on est…

— *Battus.*

Mon ventre se contracte.

Tenant le volant de ma main gauche, je passe mon pouce droit sur mon index. Dick et moi restons silencieux. Enfin, la circulation devient plus fluide quand je m'engage sur West Durand Street, en direction de la base aérienne. Je ne veux pas lui manquer de respect, mais je ne peux pas le laisser partir sans qu'il m'explique ses sous-entendus et son comportement étrange toute la journée.

Il sait bien que je déteste les zones d'ombre. Comme la nature, j'ai horreur du vide.

— À l'évidence, il se passe quelque chose. Quelque chose de grave. Au point qu'il y a une minute tu ne savais pas à côté de qui tu étais assis. Peut-être que, depuis ton arrivée à Langley, tu te demandes qui je suis. Alors que je me comporte comme d'habitude et que je porte le blouson que Liz et toi m'avez offert.

— Je suis content que tu l'aies encore.

— Jamais je ne m'en séparerai, réponds-je, et c'est la vérité. Dis-moi ce que tu peux. Tu sais que je ne demande qu'à t'aider. Je vais essayer, du moins. Joue cartes sur table, s'il te plaît. Même si je risque de ne pas aimer ce que tu vas me dire.

— Tu as raison, Calli, c'est sérieux. C'est même grave.

— Grave comment ?

— Sans précédent. En termes de dommages possibles. Cadeau du monde moderne. Un monde où tout est duperie.

— Tout est duperie ? Effectivement, ça paraît inquiétant. De quoi s'agit-il au juste ?

— Je ne peux pas le dire. Et je n'y tiens pas non plus. Tu devras tirer les conclusions toi-même. Désolé, Calli, je ne peux satisfaire ta curiosité, même si tu trouves la situation insupportable.

— Insupportable ? (Mon angoisse revient au galop.) J'aurais préféré ne pas entendre ça.

10

Nous avons atteint la porte Durand, avec ses barrières et ses herses. Les forces de sécurité ne sont guère amicales du côté de l'US Air Force. Même si nos agents à nous ne sont pas de joyeux lurons non plus.

— Insupportable, c'est un mot très fort, dis-je en m'arrêtant.

— C'est exact, répond Dick en sortant son badge.

— Il semblerait presque que ça touche au domaine personnel.

— C'est vrai et faux à la fois.

— Gardons cette discussion pour plus tard. Tu vois ce MP ? C'est un vrai casse-pieds. Mieux vaut être prêt.

Je baisse ma vitre, salue l'agent de la Police militaire avec sa tenue camo, son béret, son M4 en bandoulière et son Beretta 9 mm à la ceinture. Il est écrit Crockett sur son velcro de poitrine. Avec ce nom, et cet accent que j'ai remarqué lors de mes précédentes visites, je pense qu'il vient de Tangier Island dans la baie de Chesapeake. Quelles que soient ses véritables origines, il n'a pas son pareil pour me compliquer la vie à chacun de mes passages.

Pourquoi ? Mystère. Mais si quelqu'un dans mon pick-up ne montre pas assez vite son badge, Crockett va abaisser la barrière et passer un miroir partout sous mon véhicule, juste pour jouer avec mes nerfs, repérer une minuscule fêlure sur mon pare-brise ou autre peccadille qui constituera selon lui un grave problème de sécurité devant être réparé sur-le-champ, et je serai bonne pour revenir.

Dick pose son badge sur mes cuisses. Mais avant que j'aie le temps de lui présenter nos deux cartes, Crockett m'envoie le faisceau de sa lampe dans les yeux. Il est encore plus agressif que d'habitude. Comme si je l'avais vraiment énervé.

— Alors, on joue aux voitures musicales ? lance-t-il d'un ton glacial.

— Pardon ?

De quoi parle-t-il ?

— J'ai besoin de voir l'accréditation du véhicule.

J'aurais été presque déçue qu'il ne le demande pas. Il me fait chaque fois le coup. J'ouvre la boîte à gants pour sortir les papiers, sachant très bien que ce n'est que le début de ses chicaneries. Même quand il est bien luné, il reste un enquiquineur.

— À cause des autocollants sur vos plaques, madame. Je vais devoir aussi inspecter le dessous de caisse. Et vous demander de descendre du véhicule.

— À vos ordres, monsieur l'agent. (Je lui agite quand même nos cartes sous le nez.) Tenez, voici déjà nos badges.

Il dirige sa lampe vers nos passes et il y a un gros silence. À l'évidence, Crockett cogite ; certes je ne suis pas très haut dans la chaîne alimentaire, mais ce n'est pas une bonne idée de faire sortir dans le froid un général quatre étoiles, tout cela pour regarder sous un pick-up de la police de la NASA au cas où il y aurait une bombe, des migrants, ou Dieu sait quoi encore.

— Je vous souhaite une bonne soirée, général !

Ce crétin se met au garde-à-vous et salue. Autant désigner Dick du doigt si des gens malintentionnés nous surveillent !

Après nous avoir rendu nos badges, le MP zélé nous fait signe de passer.

— Rien que pour ce genre de petite gloire, je veux devenir général moi aussi.

— Ça se comprend, réplique Dick qui retrouve son naturel avec moi.

Mais il demeure chez lui une tension que j'ai rarement vue.

— Même si mes perspectives de promotion sont mortes puisque j'ai quitté l'armée de l'air avec juste le grade de capitaine ! (Je verse dans l'autodérision comme si tout était normal.) En tout cas, jamais ce MP n'a rampé comme ça devant moi. Et cela ne risque pas de se reproduire.

— Va savoir.

Dick contemple les herbes desséchées du parcours de golf d'Eaglewood, avec ses practices où j'ai vidé beaucoup de seaux de balles, sans grand progrès.

— Nos échanges resteront strictement dans les clous, Calli, reprend-il. Je crois avoir été assez clair.

— Bien reçu. (Je tente un sourire, mais ce n'est guère convaincant.) Je reconnais que tu me fiches les jetons avec un « monde où tout est duperie », et maintenant ça : « rester dans les clous ». Ça sous-entend que c'est personnel ?

— Exact.

— Houla. Tromperie et intimité ! Donc ça me concerne de près ?

— Je le crains.

J'ai l'impression d'avoir reçu un coup de poing dans le ventre.

Il veut me voir en tête à tête ce soir pour m'annoncer que je suis recalée. Je n'ai pas la carrure pour être astronaute. C'est la seule explication ! Il s'est passé quasiment un mois depuis que Carmé et moi avons passé ce week-end d'entretiens au JSC. Forcément, la nouvelle allait finir par tomber. Sommes-nous qualifiées, ou non, pour la finale ?

Nous ne sommes plus que cinquante sur les dix-sept mille qui se sont inscrits au programme de formation d'astronautes. Et chaque jour qui passe fait monter la pression. Fran n'a pas tort quand elle dit que je deviens invivable.

À l'inverse de ma sœur, mes émotions me jouent des tours, mes cordes sensibles vibrent trop fort et font des fausses notes. Malgré moi, je pense tout le temps à ce que me disait mon père sur les faux espoirs. Ne mets pas la barre trop haut. Ne dépense pas l'argent que tu n'as pas encore gagné. Ne tire pas de plans sur la comète.

— J'ai eu quelques retours concernant vos séjours à Houston, commence Dick.

— Vas-y. Inutile de prendre des gants, dis-je en surveillant la route.

Un chevreuil peut toujours jaillir des taillis.

— Avec toi, ce n'est pas mon habitude.

Je perçois un mouvement dans l'ombre. Un jogger qui fait son footing par ce temps de chien et qui remonte Dodd Boulevard.

Sans doute un homme, à en juger par la longueur des foulées, la puissance, la largeur des épaules. Il avance tête baissée, impérial sur la piste du parcours de santé. Il n'a pas de bandes fluo sur sa tenue. Elle est même d'un noir d'encre. Je m'en aperçois quand il passe sous un réverbère. Puis il bifurque sur Andrews Street, vers l'Air Combat Command, la soufflerie et la Back River. Visiblement insensible au froid, il zigzague entre les plaques de verglas, le pas sûr et volontaire.

— Mais ce n'est pas ce que tu attends, j'en suis sûr, poursuit Dick, son téléphone à la main, son pouce tapant un message sur l'écran. Je ne suis pas venu te donner la réponse que tu brûles de connaître. Je suis désolé. Qu'elle soit positive ou négative.

— Alors tu n'es pas là pour m'annoncer que je ne serai jamais astronaute ?

C'est la question qui me hante. Et je n'en reviens pas de pouvoir la formuler aussi clairement.

— Non, ce n'est pas pour ça.

Il a l'art de la non-réponse. Je m'engage dans la petite allée menant aux quartiers d'hébergement des officiers.

Il ne veut pas apaiser mes craintes. Il ne dira pas si j'ai réussi ou non. Mais je suis quand même un peu rassurée. Je roule doucement sur le ruban de macadam mal éclairé qui mène au groupe de petits immeubles élégants nichés au milieu des bois.

00 : 00 : 00 : 00 : 0

La lune, au-dessus des toits, joue à cache-cache avec les nuages. Pour un peu, on pourrait se croire dans un village anglais du début du XXe siècle.

Je me gare derrière Dodd Hall où, à de rares exceptions, seuls les hauts gradés, comme les généraux et amiraux, ont le privilège de séjourner. C'est un bâtiment de style Tudor, l'un des plus vieux de la base. J'ai souvent escorté ici des membres de l'état-major et autres VIP. Je connais bien cette construction à deux niveaux, avec quatre belles suites à chaque étage offrant tout le confort à ses hôtes – grande cuisine tout équipée, machine à laver, planche à repasser, percolateur, minibar. Il y a même un bureau avec un téléphone SIPRNet.

C'est toujours tranquille ici, et intime. Il y a rarement beaucoup de résidents. Et à voir le parking désert, Dick est seul ce soir. Cela n'a rien de surprenant, d'ailleurs. Avec les prévisions météo, les touristes ont annulé leur voyage sur la côte de la Virginie. Et ils ne sont pas les seuls.

Si la tempête grossit, le gouverneur Dixon fera évacuer toutes les terres basses, y compris cette péninsule.

Avec ces conditions climatiques et le shutdown imminent, qui voudrait s'aventurer par ici ? Mais cela n'a pas fait reculer Dick. Il a débarqué sans crier gare. Et à présent, je suis avec lui dans ce pick-up aux vitres embuées. Il n'y a pas de hasard.

S'il avait des sujets sensibles à aborder avec moi, il pouvait me contacter par une connexion cryptée. Ou plus simple encore, décrocher ce téléphone SIPRNet et m'appeler au bureau. Il le sait très bien. Nous avons déjà communiqué par ce réseau sécurisé un nombre incalculable de fois. Cela me rappelle son comportement étrange à la réunion. Là aussi, il se méfiait. Sur le coup, j'ai cru que c'était à cause de nos soucis à la base. Et aussi parce que nous ne nous étions pas vus depuis trois ans.

Depuis que j'ai quitté brusquement son unité à Colorado Springs, à peu près à la même époque en 2016. Mais j'étais moi aussi préoccupée à cette réunion. Je voulais qu'ils mesurent nos vulnérabilités, qu'ils comprennent que « la meilleure défense, c'est la défense », comme je dis toujours, même si cela paraît une tautologie.

Je les ai mis au pied du mur, tous autant qu'ils étaient – Dick et les directeurs de Langley, Goddard, Wallops, les cadres des services de sécurité, les militaires, comme les gros bonnets de Washington en costume trois-pièces qui étaient présents à la réunion. Je n'y suis pas allée de main morte. Je leur ai déclaré : Si j'étais l'ennemi, voilà ce que je ferais… ma cible serait le système informatique. Parce qu'une fois entré dans les ordinateurs de la NASA, c'est un jeu d'enfant de pirater toute notre défense et de mettre en charpie le NORAD – le North American Aerospace Defense Command.

C'est mon premier mouvement pour détruire la démocratie. Ensuite, je m'en prends aux radars et aux satellites. Dans l'instant, les États-Unis et tous leurs alliés se retrouvent sans défense, totalement démunis. Il n'y a plus qu'à venir se servir. La démonstration était imparable – ma description de cet Armageddon, mes augures apocalyptiques, Dick les connaît bien. Rien de nouveau sous le soleil pour lui. Il m'écoutait néanmoins, même s'il avait la tête ailleurs, les yeux rivés sur son écran de téléphone, et répondait à ses messages.

À aucun moment je n'ai pu imaginer qu'il voudrait me parler ce soir. Il n'a pas même laissé entendre qu'il aurait besoin que je le ramène à la base. Jamais je n'aurais cru qu'il pourrait débarquer à l'improviste à Langley, juste avant une tempête et un shutdown, parce qu'il y avait un problème avec ma sœur ou moi. Voire avec les deux.

— Je peux te poser une question ? dis-je en allumant le dégivrage. Une seule ?

— Cela dépend sur quoi.

Je cherche la meilleure formulation possible. Puisque nous ne roulons plus, je détache ma ceinture, règle le ventilateur. Dans l'instant, le pare-brise s'éclaircit.

Je commence avec prudence :

— Je sais que tu es passé ici avant de te rendre à Washington. J'étais ravie que tu assistes à ma communication et que tu prennes le temps de m'écouter. D'autant qu'on ne s'est pas vus depuis longtemps. Depuis mon départ de Colorado Springs, on s'est juste parlé au téléphone ou par e-mail.

— La maison t'est grande ouverte. Avec Carmé vous pouvez venir skier, faire de la randonnée ou tout ce que vous voulez. Vous êtes toujours les bienvenues.

— Je suis désolée que cela ne se soit pas fait… mais merci de l'invitation. Ce que je veux dire, reprends-je mal à l'aise, c'est que j'étais heureuse de te retrouver aujourd'hui, mais à la réunion, tu n'as pas eu l'air très content de me voir. Tu as été carrément froid, en fait. En plus, j'ai repéré une patrouille du Secret Service sur la base. J'ai même eu l'impression qu'ils me suivaient. Et l'un des SUV transportait un brouilleur d'ondes, j'en suis sûre.

J'attends qu'il réagisse, mais évidemment il ne lâche rien.

— C'est plutôt rare, à moins que le président ou le vice-président, ou quelqu'un de cet acabit, nous rende visite à Langley. Et il n'y avait personne. Juste toi. Et d'ordinaire le commandant de la Space Force n'a pas besoin du Secret Service pour assurer sa protection, en tout cas certainement pas avec des véhicules équipés de dispositifs de brouillage pour empêcher le déclenchement d'une bombe commandée à distance ou transportée par un drone. Alors, en un mot comme en cent, qu'est-ce qui se passe ?

Je marque une nouvelle pause, dans l'espoir qu'il comble les blancs. Mais il ne fait rien pour m'aider.

— Tu as parlé de Houston et de ma sœur, poursuis-je parce que je ne peux pas m'arrêter en chemin. Tu as une idée derrière la tête, et sans vouloir être indiscrète, j'aimerais…

Il lève la main pour m'empêcher d'aller plus loin.

— Je n'ai aucune explication à te donner.

— Oui, général. Bien sûr, j'ajoute avec un ton plus sec que je ne le voudrais.

— Et pour l'amour du ciel, Calli, arrête de m'appeler général ! On se connaît trop bien pour cela.

Il prend une grande inspiration, puis pousse un long soupir.

— Ce n'est pas l'impression que j'ai eue tout à l'heure. On aurait dit deux étrangers. Et je me demande bien ce que j'ai pu faire de mal…

— Tu n'as rien fait de mal. Je ne voulais pas paraître désagréable, désolé. (Les muscles de sa mâchoire se crispent.) Mais je ne suis pas ici pour te parler de ton avenir. Ne va pas t'imaginer des choses. Que ce soit oui ou non, ce n'est pas le sujet du moment.

La décision du comité de sélection…

— Tu n'auras aucune info là-dessus, insiste-t-il. Je te le répète : ce n'est pas pour ça que je suis ici.

— Évidemment. Pourquoi le Secret Service serait là si tu venais juste m'annoncer que Carmé et moi avons réussi les tests. Ou que nous devrions tirer un trait sur…

Rien qu'à cette idée, ma voix se brise malgré moi.

Je ne veux pas même la concevoir. Un refus obstiné. Devenir astronaute est une nécessité. Il n'y a peut-être rien d'autre qui vaille la peine de vivre. Je prends une longue inspiration et tente de ravaler la boule qui se forme dans ma gorge.

— Je ne te dirai rien, Calli, alors n'abordons plus le sujet. C'est d'accord ?

Tout en me parlant, il surveille les alentours. Je me demande si nous sommes écoutés ou filmés. C'est étrange d'avoir ce genre de pensée alors que je suis dans mon véhicule de service et que j'ai une conversation privée avec un ami de mes parents qui a été mon mentor pendant des années.

— Oui, rien ne t'y oblige. Parlons plutôt des choses importantes : comment vont Liz et les enfants ? Je pense souvent à eux et le temps file, c'est horrible. Cela fait trois ans qu'on n'a pas tous été réunis !

Je suis prête à tout pour alléger l'atmosphère.

— Bien. Ils vont très bien. Il semblerait que l'émission de Liz soit prolongée pour la saison prochaine.

— Oui, tu l'as évoqué à la réunion. C'est une magnifique nouvelle, même si je m'y attendais. Transmets-lui toutes mes félicitations, promis ?

— Je vais encore servir de cobaye !

— Ayant goûté à ses œuvres traîtresses, je comprends ton dilemme. Mais tu n'es pas le seul à avoir un problème. Maman la regarde chaque semaine, et devine qui mange les plats ?

— Il va falloir que je double les séances de gym, dit-il en tâtant son abdomen parfaitement plat.

— Moi aussi.

Je dis ça, mais mon ventre est loin d'être aussi irréprochable que le sien. Adieu mes tablettes de chocolat depuis que je suis rentrée à la maison, et c'est en grande partie la faute de Liz Melville.

Kitchen Combat oppose une équipe d'un service d'urgence contre une équipe de militaires dans une guerre des fourneaux, et c'est pourquoi je n'ai plus le corps aussi affûté qu'avant. J'ai beau courir, soulever de la fonte, c'est peine perdue si ma mère sort les poêles et les marmites.

— Je fais partie des dommages collatéraux quand maman regarde l'émission de Liz et reproduit ses recettes. Après ça, je ne peux plus…

J'allais dire « fermer mon pantalon », mais je m'interromps juste à temps.

Ce serait malvenu d'être aussi familière. C'est au commandant de la Space Force que je m'adresse ce soir, pas à l'ami de la famille. Nous ne sommes pas à la maison en train de bavarder sur la terrasse, ou chez lui dans le Colorado comme au bon vieux temps, à faire bombance et descendre ses délicieux cocktails !

— En tout cas, c'est une injustice de la nature. Carmé et moi sommes jumelles, mais nous n'avons pas le même métabolisme. (Je ferais mieux de me taire… je m'enfonce !) Elle ne prend jamais un gramme. Alors que moi, les cookies ou les Big Mac, je ne peux les dévorer que des yeux. Sans parler du brie au four de Liz !

Grand silence. Dick ne m'a posé aucune question sur mes parents alors qu'ils sont très amis. Il les connaît depuis des années, du temps de l'Académie de l'US Air Force, quand ma sœur et moi n'étions encore qu'un projet dans leur tête. Il ne me demande même pas comment je vais. Il est tout entier focalisé sur sa mission.

Il se tourne sur son siège et me regarde longuement, en silence. Ça y est, c'est le moment…

11

— Quand tu étais à Houston pour ta séance d'entretiens, Carmé était déjà repartie, c'est bien ça ?

Les phares du pick-up éclairent l'entrée de brique et de bois de Dodd Hall.

— Comme tu le sais, le principe c'est de séparer les jumeaux. On n'était pas ensemble, pas même dans le même groupe. Elle a été convoquée la dernière semaine d'octobre. Et moi, la semaine suivante. Ça fait presque un mois jour pour jour.

Le temps est passé bien vite…

— Je me demandais si on t'a raconté des choses sur elle.

— Quel genre de chose ? fais-je, aussitôt sur la défensive.

— Je ne sais pas. Des commentaires, des anecdotes.

— Je ne connais pas les autres candidats de son groupe. Donc je n'ai parlé à personne qui…

— Tu aurais pu surprendre des potins, des bruits de couloir, insiste-t-il. Quelqu'un au JSC qui aurait fait partie du comité d'évaluation ? Ou un témoin ? Ou qui aurait entendu quelque chose.

Je réponds non à chaque proposition – un peu trop vite d'ailleurs. La vérité n'est pas aussi simple. Je crois savoir ce qu'il a en tête.

— Puisque tu es arrivée là-bas une semaine après Carmé, des gens ont pu te prendre pour elle. Peut-être que quelqu'un a fait des allusions concernant ce que Carmé a pu dire ou faire pendant qu'elle était là-bas.

Cette fois, il n'y a plus de doute possible. Il parle du Woody's. J'explique que le serveur m'a raconté un incident quand je suis entrée dans le bar la semaine suivante. Parce que, bien sûr, il m'avait prise pour Carmé.

— Ça arrive souvent, même ceux qui nous connaissent bien se font avoir.

— Comme lorsque je suis monté dans le pick-up.

— Sauf que ce n'est pas pour ça que tu m'as appelée Carmé. (Pas question de le laisser s'en sortir à si bon compte.) C'était un test. Pas une erreur.

— Que s'est-il passé au Woody's, selon le serveur ?

— D'après ce que j'ai compris, c'était le soir d'Halloween, et Carmé a débarqué là-bas habillée en J-Lo. C'est notre déguisement favori. Avant, à l'époque où on sortait toutes les deux. Bref, quand j'arrive à Houston une semaine après ma sœur, je ne sais évidemment pas ce qui s'est passé cette nuit d'Halloween. J'ai donc eu droit à un accueil surprenant quand j'ai poussé les portes du bar.

— Parce que les gens ont cru que tu étais Carmé.

— Et il ne s'agissait pas de chaleureuses retrouvailles, tu peux me croire. Bien sûr, il n'est pas totalement inhabituel qu'on nous confonde. (C'est la litote du siècle !) Mais cette fois, ça m'a surprise. Cela leur a fait un choc. Ils ont mis un temps fou à accepter que nous étions jumelles.

— Oui, c'est bien ça. L'incident avec Carmé date du soir d'Halloween. Elle et son groupe s'étaient costumés pour la soirée. Une façon de renforcer l'esprit d'équipe.

— On m'a raconté qu'elle a « envoyé paître » une fille, pour parler poliment, après une discussion sur le parking.

J'ai un mauvais pressentiment.

Carmé, qu'est-ce que tu as fait ? Qu'est-ce que tu as encore fait ?

— Tu sais autre chose ?

— Juste qu'elle a remis à sa place un péquenot du coin qui était carrément lourdingue. Je cite.

— Qui t'a rapporté ça ?

— Le mal en personne. Carmé. (Je souris malgré moi.) Je lui en ai parlé à notre retour en Virginie. Juste avant qu'elle ne reparte, réponds-je tranquillement comme si ce genre de chose était courant avec ma sœur. Et plutôt cocasse.

Alors que ce n'est pas le cas. Cela ne m'amuse pas du tout. J'étais déjà troublée quand elle m'a relaté cet épisode la première fois.

— Je vois. Donc, tu ne connais que sa version.

— Exact. (Et je n'aime pas ce que cela sous-entend.) J'en déduis qu'il y a deux versions de l'histoire…

Je m'interromps, mais Dick ne fait aucun commentaire.

— Je te dis ce que je sais, poursuis-je. C'est tout.

Il reste toujours aussi silencieux.

— À l'évidence, il y a autre chose.

— Possible, oui, répond-il en m'observant, son visage dissimulé dans l'ombre.

Le dégivrage fonctionne. L'endroit est tranquille et peu éclairé – comprendre « bien trop sombre et désert ». Il n'y a aucune lumière aux fenêtres alentour. C'est souvent calme par ici, mais ce soir c'est carrément le grand vide, comme un paysage lunaire. J'ai cette même impression où que j'aille, les gens s'en vont, les bureaux ferment.

Un chaos politique et une grosse tempête, et c'est comme si le monde s'arrêtait de tourner. À moins que la fin ne soit déjà là et que personne ne m'ait prévenue. Jamais je n'ai ressenti une telle désolation. Pas depuis qu'on a appris que maman était malade et que j'ai dû quitter l'unité de Dick, abandonner l'armée alors que ce n'était pas à mon programme. J'avais prévu bien autre chose pour moi. Depuis le premier jour, j'avais un plan de carrière tout tracé.

— Tu sais ce qui est arrivé à ce « péquenot du coin » ? me demande Dick. Qu'est-ce que ta sœur t'a raconté sur lui ? Elle t'a dit qu'ils se connaissaient ?

— Non.

— Qu'ils s'étaient déjà rencontrés avant ce soir-là ?

— On n'est pas allées aussi loin dans le détail. On n'en a parlé qu'une seule fois.

— Tu sais des choses sur ce gars ?

— Non.

— Par exemple, Carmé t'a-t-elle parlé de son accent du Texas ? enchaîne Dick, chaque question claquant comme un coup de fouet.

— Non. Elle ne m'a rien dit là-dessus.

— Ou d'un autre accent ? Un accent anglais ? (Je secoue la tête.) Elle t'a juste raconté qu'il s'agissait d'un « péquenot du coin ».

— En gros, oui.

À l'évidence, après une telle série de questions, la suite s'annonce mal.

— Son nom : Noah Bishop, m'apprend Dick. Originaire ni de Houston ni du Texas. Il n'était pas même américain.

— Était ?

— Oui, à l'imparfait.

— Il est mort ?

— C'est le plus vraisemblable. Mais on n'en a pas encore la preuve. Noah ou ses restes n'ont pas été retrouvés. Pour l'instant, il a disparu sans laisser de trace.

— Aucune trace électronique non plus ? Qui est-ce… enfin qui était-ce ?

— Un ingénieur aéronautique de trente-huit ans, travaillant pour un géant de l'aérospatiale.

— Lequel ?

— PSS.

Et ma surprise est complète.

00 : 00 : 00 : 00 : 0

Pandora Space Systems est l'un des grands rivaux de la NASA. Ce sont des voraces, pour ne pas dire des prédateurs quand il s'agit de décrocher des contrats avec la DARPA, la Defense Advanced Research Projects Agency.

La DARPA s'occupe essentiellement des nouvelles technologies militaires, autrement dit Pandora (comme nous l'appelons) opère hors contrôle et ses activités sont classées secret-défense. Mais, plus troublant encore, c'est dans cette société que Vera Young travaillait, sous contrat avec une équipe de chercheurs de la NASA au 1110.

Je préfère ne pas donner cette information à Dick – pas encore. Je brûle d'envoyer un message à Fran pour lui dire que cette histoire de suicide devient de plus en plus suspecte. Mais cela attendra. Ce n'est pas le moment de tripoter mon téléphone. Je préfère accorder toute mon attention à mon ancien patron. Pour une raison mystérieuse, précise-t-il, Carmé aurait agressé ce Noah Bishop sur le parking.

— Ce n'est pas la version que j'ai eue, réponds-je, et une part de moi ne veut pas savoir la vérité. Ce n'est pas elle qui a commencé. À ce que j'en sais, l'altercation a eu lieu avec sa petite copine, pas avec lui. D'après Carmé, le type n'arrêtait pas de la draguer et il a fallu qu'elle mette les points sur les « i ». Verbalement. Elle lui a demandé de la laisser tranquille. Connaissant ma sœur, elle lui a bien sûr expliqué tout ça dans un langage plus fleuri. C'est alors que sa copine a voulu s'en mêler. Et tu connais la suite.

Mais Dick n'est pas disposé à confirmer quoi que ce soit.

— Et si la fille a cherché Carmé, c'était une grosse…

Je ne me donne pas la peine de finir ma phrase, sachant déjà que les événements ont mal tourné.

Je ne fais que répéter ce que Carmé m'a raconté après que j'ai lourdement insisté. Avec le recul, cette histoire est tellement cousue de fil blanc que je me demande si Carmé ne s'est pas fichue de moi. Je me tais. C'est à Dick de parler. Évidemment, il n'en fait rien. Nous restons tous les deux silencieux, à écouter les bourrasques.

Je contemple les branches nues des noyers et des lilas qui bordent les allées et s'agitent devant le ciel noir telles des serres. Derrière, les nuages sont encore plus noirs, nimbés de brume. Je décide de rompre le silence.

— D'accord. Ça ne s'est pas passé comme ça.

— Non, apparemment. On ne sait pas grand-chose, hormis que des témoins ont vu partir Noah après la confrontation.

— Et Carmé ?

— Elle est restée un moment au Woody's à boire avec son équipe. Mais elle n'est pas partie avec les autres. Elle a appelé une plateforme de covoiturage et on l'a vue monter dans une Jeep Cherokee blanche, côté passager.

— Dans la voiture d'un inconnu ! Je n'arrête pas de lui dire de ne plus faire ça. Et de ne pas s'asseoir à l'avant. Mais elle ne veut rien entendre.

— J'ai du mal à te suivre, répond Dick, cherchant encore à me tirer les vers du nez.

— Je dis juste que des deux c'est moi la plus inquiète. Et cela n'a rien d'un scoop. Carmé n'a peur de rien. Comme si elle était invulnérable. Et ce côté tête brûlée ne s'arrange pas.

— Depuis quand ?

— Depuis le printemps. C'est là qu'elle a commencé à dépasser les bornes. (Je n'aime pas parler de ça. Je détourne les yeux vers la fenêtre.) Tout est monté d'un cran, tout est devenu plus fort, plus violent, plus hystérique. Je ne l'ai jamais vue comme ça. Pas à ce point.

Je baisse le ventilateur. Au loin, un chien aboie dans la nuit. Il n'arrête pas. J'entrouvre ma vitre pour écouter.

— Tu lui en as parlé ? insiste Dick.

Je sens son regard qui me scrute.

— Tu sais comment ça se passe. C'est toujours les autres qui remarquent le changement, jamais la personne concernée.

Je perçois l'odeur des pins derrière les bâtiments. Juste à côté, je distingue l'abri cubique d'un groupe électrogène de secours.

Toutes les fenêtres sont éteintes. J'écoute l'animal qui aboie toujours. C'est peut-être un beagle, ou quelque chien de chasse. J'espère qu'on l'a mis dehors juste pour qu'il fasse ses besoins et qu'il n'est pas perdu.

— Donc, Carmé ne se rend pas compte que son comportement a changé, poursuit Dick.

— Chaque fois que j'aborde le sujet, elle se braque. Sans vouloir être triviale, je me demande si ce n'est pas les hormones. Ou sa thyroïde. Ou un autre truc comme ça.

— Quand les gens sont sur la défensive, reprend Dick, cela indique un certain degré de conscience du problème. Qu'est-ce qu'il a ce chien ?

— Pourquoi est-il dehors par un temps pareil ?

Comme par transmission de pensée, les aboiements s'arrêtent. Enfin…

Plus un bruit. Je remonte finalement ma vitre.

— Vous avez interrogé le chauffeur du Cherokee ? Et côté images des caméras de surveillance, ça donne quoi ? Quand ce Noah Bishop est parti, on est sûr qu'il était seul ? Qu'il n'a pas été suivi ? Ou qu'il n'était pas surveillé ?

— On se renseigne en ce moment. Mais oui, il est parti seul. C'est sûr. Il n'avait pas de petite copine pour l'accompagner, ni ce soir-là ni un autre. Je ne pense pas qu'il soit très porté sur les filles en général. À en juger par les enregistrements des caméras à l'hôtel, il n'est pas rentré. Et depuis, on n'a plus de nouvelles de lui.

— Et cela date d'un peu plus d'un mois.

— Exact.

— Pourquoi n'en a-t-on pas parlé aux infos ?

Le plus troublant, c'est pourquoi Carmé ne m'a pas raconté tout ça. Pourquoi m'a-t-elle caché que ce « péquenot » était homo, et qu'il a disparu ensuite ? Pourquoi a-t-elle minimisé l'affaire ? On est si proches, on sait toujours ce que l'autre va dire ou ce qu'elle pense, ou ressent, même si des milliers de kilomètres nous séparent. Elle aurait cherché à me tromper, délibérément ? C'est une première.

— Ce n'est pas aux infos parce que cela aurait été contre-productif, répond Dick comme une évidence. Noah est une personne d'intérêt à plus d'un titre, avant même sa disparition.

À l'entendre, j'ai l'impression que Dick le connaissait personnellement. Mes voyants internes passent au rouge, une sorte de sixième sens que j'ai et que je préfère passer sous silence. N'empêche, je sens les ondes de la vérité, toutes proches, prêtes à être captées si je suis assez attentive. D'abord ouvrir les yeux, être alerte. Faire fi de ce que je ressens. Même si c'est de la douleur, et de la terreur aussi.

— Quoi qu'il soit arrivé à ce Noah Bishop, dis-je, je suis sûre qu'il va bien. Peut-être même qu'il a choisi de disparaître volontairement. Ça arrive tout le temps.

— Oui, tout est possible, répond Dick, toujours aussi laconique.

— D'où vient-il exactement ? Il a un accent anglais, d'accord, mais c'est vague.

— De Londres. Diplômé d'Oxford. Double nationalité britannique et américaine. Il vit à Los Angeles depuis près de quinze ans. Il arrivait de là-bas quand il est tombé sur Carmé. Il travaillait pour Pandora sur la côte Ouest. Mais leur siège social est à Houston. Ils ont aussi des bureaux à Washington, à Londres, à Buenos Aires, à Singapour, et j'en passe.

— Je sais qu'ils ont les dents longues. Ils veulent damer le pion à SpaceX, Blue Origin et Virgin Galactic.

— Noah travaillait dans un centre de la côte Ouest. Ils sont spécialisés, là-bas, dans la recherche et le développement de véhicules autonomes. Pandora finalise la construction d'une base de lancement au nord de Santa Barbara, et a des vues sur Wallops Island afin d'avoir un pas de tir aussi sur la côte Est. Tu es peut-être au courant.

— Je ne sais pas grand-chose. Ils sont assez doués pour passer sous les radars, et le gros de leur activité est militaire. En particulier les technologies expérimentales à haut risque qui peuvent être très prometteuses. Exactement la tasse de thé de la DARPA. Sur quoi exactement travaillait votre Bishop ?

— Capteurs, télémétrie, robotique, ce genre de choses. La majeure partie est classée secret-défense.

— Rien d'étonnant avec la DARPA. Tout est top-secret.

Je ne tiens plus en place. Même si je croyais aux coïncidences – ce qui n'est pas le cas –, la disparition d'un chercheur de Pandora et la mort d'une autre employée de cette même société à un mois d'intervalle ne peuvent être le fruit du hasard, et encore moins constituer une simultanéité anodine.

12

— Et tu penses que Carmé a fait quelque chose à Noah Bishop ? Qu'elle l'a fait disparaître ?

— Elle en est capable, répond Dick en contemplant l'arrière du bâtiment éclairé par mes phares.

— Comme toi. Comme moi. On connaît des tas de gens qui peuvent faire ça. Cela ne prouve rien.

— Je crois qu'il y a trop de questions et pas assez de réponses.

— Pourquoi ne pas simplement demander à Carmé ce qui s'est passé ce soir-là ?

Sans répondre, Dick récupère son sac à ses pieds et le pose sur ses genoux. C'est l'heure pour lui d'aller à son dîner.

— Elle est considérée comme une suspecte ? (Je ne veux pas lâcher.) Sérieusement, Dick, il s'agit de Carmé.

— Nous n'avons aucune preuve contre elle. (Enfin, une info !) Mais il faut que je lui parle.

S'il ne l'a pas encore fait, c'est qu'il y a un problème. La situation est plus grave que je ne le pensais. C'est pour cela qu'il a fait le voyage depuis le

Colorado, juste pour avoir cet entretien en tête à tête avec moi. Pour me prendre par surprise, pour que je n'aie pas le temps de monter une défense pour elle ou moi.

— D'accord, Carmé peut être sanguine, voire agressive, je ne vais pas dire le contraire, même si elle n'apprécierait pas que je dise ça d'elle. Mais elle a toujours été d'une loyauté sans faille, quel qu'en soit le prix à payer.

— Même si elle a tort.

— Ça n'a jamais été le cas, sauf pour des peccadilles. Comme un pari, ou une question à *Jeopardy !* En tout cas, pas dans une situation comme celle dont on parle, Dick. (Je sens d'un coup la lassitude me gagner.) Je croyais que son humeur de dogue était due au stress de sa nouvelle affectation. M'man, papa, tout le monde l'a trouvée bizarre. Lunatique.

— Tu as un exemple ? demande-t-il en sortant sa clé de sa poche.

— Le premier qui me vient à l'esprit, c'est une dispute entre nous deux après nos entretiens, juste avant qu'elle ne reparte. C'était assez violent, elle s'est mise à jurer comme un charretier, ce qui ne lui ressemble pas. En plus, elle sait que je n'aime pas qu'on soit grossier. Ensuite elle est revenue avec un pack de ma bière préférée comme si de rien n'était.

— C'est de la manipulation.

— Je crois plutôt qu'elle s'en voulait. Elle avait été tout d'un coup vraiment pénible. J'ai eu l'impression que quelqu'un avait actionné un interrupteur chez elle. Puis l'avait coupé.

— Et cette dispute, c'était quand ?

— Mi-novembre.

— Globalement, tu dirais que son comportement est devenu bizarre ?

Il se renfonce dans son siège, l'air intrigué. Mais cela ne le soulage pas pour autant. Au contraire.

— Parfois, oui. Elle a des sautes d'humeur. J'ai remarqué ça au printemps dernier. Au début, c'était pas grand-chose.

Je m'efforce d'être objective.

— Par exemple ?

— À certains moments, elle s'inquiète de t'avoir blessé ou s'imagine qu'on ne l'aime plus. Et puis, soudain, elle s'en fiche complètement. Comme si elle était sous stéroïdes. Ce qui n'est pas le cas.

— Tu en es sûre ?

— Pas à cent pour cent, évidemment. Mais je ne crois pas qu'elle prenne des trucs, ni drogues, ni rien. Ce n'est pas son genre. Et elle ne boit quasiment pas. Du moins jusqu'à récemment.

— Et maintenant ? insiste-t-il. Tu as remarqué quelque chose ?

— Ce serait injuste de dire ça. Je l'ai à peine vue cette année. Mais ces derniers mois, elle a souvent pété les plombs. Un peu trop.

— Y compris avec toi ? me demande-t-il en plantant ses yeux dans les miens.

— Comme tu sais, elle peut être assez dure, réponds-je doucement, les mots ayant du mal à sortir. Je n'ai pratiquement aucune nouvelle d'elle.

— Et de ton côté ? Pas de pétages de plombs ?

Cette question me dérange. Je suis aussitôt sur mes gardes.

— À ce que je sache, ce n'est pas moi qui fais du grabuge sur les parkings.

— Je te demande simplement comment tu vas, Calli.

— RAS. Sauf que je m'inquiète pour mon avenir, pour être honnête.

Ça y est, je remets ça sur le tapis !

— Et l'honnêteté entre nous, c'est notre bien le plus précieux. Tu penses que ta sœur s'est mise à boire ? continue d'insister Dick. Puisque tu as abordé le sujet.

— Juste plus que de coutume. Mais c'est irrégulier. La dernière fois qu'on s'est vues, elle était comme d'habitude pendant plusieurs jours. Et d'un coup, elle a voulu sortir faire la fête, et se soûler.

— Elle avait bu quand elle a eu cette dispute avec Bishop ?

— Elle n'a pas précisé.

Quelque chose attire mon regard à la périphérie de mon champ de vision, une lumière qui s'allume dans l'une des suites du premier étage.

— Apparemment, tu n'es pas tout seul ce soir.

J'indique l'aile est du bâtiment, là où un filet de lumière filtre entre les rideaux tirés. Dick ne semble guère intéressé. Je repense à ce chien qui aboyait tout à l'heure.

— Ce matin, il n'y avait personne, commente Dick.

— Ce n'est plus le cas ce soir.

Bien sûr, sa garde doit être au courant si quelqu'un d'autre séjourne dans le même bâtiment que le général.

Il n'y a pas d'agents de la police militaire dans ce secteur de la base. Et quasiment personne. Pas de système d'alarme, pas de caméras, pas de détecteurs de mouvements ni de serrures de sécurité aux portes. Le commandant de la Space Force ne saurait être abandonné à son sort et laissé à la merci du premier venu. Même si je suis certaine que Dick est armé jusqu'aux dents.

— C'est quoi ton numéro de chambre ?

— La 608.

— Quelqu'un est à ton étage, à l'autre bout du couloir. (Je distingue une ombre qui passe derrière les tentures.) Il est arrivé par Dodd Boulevard. On a dû le déposer devant l'entrée principale, parce qu'il n'y a pas de parking de l'autre côté. Et ça ne peut être une femme de ménage, pas à cette heure-ci. Peut-être un invité ? Quelqu'un qui n'a pas de voiture, comme toi. C'est finalement assez courant.

Mais Dick se fiche de la présence de ce voisin et de la façon dont il est arrivé à Dodd Hall. Ce ne doit pas être facile pour lui de poser ces questions indiscrètes sur une personne que nous tenons tous les deux en haute estime. Et pourtant il m'interroge, explore le moindre détail. Il a besoin de réponses. Tout en les redoutant. Il veut savoir si ma sœur est impliquée dans la disparition de cet ingénieur de Pandora le mois dernier.

Et, plus important peut-être, où elle se trouve en ce moment. Apparemment, Dick l'ignore. Pis, il ne sait pas qui pourrait avoir l'info. Si tel est le cas, alors le problème prend une nouvelle dimension. Pendant quelques instants, il se bat avec le mécanisme entre les sièges pour détacher sa ceinture de sécurité. Cette fois, je ne l'aide pas.

— Si quelque chose te revient, fais-le-moi savoir, lance-t-il en ouvrant sa portière. Et dès que tu as des nouvelles de Carmé, préviens-moi s'il te plaît. Comme tu l'as compris, c'est très important.

— L'armée ne sait pas où elle est ?

Je lui attrape le bras. Il hésite mais ne me répond pas.

Ma sœur aurait disparu sans laisser de trace, comme Noah Bishop ?

Dick est prêt à sortir. C'est plus fort que moi, ça m'échappe, alors que l'air glacial me fouette le visage :

— Quelle conséquence ça a pour Houston ? Avec cette histoire, Carmé a fichu en l'air ses chances de devenir astronaute, c'est ça ? Et pour moi, qu'est-ce que cela implique ?

C'est un peu déplacé, mais j'ai le droit de savoir.

— Je ne veux pas que la commission prenne de décision avant que j'aie eu l'occasion de parler à Carmé, lâche Dick en descendant de voiture. Je compte sur toi pour le lui dire, ajoute-t-il, comme s'il était sûr que j'allais avoir des nouvelles avant lui.

Je me penche vers la portière et tente d'accrocher son regard. Mais il m'évite.

— Cela marche dans les deux sens, Dick. Je sais que tu n'es pas obligé de me donner des infos. Je comprends. Mais il s'agit de Carmé. C'est ma sœur.

Il reste de marbre, regarde ailleurs.

— Que va-t-il lui arriver ? Elle est en danger ? (Malgré moi, je me mets à trembler.) Tu me le diras si…

— Fais-moi confiance, s'il te plaît. Maintenant, il faut que je file. On vient me chercher pour le dîner dans vingt minutes. (Il a un sourire de façade qui me glace le sang.) Mon chauffeur ne sera peut-être pas le ministre des Affaires étrangères en personne, mais pas loin. Fais attention à toi. Je sais que tu sauras faire.

Et il claque la portière.

00 : 00 : 00 : 00 : 0

Je le regarde passer dans le faisceau de mes phares et se diriger vers l'entrée côté parking – un porche en bois, flanqué de briques. Il a toujours sa parka sous le bras, son sac à dos sur l'épaule. Il insère sa carte et disparaît dans le bâtiment. J'attends que les lumières de son couloir s'allument. C'est une habitude chez moi. Je m'assure toujours avant de partir que les gens ont regagné leur suite.

Dans ce genre d'hôtel, il n'y a ni portier, ni vigile, ni réception. Aucun personnel, hormis une femme de ménage qui vient à la demande. Mieux vaut ne pas se retrouver enfermé dehors sans voiture ni téléphone, en particulier si on n'est pas ou peu couvert. La seule option serait alors de se rendre à pied au poste de garde, ou au Langley Inn à près de deux kilomètres pour avoir une autre clé. À condition de ne pas avoir laissé son badge ou ses papiers à l'intérieur. Sinon, la situation deviendra réellement compliquée.

Je contemple la fenêtre éclairée dans l'aile est, me demandant à nouveau qui se trouve là. Je fouille ma banque d'images dans ma mémoire et localise l'emplacement exact de cette chambre en sortant de l'escalier. Je compte chaque marche, couverte de moquette, comme si j'étais en train de réellement les gravir. Deux volées et demie, vingt-quatre exactement, de la porte d'entrée au premier étage. Puis trois portes sur la gauche. Suite 600. Je vois distinctement les numéros gravés sur les plaques d'acier.

Par principe, je me méfie de tout individu se trouvant à proximité de Dick. Sans autre information, on n'est jamais trop prudent. Mais cela ne tient pas debout : comment quelqu'un aurait-il pu tromper la sécurité et arriver jusqu'ici incognito ? Ce serait une faille majeure. Laisser un inconnu dormir sous le même toit qu'un général quatre étoiles ayant ses entrées chez le président. Un assassin ou n'importe quel déséquilibré pourrait l'attaquer dans ce bâtiment isolé et désert. Même si Dick n'est pas manchot avec son Beretta.

Il y a peu de chances que ce voisin soit un visiteur lambda. Qui viendrait dormir à la base alors qu'une tempête majeure approche ? Au risque d'être évacué ou bloqué ici pendant plusieurs jours. Et pourquoi arriver par l'entrée côté boulevard ? Les VIP passent tous par l'arrière.

C'est plus discret, il y a un parking, et si le passager est une célébrité comme le général Dick Melville, il ne s'expose pas sur le trottoir au vu et au su de tout le monde. La seule exception possible, c'est s'il pleut ou qu'il neige, parce qu'il y a un grand auvent devant l'entrée principale. Mais le ciel est clair ce soir. Et le vent doit souffler plus fort de l'autre côté, face à la mer.

De plus, je trouve très bizarre que Dick ait fait si peu de cas de la présence de ce voisin. En toute logique, il doit savoir de qui il s'agit. Peut-être un garde du corps ? Toutefois je n'ai vu aucun SUV dans le secteur, ni sur la route, ni garé un peu à l'écart. Et aucune trace bien sûr des deux Suburban de tout à l'heure.

Le plus troublant reste que Dick m'a révélé des informations sensibles concernant quelqu'un de ma famille. Pourquoi cette marque de confiance ? Il va sans dire que je ne peux être totalement impartiale. Il le sait. Même avec la meilleure volonté du monde. Il s'agit de ma sœur jumelle. Et dans le même temps, il me ment forcément quand il prétend ne pas connaître l'identité de son voisin de la suite 600.

Pour sortir de la base aérienne, je longe Wright Avenue, rejoins Dodd Boulevard et reprends le chemin par lequel je suis venue. Il y a plus de monde. Les gens quittent leur travail, vont faire des courses ou fuient le blizzard qui approche.

Pas de conclusions hâtives. Il ne sait peut-être pas.

En revanche, je ne vois pas de piétons, ni de joggers, ni personne promenant son chien. La température doit être tombée sous la barre des – 10 °C et, avec ce vent, la sensation de froid doit avoisiner les – 20. Je songe encore à cet animal qui aboyait. C'est curieux comme cela me travaille. Pourquoi je m'inquiète autant d'une bête se retrouvant congelée dehors ? Bien sûr, ce n'est pas ce que je souhaite, et maintenant cette pensée ne me quitte plus. Malgré moi, je commence à patrouiller dans la base en scrutant les alentours. Je passe le service de santé, la chapelle, le centre de conférences, l'Air Combat Command, et tous ces jolis bâtiments de bois et de brique. J'explore les grands axes comme les petites routes, en me rapprochant lentement de la porte Durand selon un parcours sinueux, au cas où un humain ou un animal serait en danger. Je longe les grands réservoirs blancs du dépôt de kérosène, les hangars des F-22, les pistes gelées dans leur écrin de balises rouges, le parcours de santé sur ma droite, complètement désert.

Je suis la côte rocheuse, la Back River derrière est une masse noire. Pas une lumière à l'horizon. Ma vitre un peu baissée, je guette les aboiements. J'espère qu'aucune bête, grande ou petite, n'est perdue par ce froid. Je me représente l'un des résidents permanents de la base promenant son animal sur un trottoir. Un beagle ou un basset, un chien avec une grosse voix qui porte.

Je ne devrais pas me soucier de Dick, et encore moins m'inquiéter pour lui. Ou alors je fais un transfert à cause de ma sœur. Parfois, avoir quelques notions de psychologie est un mal. Mieux vaut ne pas surinterpréter les choses et les prendre juste pour ce qu'elles sont. Comme Crockett, l'agent de la police militaire. Je ralentis plus que nécessaire pour franchir les portes, je veux être sûre d'attraper son regard. Il n'y a aucun échange de sourires *Va te faire foutre, ducon !* Mais il ne peut m'entendre, ni pénétrer mes pensées.

En vérité, je ne l'insulterai jamais en paroles, ni lui ni un autre. Je veille toujours à mon langage. Pour moi, les mots, c'est comme des lignes de code, une fois lancés, ils ont leur vie propre. Comparée au commun des mortels, y compris à ma sœur, on dirait que je sors d'un film nunuche des années 1950 avec ma manie des litotes pudiques, des contrepèteries et des expressions inventées.

Je ne jure jamais, et évite les vilains mots à moins que je ne les pense réellement. Et dans ce cas, mieux vaut ne pas se trouver dans les parages. Si on me cherche, je ne suis pas mesurée du tout, et ce MP arrogant avec son accent de paysan ne serait pas de taille. Je reconnais que je savoure ma petite gloire. Il doit enrager de m'avoir vue avec un général quatre étoiles, que j'accompagnais seule, sans escorte.

Et il a évidemment remarqué que Dick ne se trouvait pas sur la banquette arrière. Non, je ne suis pas un simple chauffeur. Il était assis à côté de moi, sur le siège passager, tel un collègue ou un ami ! Crockett va en faire une jaunisse que je puisse avoir des liens aussi étroits avec un grand ponte. Moi, un misérable petit flic de la NASA.

Et une femme, pour couronner le tout ! Et oui, je passe du temps en privé avec un général qui dîne régulièrement avec le ministre des Affaires étrangères. Et qui a son fauteuil réservé dans la salle de crise de la Maison-Blanche.

13

Dans le rétroviseur, le regard mauvais de Crockett me suit.

Pauvre con ! Je le pense très fort, mais rien ne transparaît sur mon visage. D'un coup, les paroles de Dick me reviennent en mémoire :

Et de ton côté ? Pas de pétage de plombs ?

C'est le plus mauvais jour pour me demander ça. J'ai les nerfs à fleur de peau, et je ne sais pas exactement pourquoi. Il y a une part d'inconnu dans mon agacement. Comme si cela venait d'ailleurs et non de moi. J'ai déjà connu ça, et d'ordinaire c'est quand quelque chose ne va pas.

Bien sûr que ça ne va pas. Rien ne va ! D'habitude, les problèmes viennent de Carmé. Et cela semble être le cas encore une fois. Mais sans vouloir être égocentrique, en plus de m'inquiéter pour elle et pour son avenir, je dois m'inquiéter du mien. C'est pourquoi j'ai parlé à Dick du JSC. Pour la recherche spatiale, des jumeaux monozygotes sont des cobayes précieux. On peut faire des études comparatives poussées pour mesurer les effets du voyage et de la vie dans l'espace. Carmé et moi sommes une paire indispensable pour la NASA, du moins à les entendre.

Mais c'était avant. Comment savoir si Dick ne s'apprête pas à m'annoncer que ma sœur et moi n'avons pas été retenues dans le programme ? Toutes les deux éliminées – pas seulement une. Cette perspective me serre le ventre tandis que l'agent Crockett disparaît dans la fumée de mon pot d'échappement.

J'accélère et dépasse l'hôpital de la base et son pavillon des urgences, en direction du carrefour où Sweeney Boulevard rejoint Armistead Boulevard, au bout de la piste 8.

Le rugissement des F-22 qui décollent ébranle l'air au-dessus de moi. Je consulte mon téléphone. Je sais, c'est une mauvaise idée quand on est au volant.

Mais je n'écoute pas toujours la voix de la raison. Je découvre que Fran a tenté de me joindre plusieurs fois pendant que j'étais avec Dick – j'avais coupé la sonnerie. Je la rappelle. Quand elle décroche, j'entends des voix en arrière-plan. Je reconnais celle de l'agente spéciale Scottie Ryan. Puis celle de Butch Pagan qui parle d'une porte qu'il ne faut plus ouvrir : « Il y a trop de vent dehors. Tout va s'envoler. »

— Je t'ai mise sur haut-parleur, dis-je à Fran. Je suis seule. Qu'est-ce qui se passe ?

— C'est moi qui devrais te poser cette question ! Tout va bien ? Où étais-tu passée ? s'enquiert-elle de son ton pète-sec, mais je sens bien qu'elle s'est inquiétée. T'es tombée dans le trou au bout du monde ?

— La terre est ronde. Donc le monde n'a pas de bout, réponds-je.

Elle est à Fort Monroe. Apparemment la version « suicide » lui pose problème. En tout cas, elle ne lui paraît plus aussi évidente. Et cela ne me surprend pas, après ce que m'a dit Dick.

— J'arrive. J'ai eu des infos qui…

— Quelles infos ? m'interrompt-elle. Vas-y, donne, parce que des infos, c'est justement ce qu'il me faut, vu la situation ici.

— Tu connais Pandora Space Systems ?

— Non. Juste que Vera Young bossait pour eux. C'est une grosse société qui a plein de contrats avec l'armée et la NASA.

— Ils font un tas de choses classées secret-défense pour l'État, dont la DARPA, qui craint comme la peste l'espionnage. (Je m'engage sur LaSalle Avenue, éblouie par le flot des voitures qui roulent en sens inverse.) Je te rappelle cette histoire de badge volé.

— Je ne risque pas de l'oublier. C'est justement ce que j'essaie de te dire. Tu as raison de trouver ça louche. Attends, je sors.

J'entends ses pas, une porte s'ouvrir et se refermer dans un claquement. Bien sûr, elle veut fumer.

Elle a arrêté depuis plus de vingt ans ; elle ne va pas recommencer ? Mais si elle s'en grille une alors que souffle un vent glacial à décorner les bœufs, c'est qu'il y a un vrai problème. Ce n'est pas une affaire de routine, elle s'en est rendu compte avant même mon appel. Et je ne lui ai pas parlé de la disparition de Noah Bishop et de ma sœur !

— Quoi d'autre ?

— Je t'ai dit l'essentiel. (Je ne veux pas lui parler de Dick et de Carmé.) Qu'il s'agisse ou non d'un suicide, la mort de Vera Young a peut-être bien un lien avec la disparition du passe hier. En d'autres termes, c'est soit la cause, soit la conséquence. Vous avez vérifié si quelqu'un s'est servi de la carte ? Je n'ai pas encore trouvé le temps.

— Scottie l'a fait. Et ça soulève une autre interrogation. Elle a désactivé le passe hier à 17 h 33. Et pourtant, il semble qu'il soit resté parfaitement opérationnel. (Il ne pouvait y avoir pire nouvelle.) Ou alors il a été réactivé. Ne me demande pas comment.

— Tu plaisantes ?

Un frisson glacé me parcourt.

— J'en ai l'air ?

— La carte ne peut se réactiver toute seule. Scottie est absolument certaine qu'il n'y a pas eu un bogue ? Elle a peut-être fait une fausse manip et le système n'a pas bien pris en compte le changement de statut ?

— Elle est sûre d'avoir neutralisé cette carte dès qu'on a rapporté le vol hier. Et le statut est bien passé à « Inactif ».

— Mais la carte fonctionnait il y a encore quelques minutes, c'est bien ce que tu me dis ?

Je songe à cette alarme qui s'est déclenchée au 1111-A.

— Oui, c'est ce qu'elle vient de m'annoncer. Elle était active.

— C'est une très mauvaise nouvelle.

Il faut appeler un chat un chat. Soit le passe n'a jamais été désactivé, soit on a affaire à un problème beaucoup plus inquiétant.

— On peut peut-être aller voir dans les métadonnées ou dans le système si quelque chose a été trafiqué ? suggère Fran d'un ton sinistre. J'espère que ce n'est pas le cas. Mais en même temps son histoire de badge volé est bizarre, comme sa mort. Tu as eu le temps de jeter un coup d'œil sur le relevé d'appels que je t'ai envoyé ? Et sur la lettre de suicide ?

— Pas encore. Je vais le faire quand je ne serai plus en voiture.

— Si tu me disais ce que tu as fichu ? Tu as disparu des radars depuis un paquet de temps... (Je l'imagine consultant sa montre.) Trois quarts d'heure ! Tu ne réponds pas au téléphone ni aux e-mails. Où tu étais ? Avec qui ? Tu as été enlevée par des extraterrestres ou quoi ? Tout va bien ? Tu n'as pas l'air contente.

— Je me dirige vers un cadavre ! (Mon ton est plus vif que je ne l'aurais voulu.) Je ne vois pas ce qu'il y a de gai là-dedans.

— Il t'est arrivé quelque chose, j'en suis sûre. Dis-moi ce que c'est.

Elle ne va pas me lâcher avant que je lui dise tout. Et ça, c'est impossible.

— Pour l'instant, on a du pain sur la planche. Je t'expliquerai plus tard.

La vérité, c'est que je ne peux rien lui dire, ni plus tard ni jamais.

Malgré notre connivence et tout ce qu'on a vécu ensemble, il m'est impossible de lui révéler ce que

Dick m'a raconté. Pourtant, Fran ne tomberait pas totalement des nues. Je ne suis pas la seule à avoir remarqué les sautes d'humeur de ma sœur et ses réactions imprévisibles. Fran m'a récemment entendue m'en plaindre. Mais je dois me taire. C'est à la fois triste et terrifiant. Je ne peux pas confier mes inquiétudes à ma meilleure amie.

Ni à mes parents, quand je les verrai tout à l'heure. Ni à Carmé. J'en viens à espérer qu'elle ne me contactera pas. Je ne saurais comment réagir. Jamais je ne me suis sentie aussi seule.

— Où je dois aller au juste ? Tout ce que j'ai, c'est Fort Monroe.

— Les anciens baraquements près du mémorial Jefferson Davis. Ceux qui ont été transformés en immeubles d'habitation.

— Il y en a plein ! Lequel ?

Je traverse la Back River. L'eau noire s'étend de part et d'autre de moi. J'ai l'impression d'être sur un bateau fonçant à toute allure.

— Je ne sais pas s'ils ont des noms, répond Fran. Je n'en vois aucun. C'est au bout de Bernard Road. Du côté du phare.

— L'adresse pourrait m'être utile.

Elle me la donne.

— Tu verras les voitures, ajoute-t-elle, comme si j'allais me perdre. Tu es encore loin ?

— Un quart d'heure, à vue de nez. Joan est arrivée ?

Je prends la sortie pour rejoindre Mercury Boulevard. J'allume mes gyrophares.

— Il y a quelques minutes.

Je dépasse les autres voitures en toute impunité. Personne ne va m'arrêter. Je ne risque ni contravention ni sermon. Et plus je pense à cet abruti de Crockett, plus j'accélère. Son comportement envers moi, son air hautain et méprisant, est comme une gangue de crasse dont je dois me débarrasser. Et il me faut le feu de ma colère pour pyroliser tout ça. Je suis d'un naturel plutôt calme. Il est rare que je m'emporte, que j'élève la voix. Je ne suis pas du genre à claquer les portes, à casser des objets. Mais ce soir, ça me démange !

Je frotte mon pouce sur mon index. Je passe devant le Hardee's. J'en ai les larmes aux yeux. Comme tant d'autres endroits ici, ce fast-food existe depuis mon enfance. En continuant à toucher ma cicatrice, les images du passé me reviennent : quand j'étais sur ce parking avec mes camarades d'école, quand la vie était si simple, si facile. Une vie protégée.

Je me revois avec ma sœur assise dans la Camaro 68 de papa. C'est comme si c'était hier. On mangeait des frites, accompagnées de sodas. On parlait de trucs de filles et des garçons. On regardait les gens passer en évoquant nos projets d'avenir. Et surtout, on regardait la lune et les étoiles, rêvant déjà de grands voyages.

Je frotte encore et encore la peau meurtrie, en décrivant de petits cercles du bout de mon doigt. Il n'y a pas si longtemps, je ne sentais plus rien du tout.

00 : 00 : 00 : 00 : 0

Du calme ! Respire ! Respire à fond. D'abord se calmer. Pour cela, je ne connais qu'une manière.

Je me représente la Back River, et le vieux ponton de bois. Le chêne gigantesque, avec sa balançoire. Les cordes sont si longues qu'elles pourraient vous envoyer jusqu'au pays d'Oz. Et les canards et les oies qui se rassemblent dans les herbes émeraude. Je suis dans le bateau. Le soleil est haut dans le ciel. Le ciel bleu. Limpide. Les chasseurs décollent dans des rugissements de l'autre côté de l'eau que le vent fait moutonner.

Les images et les sons sont là. Puis disparaissent. Et je suis emportée par un tourbillon d'émotions. Je ne peux pas rentrer chez moi. Je ne peux pas me transporter par la pensée. Pas cette fois. Alors je m'assieds sur mon lit fait au carré, avec son drap tendu comme la toile d'un trampoline.

— … Je suis désolé de ne pas être avec toi, me dit gentiment Dick.

Et je perçois l'affliction dans sa voix au téléphone. Tandis que moi, je suis ici, pour de vrai, je le sens dans toutes les cellules de mon corps.

C'est ma réalité physique. Cela n'a rien de virtuel et ça fait un mal de chien ! Je suis clouée dans mes quartiers d'officier, écrasée par la gravitation, à deux mille sept cents kilomètres – mille sept cents miles – de Hampton en Virginie. Jamais plus je ne serai heureuse ni en paix. Tout mon monde s'écroule. Et pourtant, je reste debout. Incroyable ! Pas une larme, pas un gémissement. Dans ma chambrette de Spartiate. Avec une seule fenêtre pour éclairer les deux lits jumeaux. Et l'ancienne caisse de pommes où je range ma boîte de café et mon Beretta.

La bibliothèque croule sous mes manuels – des ouvrages aussi bien théoriques que pratiques. Sur mon bureau, des ordinateurs, des oscilloscopes, une lampe à col-de-cygne. Sur ma chaise, il y a mon gilet pare-balles et autres équipements.

— … je vais trouver Carmé et la prévenir. Mais je voulais te l'annoncer moi-même, en premier.

Je reste de marbre, du marbre froid, comme si quelque chose en moi avait été sectionné. J'écoute.

— … J'imagine que tu veux parler à tes parents. Et bien sûr à Carmé. Mais c'est trop tôt. Malgré tout ce que ta sœur peut dire, elle n'est pas si forte que ça quand il s'agit de choses aussi personnelles. Tu la connais…

Je regarde la vitre sale, les yeux grands ouverts. Le soleil flambe, tout petit, minuscule, comme un point blanc à travers une loupe. Les montagnes du Colorado, coiffées de neige, scintillent dans la lumière du matin.

— … ça va être encore plus compliqué pour elle…

Plus compliqué, parce qu'elle ne veut surtout pas qu'on ait besoin d'elle, ni être redevable de quoi que ce soit ! Je le pense très fort, mais je ne le dirai jamais ni ne l'écrirai, pas même dans un télégramme. Plus compliqué, parce qu'elle va utiliser ses manœuvres d'évitement. Piqués, vrilles, l'art de l'esquive, comme à son habitude. Dick la connaît aussi. Presque aussi bien que moi.

Il aimerait que je le laisse lui parler d'abord.

— Pour lui transmettre ce que ton père m'a dit. Parce qu'il a promis à ta mère...

Typique de papa.

— ... lui a promis qu'elle n'aurait pas besoin de... tu vois ce que je veux dire.

Je vois surtout que papa fait comme d'habitude.

— ... et il m'a demandé de vous l'annoncer à toutes les deux.

Comme d'habitude, donc.

— ... je lui ai dit oui... qu'il n'avait pas besoin de se soucier de ça...

Comme toujours, tu te charges du sale boulot... Dick me décrit l'état où est mon père. Le ciel lui est tombé sur la tête. Bien sûr qu'il n'avait pas la force de nous appeler. Cela va de soi.

Nous appeler, nous, ses deux filles. Quelqu'un doit prendre le flambeau pour lui, pour nous montrer le chemin dans les ténèbres. Mon père ne peut être le porteur des mauvaises nouvelles, en tout cas pas d'aussi mauvaises. C'est trop lourd pour lui. J'ai toujours su ce qu'il pouvait faire ou pas. En d'autres circonstances, ç'aurait été à moi d'appeler ma sœur.

Par chance, Dick m'évite cette épreuve. Sa voix résonne dans le haut-parleur. Dans ma chambre nue.

— ... Calli, crois-moi, j'aurais préféré ne pas avoir ce coup de fil à passer, ni à toi ni à ta sœur. Et je comprendrais que tu ne te sentes pas d'attaque pour me donner un coup de main ce matin...

C'est encore un de ces tests, pour voir si je suis à la hauteur. Si je suis assez forte.

— … Si tu veux, je peux trouver quelqu'un d'autre, pas de problème.

Je le remercie pour sa sollicitude, mais lui réponds de ne pas s'inquiéter. Je vais gérer. De toute façon je ne peux rien y faire. Cela explique les fièvres et la fatigue de maman, m'entends-je dire. Il vaut mieux le savoir dès maintenant. Je reste imperturbable, positive, alors que j'apprends que ma mère a un cancer. Oui, pas de problème, je serai sur le pont, à H-0800 sonnantes.

Je ne suis peut-être pas ma super-sœur pilote de combat, mais je suis fidèle au poste et je ne le laisserai pas en plan. Même si je viens d'apprendre la pire nouvelle de ma vie.

Je n'arrive plus à respirer. Le tourbillon m'emporte…

Concentre-toi ! Concentre-toi !

14

— *Du calme ! Respire !*

Je m'efforce de lever pied. Que dirait Carmé si elle me voyait rouler aussi vite ?

À l'entendre, je suis bien trop timorée, bien trop tolérante. Elle ne cesse de critiquer ma façon de conduire, de me garer, de doubler, ou de piloter un avion ou un hélicoptère. Exact, je ne prends pas de risque inutile, je traite les machines avec respect et délicatesse. Et donc en ce moment, je déteste cette rage en moi.

Je ne sais pas ce qui me prend. Bien sûr, je n'aime pas qu'on joue les gros bras devant moi, et je fulmine en pensant à ce Crockett. Mais ni lui ni personne n'est une raison suffisante pour me mettre dans cet état. D'un coup de volant, je dépasse une guimbarde antédiluvienne qui se traîne – comme si on avait toute la journée devant nous !

Je lance ma sirène pour l'informer de mon agacement. Dans mon rétroviseur, j'aperçois la conductrice outrée, une vieille dame qui a déjà du mal à voir le bout de son capot ! *Ces vieux sont de vrais dangers publics !* Je prends une grande inspiration pour me calmer. Il faut que j'arrête de me comporter comme une pirate, une sauvage. Cette pauvre femme n'y est pour rien.

Pourquoi cette fureur ? Ce pétage de plombs, dirait Dick. La réponse est évidente. Ce n'est pas facile de regarder la vérité en face ; pour personne. Inutile d'être un expert en psychologie pour voir d'où vient le problème. Je suis en colère contre ma sœur ! Voilà l'explication. Je lui en veux parce qu'elle vient de mettre mon monde sens dessus dessous.

Qu'est-ce que tu as fichu ? Cette pensée tourne en boucle dans ma tête. Le noir de la nuit zébré par les lumières des phares me donne le tournis. Je déteste sentir cette grosse boule dans ma gorge, être sur le point de perdre toute maîtrise. Et c'est mon pire cauchemar. J'ai déjà vu ce qui se passe quand je baisse la garde.

— Nous en sommes encore aux photos et aux vidéos, poursuit la voix de Fran dans les haut-parleurs. On ne veut rien laisser au hasard ni perdre la moindre info en route. Je me demande pourquoi cette femme s'est infligé ça. On dirait de l'autoflagellation…

— Quoi ?

J'ai du mal à suivre la conversation parce que je roule bien trop vite sous les bourrasques qui secouent mon pick-up.

— Comme les gens avec leurs cilices. Tu sais, ceux qui se coupent, se tailladent ou s'affament, tente-t-elle de m'expliquer.

— De quoi tu parles ?

— Elle a voulu se punir elle-même. C'est ce qu'elle écrit dans sa lettre.

— À condition qu'elle soit bien l'auteure de cette lettre.

— Pour l'instant, rien n'indique le contraire, répond Fran. Mais je reconnais que je n'aime pas beaucoup cette histoire de badge volé. Pas du tout, en fait. Elle a rapporté le vol hier, et tu as eu des soupçons. Je pense que tu avais raison. Parce que, ensuite, elle s'est pendue. Tu comprendras quand tu liras son message. À l'évidence, elle avait une piètre estime d'elle-même.

— C'est souvent comme ça quand une personne décide de mettre fin à ses jours – à supposer que ce soit son cas. Tu as quelque chose sur sa voiture ?

— C'est un SUV Lexus de 2018. Il est garé devant l'immeuble. Un véhicule de location.

— Rien d'inhabituel ?

— J'ai relevé la plaque à mon arrivée, mais on n'a pas encore lancé de recherche. Je n'ai pas eu le temps. Par la vitre, avec ma lampe, j'ai jeté un coup d'œil dans l'habitacle et n'ai rien vu d'anormal. En revanche, dans la chambre à coucher, c'est une autre histoire !

Je suis sur Stilwell Drive à présent et je passe devant le poste de police du cinquième district.

— Je croyais que votre agent qui est allé sur place n'avait rien remarqué de bizarre ?

Mes gyrophares se reflètent dans l'eau, avec à ma gauche Hampton River et à ma droite Mill Creek.

— Non, rien de prime abord. Mais il ne s'est pas approché et n'a pas senti non plus l'odeur de chlore dans la chambre. En fait, ça prend à la gorge dès qu'on franchit la porte d'entrée.

— On est sûr que ça provient de son appartement ?

Je contourne le terrain de football, blanc de givre. Il n'y a plus de filet dans les buts.

— Oh oui !

— Et c'est quoi l'explication ? (Je ralentis en voyant les yeux d'un chevreuil briller dans le faisceau de mes phares.) Les gens dans le coin n'ont pas de piscine. C'est quoi, un produit d'entretien ? Et pourquoi l'agent n'a pas senti l'odeur ? Tu dis qu'on ne peut pas l'éviter.

— C'est carrément suffocant. Mais notre gars a perdu le sens de l'odorat.

— Ce n'est pas recommandé pour un flic.

Je regarde l'animal détaler dans la nuit.

— Des polypes dans les sinus, un truc comme ça. Je n'arrête pas de lui dire de se faire opérer. Bref, il n'a rien senti. Mais maintenant je suis aux premières loges, et je peux te dire que c'est de l'eau de Javel. Elle s'en est mis partout, elle en a de la tête aux pieds. Et ce n'est pas beau à voir.

— Et elle a dû souffrir le martyre, rien que les vapeurs, sans parler des brûlures que cela peut provoquer aux yeux, la bouche et la gorge. Et elle se serait administré ça toute seule ? (Je scrute la route devant mon capot, prête à freiner si le cervidé décide de traverser la chaussée.) On est sûr que ça n'a pas été fait après coup ? Qu'en dit Joan ?

— Elle vient d'arriver. Mais à première vue il n'y a pas de signes de lutte. L'eau de Javel semble avoir fait partie du rituel. Du moins, c'est l'explication du moment. On n'a pas retrouvé la bouteille et…

— Pardon ?

— Je sais ce que tu vas dire : comment cette bouteille a pu disparaître ?

— Elle se serait aspergée d'eau de Javel, serait sortie jeter le bidon quelque part et serait ensuite revenue se pendre chez elle ? Et tout ça pendant que le produit la brûle atrocement. Ça ne tient pas debout ! Et d'où venait cette eau de Javel, d'abord ? Tu as regardé partout ? Dans la buanderie ? Sous l'évier ? Dans la poubelle ?

— Je te le répète : on n'a retrouvé aucun bidon, donc on ne sait rien.

— Il y a peut-être un ticket de caisse quelque part ? Quand je l'ai interrogée hier, elle a dit s'être arrêtée au Walgreens avant de rentrer.

— Il y a beaucoup de recherches à faire et beaucoup de zones d'ombre encore, mais pas de conclusions hâtives. Il est tout à fait possible qu'elle se soit fait ça toute seule, insiste Fran. Parfois, les gens se rasent la tête ou se peignent le visage avant de se faire sauter la cervelle devant une caméra.

— Là, ça n'a rien à voir. C'est plus de l'automutilation, de l'autotorture.

— Vous autres, petits génies de la NASA, vous ne faites jamais rien comme les autres. Alors il n'y a pas de raison que vous soyez dans le moule pour votre suicide.

Encore une pique. Je vais y avoir droit toute la soirée.

— J'ai ma combi dans le pick-up. Vous avez une remorque Hazmat ?

— Elle arrive. On pourra se décontaminer quand on aura fini. J'aurais préféré ne pas avoir à gérer un truc comme ça, crois-moi. Surtout ce soir. J'espère que tu as l'estomac bien accroché.

Au moins, Fran n'a pas la phobie du sang. Elle est parfaitement à l'aise avec les cadavres, quel que soit leur état.

Je l'ai vue patauger dans les chairs en décomposition comme si de rien n'était, tout en parlant des restaurants où l'on pourrait aller dîner après en avoir terminé avec la scène de crime. Les autopsies ne la dérangent pas plus, peu importe qui est la victime. Même s'il s'agit d'enfants ou de bébés.

Et en même temps, elle est terrorisée à l'idée de rouler en voiture dans un tunnel ou de monter dans une berline pourvue d'un coffre à bagages indépendant.

00 : 00 : 00 : 00 : 0

Son Tahoe est équipé de pneus run-flat comme mon Silverado, depuis que Fran, trois ans plus tôt, a roulé sur un clou et a failli mourir. Tout dépend de sa version – car il y en a plusieurs – de cet événement survenu la veille de Noël après mon retour du Colorado.

— Et les médias ?

Je dois élever la voix pour couvrir le bruit du chauffage et du moteur.

— Personne pour l'instant. Mais l'autre journaliste a essayé de m'appeler. Celui que je déteste.

— Tu les détestes tous.

— Non, celui-là plus que les autres. Beau Gosse ! Celui qui se croit sorti de la cuisse de Jupiter.

— Il m'a laissé un message aussi. Mais pour autre chose. J'espère qu'il ne sait pas pourquoi on est ici.

Avoir Mason Dixon dans les pattes, ce serait le pompon !

— Aucune idée. Je n'ai pas décroché et je ne risque pas de le rappeler.

— Mieux vaut l'ignorer, c'est sûr.

— Il devient de plus en plus collant maintenant que son émission est vue dans tout le Sud-Est, dixit Leah.

Leah, notre PR, est une grande fan de Mason Dixon, même si elle soutient le contraire.

— À mon avis, elle l'a juste entendu s'en vanter sur sa chaîne… (Plus je m'approche de Fort Monroe, moins il y a de monde sur la route.) C'est de l'auto-promo et donc plus que sujet à caution.

— À en croire notre miss Je-sais-tout, il va installer son studio carrément à Washington. Apparemment, il fait désormais partie du pool de presse de la Maison Blanche. C'est dingue, non ?

— Faut croire que le crime paie.

Je vois les éclairs de mon gyrophare se refléter sur les vitres de la station-service. Comme tant d'autres commerces, elle est fermée.

— Entre nous, je me fiche de son émission, lâche Fran, mais on sait comment il a eu ce privilège.

Comme il a eu tout le reste. Sans tonton Willy, Beau Gosse ne serait pas même fichu de recopier le bottin.

— Tu exagères un peu. Et il ne faut pas le sous-estimer. Lui encore moins que personne. Il n'est pas idiot, et un tas de gens l'apprécient. Je sais, en majorité les femmes et les homos.

— En parlant conflit d'intérêts… et je peux te dire que les autres journalistes l'ont mauvaise, reprend-elle. Le gouverneur envisage de donner l'ordre d'évacuation, et devine qui a lâché le scoop ? Et quand tonton va se décider, déclarer officiellement qu'il faut évacuer, qui va encore avoir l'info ? Une pure arnaque.

— C'est sans doute comme ça que Mason a su que Dick Melville était ici. Forcément, le gouverneur était au courant. Lui ou quelqu'un de son équipe.

— Normal. Willard Dixon est à la tête d'un État qui a non seulement une frontière avec Washington, mais a sur ses terres la NASA, l'Air Combat Command de l'armée de l'air, la plus grande base navale du monde et le Pentagone. Pour ne citer que les cibles les plus importantes. Un ennemi a l'embarras du choix s'il veut détourner un avion ou un missile. Toutes nos infrastructures de défense sont ici.

— Fran, il faut que l'on ouvre l'œil, conclus-je. (Je ne peux en dire plus.) Il se passe quelque chose. Et on n'est pas au bout de nos surprises. Je le sens.

— Sans blague !

Elle coupe la communication. Je continue à rouler dans la nuit et le vent, sur mes run-flats de 16 pouces.

Par chance, tous les feux sont au vert et je maintiens une bonne allure grâce à mes gyrophares qui percent la nuit. Sur McNair Drive, mon pick-up est un vaisseau lançant ses éclairs rouges et bleus sur la marina et le club de voile où les bateaux sont sortis de l'eau et bâchés pour l'hiver. Passé le virage, le Chamberlin se dresse devant moi, haut de ses huit étages, un ancien hôtel reconverti en résidence de luxe pour personnes âgées.

Il y a quelques voitures sur le parking. Moins d'un tiers des appartements sont occupés. La plupart des pensionnaires sont partis tant qu'ils en avaient encore la possibilité. Cela n'a rien de drôle de se retrouver coincé ici si l'électricité est coupée et les routes inondées. J'aperçois les portes de l'ancien fort droit devant. Je les ai passées si souvent quand j'étais enfant. Il n'y a plus de sentinelles aujourd'hui, pas le moindre MP à qui conter fleurette pour déjouer la vigilance.

Je ne lève pas le pied de l'accélérateur, franchis le portail bien trop vite et pénètre dans le plus grand bastion de pierre du pays. Jamais, je crois, je ne m'habituerai à ce qui est arrivé au Fort Monroe – une bête sauvage brutalement domestiquée. Où est passée l'énergie qui habitait ces lieux désormais réaménagés pour le plus grand bonheur des promoteurs immobiliers de Hampton ? C'est le sort de tous les sites anciens, deux cent trente hectares de bâtiments historiques reconvertis en habitats privés, maisons, appartements, centres d'activités et attractions touristiques.

Mais ce n'était pas le cas quand nous étions jeunes ma sœur et moi. Le fort militaire était encore en activité. Il a été désaffecté il y a sept ans seulement, lorsqu'on était à l'université. Ce départ de l'armée reste un choc pour moi. Même si je n'apprécie guère la reconversion mercantile des lieux historiques, je reconnais que c'était un moindre mal.

Ç'aurait été dommage de laisser ce fort dépérir. Mieux vaut lui offrir une seconde vie. Et cela incitera peut-être le public à se souvenir de l'importance qu'a eue ce site stratégique autrefois. Et pourquoi aussi, aujourd'hui, il ne sert plus à rien.

15

Je connais les lieux comme ma poche. Je pourrais y jouer les guides touristiques.

Je commencerais bien sûr la visite par l'endroit le plus connu : la casemate fortifiée où Jefferson Davis, le président des confédérés, a été emprisonné en 1865, à la fin de la guerre de Sécession. Tout le monde aime les histoires de héros déchus se retrouvant dans une prison glaciale, aujourd'hui convertie en musée. Personnellement, cela m'a toujours laissée insensible.

Ce que je chéris, en fait, ce sont mes souvenirs, ceux que je garde dans cet écrin de remparts croulants, de parapets, de canons, de buttes et de fortins. Même le terrain de camping-cars et la vieille église de pierre ont bien des anecdotes à raconter. Comme la grande esplanade bordée de vieux chênes, les kilomètres de plages, les pontons de pêche et le cimetière des animaux domestiques. Il règne ici une atmosphère particulière, presque surnaturelle, même quand on ne se rend pas, comme moi ce soir, sur une scène de crime.

J'imagine comment ce lieu a pu inspirer Edgar Allan Poe quand il était stationné ici entre 1828 et 1830. Je le vois bien remuant dans son lit de camp, incapable de trouver le sommeil, terrifié, croyant entendre battre un cœur sous le plancher de sa chambre. Il a pu être hanté par des histoires de meurtres parce que moi aussi j'ai connu ça alors que j'errais ici avec Carmé et que je tentais de lui faire peur avec mes histoires sordides, des histoires qui auraient fait hurler n'importe quel gosse. Tous se seraient enfuis en larmes chez eux, les cheveux dressés de terreur.

Sauf que ma sœur ne se laisse pas impressionner si facilement. Il en a de tout temps été ainsi. Et ce monde de ruines et de canons, entouré d'eau, c'était notre terrain de jeux et d'aventures. Puis, au lycée, c'est devenu notre lieu de beuverie, en particulier avec les jolis garçons que nous emmenions dans le cimetière pour animaux, pour une promenade aussi gothique que romantique. Quand ce fort était encore en activité, Carmé et moi avions toujours un ami pour nous faire passer ces portes sans encombre, grâce aux écussons bleus qui flanquaient la voiture de ses parents. On faisait entrer dans les murs de l'alcool, caché dans des flacons de crème solaire ou des bouteilles d'eau, et nous faisions sans vergogne du charme aux sentinelles, qui nous le rendaient bien.

Pour être honnête, c'était plutôt ma sœur l'élément moteur. Mais je ne peux plaider entièrement l'innocence, puisque j'étais toujours de l'expédition. Rien ne nous arrêtait. On était chez nous. C'était notre havre personnel, notre club privé, avec accès illimité à toutes ses activités : bateaux, pêche, tennis, bowling, camping, salle de gym, terrain de sport. C'est comme un vieux film qui défile devant moi, chaque scène comme autant de souvenirs. Tout me revient d'un coup, alors que je franchis les douves encore remplies d'eau.

Les bâtiments sont des restes gris, tels de vieux os rongés par le temps, privés de tout équipement moderne, juste quelques garde-fous de fer, quelques lampadaires. Je suis les panneaux que je connais si bien, indiquant les directions des sites historiques. Je pourrais les citer par cœur : la Old Cistern, figurant dès 1834 sur les cartes, la réserve d'eau pour la garnison… Le 12-pound Howitzer, un obusier de bronze coulé dans les anciennes forges de Richmond en 1862…

Le canon de Rodman, à âme lisse, pesant plus de sept tonnes… L'Arsenal, spécialisé dans les affûts pour les batteries côtières… L'Engineer Wharf, où Jefferson Davis a débarqué prisonnier… Et, à ma gauche, cachée derrière des arbres dénudés par l'hiver et un ancien canon de campagne, la célèbre casemate où Davis fut enfermé, malade, avant d'être transféré dans la forteresse. Il fut finalement libéré cinq mois plus tard contre rançon.

De l'autre côté des douves, j'aperçois le Old Point Comfort Lighthouse, le plus vieux phare de la baie de Chesapeake, utilisé comme tour de guet par les Anglais pendant la guerre de 1812. Et, droit devant, l'ancien baraquement de plain-pied où Vera Young est morte. La rue est encombrée par des véhicules de police de la NASA et de Hampton. Le fourgon noir de la médico-légale de Tidewater est là aussi. Je me gare derrière le Tahoe de Fran et lui envoie un texto pour la prévenir de mon arrivée.

J'attrape mon sac, sors de l'habitacle. Tout est silencieux. Juste le hululement du vent. Je claque ma portière, mes chaussures crissent sur le sol gelé tandis que je fais le tour du pick-up pour récupérer à l'arrière ma combinaison et mon masque respiratoire. On n'est jamais trop prudent par les temps qui courent.

L'eau de Javel n'a rien de comparable avec des horreurs comme l'anthrax, la ricine, le gaz sarin et le carfentanyl. Mais nous ne pourrons savoir à quoi nous avons affaire qu'après les tests du labo. Même si le produit est un simple détachant domestique, je ne veux pas en avoir sur la peau. Ni en respirer les émanations toxiques. Je verrouille les portes avec ma télécommande sous un ciel sans étoile, noir comme une bâche goudronnée.

De l'autre côté des douves, le phare éclaire les nappes de brume qui s'amoncellent un peu partout. Le froid pénètre mes vêtements. Je ne peux m'empêcher de penser à Dick. Pourquoi est-il resté de marbre quand il m'a vue avec le vieux blouson d'aviateur dont le cuir marron commence à se craqueler, et dont les élastiques des poignets sont distendus et les motifs estompés ? Je ne vois qu'une seule explication : il ne savait pas à qui il avait affaire, Carmé ou moi ?

Mais après ses vérifications, il n'y avait plus de doute possible. Pourtant, il n'a pas dit un mot sur le fait que je porte ce cadeau qu'il m'avait offert devant le Space Command – il m'avait même aidée à l'enfiler devant tout le monde, comme s'il me remettait une cape magique. C'est du moins l'impression que j'avais eue au moment de quitter le Colorado, et le commandement de Dick, il y a trois ans, presque jour pour jour.

Dans ma tête, ce n'était pas un départ pour toujours. Ma voie était écrite dans le ciel. Je reviendrais sous ses ordres, en des circonstances bien différentes. En qualité d'acrobate-astronaute pour installer des antennes sur la Lune et veiller à ce que l'ennemi ne puisse les pirater ou les détruire. Une cyber-ninja sur son tapis volant high-tech, pour réparer un télescope en orbite autour du soleil, croisant à un million de kilomètres de la Terre.

Ou alors pour faire un peu le ménage dans les satellites, repérer les intrus qui pourraient causer des brèches dans nos systèmes de défense ou de télécommunication. Ou aller rendre visite à un objet interstellaire comme Oumuamua, cet astéroïde en forme de cigare, voire se poser dessus et prendre un échantillon ou deux. Bref, il était prévu que je revienne dès mon entraînement et ma formation terminés. À condition, évidemment, que Carmé ou moi ne nous mettions pas à poser des problèmes.

Malgré moi, toutes ces pensées me parasitent alors que je traverse la rue pour m'approcher du SUV Lexus. Je dois oublier que Dick était assis à côté de moi il y a quelques minutes, pour m'annoncer que ma sœur, ma moitié, mon double, est devenue une « personne d'intérêt » concernant la disparition – voire la mort – d'un ingénieur de Pandora.

Pis encore, je suis censée le tenir informé dès que j'ai des nouvelles d'elle. À vos ordres, général ! Et je ne suis pas sûre de pouvoir le faire. Ni même de le vouloir. Pourrais-je me montrer fidèle aux dépens de ma famille ? Pour l'instant, de ce point de vue, je n'ai pas été au top. J'ai toujours suivi la même route quand souffle la tempête, choisi ceux que j'aime.

C'est pour cette raison que je ne suis plus dans l'armée de l'air. Et c'est pourquoi tous les Crockett du monde me considèrent avec mépris, telle une geek qui, pour passer le temps, joue aux flics.

00 : 00 : 00 : 00 : 0

Le morceau ne tient plus que par un lambeau de peau. La chair est blanche, n'est plus irriguée. Morte. C'est évident.

Ma vie s'en va. Je suis au bord de l'évanouissement. Surtout ne pas regarder Dick qui me soutient, ses bras autour de moi, ses mains puissantes couvertes de sang, mon sang qui coule jusque sous ses poignets de chemise. Comme le médecin qui s'est occupé de Lincoln après qu'il a reçu la balle. Cette drôle d'image me vient d'un coup.

Il tient ma main au-dessus de l'évier, paume ouverte, et presse l'extrémité de mon doigt coupé jusqu'à l'os. Le bout, avec les circonvolutions des dermatoglyphes, est quasiment amputé. Je sens la pression, la douleur bat. Mais je ne bouge pas et résiste à l'envie de vomir. Je me laisse faire.

— Cela va aller, Calli.

Il ne cesse de répéter mon nom. Et je pense à ce que je viens de faire – à moi, à lui, à tous.

Le sang ruisselle, tombe, formant des étoiles rouges sur l'émail blanc de la cuve.

— Ça va piquer un peu.

Je frémis quand il verse la Bétadine, un liquide rouge-brun, comme de la rouille. Cela ne pique pas. Pas du tout. Ça brûle comme l'enfer ! Comme si on m'enfonçait un tison ardent dans la chair. Je dois faire appel à toute ma volonté pour ne pas retirer ma main, ne pas hurler de douleur. Mais je ne remue pas. Pas le moindre mouvement. Aucune plainte. Ne rien montrer, jamais.

Reste les tremblements. Je suis sur le point de m'effondrer. Heureusement qu'il me tient. Mon corps est traversé de spasmes, telle une mourante. Je suis mortifiée de honte.

— … Respire. Respire à fond ! Essaie de tenir le plus longtemps possible.

Il est derrière moi, ses bras autour de moi, il tient ma main, nettoie la blessure le plus doucement possible.

— … J'ai eu une formation de premier secours avant d'aller dans l'espace, mais je ne vais pas te mettre des agrafes, ne t'inquiète pas

Il me parle comme à une enfant.

— … Ça ne marchera pas, de toute façon. Ni les agrafes, ni les points de suture. À mon avis, des bandes adhésives, c'est le plus indiqué. Mais je ne garantis rien. Je ne sais pas si ça va coller…

Pendant qu'il s'occupe de moi, je ne cesse de lui présenter mes excuses. Pour tous les tracas que je lui cause. Pour avoir gâché sa matinée et peut-être ma vie. Tout ça pour obéir aux ordres et faire ce qu'on attend de moi. Alors que je n'étais pas en état. Mais je me suis présentée, fidèle au poste, comme si de rien n'était. Et finalement pour commettre cette bourde. Comme si les choses n'allaient pas assez mal comme ça !

— Pardon, pardon, pardon... Juste une seconde d'inattention. Juste une seconde...

Je ne cesse de le répéter tandis qu'il place les bandes de Steri-Strip. La douleur est aveuglante, elle occulte jusqu'aux rayons de soleil qui traversent la fenêtre de la salle de repos.

00 : 00 : 00 : 00 : 0

Je chasse de mon esprit ce souvenir humiliant. J'ai besoin de toute mon attention. Ce qui compte, c'est ma mission. Accomplir mon boulot. Faire abstraction de mes remords.

— Concentre-toi ! Concentre-toi !

Mon haleine flotte devant moi à chaque mot.

La bise cingle mes oreilles, j'ai les yeux qui coulent. Je m'approche de la portière côté chauffeur, en faisant attention où je mets les pieds. Par un temps pareil, les plaques de verglas sont traîtresses. Je note les rares véhicules qui passent dans la rue, mémorise chaque plaque d'immatriculation. Le vent forcit et mugit. Je surveille les arbres nus et les sapins agités par les bourrasques, les feuilles mortes qui volent.

Je pose mon barda sur la chaussée, allume ma lampe et la plaque sur la vitre, en me remémorant ce que m'a dit Vera Young la veille, à propos du vol. Prétextant une migraine, elle a quitté Langley en milieu de matinée pour rentrer chez elle. Elle n'a cessé de me répéter que la première chose qu'elle a faite en quittant la base, c'est d'enlever sa carte qu'elle porte au cou. Elle voulait à tout prix me prouver combien elle est précautionneuse. Au point de retirer son badge quand elle fait le plein d'essence ou les courses. Elle a lourdement insisté sur ce point.

À aucun moment elle n'a fait mention de sa sécurité personnelle. Sur le coup j'ai trouvé ça bizarre. Et encore plus désormais. Une femme vivant seule ? Apparemment, son seul souci serait la sécurité des technologies secrètes sur lesquelles elle travaille. Elle ne parlait que de luttes intestines, d'espionnages industriels ou de risques de sabotage.

Sans le dire expressément, elle m'a révélé que Pandora Space Systems avait une tolérance zéro à l'égard des négligences et des failles de sécurité. Ce qui n'a rien d'étonnant puisque cette société se trouve dans un secteur très compétitif où la confidentialité est reine. Pandora exige la perfection de la part de son personnel et le travail doit y être aussi stressant que passionnant. Ce n'est peut-être pas la guerre ouverte là-bas, mais sûrement pas une sinécure. Et Vera semblait très inquiète quand je l'ai vue hier soir.

Elle s'inquiétait des conséquences de cet « accident involontaire ». Elle a employé ces mots au moins dix fois. Elle se confondait en excuses pour le vol de ce badge, se reprochait son « étourderie », sans doute à cause de la migraine. Je redéroule mentalement sa déposition écrite. Sur le coup, quelques voyants étaient passés au rouge, mais à présent ils sont tous allumés.

... Je suis toujours extrêmement prudente avec mon badge de la NASA, car je sais que ce rare privilège implique de grandes responsabilités...

Premier voyant d'alerte : lorsque j'étais avec elle, je n'ai pas eu la sensation qu'elle mesurait le « rare privilège » d'avoir un tel passe. Elle s'est surtout lamentée de devoir vivre loin de chez elle et d'être coincée dans « un trou paumé ». Durant l'interrogatoire, elle ne m'a pas paru heureuse de son sort, pas du tout.

... quand j'ai passé les portes, pour quitter la base, j'ai retiré mon badge. Je ne le porte jamais en public, parce que je n'ai pas envie qu'on sache mon nom ni où je travaille. Je l'enlève aussi sur les photos et le range toujours hors de portée...

Deuxième voyant : d'accord, elle est très prudente... et pourtant elle laisse son passe dans la boîte à gants ?

Je suis arrivée à la pharmacie vers 10 h 15. Avant de sortir, j'ai récupéré mon badge sur le siège passager et l'ai mis à l'abri dans la boîte à gants...

Troisième voyant rouge : pourquoi ne pas le mettre tout simplement dans son sac à main ou dans sa poche ?

Je m'en souviens très bien, parce qu'en me penchant mon portefeuille est tombé par terre, et que si je ne l'avais pas vu, je me serais retrouvée sans argent à la caisse...

Quatrième alerte : c'est le détail de trop, comme une barrière virtuelle protégeant son récit. Elle veut faire diversion, ne pas s'attarder sur le fait qu'elle a quitté la voiture en laissant son badge à l'intérieur. Sans doute parce qu'elle ment. Et comme par hasard, elle fait ensuite une ellipse et reprend son récit au moment où elle rentre chez elle à 11 heures et se met au lit. Elle prétend être restée allongée toute la journée.

… Finalement, vers 17 heures, je me suis sentie mieux et capable de retourner à Langley. Sincèrement, je n'avais aucune envie d'y aller, mais j'avais du travail en retard et avec la tempête et le shutdown, cela risquait d'être compliqué pour les jours à venir. En arrivant à l'entrée, j'ai ouvert la boîte à gants et, à ma grande surprise, le badge n'y était plus…

Cinquième voyant rouge : je me méfie toujours des gens qui emploient le mot « sincèrement » ou parlent de « grande surprise ».

J'ai compris alors que mon passe avait été volé et j'ai immédiatement prévenu la police de la NASA.

Vera Young. 2/12/2019.

16

Je n'aime pas non plus quand quelqu'un parle si vite de vol.

Pourquoi évoquer un vol alors que le scénario le plus plausible est la perte ou la faute d'inattention ? C'est si facile d'égarer son passe ou de ne plus se souvenir où on l'a laissé. *Elle souhaite convaincre tout le monde que le badge a été volé.* Cette pensée m'a traversé l'esprit sur le coup. Je songe à nouveau à sa déposition écrite.

Je revois cette demi-page noircie de ses pattes de mouche, une écriture tout étriquée comme si elle avait du mal à coucher ces mots sur le papier.

Ce genre de graphie est assez typique des introvertis de la NASA comme moi. Ce qu'a écrit Vera pourrait être parfaitement crédible si sa déclaration ne sentait pas la duplicité à dix pas. Impossible de croire qu'elle soit rentrée chez elle sans penser à récupérer son passe dans la boîte à gants. Et sans fermer sa voiture à clé !

Parce qu'elle a dû laisser sa voiture ouverte… C'est la seule explication plausible. Sinon, le voleur aurait fracassé une vitre – ou alors il avait la clé, ou connaissait le signal radio pour déverrouiller les portières. Encore fallait-il que le prétendu voleur ou espion s'intéressant à ce badge sache que Vera Young était chez elle hier après-midi, qu'elle habitait Fort Monroe et que le sésame était dans la boîte à gants de son SUV, laissé grand ouvert.

Ce serait quand même un sacré coup de chance. Et je ne crois pas aux coïncidences. Même si c'est techniquement possible, il reste un vrai problème : le SUV est ouvert, aujourd'hui encore ! Et cette fois, la conductrice négligente est morte, un fil autour du cou, le corps arrosé d'eau de Javel.

Je secoue la tête.

Totalement improbable. Je ne connais pas beaucoup de gens, en particulier quand ils viennent de grandes villes comme Houston et Los Angeles, qui ne ferment pas leur voiture à clé. À moins qu'ils ne fuient un tremblement de terre, un incendie ou un tueur fou. Certes, si Vera avait la migraine, elle n'avait peut-être pas les idées claires. Peut-être souffrait-elle tellement qu'elle s'est précipitée chez elle sans penser à autre chose. D'accord. Je pourrais accepter qu'elle ait laissé hier sa voiture ouverte, mais aujourd'hui ?

Aujourd'hui ?

Ça tourne en boucle dans ma tête. Je cherche une explication tout en fouillant l'habitacle du faisceau de ma lampe, ma main en visière pour réduire les reflets, retenant mon souffle pour que le verre ne se couvre pas de buée. C'est la console centrale qui a attiré mon regard, et plus précisément le porte-gobelet à côté du levier de vitesse. Ce que je vois luire dans la lumière, j'en mets ma main à couper, c'est la télécommande. Non seulement la Lexus n'est pas fermée, mais en plus n'importe qui a pu s'en servir !

— Ça ne tient pas debout.

J'ouvre mon sac. *Zut !* Je n'ai quasiment plus de gants !

J'en enfile une paire et, de mes doigts engourdis, j'ouvre la portière. Je sens le froid de la poignée malgré la couche de nitrile. Je me contente de regarder de loin. Non seulement je n'ai pas la tenue de protection adaptée, mais je risque de bâcler ma fouille. Je grelotte déjà dans mes vêtements trop légers. Finalement, les questions arrivent plus vite que les réponses.

Pourquoi Vera Young a-t-elle quitté sa Lexus en laissant les clés à l'intérieur ? Quand s'est-elle servie pour la dernière fois de cette voiture ? Et pour aller où ? Qu'a-t-elle fait aujourd'hui avant de s'arroser d'eau de Javel et de se pendre avec son cordon d'ordinateur ?

Et en parlant de cordon, où est l'ordinateur en question ? En d'autres termes, l'arme du crime a-t-elle été trouvée sur place ? Que va nous révéler le disque dur ? Et le GPS de la voiture ? À moins qu'elle n'ait utilisé une application sur son téléphone, comme Waze ? Et surtout, je veux savoir qui étaient ses proches – admirateurs et rivaux –, qui étaient ses anciens amants, comment leur histoire s'est terminée… Je me souviens qu'elle avait parlé d'un ex-mari et d'enfants, désormais grands.

Sa sœur travaille aussi à Pandora, mais elle n'est pas à Langley. Elle ne fait pas partie de l'équipe du

1110 qui bricole des robots lunaires. Elle est trop haut placée pour venir se « salir les mains » à Langley, selon Vera. À l'évidence, cette dernière n'appréciait guère d'être envoyée sur la côte Est en plein hiver.

Apparemment, elle n'avait pas de problème relationnel, du moins elle n'en a pas fait mention. Il faudra que je parle à cette sœur « haut placée », voir ce que je peux apprendre sur l'existence de Vera Young et pourquoi elle s'est brutalement interrompue. Elle s'appelle Neva. « Comme une EVA avec un N devant », a précisé Vera. Je regrette de n'avoir pas passé plus de temps avec elle hier.

J'aurais dû lui poser plus de questions. Mais je ne supposais pas qu'elle était une candidate au suicide. D'ailleurs je ne le crois toujours pas. Tant que je n'en ai pas la preuve manifeste. Et pour l'instant, cela n'en prend pas le chemin. Probabilités, faits, données, extrapolations, rien ne colle. J'ai l'impression de voir danser devant mes yeux des colonnes de chiffres en une succession anarchique.

En attendant, je me transforme à vitesse grand V en bloc de glace ! Je referme la portière, retire mes gants et les fourre dans ma poche. Une sorte de vibration m'enveloppe soudain, tel un bruit blanc, mais en plus précis ; une pulsation lente et sourde, semblable au son d'une guitare basse, une corde de *la* à 55 Hz. Non, pas tout à fait. C'est plus grave, presque une octave dessous, plutôt du 31 Hz, une corde de *si*.

À l'instar du 440 Hz, que les violonistes utilisent pour s'accorder, je perçois la fréquence d'un être vivant. C'est de l'énergie invisible qui vibre dans l'air.

Je la sens dans l'herbe brune, dans les arbres nus, les buissons et l'eau qui entourent cet alignement de baraquements de brique. J'ai l'impression d'être observée, de percevoir un regard posé sur moi, comme une onde de chaleur.

Peut-être un animal qui se rapproche des habitations humaines à cause du froid ? Peut-être un chevreuil ? Mais je ne vois rien ni personne, alors que la sensation persiste. Ignorant d'où vient cette énergie, je suis instantanément sur mes gardes. Je ne sais pas comment protéger mes arrières. Je me rappelle la présence de mon Glock 27 à ma ceinture.

Il y a une balle de calibre .40 à pointe creuse dans la chambre, prête à être percutée, plus huit de ses copines dans le chargeur, au cas où quelqu'un serait animé de mauvaises intentions. Et comme chaque fois, je répète mon mantra : *Ne me forcez pas à tirer, parce que je le ferai*. Je peux tuer si je dois me défendre, moi ou quelqu'un d'autre. J'espère que ce ne sera pas pour ce soir. J'ouvre mon esprit comme une antenne parabolique, dans l'espoir d'identifier le signal que je reçois. La sensation déplaisante demeure. Mais je ne parviens pas à localiser la source – à moins que tout cela ne soit le fruit de mon imagination.

00 : 00 : 00 : 00 : 0

Je récupère mes affaires et me dirige vers le bâtiment, en tentant de me mettre à la place d'un prédateur.

Je raconte aux gens que c'est un jeu amusant et stimulant pour les neurones, mais ce n'est pas à faire quand on va dîner dehors ou faire les courses. Et cette activité ne doit pas être pratiquée par le commun des mortels. Sauf si on veut perdre définitivement toute innocence.

L'ignorance est vraiment une bénédiction, mais dans mon métier, voir le monde avec les yeux d'un tueur opportuniste est une question de survie, voire une garantie de tranquillité d'esprit. Une fois mordu par la réalité, on ne peut en retirer le venin. En marchant vers l'appartement de Vera Young, je me demande comment un individu malintentionné aurait décidé d'approcher cet ancien baraquement transformé en habitation. Le plus évident, ce sont les massifs devant l'entrée. Les buissons sont hauts et touffus, ils offrent un affût idéal.

Mais il y a d'autres moyens s'il s'agit simplement de surveiller son occupante. Il suffit de passer en voiture ou feindre de faire du jogging, en changeant un peu de trajet et d'horaire chaque fois. Ou alors d'utiliser des jumelles depuis une cachette dans les arbres au loin. À cette époque, les pins et sapins offrent un bon couvert. Il y a aussi les sorties de secours, les toits, ou un appartement de location voisin. Peut-être quelqu'un l'espionnait. Un membre de la NASA, de Pandora ? Était-ce lié au travail ? Une affaire privée ? Une personne qu'elle connaissait ? Un inconnu ? Un détraqué ?

Ou un crime sexuel ? C'est ce que je crains, d'ailleurs. Cela pourrait expliquer l'eau de Javel.

L'hypochlorite de sodium ne va pas faciliter l'analyse des prélèvements, qu'il s'agisse du sang, du sperme ou de la salive. Il est courant d'utiliser des produits toxiques pour détruire l'ADN. Et c'est un classique aussi de camoufler un crime pour envoyer la police sur une fausse piste.

Adrienne Shelly, l'actrice qui a écrit *Waitress*, le film devenu comédie musicale, en est le parfait exemple. En 2006 elle est retrouvée pendue dans la douche de son appartement de New York, le crime avait été maquillé en suicide. Le meurtrier était un ouvrier qui travaillait dans l'appartement du dessous. Ce genre d'histoires terribles pullulent, et selon mon expérience, l'explication la plus sordide est souvent la meilleure.

La mauvaise personne au mauvais endroit au mauvais moment. Si seulement leurs chemins ne s'étaient pas croisés. Le plus souvent, les tueurs cherchent le fruit mûr, à portée de main. Du pur opportunisme.

00 : 00 : 00 : 00 : 0

L'odeur astringente du désinfectant me saute aux narines chaque fois que le soldat dans son treillis essore la serpillière. Il ne laisse rien paraître, son visage rasé de près n'exprime rien, ni dégoût ni dédain. Comme s'il était normal de trouver un sol couvert de sang dans une salle de repos.

Les tresses de coton laissent des traînées rouges, l'eau dans le seau vire au rose. J'écoute les bruits d'éclaboussures, ma respiration est courte et saccadée tandis que Dick, penché sur moi, déchire une longueur de sparadrap. La douleur dans mon doigt crée une pulsation sourde, tel le battement d'une grosse caisse.

S'il te plaît, recolle-moi ! Je veux rester entière ! *Il ne peut entendre ma prière silencieuse.* Je suis désolée d'avoir été aussi stupide. Tellement désolée. Je ne recommencerai plus.

La douleur et la peur me submergent par vagues brûlantes. La honte, l'odeur de l'eau de Javel, les bruits d'eau dans le seau, tout se mêle. Je suis de retour sur la Back River, quand je débarque sur le ponton au bout de notre jardin – le jour où le monde s'est arrêté, comme dit maman. Papa est là. Je ne sais pas pourquoi. Il ne me raconte pas la conversation qu'il a eue avec la police. Ni ce que le père de Fran leur a annoncé quand il est passé chez nous.

Je revois la lune qui brille sur l'eau agitée par le vent, aussi clairement que si c'était hier. Je marche sur l'herbe qui vient d'être coupée, je perçois l'odeur des oignons sauvages, l'air froid et pur. Je me retourne en entendant le bruit du moteur et le crissement des graviers sous les pneus, les phares brillant dans la nuit.

La voiture de police soulève un nuage de poussière dans notre allée et se dirige vers la grange. Maman en sort, court vers moi. Elle veut que je lui raconte ce qui s'est passé, que j'explique à la police ce que j'ai fait.

Tandis que la voiture se gare, elle crie et pleure, ses longs cheveux voletant autour d'elle, elle m'agrippe par les épaules, plante ses doigts dans ma chair. Elle me serre si fort qu'elle me soulève de terre.

00 : 00 : 00 : 00 : 0

Apparemment, Vera n'est pas aussi précautionneuse qu'elle le dit. Son appartement au rez-de-chaussée n'est pas équipé d'alarme, ni de détecteurs d'ouverture de portes. Et il n'est même pas utile de repérer sa Lexus grise pour savoir si elle est chez elle. Il suffit de connaître le numéro de son appartement. Le 110.

En se cachant derrière les massifs, il est facile de regarder par les fenêtres, de nuit comme de jour, avec peu de risque d'être repéré par les voisins – pas quand ils sont confinés chez eux par le froid ou qu'ils ont décampé parce qu'une grosse tempête va déferler sur la péninsule. D'une manière générale, ce n'est pas un endroit difficile à surveiller, même si les rideaux sont tirés.

Le tissu est trop fin pour occulter les silhouettes des occupants. Un jeu d'enfant. On peut savoir si Vera est chez elle. Dans quelle pièce. Si elle est seule ou non. En outre, l'éclairage dans la rue, dans ce lotissement huppé, est plutôt discret. On est loin du plein feu qui illumine les cours de prison. Les lampadaires en fer forgé sont espacés et conçus pour ne pas engendrer de pollution lumineuse chez les habitants ni déranger leur sommeil.

Il fait toujours sombre dans cette partie du fort, quelle que soit l'époque de l'année ou les conditions météorologiques. De toute façon, que ce soit la nuit noire ou la pleine lune, cela ne change rien s'il n'y a pas de témoins. Et, à voir les bâtiments éteints et les parkings vides, j'ai l'impression que Fort Monroe a été déserté aujourd'hui. Les rues et les allées les plus basses ont été fermées à la circulation avec des cônes et des barrières. Des sacs de sable ont été empilés aux endroits stratégiques pour éviter les inondations si la dépression frappe la côte.

Les gens d'ici sont habitués à la mer, aux vagues-submersion, ils acceptent le bon comme le mauvais. À mon avis, au moins un tiers des résidents a filé depuis plusieurs heures. Nous n'avons pas besoin de recommandations officielles pour quitter notre petit coin de paradis. Les locaux n'attendent pas l'ordre d'évacuation pour aller se mettre à l'abri sur des terres plus élevées, en emportant chats, chiens et voitures.

La porte d'entrée de l'appartement est ouverte. J'entre et j'appelle :

— Il y a quelqu'un ?

Je n'ai aucune envie d'effrayer quiconque, ni de me faire descendre.

Je m'arrête sur le seuil, saisie par l'odeur. J'ai aussitôt les poumons en feu et la gorge qui me pique. Je pose mes affaires et ferme la porte. Aussitôt, Fran me crie de la laisser ouverte.

— C'est bien de faire circuler un peu d'air !

Sa voix me parvient assourdie tandis qu'elle farfouille dans le lave-vaisselle à l'autre bout de l'appartement – un deux-pièces de la taille d'une boîte d'allumettes.

17

La cuisine et le salon sont regroupés dans la même pièce, le sol est en pin, de larges lattes à l'ancienne, et les murs de briques apparentes datent de 1820. Sur la droite du réfrigérateur, il y a la chambre, et par la porte entrouverte j'aperçois une civière.

— Tu n'imagines pas comme il fait chaud là-dedans ! me lance Fran en relevant la visière de son masque respiratoire qui ressemble à un casque de moto équipé d'un système de communication Bluetooth.

— Ne me fais pas rêver.

J'ai les lèvres comme des glaçons et les doigt tout raides, comme s'ils n'appartenaient plus à mon corps.

Je m'accroupis, j'ouvre mon sac de matériel tandis que Fran sort un couteau du compartiment à couverts et l'approche de la lumière.

— Le lave-vaisselle n'a pas tourné, annonce-t-elle à la cantonade. Il n'y a rien dedans hormis ce couteau avec, apparemment, de la moutarde dessus.

— Elle s'en est peut-être servie pour faire ce sandwich qui traîne sur la table ? suggère Scottie Ryan, occupée à chercher des empreintes autour de la cheminée pendant que Butch Pagan filme.

Tout le monde est en combinaison de type 1, avec par-dessus armes et gilets tactiques. À cela s'ajoutent les bottes en caoutchouc, les gants, les capuches et masques respiratoires. C'est sûr qu'en un rien de temps on est en nage sous cet équipement, à devoir respirer à travers un filtre à charbon tout en veillant à ne pas contaminer les indices.

Chaque mouvement est pénible quand on est ainsi emmitouflé, alors qu'on doit manipuler des instruments de précision tels que des réglettes, des thermomètres, des pinces à épiler, des scalpels. En même temps, fouiller une scène de crime n'est jamais une partie de plaisir. Le plus souvent, ce sont des lieux sinistres sans accès à la nourriture, à l'eau ni à des toilettes utilisables.

Sans parler de la crasse, des bestioles, du froid, de la chaleur, de la puanteur, des maladies. La liste est sans fin, jamais agréable, le défi étant de ne pas se laisser distraire par ces éléments parasites. Il faut garder toute son attention. Rester dans sa bulle.

— C'est bon, il y a eu assez d'air comme ça !

Je ferme la porte sinon je vais finir congelée. J'enfile mon masque pour pouvoir communiquer avec les autres.

— Crois-moi, dans un quart d'heure tu seras en sueur ! rétorque Butch tandis que je retire mes chaussures. Ce truc est un vrai hammam ambulant ! Et rentrer chez nous dans des vêtements trempés, ça ne va pas être la joie. Je n'ai rien pour me changer après la décontamination.

— Le mieux encore, c'est de garder la combi. C'est d'ailleurs ce que je compte faire.

Il photographie l'intérieur de la cheminée. De loin, celle-ci paraît en bon état, mais elle n'a visiblement pas été utilisée depuis longtemps. Je ne vois ni pare-feu ni bûches sur les chenets. Il y a un ordinateur portable posé sur le manteau.

— Pareil ! annonce la voix de Fran dans mes écouteurs.

Je la regarde ouvrir un placard. Elle ressemble à un mix entre un astronaute et un personnage d'*Avengers : Infinity War*.

— Même mes chaussettes sont trempées ! ajoute-t-elle. Mais je reconnais que lorsque je suis sortie fumer, je me suis sentie bien, tellement bien que j'aurais pu piquer un somme.

— C'est ce que disent les gens au moment de mourir d'hypothermie.

Je m'adosse à la porte et commence à passer les jambes dans ma combinaison, deux kilos et demi de caoutchouc butyle antistatique, doublé d'un polymère fluoré, avec des coutures étanches garanties sans fuite.

Elle se zippe en diagonale sur le torse, comme une tenue de nageur de combat avec des renforts aux épaules et aux genoux, et une série de poches bien pratiques. Puis j'enfile mes bottes, également en butyle, avec des semelles crantées dignes d'un pneu neige. Je commence à me réchauffer.

— Les vapeurs sont très incommodantes parce que l'appartement est petit, à peine soixante-dix mètres carrés, m'annonce Scottie. On a donc vraiment besoin de tout ce matos, même si c'est pénible. En plus, on ne sait jamais, pas vrai ? C'est ma première scène de crime ici à Fort Monroe, et c'est pas une promenade de santé.

— Encore pire que d'habitude, renchérit Butch.

— En d'autres termes, précise Fran, si tu as envie d'uriner, il n'y a nulle part où aller. Et tout est fermé dans le coin.

— Il y a toujours les fourrés, répond Butch. C'est pour cela que Scottie a toujours dans sa voiture un rouleau de PQ.

— Ce qui s'appelle être prévoyante. Anticiper les besoins.

— C'est exactement ça : anticiper *ses* besoins.

— Sauf qu'il n'en est pas question par ce temps.

— À moins que tu aimes te geler les miches.

— Parlons d'autre chose. Jusqu'à ce que vous abordiez le sujet, je n'y pensais même pas.

— Quand il fait froid, c'est drôle comme on trouve de la neige jaune partout !

Butch et Scottie refont leur numéro de duettistes, comme des frères ennemis ou un vieux couple. Ils ont tous les deux près de trente ans et sont bâtis comme des athlètes de triathlon. On les prend souvent pour des frère et sœur, avec leurs cheveux blond paille, leur peau claire et leurs yeux bleus. Mais leur visage, pour l'heure, est quasi invisible derrière la visière rayée de leur masque. À les voir travailler ainsi côte à côte dans leur accoutrement, on dirait deux techniciens d'une police scientifique de l'espace. Ils prennent des vidéos, des photos, examinent la table basse.

Une bouffée de satisfaction m'envahit. Ils analysent la scène avec méthode comme Fran et moi leur avons appris, tels des archéologues fouillant un site ancien. Ils travaillent couche après couche, prêts à palier tous les problèmes parce qu'il n'y aura pas de retour possible. Un geste d'inattention, et le vase antique ou le crâne du paléolithique est cassé. Et si l'on ne récupère pas les empreintes ou les traces ADN au fur et à mesure, elles sont détruites à jamais.

Par principe, je considère chaque mort humaine comme suspecte. Tout en enfilant mes gants, je contemple la pièce dans l'espoir de comprendre ce qui s'est passé ici. Un cambriolage qui aurait mal tourné ? Une intrusion malveillante suivie d'une lutte entre l'assaillant et l'occupante ? Je ne vois pas de sang, tout me paraît à sa place. Cela ne m'empêche pas d'avoir toujours ce mauvais pressentiment.

— Pourquoi tu as été si longue ? Qu'est-ce que tu as fichu ? me demande Fran en rouvrant la porte sur le froid polaire. T'inquiète, on surveille la température là-bas, explique-t-elle en désignant la chambre du fond.

Derrière le battant, j'entends Joan s'affairer.

Joan Williams, la meilleure experte légiste de Tidewater. C'est elle qui s'occupe du corps. Avec un peu de chance, elle aura recueilli des infos utiles quand nous la rejoindrons. Mais ce n'est pas pour tout de suite. Ce serait une mauvaise idée de la déranger en ce moment, même si ça me démange d'y aller.

— On a terminé le repérage de base, poursuit Fran. Un peu de clim naturelle ne fera pas de mal. Mieux vaut ne pas avoir de la sueur dans les yeux si on veut voir où on met les pieds. Et, pour ta gouverne, cela fait deux fois aujourd'hui qu'à cause de toi je me retrouve en eau !

— Pour le tunnel, je bats ma coulpe, dis-je dans le micro du casque en sanglant mon gilet pare-balles. Mais là, ce n'est pas ma faute.

— À voir… Avec toi, je m'attends à tout.

Derrière l'écran de plastique, son front est luisant, ses cheveux collés sur sa peau, et le tout fait un effet bizarre.

Le filtre du masque ressemble à un gros palet de hockey. Je ne peux distinguer la partie inférieure de son visage quand elle me parle. C'est comme si elle communiquait avec moi par télépathie, comme si elle n'avait pas de bouche.

— Tout va bien ? demande-t-elle avec un regard insistant. Je me suis inquiétée. Tu ne répondais pas au téléphone.

00 : 00 : 00 : 00 : 0

Ses yeux bleus me scrutent. Je redoute la suite, parce qu'elle ne va pas apprécier ma réponse.

— Disons qu'il m'est tombé dessus une mission imprévue. Le général Melville m'a demandé de le ramener à son hôtel.

— Et pourquoi Moby avait-il besoin de toi comme chauffeur ?

Moby, c'est le surnom qu'elle lui donne, et c'est rarement affectueux.

Elle se sent menacée par lui. Ce qu'elle ne reconnaîtra jamais. Impossible. Certes, Fran est une pointure, elle est crainte et respectée dans son fief, mais elle peut aussi être terriblement inquiète et peu sûre d'elle, voire carrément jalouse. Dans son esprit, Dick lui est supérieur, socialement comme dans tous les domaines. Encore un qui se croit sorti de la cuisse de Jupiter ! C'est généralement le reproche qu'elle fait à tous les gens qui ont du charisme et du pouvoir. Elle dit cela aussi de Tommy, son mari par intermittence.

Et de Carmé, bien sûr. Même quand elle est dans ses bons jours, ma sœur intimide beaucoup de gens, en particulier Fran, et c'est le cœur du problème. Ma meilleure amie, la plus ancienne, ne supporte pas que Dick ou ma sœur ait l'ascendant sur moi. Et c'est effectivement le cas. Carmé, Dick, mais pas Fran. Les deux premiers ont une grande influence sur moi, au point de me convaincre de tenter l'aventure avec eux, de quitter Langley pour toujours. Langley comme tous ceux qui sont ici dans ma vie.

Sans me retourner. Sans même un regret pour Fran. Ou même une pensée pour elle. C'est ainsi que son esprit phobique interprète ce qui s'est passé. Peu importe si ce jugement est rationnel ou pas. C'est bel et bien ce qu'elle ressent, même si elle ne l'admet pas, elle reste dans le déni, prétend que je dis n'importe quoi.

— C'était l'occasion de bavarder un peu avec moi. On n'a pas eu le temps de se voir ces trois dernières années.

C'est l'explication que je lui donne, un peu trop sur la défensive.

— Et son escorte ? Il en a fait quoi ? insiste-t-elle. (Dans mon casque, sa voix résonne pleine de défi.) C'était si urgent ? Au point de congédier tous ses gardes ? C'est fréquent qu'un général quatre étoiles fasse cela ? Ça ne tient pas debout. Qu'est-ce qu'il te voulait au juste ?

— On en parlera plus tard. (Je n'aime pas ses sous-entendus.) Avant toute chose…, reprends-je en désignant du doigt ses surchaussures en Tyvek, il m'en faut une paire. Et des gants aussi. Plein ! Je suis à court. Et pour l'instant, j'aimerais surtout que tu me racontes ce que toi tu sais.

Je dois collecter le plus d'infos possible avant d'entrer dans la pièce, malgré ma curiosité. Parce que je suis curieuse. Beaucoup, énormément, à la folie ! Même si je le cache, si je dissimule la force quasi magnétique qui m'attire dans cette chambre à coucher. C'est difficile à expliquer… je ne fais confiance qu'à mes sens, j'ai besoin d'explorer par moi-même, il m'est impossible de me contenter des explications des autres, de rester assise et ne rien faire.

Il faut que je voie tout de mes propres yeux, que je regarde, entende, sente, goûte, touche. C'est plus fort que moi. Alors je fais parler Fran. C'est l'astuce que j'ai trouvée pour m'empêcher de foncer dans cette chambre, de jeter ne serait-ce qu'un coup d'œil par la porte entrebâillée d'où s'échappe cette odeur d'eau de Javel. Heureusement personne, pas même Fran ne soupçonne cette compulsion qui m'habite.

J'y veille. Je ne peux laisser qui que ce soit connaître mon conflit intérieur entre l'impulsivité et la raison. C'est pourtant le siège d'une lutte sans merci, deux entités qui se battent pour prendre le contrôle. Mes parents m'ont souvent dit que ce trait de ma personnalité était une chance et en même temps ma plus grande faiblesse. Avoir cette empathie au milieu de toutes ces émotions. Le sous-texte, la triste vérité, c'est que contrairement à ma sœur je suis bien trop vulnérable. Je m'empresse de me déclarer responsable et fautive. Je suis trop à l'écoute de tout et de tout le monde.

Trop encline à déclarer que c'est à moi de retrouver ce qui est perdu ou de réparer ce qui est cassé, d'encourager et de soigner, à moi d'exaucer les vœux et d'apaiser. J'ignore pourquoi je suis comme ça. Sans doute la génétique y est pour quelque chose. Sans doute aussi le fait d'avoir grandi à l'ombre de ma sœur jumelle à qui tout réussit, et qui ne connaît ni le sacrifice ni le doute.

Carmé n'a jamais vécu ça, ni de près ni de loin. Elle ne peut comprendre ce que je ressens. Et ce n'est pas si grave. Heureusement, à l'âge de vingt-huit ans, j'ai appris à me discipliner et parviens à résister à mes penchants naturels – à l'armée on apprend vite à ne pas laisser ses émotions et son empathie prendre le dessus. Avant, lorsque j'étais encore stagiaire, Fran m'a montré comment garder pour soi ses pulsions et ses colères, tempérer ses réactions et assurer ses décisions.

Et le plus important de tout : mettre son instinct atavique de côté. C'est sans doute le plus grand écueil quand on est sur une scène de crime, se laisser happer par le facteur humain. Autrement dit : nous sommes programmés pour nous intéresser d'entrée à la victime, et ainsi occulter les circonstances et la date de sa mort. Notre premier réflexe est de porter notre attention sur celui ou celle qui a quitté ce monde, d'examiner, d'étudier ses blessures, et une fois cette réaction ancestrale assouvie, il n'est plus possible d'être objectif et d'avoir l'esprit encore ouvert. En tout cas, en ce qui concerne les témoins et les indices.

Et pour le reste d'ailleurs. Débarquer sur une scène de crime avec des idées préconçues, c'est monter dans un avion pour traverser un continent sans prendre la peine de consulter les lois et règles en vigueur dans l'espace aérien, sans même prévoir les arrêts pour faire le plein de kérosène. Ou c'est avoir une relation sexuelle sans rien savoir de son partenaire. Ou penser au mariage sans fiançailles. En d'autres termes, c'est stupide. De la folie pure. Comme dirait Mr Spock dans *Star Trek*, c'est « illogique ».

Tricher, faire des raccourcis, prendre ses désirs pour des réalités. Se ruer sur le trophée au lieu de le gagner à la loyale. C'est oublier que l'état final dépend de l'état initial. C'est aussi implacable qu'en informatique quantique. Ce qui sort est modifié par ce qui entre, et la bonne réponse varie selon qui s'interroge. Il est donc crucial de choisir quelle donnée on introduit dans le système et quand, afin d'éviter de soulever des questions que l'on n'est pas en mesure de poser.

Lorsque tout est intriqué, plus on observe et conserve d'informations avant de s'élancer, plus on a de chances d'être objectif quand on atteint la ligne d'arrivée – qu'il s'agisse d'un lancement de fusée, de l'ascension de l'Everest, ou de l'examen d'un corps pendu à une porte de placard. La méthode et le raisonnement doivent être exempts d'imperfections si l'on veut échapper à la némésis de la précision et de l'impartialité. Parce que c'est la grande crainte de mes collègues émérites, et la mienne aussi. Et ce spectre honni a un nom :

Le préjugé.

Voilà le mal qui compromet les calculs et affaiblit nos défenses, celui qui nous rend vulnérables au moindre dysfonctionnement. Parce que le danger le plus grand est toujours celui que l'on croit connaître et maîtriser. C'est l'être aimé en qui l'on a confiance, celui dont la noirceur contamine notre lumière intérieure, le cœur même de notre être. Et on est toujours moins avisé qu'on ne le croit. Notre subjectivité, notre partialité nous rend aveugle, sourd et muet. Quand on choisit de voir ce que l'on veut au lieu de ce qui est.

C'est là l'une des grandes ironies de l'existence : nos défenses sont si facilement mises à terre par nos croyances et nos perceptions, par notre câblage neuronal, notre programmation empirique. Comme le disait maman : « Nous sommes notre pire ennemi ! » Le préjugé est passé maître dans l'art de nous duper. Il est convaincant, ensorcelant, crédible, charmant, lorsqu'il est incarné par le prêtre, le professeur, le collègue, l'ami, le mentor, ou pis encore, par l'être aimé ou un membre de sa famille.

Pour tout dire, la kryptonite de l'humanité est la bigoterie, le jugement moral, le grand concept du « nous contre eux ». Les gens les mieux intentionnés sont aveuglés par la rivalité, l'ambition, l'amour et les liens du sang.

L'arme ultime, c'est pouvoir décider qui fait partie ou non du groupe. Comment on divise les gens. Comment on fait des listes et des catégories. Qui est du côté du bien et qui ne l'est pas.

18

— Je vais te répéter les consignes que je donne à tout le monde, me répond Fran en me tendant des surchaussures et une boîte de gants – taille XL pour s'adapter aux bottes et gants que nous portons déjà. Avant que quiconque n'entre ici, nous devons nous assurer que la personne n'est pas allergique à l'eau de Javel ou n'a pas de problème respiratoire.

— Absolument d'accord.

Je suis déjà en sueur sous mon casque.

— Ni qu'elle est du genre à simuler.

— Comment on est censés le savoir, au juste ? On a un polygraphe pour détecter les tire-au-flanc ?

— Ha, ha, très drôle. Je pose cette question simplement pour te rassurer, au cas où quelqu'un entrerait et tenterait de profiter de la situation. (Elle devance mes pensées.) Nous devons tous être couverts comme ça, de la tête aux pieds. Ce n'est pas le moment de se retrouver avec un procès aux fesses par-dessus le marché !

— Bien reçu. (J'enfile mes gants de nitrile par-dessus ceux en caoutchouc. J'ai les mains raides et glacées.) Heureusement qu'elle n'a pas utilisé quelque chose de plus corrosif, comme de l'acide fluorhydrique. Il y en a plein au 1110 où elle travaille, comme dans tous les labos d'analyses des matériaux, parce qu'on s'en sert pour décaper ou graver les métaux.

— Comment quelqu'un peut-il se faire une chose pareille ? marmonne Fran en tournant la tête vers Joan qui passe derrière la porte, un appareil photo à la main. Moi, je prendrais simplement des pilules. Même si je n'ai pas de quoi à la maison. Peut-être que si, au fond… N'empêche que même les cachets, ça doit être une horreur et je risquerais de me réveiller le cerveau grillé. (Pendant un moment, elle semble réfléchir sérieusement à cette possibilité.) Non, je n'ai aucune envie d'essayer, mais moi, en tout cas, je ne m'y prendrais pas comme ça.

— Si c'est bien elle qui s'est fait ça. (Je ne veux toujours rien lâcher.) Mon raisonnement est le suivant : étant donné où elle travaillait, elle avait un accès facile à toutes sortes de produits corrosifs utilisés soit dans les labos, soit pour la pyrotechnie au portique, et dans bien d'autres endroits. L'acide nitrique ou sulfurique vient aussitôt à l'esprit. Comme l'acide chlorhydrique. Comparée à ces composés, l'eau de Javel paraît aussi inoffensive que du parfum pour de l'aromathérapie ? Si ton but est de réduire en bouillie ton cadavre et quiconque s'en approche, c'est raté.

— Alors vive les petits bras ! Tu imagines le tableau si elle avait utilisé de l'acide chlorhydrique ! (Fran a retiré ses gants et fait défiler le message qui vient d'apparaître sur son écran de téléphone.) Une chose est sûre, ça ne va pas être une mince affaire d'inspecter tout cela. Comment veux-tu prélever quoi que ce soit quand on patauge dans l'eau de Javel ?

— En faisant très attention. (Je m'adosse à la porte et relève une jambe après l'autre pour enfiler les surchaussures.) Au fait, tu as remarqué que la Lexus est ouverte et la clé à l'intérieur, dans le porte-gobelet ?

— Quoi ?

J'espère que Fran ne va pas le prendre pour une critique. Avec moult précautions, j'explicite :

— Quand tu as inspecté son véhicule, tu as essayé d'ouvrir ?

— Comme je te l'ai dit, j'ai juste regardé par les vitres. Je ne voulais pas contaminer quoi que ce soit.

— Je ne te reproche rien. J'ai fait pareil. C'est quand j'ai vu la télécommande à l'intérieur que j'ai eu des doutes.

Ce n'est pas tout à fait vrai, mais je préfère ne pas l'irriter.

— Donc, non, je n'ai pas touché aux portières. (Elle halète et me fait signe de m'écarter.) Il faut laisser entrer de l'air ! Cette odeur de chlore me soulève le cœur. Plus jamais je ne m'approcherai d'une piscine !

— Ne le dis pas à Easton.

Alors que je tente d'éviter le courant d'air glacial, des souvenirs d'enfance me reviennent en mémoire. Carmé et moi à la piscine de Fort Monroe à l'époque où l'on était assez grandes pour nager avec des brassards.

On devait donc avoir dans les trois ans, lorsqu'on pouvait mettre la tête sous l'eau sans avoir peur. Aux beaux jours, nos parents nous emmenaient nous baigner dans le bassin de l'auberge de jeunesse. Mais parfois on avait la chance d'aller dans la piscine couverte et chauffée de l'ancien Club des officiers. Mais seulement quand des amis de la famille pouvaient nous y faire entrer. Papa et maman n'avaient pas le sésame.

— Et tu n'as pas vu la clé dans le porte-gobelet ?

Je continue à l'interroger même si Fran risque de voir rouge.

— Non, et c'est plutôt bizarre. Elle était cachée ?

Elle paraît plus étonnée qu'agacée, Dieu merci !

— Non. Avec une lampe, elle est parfaitement visible. En particulier de la vitre côté conducteur.

— Je ne sais pas pourquoi je ne l'ai pas vue. À l'évidence, elle devait être là puisque j'ai inspecté le SUV il y a moins d'une heure.

Je ne réponds rien. Et pour tout dire, j'espère qu'elle a raison. Parce que, au point où j'en suis, je commence à penser qu'il n'y a plus d'évidences – juste des doutes. Rien n'est normal ici. Et quelque chose me dit que l'on n'est pas au bout de nos surprises.

— Pourquoi aurait-elle laissé sa clé à l'intérieur ? insiste Fran en désignant la chambre à coucher comme si Vera Young pouvait nous entendre. Ou alors elle espérait peut-être qu'on lui vole sa voiture !

— S'il s'agit d'un suicide, elle se fichait complètement de ce qui pouvait arriver à ce pick-up après sa mort.

— Peut-être qu'elle voulait que personne ne se retrouve à devoir payer la location ?

— Je ne dis pas que c'est impossible, mais je suis persuadée que ce n'est pas l'explication.

Je m'avance dans la pièce, me dirige vers la cheminée. Le thermostat mural, réglé sur 21 °C, affiche 16°.

Je fouille dans mon sac pour sortir un carnet et un crayon quand le téléphone de Fran sonne, entonnant la musique de *Spider-Man*. Le système audio prend aussitôt la communication.

— Désolée tout le monde, c'est mon fils. Il faut que je décroche, nous annonce Fran. Qu'est-ce qui se passe ? demande-t-elle à Easton.

— C'est pour le dîner…, commence-t-il de sa voix fluette.

— Tout va bien. Comme tu l'as remarqué, je suis retenue au travail, j'ai une affaire à finir. Toi et tante Penny commencez sans moi…

00 : 00 : 00 : 00 : 0

Tante Penny, c'est ma mère. Et son vrai nom est Jane. On l'appelle Penny depuis l'enfance parce qu'elle était si renfermée quand elle était petite qu'on lui disait tout le temps : « Un penny pour tes pensées. » Enfin, c'est ce qu'on m'a raconté.

— Magnifique ! Tu en as de la chance !

La voix de Fran résonne dans nos casques. Elle a cet enthousiasme forcé comme chaque fois qu'elle s'adresse à son Little Mr Sunshine (le petit nom qu'elle donne à Easton), en particulier quand il commence à faire ses caprices.

— Essaie d'en garder pour George…

George, c'est mon père.

— … et tu as intérêt à laisser des pâtes au fromage pour Calli et moi, vu ? Et oui, le poulet grillé, tu peux…

Je m'arrête devant la table basse et fais rapidement des petits dessins, comme autant de pense-bêtes visuels. Cela m'aidera à me souvenir avec une précision photographique de tout ce que je vois. Debout au bord du tapis tressé, je consigne et croque tout ce qui attire mon attention. Cherchant l'incongruité, la singularité remarquable, je suis un analyseur de spectre sur deux jambes, à la recherche d'un signal inconnu.

J'ai déjà une bonne idée de ce que va trouver mon véritable appareil : le Wi-Fi, les téléphones cellulaires, les radios, les émissions des balises, dont le phare qui éclaire la nuit de l'autre côté des douves. Mais peut-être autre chose… un indice qui m'aiderait à comprendre qui était cette femme, ce qu'elle savait, sur quoi elle travaillait… J'ignore ce que ça peut être, mais je compte tout passer au crible – au crible de mon antenne –, je vais sonder l'invisible, chercher une relique, un écho, un témoin.

— Tu connais les règles, poursuit Fran. Pas de *Spider-Man* avant le dîner et les devoirs.

— C'est pas juste ! commence à chouiner Easton.

Je coupe le son et laisse mon intuition prendre les rênes avant que la raison, avec ses préjugés et ses leurres, l'emporte. Je remplis mon calepin de commentaires et de croquis. À l'évidence, l'appartement était loué meublé.

Rien de ce que je vois n'a été apporté de Houston. Rien qui n'en vaille la peine. Et j'ai déjà vu le même agencement dans d'autres appartements de Fort Monroe. Le canapé en velours vert avec les chauffeuses assorties, les tables gigognes en verre, les murs décorés de photos du Colonial Williamsburg sous la neige et autres lieux touristiques de Virginie.

La table basse en merisier est une copie. Et il n'y a rien dessus, hormis une Tsingtao Light vide et une petite assiette avec un reste de sandwich au jambon : pain pita, laitue, moutarde (beaucoup) et *pico de gallo*, un mélange qui me rappelle celui qu'affectionne ma sœur. Elle croit que tout est meilleur avec la *salsa fresca*. En même temps, elle n'a plus rien de *fresca* cette salade mexicaine.

Sans mon filtre à charbon, je sentirais l'odeur un peu rance de la vieille nourriture. Je me penche sur l'assiette blanche ou trône le sandwich entamé. Le pain et les ingrédients sont racornis et secs. C'est peut-être un indice concernant l'heure du décès.

On peut raisonnablement partir du principe qu'on ne commence pas une journée par un sandwich et une bière. En tout cas pas une scientifique de la NASA. Ce qui, toutefois, ne lève pas le plus grand des mystères : pourquoi un être humain, juste avant de se donner la mort, prend-il la peine de se sustenter ? Je ne comprendrai jamais pourquoi il faudrait manger, faire un dernier repas, avant de monter sur l'échafaud ou de se suicider. Moi, je ne pourrais rien avaler en ces circonstances même si… j'allais dire « même si c'était une question de vie ou de mort », mais ce serait de mauvais goût.

Certes, il est difficile de se mettre à la place de quelqu'un sur le point de mettre fin à ses jours. Mais j'ai du mal à m'imaginer rester chez moi, au lieu d'aller au travail, dans le but de m'infliger cette souffrance : me défigurer avec un produit chimique avant de me pendre. Et au milieu des préparatifs, je prendrais le temps de me préparer une collation ? Avec au menu non seulement mon sandwich préféré, mais aussi ma bière préférée basses calories ?

Bien sûr, il n'y a pas de règles ni de code pour ce genre d'actes désespérés. Des récits qui à première vue paraissaient insensés, j'en ai entendu ! Pourquoi se comporter comme d'habitude alors qu'on s'apprête à se tirer une balle dans la tête ou se jeter du haut d'un immeuble ? Pourquoi se maquiller ou se recoiffer ? Pourquoi laisser un enregistrement haineux rejetant la faute sur tout le monde ? Pourquoi se dire « c'est bien fait pour eux ! » alors qu'on se coupe les veines dans une baignoire pour ne pas mettre du sang partout ?

Sans hésitation, je peux affirmer que la logique des êtres humains me restera à jamais impénétrable. Au moment où je crois avoir tout vu, tout connu, tout entendu, ceux-ci me réservent de nouvelles surprises.

— Vous avez regardé dans le réfrigérateur ? Ou dans la poubelle ? S'il y a d'autres canettes de bière par exemple ?

Je lance ça à la cantonade, à personne en particulier, et ma voix solitaire résonne dans mon casque.

Je m'approche de la cuisine. Mes surchaussures en Tyvek doivent faire un bruit de papier froissé sur le sol, mais je ne peux les entendre.

— J'ai jeté un coup d'œil dans le frigo, m'annonce Butch dans mon casque, tandis qu'il filme la pièce. (Je commence déjà à avoir mal à la tête avec ces écouteurs.) Il y a beaucoup de trucs vegan, de la soupe miso, du tofu. Mais aussi de la bouffe normale.

— Y compris du jambon ? Ça rentre dans ta catégorie « bouffe normale » ?

— Oui, et de la moutarde, de la *salsa fresca* et de la bière, intervient Scottie. Le pain pita est dans la panière à côté de la cuisinière.

— Pour tout ça, prélevons les empreintes et des échantillons ADN. On ne sait jamais. (J'ouvre le placard sous l'évier, fouille dans la poubelle.) Ou rapportez tout au labo. Autant travailler sans être dans les courants d'air et les vapeurs toxiques. Et sans ces combis !

Je suis déjà en eau. Dire que j'étais congelée, il y a quelques instants seulement !

— Tu penses que ce n'est pas elle qui s'est préparé ce sandwich ? demande Butch.

Je remarque ses yeux rouges derrière la visière, ses joues ruisselantes et cramoisies.

— Je ne veux rien laisser au hasard. (Je sors le bac d'ordures quasiment plein.) Mais d'abord faisons un petit check-up : Vous vous sentez comment ? Des sensations bizarres ?

De concert, ils lèvent leur pouce pour me dire que tout va bien. Pas de problème. Ça me rappelle notre formation, quand on était enfermés dans une salle étanche puis aspergés de gaz poivre et autres produits irritants. On apprend vite alors à bien fermer son masque respiratoire ! C'est le genre d'erreur que l'on fait une fois, mais pas deux. Butch et Scottie n'ont jamais eu à traiter une scène de crime dans ces conditions. Aucun de nous, d'ailleurs.

Je leur demande de faire de leur mieux au vu des circonstances. De ne pas se mettre la pression. On posera les scellés avant de partir. Hormis l'équipe Hazmat qui viendra nettoyer les flaques de liquide, personne ne touchera à rien dans l'appartement.

— Comme ça, si nous devons revenir parce qu'il nous manque des infos, ce sera possible. (Dès que je parle, ma visière se couvre de buée.) En attendant, collectons le maximum d'indices. Et quid du ticket du Walgreens ? Hier, elle a prétendu ne pas l'avoir sur elle. Il doit être encore ici.

— Si c'est le cas, on ne l'a pas encore trouvé, répond Scottie dans l'intercom.

— Je veux savoir si elle s'est arrêtée quelque part en chemin et voir ce qu'elle a acheté.

— De l'eau de Javel, par exemple ? avance Butch.

— D'accord, mais où est passée la bouteille ? précise Scottie en mettant le doigt sur un problème évident.

— Il faut fouiller toutes les ordures, réponds-je. En détail. (Fran est toujours au téléphone à côté de la porte d'entrée. Elle a ôté son masque et on ne peut plus l'entendre en direct.) Si vous préférez, rapportez tout au PC. À mon avis, ce serait le mieux, vu la situation. Je suis certaine que Fran n'y verra pas d'inconvénients.

Je tente d'attirer son attention mais elle ne regarde pas dans notre direction. Elle tripote son paquet de cigarettes en parlant à Easton. Il est évident qu'elle a très envie de s'en griller une. Et qu'être mère n'est pas son rôle préféré du moment.

— Il va falloir procéder à une analyse de sang. Je veux savoir si elle a bu de la bière avant de se tuer. (Je dresse la liste des points à vérifier pour l'autopsie.) Et ce qu'il y a dans son estomac, par exemple du sandwich au jambon.

Si c'est le cas, cela nous permettrait d'estimer l'heure du décès.

Mais, en vérité, j'ai une autre idée derrière la tête – pas très agréable. Si ce n'est pas un suicide, c'est qu'il y avait quelqu'un d'autre dans cet appartement. Et il n'est pas rare qu'un cambrioleur ou un tueur fasse une razzia dans le réfrigérateur après son méfait, se prépare une petite collation, et laisse les reliques de son repas sur place.

— Emballons ce sandwich, l'assiette et les restes dans le frigo, tout ce qui a pu être manipulé. Et le couteau dans le lave-vaisselle avec ses traces de moutarde. La bouteille de bière aussi. Et faisons des recherches d'ADN. On ne sait jamais. Peut-être qu'on n'y trouvera pas celui de notre occupante.

Après ces consignes, je jette un coup d'œil circulaire dans la pièce, à la recherche de signes prouvant que Vera Young a vraiment eu une grosse migraine.

19

Au premier regard, je ne repère aucune boîte de médicaments, pas même des antalgiques en vente libre.

Rien qui laisse supposer que l'occupante avait des céphalées, ce genre de petites tortures qui cloue de temps en temps ma mère au lit. Mais, patience, nous n'en sommes qu'au début de l'inspection des lieux. Je reporte mon attention vers l'espace salon, et plus particulièrement vers la petite cheminée de brique où l'on faisait autrefois brûler du charbon après la guerre de 1812, à l'époque où ces baraquements venaient d'être construits.

Cet ordinateur m'intrigue. Il est plus large que le manteau et est posé quasiment en équilibre. Qu'est-ce qu'il fait là ? Ce n'est guère un endroit pour installer un portable. Il n'y a pas de trace de feu dans l'âtre, donc personne ne s'est tenu ici pour y pianoter à la chaleur des bûches. Alors pourquoi ne pas le poser sur le comptoir de la cuisine ? Ou sur le canapé ?

Ou encore sur le lit, le bureau, dans l'autre pièce ? J'en viens à me demander si ce portable n'a pas été placé ici exprès, à l'attention des premiers secours sur place ? Peut-être que quelqu'un voulait qu'on le remarque et que l'on se pose des questions ? Je jette un coup d'œil à Fran, appuyée contre la porte d'entrée, sans gants ni masque, au téléphone avec son fils de six ans qui n'est pas content de son sort. Puisqu'elle n'a plus son micro, je relève ma visière pour pouvoir lui parler.

— … tu vas écouter ce qu'elle te dit, nous sommes bien d'accord ? déclare-t-elle à Easton. Ton petit numéro ne me fera pas changer d'avis.

En vérité, Fran ne rate rien de ce qui se passe ici. Elle a l'œil à tout, peu importe son état, qu'elle soit agacée par son fils ou tourmentée par ses phobies. Ce serait une grossière erreur de croire le contraire.

— Tu l'as examiné ? m'enquis-je en désignant le portable de mon doigt ganté.

Elle secoue la tête.

— Les ordis et les cybertrucs, c'est ton affaire, Petite Agatha.

— Merci, miss Sherlock !

Mais Fran n'a pas le dernier mot quand elle reprend sa conversation avec Easton.

— D'accord, d'accord, juste pour ce soir. Mais tu manges les petits pois, sans « pouah ! », compris ? (Elle me lance un regard et lève son pouce, toute fière de son jeu de mots, déjà usé jusqu'à la corde.) Oui, tu restes là-bas jusqu'à mon retour, comme d'habitude. Bien sûr que non, tu ne vas pas te retrouver tout seul…

Je baisse ma visière et me tourne vers Scottie et Butch.

— Et vous ? Vous avez jeté un coup d'œil.

Selon eux, personne n'a touché à l'ordinateur.

— Et l'agent qui est arrivé en premier sur place ? Je ne veux laisser aucune zone d'ombre.

— Non, Ultrabrite non plus, me répond Butch.

Ultrabrite ?

Devant mon air interrogateur, il précise :

— Le flic de Hampton. Clay Gibbons. Un nouveau. Tout le monde l'appelle Ultrabrite. Un bon flic, mais qui ne sent plus rien, comme tu sais. Les nanas le trouvent quand même cool et mignon.

À l'évidence, Butch ne porte pas Ultrabrite dans son cœur.

— *Les nanas* ? raille Scottie. Tu es au courant qu'on ne dit plus ça depuis deux mille ans. Oui, il est cool et mignon. Cool comme un tic-tac à la menthe et mignon comme un ado prêt à aller au bal… D'où son surnom, Ultrabrite, précise-t-elle en sortant de sa caisse un kit pour le relevé d'empreintes.

— Ou alors c'est parce qu'il ne sent pas sa propre haleine de chacal, réplique Butch.

Et c'est reparti pour un tour entre ces deux-là, chaque salve verbale embuant un peu plus leur visière.

Je ne les écoute plus. Je reporte mon attention sur l'ordinateur. Je reconnais la marque et le modèle. Un 15 pouces. Un processeur six cœurs, cadencé à 4,8 GHz avec au moins un téraoctet de stockage. Je remarque les ports Thunderbolt. Peut-être une huitième génération, tout dépend de son âge. Il est peut-être protégé par empreinte digitale au lieu d'un mot de passe, ce qui risque de poser un problème.

D'ordinaire, si je n'ai pas d'autres choix, je plaque le doigt du mort sur le capteur et déverrouille ainsi son ordinateur, son téléphone et tous ses autres appareils. Mais Vera Young est couverte d'eau de Javel, et je ne sais pas trop si les dermatoglyphes sont lisibles maintenant que la peau est brûlée ou couverte de cloques.

Et il reste le problème, non négligeable, de la contamination des indices, si la morte – peut-être victime d'un meurtre – commence à poser son doigt partout ! Une situation complexe. Et un bel imbroglio juridique au tribunal. Bienvenue dans le monde moderne, où les anciennes méthodes n'ont plus droit de cité !

— … sérieusement, il a des polypes ou quelque chose comme ça, insiste Butch. Il dit qu'il compte s'en occuper.

Je m'approche avec précaution de l'ordinateur comme si j'avais affaire à un animal sauvage que je craignais de faire fuir.

J'hésite. Je ne comprends toujours pas pourquoi quelqu'un l'aurait posé ici en équilibre. Malgré moi, je fais le calcul : supposons que l'appareil pèse deux kilos et tombe d'une hauteur d'un mètre cinquante, l'énergie à l'impact sera de 29,43 joules. Pas de quoi briser un os, mais cela pourrait casser l'écran et causer d'autres dommages internes.

00 : 00 : 00 : 00 : 0

— « Il compte s'en occuper » ? Vous êtes tous pareils, les gars, quand il s'agit d'aller chez le médecin, ricane Scottie dans mes écouteurs, tout en ouvrant un pot de poudre magnétique.

— Il ne *sent pas* le problème ! continue Butch. Il ne sait pas qu'il refoule du goulot. Comment avoir conscience d'une chose que l'on ignore ?

— Je ne sais pas, Socrate. Être ou ne pas être stupide, c'est la question qu'Ultrabrite doit se poser. C'est aussi simple que ça. (Elle secoue son pinceau au-dessus du flacon pour faire tomber l'excédent de limaille.) Et ça s'appelle « aller chez le médecin ».

— On est mal placés pour critiquer. Toi comme moi, on déteste les toubibs.

De sa main gantée, il lui tend le rouleau de ruban adhésif transparent tout en filmant l'opération.

— Ne parle pas en mon nom. Parce que moi j'aime mon docteur. Et mon nez fonctionne très bien. Comme le tien, en particulier quand c'est pour le mettre là où il ne faut pas !

Je me penche pour me placer à la hauteur de l'ordinateur. Tout cela m'embête. Les mots *mise en scène* et *paquet-cadeau* me viennent à l'esprit. Et aussi *ouvre-moi*. Quelqu'un joue avec mes nerfs.

— Quand on est entrés, l'odeur était insupportable, insiste Scottie en déposant de la poudre sur le bord de la table basse. C'est vraiment dangereux de ne plus avoir d'odorat. Et s'il y a un court-circuit, des câbles qui grillent ? Ou un dégagement de monoxyde de carbone. Parce qu'il faut être rapide à réagir. Ou une fuite de gaz ? Comme du cyanure d'hydrogène…

Après un coup de soufflette, elle plaque une longueur de scotch sur une empreinte qu'elle a repérée.

Je ne me mêle pas à leur conversation. Mais je brûle de leur rappeler que le monoxyde de carbone est incolore et inodore, c'est pour cela qu'on dit qu'il est un tueur invisible. Et la plupart des gens, y compris peut-être Scottie, Butch et Fran, ne peuvent distinguer l'odeur du cyanure d'hydrogène, HCN, un gaz si toxique et mortel qu'il est employé pour la peine capitale. Et c'est une façon horrible de mourir – à ce qu'on m'a dit, on suffoque tout en ayant l'impression d'avoir un infarctus.

Il est donc bien utile de pouvoir détecter ce gaz s'il y a une fuite ou qu'un piège s'est déclenché. Malheureusement, seulement quarante pour cent de la population est génétiquement capable de percevoir son odeur caractéristique d'amande amère. Je suis bien placée pour le savoir. Je porte le gène *ad hoc*. Je peux sentir la présence du HCN, mais, curieusement, pas ma sœur jumelle.

Adieu la sacro-sainte similitude des jumeaux ! Au moins, je sais qu'il n'y a pas de cyanure d'hydrogène dans les parages. Aucune odeur d'amande amère. Mais bel et bien de l'eau de Javel.

— … être ou ne pas être, c'est le prince Hamlet qui dit ça, pas Socrate, rectifie Butch, qui à la moindre occasion tient à rappeler qu'il a un master en littérature.

— Désolée d'interrompre cette aimable joute. Mais je voudrais savoir ce que Gibbons, votre Ultrabrite, a fait au juste ? Qu'est-ce qu'il a remarqué en ouvrant la porte qui, comme par hasard, n'était pas fermée à clé ?

— Bien sûr, il n'a pas senti l'odeur, me répond Butch. Ses yeux l'ont piqué, il a eu envie de tousser. Mais comme il est allergique à la poussière… Ensuite il est allé jusqu'à la chambre à coucher et c'est là qu'il a vu le corps. C'est tout. Il a alors appelé les secours par radio et il est ressorti.

— L'ordinateur était sur la cheminée à votre arrivée ? Ici, à cette place exactement ?

Je veux les entendre me le confirmer. Ce qu'ils font.

— Et Ultrabrite ? Il y a touché ? dis-je en soulevant l'ordinateur avec mes mains doublement gantées.

— À ce que j'ai compris, il est juste entré et sorti, intervient Scottie, en retirant le scotch avec l'empreinte pour la coller avec soin sur une fiche plastifiée.

De l'endroit où je me trouve, je peux voir les sillons noirs, les courbes et les spirales des dermatoglyphes.

— Je lui ai demandé de me raconter, point par point, ses faits et gestes, précise-t-elle.

— Dès qu'il est arrivé dans la chambre, il a appelé des renforts, confirme Butch.

— La porte était ouverte ou fermée ?

— Entrouverte. Comme en ce moment.

Après ça, Ultrabrite a regagné sa voiture de patrouille pour surveiller les lieux et protéger le périmètre en attendant que les secours arrivent, m'expliquent-ils. En d'autres termes avant que nous débarquions. Les agents spéciaux de la NASA s'occupent des leurs.

— Il n'a rien vu de bizarre dans le secteur. Rien ni personne.

Scottie étiquette l'échantillon et le glisse dans un sachet transparent, qu'elle identifie également.

— Je vais avoir besoin de papier kraft, je demande. Une protection à mettre sous cet ordinateur pour que je puisse y jeter un coup d'œil avant qu'on l'emballe.

Je me tiens devant le coin cuisine, avec l'appareil dans les bras, ne sachant où le poser sans corrompre d'éventuels indices.

— Tout de suite, déclare Scottie en se dirigeant vers sa caisse de matériel qu'elle a laissée dans un coin, à l'écart du passage. À mon avis on va y trouver sa lettre de suicide, m'annonce sa voix dans mon casque.

— Ah bon ? Pourquoi ?

— Parce que sa lettre a été imprimée et qu'il y a une imprimante dans la chambre, indique-t-elle tandis que Butch change les batteries de sa caméra. Sur du papier A4 ordinaire en caractères Arial 14 points. En gras et en capitales.

— À l'évidence, pour qu'on ne risque pas de passer à côté. Et c'est réussi.

À nouveau, je vois passer Joan derrière la porte entrouverte, en combinaison et masque respiratoire. Comme nous.

Mais elle ne porte ni gilet pare-balles ni arme. Ni même un Taser. Pas même une bombe au poivre. Les experts légistes, comme les équipes de secours, sont si vulnérables. Sur une scène de crime, tout le monde croit que Joan est un flic comme nous, et pourtant elle n'a aucune protection. Même pas une radio pour appeler à l'aide.

— Tu as des gants propres ? dis-je tandis que Scottie couvre le comptoir de la cuisine avec du papier.

— Une paire toute neuve !

Elle me montre ses mains pour prouver ses dires.

— Parfait.

Je dépose l'ordinateur. Butch s'approche avec sa caméra. Il filme déjà.

Ils me regardent soulever le capot argenté et voient mon visage se figer. Un juron manque de s'échapper de ma bouche.

— Oh nom de…

C'était caché, pris en sandwich entre l'écran et le clavier…

20

Scottie et Butch ont aussi une exclamation de stupeur quand ils aperçoivent le badge magnétique de la NASA accroché au bout de son cordon estampillé Pandora Space Systems.

— Le passe de Vera Young ! (Moi aussi, je crois avoir la berlue.) Il n'était ni volé, ni même perdu, apparemment.

— Ou elle s'est arrangée pour qu'on le retrouve, avance Scottie dans mes écouteurs. Peut-être essaie-t-elle de nous dire quelque chose ?

— Elle ou quelqu'un d'autre…

Je ne sais plus que penser.

— Dans ce cas, qu'est-ce qu'il faut en conclure ? intervient Butch. Qu'elle avait un problème psy ? C'est la première idée qui vient, non ?

— Je n'ai rien remarqué de tel. Hier, lorsque je l'ai interrogée, elle était troublée, inquiète, un peu sur la défensive. Mais incohérente ? Non. Et quand on voit le travail qu'elle fait, il est peu probable que Pandora ait envoyé ici quelqu'un d'instable ou de fragile psychologiquement. Ils n'avaient aucun doute à propos de son état mental.

— Il y a pourtant quelque chose d'irrationnel, insiste Butch.

— Tout dépend de ce qu'on met derrière ce terme, dis-je. Peut-être est-ce « rationnel » pour celui qui a fait ça ?

— Pas pour moi en tout cas.

Butch prend des photos du badge et du cordon en situation puis les dépose sur le comptoir protégé par la feuille de kraft.

Le mieux à faire est de rapporter ça au labo et de chercher là-bas des empreintes ou des traces d'ADN. Reste la grande question : est-ce que ce badge a pu être utilisé ailleurs, hors des lieux autorisés, en particulier quand on le croyait désactivé ?

— Je ne sais pas ce qui s'est passé ici, poursuit Scottie. J'ai neutralisé ce badge dans la minute où elle nous a appelés pour déclarer le vol. Ça, j'en suis sûre. Et j'ai épluché le fichier de la sécurité. Le numéro d'identification correspondant à Vera Young n'apparaît nulle part depuis hier soir.

— Lorsqu'elle est revenue travailler au 1110.

Et un doute m'envahit : *Le numéro d'identification correspondant à Vera Young n'apparaît nulle part depuis hier soir.*

Correspondant. Il est si facile d'oublier que les mots de passe, les numéros d'identification, jusqu'aux fréquences radios sont attribués par des humains qui décident arbitrairement, par exemple, que le 154.4075 sera la police locale, les pompiers et les services de secours. S'il s'agit d'une émission radiophonique, c'est la Federal Communications Commission (la FCC) qui choisit l'indicatif, comme pour le Howard Stern Show.

Pour cette émission, il en existe deux sur Sirius XM Radio : Howard 100 et Howard 101. Kepler-186f, Gliese 581g, HD 40307g, Tau Ceti e, correspondent à des exoplanètes situées à des années-lumière d'ici et qui, comme la Terre, orbitent dans la zone habitable de leur étoile. Bref, ce n'est qu'un référencement, susceptible d'être discrètement modifié.

— Je vais éplucher les métadonnées dès que j'aurai un moment, dis-je en préférant passer sous silence mes craintes.

Si l'on a affaire à un expert informatique, alors il a pu facilement changer le numéro d'identification de Vera Young, de sorte que le badge ne renvoie plus à Vera Young quand il serait utilisé illégalement. Et le subterfuge est d'autant moins repérable que le numéro est proche de l'original. Il suffit de changer un seul chiffre, et le système ne trouve rien.

— À en croire le fichier, continue Scottie, la carte de Vera Young a bipé hier matin à 9 h 05 quand elle est entrée au 1110 pour travailler. Et apparemment c'est la dernière fois que le passe a été utilisé sur la base. Ce qui est cohérent avec sa version : quand elle a voulu revenir en fin de journée, c'est en arrivant aux portes qu'elle s'est rendu compte qu'on lui avait volé son badge. Ils ont alors été obligés de lui fabriquer une carte temporaire.

— D'ailleurs, je n'ai trouvé nulle part ce passe temporaire, fait remarquer Butch.

— À part hier soir, elle ne semble pas s'en être servie. Ça doit te tranquilliser un peu, non ?

Pas du tout ! Il y a de multiples façons de leurrer un système informatique – on peut très bien se rendre électroniquement invisible en générant un signal très proche de ceux qui se trouvent déjà alentour. L'intrusion est alors presque impossible à repérer. Un jour, il y a longtemps, j'ai certainement eu l'esprit tranquille, mais ces temps sont révolus.

— Sans vouloir jouer le naïf de service, avance Butch, est-il possible qu'elle ait laissé son badge ici par inadvertance et qu'elle ne s'en soit plus souvenue ?

Il aide Scottie à étiqueter les échantillons et a du mal à tenir son feutre entre ses gros doigts gantés.

— Pas si elle a utilisé son ordinateur pour écrire sa lettre d'adieu, réplique fort justement Scottie. Elle aurait su alors que son badge n'était ni perdu ni volé.

— Sauf si sa plainte pour vol est totalement bidon ! intervient Fran.

Elle n'est plus au téléphone, a renfilé son casque et est de retour dans l'intercom. Elle marche vers nous tandis que je tape deux fois la touche Entrée. L'écran sort aussitôt de sa veille.

— Et pour citer *Alice au pays des merveilles*, c'est « de plus-t-en plus curieux ! » dis-je. Il n'y a pas de mot de passe.

— Oh ! s'exclament Butch et Scottie à l'unisson.

Pour un peu, on croirait deux femmes ayant leurs règles au même moment !

Je suis tout aussi étonnée qu'eux.

— Quel employé de la NASA ne protégerait pas ses appareils, en particulier son ordi ?

— Aucun ! renchérit Fran en nous rejoignant. Ils ne se souviennent plus où ils ont garé leur voiture, oublient leur numéro de téléphone, laissent grande ouverte la salle SIPRNet. Mais ne pas mettre de mot de passe à leur ordi, ça jamais !

— C'est la copie conforme du texte imprimé qui est dans la chambre, déclare Scottie en étudiant les lignes à l'écran.

La prétendue lettre d'adieu de Vera Young :

À ceux que cela pourrait intéresser :

Cela a été une belle virée avant que je ne me retrouve coincée au bout du chemin. Où que j'aille maintenant, c'est la chute.

Rien ni personne ne peut me sauver. Le moment venu, vous comprendrez comment on peut atteindre ce point de non-retour, où il n'y a plus ni entrée ni sortie. Et en être réduite à faire l'impensable. Avec tristesse ou pas.

Dites à ma sœur qu'elle ne me manquera pas, et qu'elle a raison à mon sujet, depuis le début. Les sœurs savent toujours tout, et la mienne sera la première à dire que j'ai mérité ce qui m'arrive.

J'aurais aimé avoir des regrets mais il semble que cette ligne de code ne soit plus dans mon programme.

00 : 00 : 00 : 00 : 0

— Ça se termine par « Au revoir », ce qui est plutôt une conclusion étrange pour une lettre d'adieu.

Comme si nous allions avoir des nouvelles de l'auteure – ou de quelqu'un d'autre – dans quelque temps. Ce qui n'a aucun sens si la personne est sur le point de se pendre. Il serait utile de voir à quelle heure ce message a été écrit et sauvegardé. Mais je ne peux le savoir sans changer automatiquement les métadonnées dès que j'aurais appuyé sur une touche du clavier. Ou pire, je risque de mettre en péril la lettre elle-même.

Le fichier s'appelle « Document 2 », un titre généré par le logiciel quand l'utilisateur ne lui a pas encore attribué de nom. Peut-être que le document n'est pas enregistré ? Ce qui serait regrettable. Et c'est un euphémisme. Comment pourrais-je expliquer ça à la cour ?

— C'est assez obscur, voire inquiétant, commente Scottie en regardant la note affichée à l'écran tandis que Butch filme à tout va, tel un réalisateur de cinéma-vérité.

— Il s'est passé quelque chose, c'est sûr, lâche Fran en repartant vers la porte d'entrée, son paquet de cigarettes à la main. Quelque chose de suffisamment glauque pour qu'elle s'asperge d'eau de Javel et mette fin à ses jours, s'il s'agit bien d'un suicide. Je reviens, ajoute-t-elle. Je vais prendre un petit 10-27.

Elle retire son masque et sort. Je la comprends. Moi-même je commence à étouffer.

— Peut-être que ce n'est pas Vera Young qui a écrit ce mot ? suggère Scottie.

— Oui. Tout est possible, dis-je, en préparant des longueurs de scotch rouge pour sceller les indices.

— En particulier depuis qu'on sait que son ordi n'a pas de mot de passe. Et qu'il était posé bien en évidence sur la cheminée.

Scottie m'aide à fermer le sac-poubelle avant qu'on ne le transporte au PC.

L'ordinateur a lui aussi besoin d'être emballé, mais avant je veux m'assurer que la lettre est sauvegardée. Rapidement, je trouve qu'elle a été créée à 15 h 38 aujourd'hui, à l'heure exacte où le capteur de mouvement s'est déclenché dans le sas du Yellow Submarine. Je me fige, j'entends ma respiration dans mon casque tandis que la sueur ruisselle dans mes yeux.

C'est troublant de penser qu'au moment même où quelqu'un cliquait sur « Enregistrer », un capteur du 1111-A interrompait ma présentation au QG de Langley en m'envoyant une alerte sur mon téléphone.

Encore une bizarrerie qui s'ajoute aux autres. Je change de gants et de surchaussures et jette les vieux dans le sac stérile que j'ai posé sur le comptoir. Je ne veux pas risquer de contaminer des indices dans la chambre en rapportant des débris provenant de cette pièce.

Je désembue mon masque, m'assure qu'il est bien ajusté sur mon visage et que le filtre fonctionne. Ce n'est pas le moment de faire une erreur – ce qui serait facile maintenant que mon cerveau est passé en mode paranoïaque.

Concentre-toi !

Je passe mon pouce sur mon index. Je décris des petits cercles, de plus en plus serrés, pour sentir les bosses de ma cicatrice sous les deux épaisseurs de gants.

00 : 00 : 00 : 00 : 0

— Pourquoi as-tu laissé Carmé ? me crie ma mère. Pourquoi tu as fait ça ?

Elle veut une réponse et moi je ne comprends pas la question.

— C'est elle qui me l'a demandé, maman.

Je suis terrifiée. Je ne sais pas ce que j'ai fait de mal.

— Mais pourquoi es-tu partie sans elle ?

— Elle m'a dit de rentrer avec les Powell, vos amis à l'église.

— Pourquoi ?

— Je ne sais pas ! J'ai juste fait ce qu'elle m'a demandé.

L'agent de la police de Hampton me regarde, attend à côté de sa voiture, prêt à m'emmener.

— Et donc ? Qu'est-ce que tu as fait tout ce temps ?

J'essaie de lui faire comprendre que ce n'est pas ma faute. Les Powell étaient venus en bateau au Club des officiers. Ils l'avaient amarré devant la piscine. Ils m'ont proposé de me ramener. L'eau était lisse comme un miroir, je n'aurais pas mal au cœur. On a fait un tour. Quand ils m'ont déposée à notre ponton, c'était le soir et j'étais en retard pour le dîner. Ce n'était pas ma faute. C'est ce que je n'arrête pas de répéter. Jamais je n'ai été aussi terrifiée et perdue.

— Tu as abandonné ta sœur, c'est ta faute !

— C'est elle qui m'a dit de le faire. Elle ne voulait pas que je reste avec elle.

— Ce n'est pas une excuse !

00 : 00 : 00 : 00 : 0

Je m'arrête sur le seuil. Je ne bouge pas, pas même un doigt. Je ne prends pas de notes, ne dessine pas le corps qui pend à la porte du placard, telle une poupée de Halloween grandeur nature, avec ses yeux exorbités, sa langue saillant de la bouche, comme si elle cherchait à nous faire peur.

Je suffoque sous ma combinaison, avec mon masque respiratoire, mon gilet pare-balles, mon équipement au complet : munitions, menottes, bombe au poivre. Plus ma radio dont j'ai coupé le son. Seule Fran prend les appels quand nous sommes ainsi en liaison par l'intercom de nos casques. Tout compris, on doit bien avoir dix kilos de matériel sur les épaules, et pour la deuxième fois de la journée, je suis trempée de sueur. Je fais de mon mieux pour occulter Fran qui se trouve dans l'autre pièce.

Elle gère en simultané le standard et l'équipe de décontamination. Chaque fois qu'elle parle, sa voix résonne dans nos écouteurs.

— On gère le 10-15. Tout est OK, explique-t-elle, en termes cryptiques, utilisant le code pour *fuite chimique* au lieu de *mort suspecte*, par sécurité.

On ne sait jamais qui écoute.

— 10-4, Alpha 3. 10-23 quand vous voudrez.

Le standard lui répond que l'équipe Hazmat est prête.

— Bien reçu.

Aucune allusion aux 10-14, 10-31 et 10-32, qui sont spécifiques à la NASA. Nous avons les mêmes problèmes que les autres forces de sécurité, mais aussi toutes sortes de risques inconnus des autres services. Par exemple une intervention concernant du *personnel extérieur sous contrat* (la défunte), une *porte ouverte* (celle du SUV) et des *informations confidentielles non protégées* (son ordinateur sans mot de passe).

Nous avons une dizaine de codes comme cela, mais si un espion est sur la ligne, il comprendra juste que nous opérons un 10-16 au 10-20 – une *fouille* à *l'emplacement signalé*. Rien qui semble urgent ou sensationnel. Fran, en bonne professionnelle, ne laisse rien paraître dans son ton.

— Très bien, sans 10-27, je dirais à H-2200, peut-être un peu plus.

Elle indique au central quand on aura terminé les investigations et enlevé le cadavre.

Sans jamais parler de cadavre, bien sûr. Sans rien divulguer d'important. Je la sens s'approcher, je perçois son énergie. J'entends presque le chuintement de ses surchaussures en Tyvek sur le plancher. Elle vient se planter à côté de moi. On se retrouve épaule contre épaule, tels deux maîtres Jedi, avec nos combinaisons grises, nos casques et nos armes.

— Devine qui arrive ? annonce-t-elle tandis que Scottie, Butch et Joan entendent tout.

— Oh oh… Sûrement pas le père Noël qui fait sa tournée trois semaines en avance.

— Une équipe de télévision ! lâche Fran pendant que Joan farfouille dans sa caisse de matériel. Autrement dit, lorsque nous sortirons d'ici, on sera faits comme des rats.

— Comment ont-ils eu le tuyau ? demande Scottie du salon.

Je me raidis aussitôt.

— J'espère que ce n'est pas Mason Dixon qui rapplique !

— Non, pas Beau Gosse. Un journaliste local accrédité. Et je n'ai aucune envie de nous voir aux infos de 23 heures. Mais nous devons prendre une douche dans le camion Hazmat. On doit tous passer à la décontamination. Je ne vois pas comment on pourrait les empêcher de nous filmer. On va encore avoir l'air de potiches. Quelle plaie !

— Le mieux, c'est de les ignorer, répond Joan en sortant d'un emballage stérile une paire de pinces en plastique.

21

Joan a une cinquantaine d'années et son visage est prématurément usé par un amour immodéré du soleil. Elle a des cheveux blonds qui lui descendent jusqu'aux épaules. Mais je ne les vois presque jamais. Ils sont toujours cachés sous sa casquette ou, quand elle débarque sur une scène de crime, rassemblés en chignon derrière sa tête.

Elle se voit comme un cheval de guerre portant les stigmates des batailles. Et j'ajouterais qu'elle a connu son lot d'hommes aussi – mariée, divorcée, aventures et grand amour, et tout ce qui existe entre les deux. Malgré son air décontracté, je vois bien que cette affaire la tracasse. C'est typiquement une situation « perdant-perdant », comme elle le dirait. Ces configurations où rien ne va, rien ne se passe comme prévu. Et j'ai exactement la même sensation qu'elle.

Tout est étrange. Bizarre. Faux. Où que je porte le regard, je vois des informations contradictoires.

— Dès que Scottie et Butch auront terminé d'emballer l'ordi et le reste, annonce Fran dans mon casque, je crois qu'ils devraient sortir, histoire qu'on ne fasse pas la queue derrière le camion de décontamination. Tu nous imagines filmés en rang d'oignons, avec nos tenues de dératiseurs, attendant de passer à la douche ?

— Cela ferait son petit effet. Aidons Joan à finir. C'est toujours mieux que de jouer les stars devant les caméras.

— Je veux savoir qui les a prévenus.

Fran n'a aucun sens de l'humour quand elle sent qu'il y a une taupe.

Quelqu'un a trop parlé ou est un mouchard patenté. Les médias savent que nous fouillons une scène de crime à Fort Monroe, et qu'il s'agit peut-être d'un homicide. Et si une ingénieure travaillant pour la NASA s'est réellement fait occire, ça va faire les choux gras de la presse. C'est certain. Toujours immobile sur le seuil, je continue à inspecter la pièce du regard. Je contemple le placard dans le mur du fond, là où s'est pendue Vera Young.

Ses pieds nus touchent à peine le sol. C'est un vieux plancher, qui a retrouvé sa teinte blonde là où l'eau de Javel s'est répandue. Quand Joan traverse la pièce, agitant l'air, le corps bouge au bout de son câble, comme un pantin grotesque. Nul besoin d'être un expert de la médico-légale pour établir que le câble d'alimentation d'un ordinateur a été l'arme du crime. Choisi par Vera, ou par quelqu'un d'autre. Curieusement, la mise en œuvre du dispositif m'est familière.

Du moins, pour être plus précise, la façon dont le fin cordon blanc est enroulé au cou, passé par-dessus le battant et redescend derrière la porte… Cette configuration pique ma curiosité, avec une impression étrange de déjà-vu. Ça me rappelle nos schémas de télécommunication, où un signal est lancé du sol vers un satellite, rebondit et est renvoyé vers un autre point de la planète.

Comme nous le faisons régulièrement ici à Langley quand nous nous connectons avec la base Ames avant que ne déferle le blizzard. Et en observant cet arrangement létal du câble, je n'arrive pas à concevoir comment Vera a pu se faire ça toute seule. Je ne suis pas même sûre que, physiquement, un seul être humain en soit capable. Et il y a toujours le mystère du bidon d'eau de Javel.

— Il n'est pas ici non plus. (C'est la constatation que je fais en m'approchant avec précaution.) Et ce câble, c'est le cordon d'alimentation de l'ordinateur posé sur la cheminée. Je n'ai pas vu de chargeur dans le salon.

— Elle aurait pu trouver une façon plus simple de se pendre, annonce Joan en ouvrant une autre caisse – celle contenant ses lampes spéciales. Pourquoi s'est-elle compliqué la vie comme ça ?

Je n'ai pas de réponse. Comme souvent, il restera sans doute beaucoup de zones d'ombre. Mais ce que je sais, sans la moindre équivoque, c'est que le *modus operandi* de mise à mort est bien imprécis et brouillon. Cela saute aux yeux quand on connaît les arcanes : les étranglements, les méthodes de neutralisation d'une cible, toutes ces techniques qu'on nous enseigne dans les forces spéciales. Première observation : il ne devrait y avoir qu'un seul sillon dans le cou, dans le cas d'une strangulation pratiquée avec un lien de 0,375 centimètre.

Soit quelque chose d'encore plus fin qu'une ficelle ou une corde à linge. Il ne devrait apparaître qu'un sillon horizontal sur les faces antérolatérales du cou, avec quasiment aucun dommage à l'arrière. Et aucune pétéchie – ces petits points rouges sur la peau causés par le cordon qui se serre et se desserre pendant que la victime se débat –, qui sont le signe d'un étranglement manuel. Or c'est contradictoire avec ce qui a été mis en œuvre.

Comme s'il y avait eu deux agresseurs ?

L'un, assez précis pour installer ce fil à cette porte. Et un autre, violent et uniquement mû par la colère. C'est ce que je ressens devant cette scène. Une dualité, un soin clinique et, en même temps, de la sauvagerie. De la maîtrise et de la rage. Un mélange de froid calcul et de haine, deux facteurs antinomiques. De surcroît, j'ai l'impression que cette « installation » est réalisée pour moi. Mais pourquoi ? Par qui ? Qu'essaie-t-on de me dire ?

Joan retourne vers le placard, avec à la main une lampe pourvue d'une lentille pourpre. Elle passe le faisceau de lumière ultraviolette sur tout le corps et la zone alentour, à la recherche d'indices – des petits débris, des fibres qui s'illuminent quand le phosphore qu'ils contiennent est excité par les UV.

— Tu penses que l'eau de Javel a été versée après coup, n'est-ce pas ? me demande la voix de Joan dans mon casque. Parce que c'est ce que je crois aussi.

— Oui. Rien n'indique qu'elle se soit aspergée – ou qu'elle l'ait été – dans une autre partie de l'appartement.

— Si elle s'était déplacée, elle aurait été dégoulinante d'eau de Javel.

— Et on pourrait la suivre à la trace.

— Je crois que cela a été fait ici. (Joan retourne à sa caisse de matériel posé sur un champ jetable.) Et tu as raison, la Javel n'est pas tombée du ciel. Donc, où est le bidon ? Tout ça ne me dit rien qui vaille.

— Moi non plus.

C'est un euphémisme. Je m'agenouille près du lit et allume la lampe.

— À ce sujet, poursuis-je, comment allons-nous distinguer les faux positifs ? Avec toute cette eau de Javel, on ne peut plus employer de luminol.

— On ne devrait pas en avoir besoin, confirme Joan tandis que j'observe ce qu'il y a sous le lit. Je ne vois aucune blessure qui pourrait nécessiter une recherche de traces de sang que quelqu'un aurait pu tenter d'effacer. Donc pas de risque de faux positifs à cause du produit. Ce qui ne nous avance guère. Et, pour info, elle se teignait les cheveux. Si on s'approche, on voit bien les zones grises là où la Javel a fait disparaître la couleur.

— Pas grand-chose là-dessous. Juste deux boîtes d'archives et des moutons, dis-je avant de me relever. Et il n'y avait pas de gris dans ses cheveux hier quand je l'ai interrogée.

Je me dirige vers la commode. Sur le plateau, l'imprimante et un téléphone portable. Il y a une corbeille à côté. Bien sûr, aucune bouteille d'eau de Javel dedans. Visiblement, Joan réfléchit à la meilleure façon de collecter les fibres qui s'éclairent sur le pantalon de jogging. Pendant ce temps, j'examine le câble d'ordinateur. Il décrit deux spires sur le cou tuméfié puis monte jusqu'en haut de la porte et disparaît de l'autre côté du battant.

Le câble doit être attaché à la poignée intérieure. Ou à la tringle de la penderie. Ou alors à un portemanteau fixé au mur. En tout cas, à quelque chose de suffisamment solide pour soutenir près de cinquante kilos. On n'a pas affaire à une ceinture de cuir ou au cordon d'un peignoir, comme d'habitude, mais ça reste un moyen efficace d'en finir avec les vicissitudes de la vie. Sauf qu'elle ne s'est pas fait ça elle-même. J'en suis convaincue.

Comment cette femme fluette de cinquante-quatre ans aurait-elle pu installer ce dispositif avant de refermer la porte sur elle et son existence. Je l'imagine ruisselante d'eau de Javel, la peau en feu, tandis que les spires du cordon l'étranglent, lui compriment les artères. Ce que je vois ne colle pas du tout avec ce scénario. De toute évidence, elle était morte quand elle a été suspendue à la porte de ce placard, telle une araignée à sa toile.

Sinon il y aurait des traces d'agitation, de panique. Elle se serait débattue, elle aurait tenté de glisser ses ongles sous le cordon pour se libérer. Or, je ne distingue aucune griffure. Ce qui est patent dans cet agencement, c'est l'envie d'humilier, la haine, le mépris. Une énergie noire s'est déchaînée contre elle. C'est l'histoire que me racontent ces hématomes pourpres à son cou, ces traces de brûlures.

Le liquide a coulé sur ses bras, son torse, trempé son soutien-gorge de sport, son pantalon de survêtement, en laissant ses auréoles roses, avant de se répandre au sol, juste sous elle.

00 : 00 : 00 : 00 : 0

Le blancs des yeux est injecté de sang, à cause de la pression du câble sur les carotides et les jugulaires.

— Elle a plus d'ecchymoses que prévu, non ? (J'insiste parce que je veux être sûre de ne pas me tromper.) D'ordinaire, dans les cas de suicide par pendaison, du moins selon mon expérience, il n'y a qu'une seule marque de strangulation, et elle remonte en oblique vers les oreilles. Avec peu, voire pas du tout, de contusions.

— Et lorsqu'il s'agit d'un garrottage, précise Joan, la trace n'a quasiment pas d'angle, parce que le tueur se tient derrière la victime et exerce une traction dans le plan des épaules.

— Et ça forme un sillon horizontal bien net, et pas ces meurtrissures. Et il n'y aurait pas ces signes hémorragiques dans les yeux. On a plutôt l'impression qu'elle a été étranglée à mains nues. Ou alors que le gars qui l'a garrottée ne savait vraiment pas s'y prendre. Comme si elle s'était débattue, et que le cordon aurait ripé plusieurs fois. Ce qui expliquerait ces marques.

— Je me dis la même chose sauf que je n'ai repéré aucune trace de lutte. Pas d'égratignures sur les mains ou les bras, pas d'autres blessures visibles. Et il ne devrait pas y avoir de pétéchies, mais cela dépend de ce qui s'est passé une fois qu'elle a eu la corde au cou. Quand bam ! elle a repoussé la porte et déclenché je ne sais quel mécanisme qui l'a soulevée de terre.

— Ça me rappelle un *bent pipe*. Et je me répète, elle ne s'est pas fait ça toute seule. Impossible.

— Un *bent pipe* ? C'est un terme de snowboard, ça ?

— Non, de radiocommunications. Imagine un système de leviers et de poulies, des cordes qui montent et redescendent, comme les signaux qui sont émis de la terre et renvoyés autre part par un réseau de satellites relais. C'est le principe des transpondeurs.

— D'accord. Cela me dépasse. Et même si, sur le papier, elle pourrait s'être fait ça toute seule, pourquoi tous ces hématomes ? fait remarquer Joan en collant pratiquement son nez sur le cadavre.

— C'est impossible, oui.

Du moins en cas de suicide par pendaison. Il faut qu'il y ait de la pression artérielle pour que le sang puisse s'écouler des vaisseaux endommagés par la compression et former des ecchymoses. Il faut donc que le cœur batte. Il faut être vivant. Et plus longtemps le cœur bat et le sang circule, plus le bleuissement et gonflement des chairs sont importants.

— La seule raison qui justifie son état, c'est qu'elle n'est pas morte tout de suite, dis-je. Même si je ne suis pas experte en la matière.

Joan et moi continuons de discuter des causes du décès. Lors d'un étranglement avec un garrot ou d'une pendaison classique, une fois que la ligature comprime les vaisseaux principaux du cou, la victime devient hypoxique en quelques secondes. Si le cerveau continue à être privé d'oxygène, la personne s'évanouit et meurt en quelques minutes. Mais un tel scénario est incompatible avec la présence des hématomes et des multiples sillons. Le cou de Vera Young est bleu de Prusse et presque aussi noir qu'un cumulonimbus.

— Si elle était vivante quand l'eau de Javel lui a été versée sur la tête, j'imagine sa douleur et sa panique. Elle a dû se tortiller, se débattre comme une damnée et hurler.

— Je ne sais pas, répond Joan au creux de mon oreillette. Il est plus vraisemblable qu'elle ait été morte à ce moment-là, du moins je l'espère pour elle.

— C'est aussi mon avis.

Et je repense à ce bidon.

Il y a forcément une explication. Et ce n'est pas la seule incongruité : il y a aussi sa voiture ouverte avec les clés laissées à l'intérieur, son prétendu badge volé, caché sous le capot d'un ordinateur qui a servi à écrire la lettre de suicide, ledit ordinateur qui n'est pas protégé par un mot de passe. Et son appartement qui n'est même pas fermé à clé. Pourquoi ? Voulait-elle faciliter la tâche des secours pour qu'on découvre facilement son corps ? Ou était-ce l'objectif de quelqu'un d'autre ?

Mais de qui ?

Toutes ces questions se bousculent dans ma tête, tels des insectes de nuit cognant contre une moustiquaire un soir de printemps. Et ce bruit de fond m'agace tandis que je me déplace dans la pièce avec mon analyseur de spectre, en respirant tant bien que mal à travers mon filtre à charbon. Rien n'a de sens. Cependant, c'est déjà un mystère lorsqu'on rencontre une personne et que le lendemain on la retrouve morte, ni dans la paix, ni dans la dignité.

Ses yeux sont grands ouverts au milieu de son visage violacé, sa langue saille de sa bouche, comme si Vera Young était en colère ou pleine de dédain. Elle ressemble si peu à la femme que j'ai interrogée hier. Les mots « petite » et « fragile » m'étaient venus à l'esprit, mais aussi « fébrile ». Durant ces quarante-cinq minutes, elle était passée par toutes sortes d'états : l'agacement, l'inquiétude, le dédain et l'impatience. Elle s'était également montrée humble, pleine de regrets et en même temps sur la défensive. Un méli-mélo d'angoisse, de paranoïa, de rancœur et d'amour-propre blessé.

Je l'ai trouvée rebelle et obstinée, mais charmante aussi quand elle y mettait du sien. Au premier regard, j'ai su qu'il y avait de l'arrogance en elle. Et de la vanité. Elle était très soucieuse de son apparence. Trop élégante. Pas une once de gris dans ses cheveux bruns, évidemment. Elle portait des lunettes de designer que je n'avais vues nulle part, et un tailleur-pantalon bleu marine avec un chemisier à rayures rouges, et des bottines Prada, totalement inadaptées au travail dans un labo.

Elle était si différente de ses jeunes collègues en jean et chemises froissées. Elle ressemblait davantage à leur supérieure qu'à leur collègue. Pour résumer, je ne dirai pas que la femme que j'ai vue hier était jolie, mais elle avait un certain charisme, malgré un manque cruel de chaleur humaine. Vera Young n'était pas du genre à se tuer en survêtement gris et soutien-gorge de sport, et encore moins à ruiner sa couleur en se versant de l'eau de Javel sur les cheveux !

C'eût été une faute de goût impardonnable. Cette évidence clignote dans mon esprit telle une balise de détresse.

Ce n'est pas ce qui s'est passé.

Un rituel sacrificiel alors ?

Absolument pas.

S'humilier ainsi aux yeux de tous, se punir publiquement ?

Non, c'est l'œuvre d'un autre.

Pas un suicide. Un meurtre. Et cela ne demande pas beaucoup d'effort. Juste avoir un peu de volonté et l'avantage de la surprise. C'est d'autant plus facile si la victime ne se méfie pas de son agresseur et n'a aucune idée de ce qui va se produire.

Il s'agit donc de quelqu'un qu'elle connaît bien.

Il a suffi qu'elle lui tourne le dos un instant. Je vois la scène. La personne l'attaque par-derrière, serre le lien sur la gorge, comprimant aussitôt les vaisseaux majeurs du cou. Vera doit mesurer un mètre soixante, peser au mieux cinquante kilos. Fluette donc, vulnérable. Elle n'était pas de taille.

Y compris contre une autre femme.

Mais rien ne prouve que son assaillant ait eu le dessus tout de suite. Ni que Vera Young n'ait pas tenté de se défendre, même si la scène de crime n'en garde aucune trace. Elle avait des ongles, et il est possible qu'elle soit parvenue à griffer son agresseur.

— Comme d'habitude, je ferai des prélèvements sous les ongles, répond Joan. Avec le temps qu'il fait, je vais rester au bureau et m'occuper d'elle toute la nuit. Il est fort possible même qu'ils décident de l'autopsier dès ce soir.

— Pour éviter que l'eau de Javel ne fasse d'autres dommages ?

— Exact. Je ne veux pas qu'elle reste au frigo avec toute cette cochonnerie sur elle. Mais je ne peux la laver sans l'autorisation de la chef, qui n'est pas ici pour l'instant. Et je doute qu'elle me donne son feu vert. Le moindre écart dans la procédure médico-légale sera utilisé contre nous au procès. Ce qui est carrément stupide. Tout ça parce que je ne suis pas « docteur ».

— Moi, je le suis, mais je refuse qu'on m'appelle docteur Chase. Je ne veux pas que les gens, dans l'ascenseur, l'avion, le train, les chauffeurs Uber, ou même les serveurs au restaurant, viennent me parler de leur problème de santé !

— C'est parce que tu n'es pas docteur en médecine. Un docteur en médecine le crie sur tous les toits, crois-moi. À la moindre occasion ! Tu imagines ce que je vis puisque je n'ai pas de doctorat du tout ?

— Je préfère avoir affaire à quelqu'un qui travaille bien comme toi, même si tu n'en tires pas les honneurs, lui dis-je en retournant dans le salon.

Il n'y a plus personne. Je jette les gants dans la poubelle pour en prendre des neufs pendant que Joan vérifie à nouveau la température ambiante. Nous ne sommes plus que toutes les deux. Butch et Scottie sont partis prendre leur douche dans le camion de décontamination. Fran est dehors, à faire Dieu sait quoi.

Peut-être fumer ? La journée a été éprouvante pour elle. Elle a jonglé entre le téléphone et la radio, passé son temps à mettre ou enlever ses gants, à remonter ou baisser sa visière tout en restant à l'affût, attentive à tout.

— Juste pour info, annonce Joan, quand je suis arrivée ici, la température dans la pièce était de 21 °C. Avant du moins que l'on se mette à ouvrir la porte d'entrée à tout va pour aérer. Elle a donc dû se refroidir un peu plus vite ensuite, mais pas tant que ça.

— Et il fait quelle température maintenant ?

— Un peu moins de 19,5 °C. Sa température corporelle était de 30 °C il y a quelques minutes. On va faire les calculs. Maigrichonne et dévêtue comme elle l'est, elle va se refroidir vite. Je pense pouvoir estimer l'heure du décès avec une certaine précision.

— Une perte donc de 7,5 °C…

Je commence à faire le calcul.

— C'est un peu plus que ce à quoi on pourrait s'attendre si elle était morte en fin d'après-midi – peu après avoir rédigé sa vraie-fausse lettre de suicide, sauvegardée à 15 h 38.

— Si elle ne l'a pas écrite…

Je croise le regard inquiet de Joan derrière sa visière.

— Je sais. Qui l'a fait ? Qui tire les ficelles ?

— Va savoir. En tous cas, ce n'est pas quelqu'un avec qui il faut avoir des ennuis.

22

La règle est qu'un cadavre perd environ un degré Celsius par heure, puis sa température se stabilise avec celle de l'extérieur. Mais ce n'est pas une science exacte et nombre de facteurs entrent en jeu et peuvent générer des variations ou des anomalies si l'analyste est inexpérimenté ou pas assez scrupuleux.

— Quoi qu'il se soit passé ici, quelqu'un a réarrangé les choses et brouillé les pistes, déclare Joan alors que je déplace l'antenne de mon analyseur de spectre, les yeux rivés à l'écran. Primo, je suis quasi certaine qu'elle est morte depuis plus longtemps qu'on n'est supposé le croire.

— *Supposé le croire ?*

La voix de Fran résonne soudain dans nos casques. Elle se tient sur le seuil, comme si elle venait d'y être téléportée. Avec sa visière rabattue, ses gants de nouveau aux mains, elle me fait penser à un Klingon de mauvaise humeur.

— Maintenant, poursuit-elle, on suppute que quelqu'un essaie de nous faire croire des choses ? On est passé de « Adieu monde cruel ! » à « Attrape-moi si tu peux » ?

— Le fichier sur le portable a été créé à 15 h 38, lui réponds-je.

Mais apparemment elle ne tilte pas.

— Et alors ?

— Alors c'est l'heure exacte où j'ai reçu l'alerte sur mon téléphone pendant la réunion au QG cet après-midi…

— Oh. Je n'ai pas fait le lien. (Son visage est luisant de sueur derrière son masque.) D'accord, je reconnais que c'est troublant.

— Et par conséquent, si la lettre a été sauvegardée il y a quatre heures, reprends-je en songeant qu'il est près de 20 heures, alors ça ne colle pas avec l'heure du décès au vu des signes post-mortem. Tu es bien de cet avis, Joan ?

— C'est délicat d'être aussi formelle, à cause de cette eau de Javel et de tout le reste, répond-elle, mais oui, selon moi, le décès remonte plutôt à six heures. Auquel cas, elle n'a pas pu écrire cette lettre d'adieu. À moins qu'elle ne soit revenue à la vie pendant un moment. Ou alors que la date de l'enregistrement ait été bidouillée.

Je continue à balayer l'espace de la chambre avec mon antenne, telle une baguette magique, aspirant l'énergie électromagnétique des fréquences utilisées alentour. Il peut s'agir de signaux parasites et involontaires, comme des tentatives délibérées d'espionnage ou de brouillage. Pour la plus grande part, mon appareil détecte le spectre classique quand on traque les ondes traversant l'espace et le temps à la vitesse de la lumière.

Nous sommes tout le temps plongés dans ce bain de vibrations, sauf que d'ordinaire nous ne le voyons pas. Ni ne l'entendons. Du moins sans des instruments *ad hoc*. Et si mon antenne est une canne à pêche, alors le poisson mord à tout va aujourd'hui. En un rien de temps, j'attrape des rayons X, du signal optique, des micro-ondes, des ondes radio et gamma. « Combien d'anges peuvent-ils danser sur une tête d'épingle ? » disait ma mère, enseignante à la NASA – une citation médiévale censée reconnaître l'existence de l'invisible.

« Ce n'est pas parce que ce n'est pas sous tes yeux que cela n'existe pas. Ni parce qu'une chose n'est pas à un endroit qu'elle n'est pas ailleurs. » Elle disait ce genre de choses quand elle nous faisait ses leçons de science, et soumettait à ma sœur et moi des conjectures à n'en plus finir. Si une mouche vole à 4,3 kilomètres à l'heure (2,5 mph) dans un avion qui lui avance à 954 km/h (515 nœuds), à quelle vitesse se déplace la mouche ? Vole-t-elle aussi vite que l'avion ? Et que dire des passagers qui sont assis ? La mouche se déplace-t-elle à une autre vitesse qu'eux ?

Des casse-tête comme ça, on en faisait depuis qu'on était en couches-culottes. Du plus loin que je m'en souvienne, nos parents nous ont expliqué, à Carmé et à moi, qu'être conscient de l'existence du spectre électromagnétique autour de nous, c'est comme regarder le monde avec un microscope. Tous les hommes ne le font pas. Pas même une majorité. Prenons l'exemple des germes. Ou des bactéries. Personne n'a très envie de voir la pullulation microbienne qu'il y a sur soi, ou sur la nourriture, les oreillers, les brosses à dents, sur la main que l'on serre, ou sur la langue de son amoureux que l'on embrasse goulûment.

Veut-on voir tout ce qu'il y a autour de nous et en nous ? La réponse est non. Les gens aujourd'hui ne sont guère différents de leurs homologues du XVIIe siècle, quand Robert Hooke, le scientifique artiste, a écrit son fameux livre *Micrographia*. Un succès en librairie où figuraient des illustrations cauchemardesques telles qu'une puce. Des bestioles dont on soupçonnait l'existence plutôt par les démangeaisons quand on la rencontrait dans la paille, la literie, sur le bétail ou les animaux de compagnie.

Peu de gens avaient envie de voir de près l'abomination qui transmet la peste bubonique, hormis ceux qui avaient le cœur bien accroché et qui n'ont pu poser le livre. Ceux-là ont passé une nuit de sueurs froides, fascinés par des créatures qui, à notre époque, seraient devenues des personnages récurrents de film d'horreur. C'est bien dommage que ce genre d'ouvrages n'intéresse plus personne. Hooke ne figurerait pas sur les listes des best-sellers aujourd'hui, et serait considéré comme un auteur parfaitement soporifique.

En me déplaçant dans la chambre, avec ma combinaison grise et mon masque, je dois ressembler à un chasseur d'entités ectoplasmiques, mais pas dans une comédie à la *SOS Fantômes*. Je m'approche du corps avec ma sonde, plonge mon antenne dans les champs d'énergie, les réveille, les excite comme autant de nano-dragons que je peux nommer un à un. D'abord la bande passante des 800 MHz, une onde dont la courbe se répète huit cents millions de fois par seconde et qui se déplace à la vitesse de la lumière.

Il y a aussi le bruit familier des téléphones cellulaires, des routeurs Wi-Fi, celui de l'appartement comme ceux des voisins, plus les horloges, les VMC, les réfrigérateurs, les machines à laver, les télévisions. Je distingue la signature électronique d'un four à micro-ondes à 2,4 MHz. L'appareil peut être n'importe où, en particulier si sa porte n'est plus étanche. Presque chaque fois, je capte les émissions des autorités – police, pompiers, services de secours, des fréquences mystérieuses pour le commun des mortels – 26,965 MHz, 156,05 MHz.

Et que dire du 462,5625 MHz, une fréquence encore plus difficile à prononcer ? Il suffit de demander à un flic ou à un ambulancier… il est bien plus facile de parler de canal 1, 2 ou 3. Dans mon monde, les signaux sont comme des empreintes digitales, uniques pour chaque type d'appareil. L'astuce, c'est d'apprendre à discerner ce qui pourrait se glisser dans ces tresses électromagnétiques multicolores qui défilent sur mon petit écran.

Le 75 MHz provient sans doute du phare. Alors que le 1,025 MHz pourrait être la signature des radiobalises de piste à la base aérienne pour les ILS (les atterrissages aux instruments). Mais ce qui attire mon attention, tel un gros poisson coincé dans mon filet, ce sont les fluctuations du bruit de fond, ces pics et ces creux qui s'intensifient chaque fois que Fran active sa radio pour parler au central ou à l'équipe Hazmat.

Les signaux semblent provenir d'une zone à proximité du corps. Je m'approche, brandis mon antenne, à la manière de la statue de la Liberté avec son flambeau. Lentement, je la fais tourner, aux aguets.

00 : 00 : 00 : 00 : 0

Je surveille mon écran tout en décrivant des petits cercles avec mon antenne pendant que le logiciel que j'ai écrit accomplit ses calculs.

Rien de bien compliqué en fait, juste un algorithme de tri qui retire les signaux connus et enregistre les inconnus dans un fichier depuis que je suis arrivée sur les lieux. C'est le principe de l'individu qui se cache à la vue de tous dans un salon plein de gens.

Graduellement, on enlève les éléments un par un. Les personnes, les animaux, le canapé, la lampe, la plante en pot, les tableaux, les rideaux, et ainsi de suite. Tout disparaît. À la fin, la personne n'est plus cachée du tout. Elle est évidente comme le nez au milieu de la figure. C'est ce que fait le programme dans cette pièce, en temps réel. Il gratte et exhume peu à peu ce qui a pu être caché ici.

Des capteurs, par exemple.

Cette idée ne me quitte pas, d'autant que la victime travaillait dans le domaine de la robotique. Qui sait le type d'expérience qu'elle a pu mener en privé, y compris sur elle-même ? Il pourrait y avoir des petits transmetteurs dans ses vêtements ou ses affaires, voire dans son propre corps. Je suis bien placée pour le savoir, vu ma curiosité et mon engagement au travail.

Comme beaucoup de chercheurs, il m'arrive de rapporter des projets à la maison – quand les risques sont raisonnables, et avec autorisation, bien sûr. Pas des fusées ou des habitats lunaires, mais de petits drones avec leurs pièces, voire un ou deux mannequins cassés ayant besoin d'être bichonnés et remis sur pied. Cela peut être n'importe quoi, mais le plus souvent ce qui termine à Chase Place ce sont des antennes, des kits d'outils, des détecteurs, des logiciels, des imprimantes 3D, plus des analyseurs de spectre, du matériel tactique et des munitions que je suis censée essayer.

En d'autres termes, rien de très exotique, et toutes les sorties sont dûment consignées dans un registre que je garde précieusement au coffre avec mes armes, dans mon bureau du 1195C.

— Je ne voudrais pas qu'en la déplaçant on mette de l'eau de Javel partout, m'annonce Joan, toujours perfectionniste. On va la glisser dans deux épaisseurs de sacs, la charger aussitôt dans le van et l'emporter à la morgue. Et le tour sera joué.

— Par expérience, rien n'est jamais aussi simple.

J'observe le lit double, avec sa couette et ses oreillers noirs.

Derrière, contre le mur du fond, il y a le placard avec le cadavre pendu et, de part et d'autre, deux petites fenêtres, les rideaux tirés. Comme dans le reste de la maison, je ne vois aucune trace de lutte, tout est en ordre, à sa place. Je regarde à nouveau le téléphone portable, l'imprimante et la ramette de papier sur la commode. Sur un fauteuil, je reconnais le sac Prada noir que Vera avait hier quand je l'ai interrogée.

C'était quoi le plan ? Et qui l'avait conçu – elle ou quelqu'un d'autre ? Tout était faux dans son histoire de vol, jusqu'à sa migraine. Une comédie. Pourquoi ? Pour protéger quelqu'un ? Pourquoi avoir appelé la sécurité quand, arrivée aux portes du LaRC, elle s'était aperçue que son badge n'était plus dans la boîte à gants ?

Réponse évidente : pour se forger un alibi pendant qu'elle laissait quelqu'un utiliser sa carte. Ou pour faire croire que quelqu'un d'autre qu'elle s'en était servi. Dans l'un ou l'autre cas, c'était très grave. Non seulement, elle serait expulsée de Langley, mais selon qui avait profité de sa carte et dans quel but, elle était bonne pour être arrêtée en vertu du titre 18 du Code des États-Unis, section 794.

Elle risquait d'être poursuivie pour espionnage, un délit passible de cinq cent mille dollars d'amende et de quinze ans de prison. Une telle « petite trahison » vaut au contrevenant de retrouver son visage placardé *ad vitam æternam* dans tous les halls d'entrée de la NASA.

— C'est forcément la raison, marmonne Fran, adossée au chambranle. (Elle fait allusion à la présence d'eau de Javel.) Je n'en vois pas d'autre. Détruire les traces ADN. Ce qui n'a pas grande importance si Vera Young s'est tuée…

— Elle ne s'est pas tuée.

Mais elle ne m'écoute pas.

— Sauf que quelqu'un risque de dire que ça pose problème…

— Quoi qu'il se passe, ils chipoteront.

De toute façon, les joutes des assurances au civil ne nous concernent pas.

— Mais si quelqu'un l'a accrochée à la porte de ce placard, continue-t-elle, perdue dans ses pensées, alors cette eau de Javel va aussi poser un problème. Un gros problème. Les avocats de la défense vont semer le doute dans la tête des jurés. Voire davantage. (Elle se tourne vers nous.) Parce que c'est bien le but recherché : effacer l'ADN ?

Contrairement à son état de panique dans le Yellow Submarine, Fran est à la barre, pas le moins du monde dérangée par la présence de ce cadavre arrosé de désinfectant.

Mais l'affaire la trouble vraiment. Je la sens réévaluer la situation. C'est comme si j'étais dans un cockpit et que je voyais les aiguilles des cadrans passer du vert au jaune, puis au rouge, pendant que j'explique que l'eau de Javel va contaminer les indices, et c'est un souci pour la recherche ADN, mais que cela ne va pas, pour autant, détruire complètement les échantillons.

— Avec du percarbonate de soude, c'était plié, dis-je. Mais là, ce n'est pas le cas.

— Oui, et l'odeur est immanquable chaque fois que j'ôte ce truc, répond-elle en tapotant son filtre. De la simple eau de Javel.

— Et au moment de te suicider, tu te donnerais la peine de t'asperger avec ça ?

C'est une question purement rhétorique.

— Qu'est-ce que j'en sais ? En tout cas, c'est tordu. Ça ne rime à rien.

— C'est ce que je me dis aussi, répond Joan agenouillée à côté du corps. (À la lumière UV, elle prélève une fibre puis un minuscule fragment.) Pourquoi se soucier des traces ADN ou autres indices qu'on peut laisser quand on compte mettre fin à ses jours ?

— À moins de n'être pas bien dans sa tête ? avance Fran.

— Sauf que ce n'est pas le cas, réponds-je. Comme je l'ai dit, elle ne m'a pas paru dérangée quand je l'ai interrogée hier.

Je déplace à nouveau mon antenne autour de sa dépouille, en surveillant les signaux que je reçois. Je m'attarde sur les extrémités du corps.

Ses mains, ses poignets. Ses chevilles, ses pieds nus.

— En revanche, elle ne m'a pas paru honnête. Et je suis sûre qu'elle nous ment encore, en ce moment même.

— Oui, ce qu'on a là est une fabulation, reconnaît Fran en observant le corps. À quand remonte la mort ? Quatre heures ? Six ? Huit ? Chaque indice dit une chose différente !

Quelqu'un est venu après.

Je m'adresse à Joan :

— Côté *livor mortis*, *rigor mortis* ? Ça dit quoi ?

Des indicateurs post-mortem : changement de couleur, rigidité cadavérique. On peut établir l'heure du décès, si le cadavre a été ou non déplacé… Encore une fois, c'est de la science élémentaire. Rien d'ésotérique ni d'aussi compliqué que la construction d'un rover martien, une sortie dans l'espace ou une analyse de spectres électromagnétiques. Juste un effet mécanique, quand le sang cesse de circuler.

Il suffit de se souvenir de Newton, le grand rival de Robert Hooke : que se passe-t-il quand une pomme se détache de sa branche ? Quand le fruit est libéré de son attache ? Il ne flotte pas dans l'air. Il tombe.

23

La gravité.

Et le sang, comme tout le reste, suit cette loi universelle et provoque une coloration violacée de la peau, appelée *livor mortis*, qui indique la position du corps dans les heures qui ont suivi le décès. La *rigor mortis* – la raideur des muscles une fois qu'ils ne produisent plus d'adénosine triphosphate (ATP) – donne également de précieux renseignements.

Des informations brutes. Les confidences que nous fait la mort sont implacables, sans filtre, pour qui sait interpréter son langage. Si l'on trouve une personne morte sur le siège des toilettes (un exemple que j'ai connu personnellement), est-ce une bonne idée de l'allonger dans son lit pour préserver sa dignité ? Désolée, mais la *livor mortis* révélera la vérité car elle aura laissé un cercle rouge sur les fesses aux dimensions exactes de la lunette.

Autre cas de figure : vous trépassez au lit en pleins ébats et votre amant·e, plusieurs heures plus tard, veut vous éviter une situation embarrassante… Une fois votre corps devenu raide comme une planche à repasser, même si on vous passe un pyjama et que l'on vous installe sur une chaise, jamais le légiste ne sera dupe.

— La *rigor* est quasiment complète, rapporte Joan. Pareil pour la *livor*, pas terminée, mais pas loin.

— Intéressant, commente Fran sur le seuil. (Elle me regarde approcher mon antenne du cadavre, effleurer le visage, les cheveux.) Autrement dit, le décès pourrait être plus ancien que l'heure du fichier sur l'ordinateur.

— Oui, la *rigor* et la *livor mortis* s'installent après huit heures, renchéris-je.

— Nous en saurons davantage après l'autopsie, ajoute Joan en retournant à ses caisses de matériel. Mais je suis globalement d'accord avec vous.

La moitié supérieure de nos visages étant seule visible, j'ai toujours l'impression que nous évoluons dans un monde parallèle et que nous communiquons par la pensée.

— Mais cette eau de Javel va nous empoisonner l'existence – sans mauvais jeu de mots, poursuit la voix de Joan dans mon casque. Comment examiner quoi que ce soit sans la rincer de la tête aux pieds ? Aucun médecin ne voudra travailler en combinaison. Je ne sais pas trop comment ils vont pouvoir procéder. Comme je l'ai dit, ma chef n'est pas là. Et elle est sans doute la seule à avoir la réponse…

— Parce que s'ils la lavent, ils risquent de faire disparaître les indices ? l'interrompt Fran. C'est ça ? Effectivement, ce ne serait pas bon.

— Je ne peux pas faire grand-chose ici, et guère plus à la morgue. Pour l'instant.

Joan range sa lampe UV dans son emplacement. Même si je suis isolée des bruits ambiants à cause de mon casque et des écouteurs, je remarque son agacement quand elle claque le couvercle de sa boîte à outils.

— Toutes ces difficultés et tracas que nous rencontrons, c'est peut-être intentionnel ? dis-je à Fran. L'objectif réel n'était peut-être pas de faire disparaître les traces. L'eau de Javel ne détruira rien. Cela nous complique juste l'existence, pour exploiter la scène de crime, pour transporter le corps, réaliser l'autopsie.

— Selon toi, ce serait ça le but recherché ?

— Oui, le but d'une tierce personne. Parce que je doute que ce soit Vera Young qui ait manigancé tout ça. Sinon, encore une fois, pourquoi on ne retrouve pas la bouteille de Javel ?

— Parce que quelqu'un l'a prise.

— Mais pour quelle raison ? s'interroge Joan. Sûrement pas pour maquiller le crime en suicide !

— Plutôt pour le « démaquiller » ? (Je lance cette idée, même si elle est un peu folle.) Ôter ce bidon d'eau de Javel, c'est un signal nous indiquant qu'il ne s'agit pas d'un suicide.

— Pourquoi quelqu'un ferait ça ? s'étonne Joan.

Un sabotage.

— Peut-être que nous n'avons pas affaire à une seule personne ? Peut-être qu'il y a eu deux individus qui n'étaient pas forcément ici au même moment ? La première personne est venue, a tué Vera Young et déguisé le meurtre en suicide. Et quand le tueur est parti, une deuxième personne est arrivée et a défait la mise en scène. Et maintenant on se pose plein de questions. On ne croit plus au suicide. Plus du tout.

— Tout doux ! réplique Fran dans mon casque.

— Reste à savoir qui a fait le sandwich et bu la Tsingtao, poursuis-je. Le tueur ou l'autre ? La tierce personne qui serait arrivée sur les lieux plus tard ? Ça va nous prendre un temps fou d'établir tout ça avec l'ADN, y compris qui a versé l'eau de Javel. (Je me tourne vers Joan.) On n'a pas des mois devant nous. Il va falloir que tu les bouges au labo.

— Ça, je sais faire !

— Les vapeurs de Javel te montent à la tête ! grogne Fran.

Mais je n'arrête pas de penser à cette lettre prétendument écrite par Vera Young :

... Dites à ma sœur qu'elle ne me manquera pas, et qu'elle a raison à mon sujet, depuis le début. Les sœurs savent toujours tout, et la mienne sera la première à dire que j'ai mérité ce qui m'arrive...

Elle nous dit, à nous ou à je ne sais qui, qu'elle mérite de mourir comme ça ? Ça ne tient pas debout ! Ça ne colle pas avec la femme à qui j'ai parlé hier. Jamais de la vie ! Et je me demande bien sur quoi au juste sa sœur avait *raison*. Cette Neva... « Comme une EVA avec un N devant. » Je déplace à nouveau mon antenne. Ma respiration résonne dans mes oreilles, la sueur trempe mes vêtements sous ma combinaison.

— Voyons ça...

J'observe l'écran de mon analyseur. Je veux revoir ce qui se passe lorsque Fran parle dans sa radio. Je lui demande de m'appeler.

— Pour quoi faire ?

— Fais-le s'il te plaît.

Elle retire ses gants, appuie sur le bouton du micro.

— Alpha 3 à Alpha 5. Test ! Test !

Le bruit de fond s'agite, entre en résonance comme une cloche. Même si cela ne fait aucun bruit évidemment. Mais ça s'amplifie chaque fois que la radio trouve des harmoniques. Cela me rappelle nos téléphones en boîtes de conserve, avec lesquels on jouait avec Carmé quand on était enfants. On se prenait pour des espionnes équipées d'un système de communication secret : nos deux boîtes de fer-blanc reliées par une ficelle.

C'est comme si la morte et la radio de Fran jouaient au même jeu. Connectées par une onde électromagnétique. Ce qu'envoie l'une, l'autre le reçoit.

— Des capteurs à micro-résonateur, pas numériques. Peut-être des biopuces.

— Et donc ? Cela signifie quoi ? s'enquiert Joan en approchant le brancard du placard.

— Que j'aurais préféré que cette femme choisisse de mourir ailleurs ! s'écrie Fran dans mon casque.

J'en ai presque les tympans crevés.

— Elle doit en avoir sur la peau ou à l'intérieur du corps, sans doute les deux, sachant à qui on a affaire, réponds-je. Cela expliquerait ce que je vois sur mon écran.

— Mais pour quoi faire ? insiste Joan en commençant à ramasser les sacs de prélèvements.

Je pose mon analyseur sur une caisse.

— À mon avis, c'est pour la recherche en robotique. Le grand défi à relever quand on veut créer des machines à notre image, c'est de reproduire le mouvement complexe des muscles et des articulations – ce qui nous semble naturel pour nous humains, parce que nous sommes nés avec. Pieds, poignets, mains, doigts.

Je change de gants, regarde Joan. Nous échangeons un signe de tête. C'est le moment.

— On ouvre la porte pour voir ce qu'il y a derrière ?

Pour réponse, Joan vient se placer à côté de moi.

— Au cas où elle te tomberait dessus, explique-t-elle.

— Merci. C'est sûr que cela ne va pas être une partie de plaisir.

J'attrape la poignée de verre cannelée et tire le battant. Le corps de Vera Young racle contre la porte de merisier décoloré par endroits.

Le cordon est attaché simplement au bouton intérieur. Il n'y a pas grand-chose dans le placard. Des manteaux, une paire de surchaussures en caoutchouc, un parapluie. Et mes voyants d'alerte se remettent à clignoter.

Homicide ! Homicide !

Comment aurait-elle pu fermer la porte avec le câble à son cou, alors que ses pieds touchent à peine le sol ? Joan et moi ne pipons mot. Nous pensons la même chose. L'affaire s'annonce compliquée et cela va être un beau cirque au tribunal.

Je pousse un soupir.

— Il va falloir être très précautionneux.

— Absolument.

Les mains sur les hanches, Joan évalue la situation. C'est son cadavre le plus compliqué à gérer depuis longtemps.

— Dans aucun manuel, code de procédure ou protocole, on ne nous dit comment procéder en pareille situation.

— Non, confirme Joan. Et s'il y avait un chapitre là-dessus, il s'appellerait : *Cas merdiques.* Une chose est sûre : il ne faut pas couper le nœud. Ou alors ma chef va m'envoyer à l'ombre pour le restant de mes jours !

— Ce serait dommage de se priver d'une copine de beuverie !

Coup de chance, je ne suis pas trop maladroite avec des outils. La meilleure solution est de ne pas toucher du tout au cordon. Je propose qu'on soulève le corps pour le décrocher de la porte et qu'on l'allonge au sol où l'on aura étendu un champ stérile. Ensuite, au lieu de sectionner le câble, j'ôterai la poignée pour récupérer tout le dispositif intact.

C'est exactement ce que nous faisons. Et puisque Scottie et Butch ont quitté les lieux, c'est un technicien de l'équipe de Fran qui filme toute la scène en vidéo. Nous glissons le corps, raide et froid, dans deux sacs mortuaires, Joan le soulevant par les aisselles et moi par les chevilles. Et nous le sanglons sur un chariot.

Nous enveloppons notre cocon morbide d'une couverture rouge.

Nous sortons le corps de l'appartement tandis que l'équipe locale de NBC se précipite vers nous, leurs caméras et leurs projecteurs tournant autour du brancard comme de petits soleils dans la nuit. Nous ne répondons à aucune question et continuons d'avancer vers le van noir de la médico-légale. Nous ouvrons le hayon, replions les roulettes et poussons le chariot à l'intérieur

Vera Young est prête pour son dernier voyage avec son corps encore intact. J'espère qu'ils n'auront pas besoin de lui couper les doigts.

00 : 00 : 00 : 00 : 0

— Ne t'inquiète pas ! Ça va aller ! n'arrête pas de répéter Dick au-dessus de l'évier.

Il coupe une longueur de sparadrap avec les dents et termine de me panser la main.

Vais-je perdre le bout de mon index ? Et si ça arrive, que va-t-il se passer pour l'ongle ? Quelles conséquences si je le perds aussi ?

L'articulation interphalangienne distale est juste en dessous. Ce n'est pas bon de perdre sa troisième phalange quand on est droitière !

— Ils vont te réparer ça. Tu seras comme neuve.

Ses doigts sont orange à cause de la Bétadine. Il ne veut pas envisager le pire. L'inévitable, peut-être.

L'amputation. Je pourrai gérer le quotidien, tenir un stylo, une pipette, un pistolet. Je ne suis pas

ambidextre. Pas très adroite de la main gauche. Cela pourrait me disqualifier pour le voyage dans l'espace ? M'empêcher de porter ma combinaison de cent trente kilos pour les EVA ? C'est vrai que les gros gants risquent de poser un problème. Pour manipuler des instruments délicats. Pour chevaucher le bras spatial comme une star de rodéo.

« Tu ne peux connaître tes limites tant que tu ne les as pas trouvées », disait mon père.

On va me juger empotée. Étourdie. Dangereuse. C'est plus qu'un doigt que je viens de me couper. Ce sont mes ailes !

— Capitaine Chase ! Tenez le coup ! C'est un ordre !

J'ai été impatiente, la tête ailleurs, au pire moment. La preuve est là à mes pieds, sur le carrelage aspergé de sang. Le soldat avec sa serpillière lave autour du couteau par terre, comme s'il s'agissait de l'arme du crime. Il passe son temps à s'excuser et nettoie les dégâts avec son seau d'eau chaude javellisée.

— Pardon. Excusez-moi.

Mais ce n'est pas à moi qu'il s'adresse. Les vapeurs d'eau de Javel me transpercent les sinus.

Ma vue se brouille, noir, blanc, tel un signal que je ne peux capter. Je sursaute chaque fois que Dick prononce mon nom. De plus en plus fort. De plus en plus souvent. Capitaine Chase ! Capitaine Chase ! Comme on réprimande un enfant. Ou une vieille personne en pleine confusion. Comme s'il ne me reconnaissait plus. Comme si je n'étais plus Calli... à cause de ce que j'ai fait...

— Oh non... non... non...

— Reste avec nous, capitaine Chase ! On va t'emmener à l'infirmerie.

— Oh non...

Je retiens mes larmes.

Dick ferme l'eau. Ma main droite est enveloppée de plusieurs couches de gaze.

— Tu es prête à monter en voiture ? Tu vas tenir le coup ? (Il s'écarte du comptoir, passe son bras sous mes épaules pour me soutenir.) On y va. C'est parti.

Oui. Ça va mieux. Beaucoup mieux. Je peux marcher. Au choc de la coupure, qui commence à s'atténuer, s'est substituée la peur d'être mutilée. Et de ce qu'il va advenir de moi. Une peur qui étreint chaque cellule de mon corps.

00 : 00 : 00 : 00 : 0

Il est plus de 22 heures. Je rentre à l'écurie, et ce n'est pas une image. C'est quasiment le cas.

En ce moment, je vis dans un corps de ferme. Je n'y suis pas née mais quand Carmé et moi avons eu douze ans, nos parents se sont lancés dans des travaux de rénovation, avec un goût prononcé pour la menuiserie. Ils ont réaménagé le grenier de l'ancienne grange pour en faire un lieu de vie et de travail. C'est là que ma sœur et moi avons vécu jusqu'à l'université. Et depuis mon retour du Colorado, c'est là que j'habite de nouveau.

J'ai retrouvé mon ancien lit, ma chambre d'ado, avec tous ces souvenirs accumulés au fil des années.

Cela me rappelle les mots de Faulkner : « Le passé n'est jamais mort. Il n'est même pas passé. » Et il avait vu juste, comme Einstein avec sa théorie de la relativité restreinte. Il y a effectivement des jours comme ça, quand tout se télescope et paraît sur le point de se produire simultanément. Sans doute est-ce la fatigue. Parce que ma perception du temps s'égare.

Peut-être est-il réellement l'heure qu'affiche mon téléphone, ou est-il une heure plus tôt ou plus tard, ou peut-être est-ce un autre jour, une autre année ? La seule réalité tangible, c'est qu'il fait nuit, qu'il y a du vent, et personne dehors. Il ne faudrait pas grand-chose pour que je perde tout repère, que je ne sache plus du tout où je suis. Tout me semble inconnu dans ce no man's land glacé, alors que je rentre à la maison après cette journée éprouvante. Et ce n'est que le début des soucis. Il y a l'EVA et le lancement de la fusée cargo qui m'inquiètent, mais aussi ce que m'a raconté Dick. Que vais-je pouvoir dire à mes parents ?

Et à Fran ? Sans parler du pire : où est passée ma sœur ? Est-elle en danger ? Ce sera la première question qu'on me posera. Et je n'ai aucune réponse. Juste un mauvais pressentiment. Je n'ai pas eu de nouvelles d'elle. Et je suis certaine de ne pas en avoir. J'ai le tournis. Je suis prise dans un tourbillon d'angoisse, de colère, un mélange détonant.

Il faut que je me maîtrise. Je dois garder tout ça pour moi et reprendre mes esprits. Et surtout conduire doucement sous ces nuages qui grossissent. Le temps se dégrade plus vite que prévu. Cela fait des heures que je n'ai pas consulté le service météo.

Je suis à vingt minutes de la maison, je roule sur une route de campagne, constamment en alerte au cas où un chevreuil surgirait, et surveille mon rétroviseur. Je me sens observée, c'est plus fort que moi. Une impression qui ne me quitte plus depuis que l'alerte s'est déclenchée sur mon téléphone et que Fran et moi sommes descendues au Yellow Submarine. La présence est là, quelque part dans la nuit, alors qu'il n'y a pas la moindre voiture en vue.

Les lampadaires sont rares et noyés dans la brume. De temps en temps, je traverse un groupe de maisons, tout enguirlandées de décorations de Noël, puis des bois sombres, des champs béants, tels des trous noirs. Des ombres et des reflets me jouent des tours. Je n'en peux plus de porter ces vêtements trempés et puants. D'abord une douche, dîner et, vers minuit, je retourne à Langley pour aider Rush Delgado à la salle de contrôle.

D'ailleurs je n'ai toujours pas de nouvelles de lui. Je me sens vulnérable, toute seule. Je suis à plat. J'ai besoin de recharger les batteries, relancer les processeurs et les pistons. Je suis bonne pour une nuit blanche, et la journée ne sera pas terminée pour autant. Je devrai sans doute passer à la morgue à l'aube, pour savoir ce qu'ils ont trouvé sur, ou *dans*, Vera Young – biopuces ou autres capteurs.

C'est la première des choses à faire. La passer au scanner, voire lui faire une IRM, si l'aimant de 1,5 Tesla de Tidewater fonctionne. J'ai aussi demandé à Joan d'essayer un scanner à main, comme ceux qu'utilise la sécurité dans les aéroports. Si on découvre sur elle de tels implants, il faudra les récupérer tous, jusqu'au dernier, de préférence avec une aiguille à biopsie plutôt que par des procédés trop invasifs.

Mais j'imagine les autres méthodes possibles. Ce qui poserait nombre de problèmes pour la suite. J'entends déjà les récriminations des avocats ! Et par un effet ricochet mystérieux, je songe à la famille de Vera Young. Qui est censé les prévenir ? J'aurais pu y penser avant de quitter la scène de crime. J'essaie à nouveau de joindre Fran.

— Où es-tu ?

Je hausse la voix à cause de mon gros V8 qui grogne comme un fauve.

— À la maison. Je suis bientôt prête, répond-elle.

Je n'entends rien en arrière-plan. Contrairement à moi, elle est partie tôt et ne conduit pas avec des vêtements mouillés et puants. Alors que j'ai l'impression de traîner la pourriture d'une jungle entière.

— Pas d'affolement, lui dis-je. Comme tu l'entends, je suis encore en voiture.

— Tu as un problème ?

— Oui, la famille. Tu sais qui on doit appeler ? Et ce qu'on doit leur annoncer ?

Le sous-texte c'est : Fran, c'est à toi de le faire.

24

— Aucune idée mais Vera Young doit l'avoir précisé dans le formulaire, à la rubrique « personne à prévenir en cas d'urgence ».

Fran ne répond pas à ma question sous-jacente. Et je sais déjà comment ça va finir.

Elle ne va pas vouloir appeler. Elle va se débrouiller pour que ce soit moi qui m'y colle.

Mer... de mer... !

— Scottie est retournée au PC avec les indices. Je peux lui demander de regarder son dossier et de t'envoyer une copie fissa, continue Fran comme si de rien n'était. Je suppose que sa sœur, dont elle parle dans sa lettre, est la personne toute désignée, celle qui doit être un cadre sup à Pandora.

— Neva.

— Quoi ?

— C'est son nom. Neva. N-E-V-A comme Nevada, mais en prononçant N-ii-va, comme pour Eva. Pourquoi serait-ce à moi de la prévenir ? Pourquoi tu ne décroches pas ton téléphone pour annoncer à cette pauvre femme que sa sœur est morte, et pas de façon naturelle ? Qu'on est désolés et tout ça, mais qu'on aimerait bien avoir quelques infos… ?

— Parce que tu es bien meilleure que moi pour ces choses-là.

La voix de Fran résonne dans l'habitacle du Silverado. Et quand elle joue la carte de la sincérité, de la logique, mes voyants passent au rouge. Ça m'horripile !

— C'est toi l'experte, poursuit-elle, la scientifique de la NASA qui comprend la psychologie humaine et tout ce qui se passe au 1110.

— Ça va ! Épargne-moi ton baratin.

Major Poule mouillée qui fuit comme la peste toute interaction avec ses congénères.

— Et d'un point de vue plus terre à terre, c'est toi l'agent fédéral qui a recueilli sa déposition hier. (Tous les arguments sont bons !) C'est normal que ce soit toi qui appelle cette Neva, Nevada, ou je ne sais quoi. Je suppose que son nom de famille n'est pas le même.

— Je ne sais pas. Probable.

Vera avait dit qu'elle était divorcée avec de grands enfants. Young n'était sans doute pas son nom de jeune fille.

— En tout cas, ils ne doivent pas être légion à Pandora à se prénommer Neva. À ta place, je commencerais par les cadres à la direction, histoire de réduire les recherches, annonce miss Je-sais-tout. En fait, je suis déjà en train d'interroger Google. Pas besoin d'être sorti du MIT… Bingo ! Son nom de famille est Rong. R-O-N-G. C'est la nouvelle P-DG de Pandora

Space Systems, rien que ça ! À l'évidence, on en saura davantage quand vous vous serez parlé toutes les deux.

— Envoie-moi son numéro par SMS, réponds-je en veillant à y aller doucement sur l'accélérateur. Mais je ne vais pas l'appeler tout de suite.

— Dis-lui qu'on essaie simplement d'aider, donne-lui les grandes lignes sans entrer dans les détails, reprend Fran comme si elle ne m'avait pas entendue. (Parfois, elle m'agace carrément !) Tâche de lui tirer les vers du nez sur l'état mental de Vera, et sur les gens avec qui elle travaillait.

— Reste à savoir quand je peux passer cet appel. Je ne veux pas lâcher la moindre information tant que je ne suis pas sûre qu'il s'agit bien de Vera Young.

— Sérieux, Petite Agatha ? Quel doute il peut y avoir ? Tu lui as parlé hier !

— Je sais que ça peut paraître exagéré, mais elle semblait si différente aujourd'hui. Du moins pendue à la porte de son placard. Avec sa peau brûlée qui se desquamait carrément, sa langue pendante qui lui donnait un air de crapaud. Sans compter la décomposition cellulaire qui était déjà à l'œuvre.

Je revois Vera en pensée, son état empirant presque à l'œil nu pendant qu'on était avec elle. Je ne peux pas dire que je l'aie reconnue, et même si c'était le cas, une erreur d'identité est vite arrivée.

— Nous aurons la confirmation quand la morgue aura relevé les empreintes digitales, dis-je à Fran. Cela repousse seulement à demain matin, d'à peine douze heures. En attendant, il faut envoyer à Joan une copie des empreintes de Vera qu'on a dans notre fichier. Après cette vérification et l'autopsie, on appellera sa famille. Ce sera plus sûr ainsi.

— Ça se tient. Mais cela n'empêche que les collègues de Vera Young ont sans doute déjà prévenu sa sœur à la tête de Pandora. (Elle a raison.) Si elle est déjà au courant de la mauvaise nouvelle, ça nous facilitera la tâche.

Nous décidons donc de ne contacter la famille que demain matin. Fran me donne rendez-vous à Langley. Elle passera me voir à la salle de contrôle.

— Tant pis pour la bière que tu me dois ! ajoute-t-elle. Le shutdown va tomber et je repars vite au bureau.

— Je te retrouve là-bas. Mais pas avant une heure ou deux. À l'inverse de certains chanceux, je suis encore en nage et puante !

Je coupe la communication.

Sur Beach Road, j'aperçois sur le bas-côté le panneau WELCOME TO FOX HILL, avec son thème marin, juché sur d'anciens piliers de ponton. Je commence à me détendre. Maintenant que mon taux d'adrénaline redescend et que la maison est en vue, la fatigue me tombe dessus. Enfin, pas tout à fait en vue, mais je perçois son attraction. Notre quartier à l'est de la péninsule date des années 1800, un endroit pittoresque et préservé. Certaines choses paraissent immuables.

Une sorte de paix me gagne, comme chaque fois que j'emprunte ces rues étroites bordées d'arbres, avec ces maisons modestes où habitent des gens qui n'ont pas beaucoup, hormis leur dignité et le goût du travail bien fait. J'ai l'impression que rien ne peut être vraiment grave quand j'entre dans cette anse où j'ai grandi et où je vis à nouveau, avec la famille et « ses pièces rapportées », comme dit ma mère.

Sauf qu'il y a cette prétendue lettre d'adieu, dont les mots flottent devant mes yeux telle une image fantôme sur une télévision :

Dites à ma sœur qu'elle ne me manquera pas, et qu'elle a raison à mon sujet, depuis le début…

Je ne veux pas y penser, mais c'est plus fort que moi. Je sais très bien pourquoi cette phrase me tourmente. Elle me rappelle ce que m'a dit Dick sur ma jumelle toute-puissante. Cela fait longtemps que je n'ai pas ressenti ça.

Concentre-toi !

Peu importe ce qui se trame. Je dois faire passer ça au second plan, même s'il s'agit de ma sœur. Dick ignore où se trouve Carmé ! Au point qu'il se demande si elle n'est pas ici à Hampton. Si ni lui ni moi ne savons où elle est, alors personne ne peut le savoir. Ma sœur pilote de combat peut être n'importe où.

Je me demande si mes parents ont des infos. En particulier mon père. Je vérifie à nouveau l'heure en déverrouillant mon téléphone. Sont-ils au courant que je passe en coup de vent ? Je n'ai pas eu l'occasion de les prévenir. Peut-être que Fran l'a fait ?

— C'est moi, dis-je dès que ma mère décroche le téléphone de notre ligne fixe.

Le numéro n'a pas changé depuis mon enfance.

— Coucou, chérie. C'est drôle que tu appelles.

— Pourquoi donc ? réponds-je dans le micro du kit main libre.

— Parce que j'allais justement le faire. J'avais déjà la main sur le téléphone !

Ce genre de choses nous arrive souvent. Avoir la même idée au même moment.

— Je rentre, dis-je. Je suis au niveau de l'église méthodiste. Il fait tout noir et il n'y a pas une voiture sur le parking.

Mais la scène de la Nativité est illuminée. Ils ont dû la monter cet après-midi. Les trois rois ont été renversés par le vent, un berger a perdu sa houlette, et l'un des moutons de plastique a basculé sur le dos, les quatre pattes en l'air. Par chance, Marie et Joseph sont indemnes, et l'enfant Jésus repose paisiblement dans sa mangeoire, même si toute la paille s'est envolée.

— Je me trompe où ils ont installé les décorations de Noël plus tôt ?

— Tu dis ça chaque année ! Et si tu veux tout savoir, les pompiers bénévoles étaient là tout à l'heure avec leurs beignets aux pommes. Avant qu'ils ne lèvent le camp à cause du mauvais temps. J'avoue que j'ai fait une petite halte à leur stand.

— Tu n'as pas osé ?

— Ils étaient tout chauds et sortaient des friteuses ! (Je la comprends, ces gars sont de vrais cordons-bleus.) Ils étaient encore meilleurs cette fois. Je ne sais pas comment ils peuvent faire mieux chaque année, déclare-t-elle la bouche pleine. Un délice ! Ils fondent littéralement dans la bouche !

— Et tu fais saliver la mienne !

Je me lamente parce que je suis en manque de calories. Je n'ai rien avalé depuis ce matin, quand j'ai pris un scone œuf-viande au Bojangle en sortant de la salle de gym.

— Je t'en ai mis six de côté. Avec ton nom de dessus.

— Arrière, Satan !

Je fais déjà le calcul, même si mon ventre crie famine.

Six beignets × environ 100 calories = une demi-heure de jogging pour éliminer ça !

00 : 00 : 00 : 00 : 0

Dans la brume, je distingue à peine l'enseigne du 7-Eleven au loin. Pour l'instant, c'est le seul magasin ouvert que j'ai vu. J'avance à une lenteur d'escargot, à cause de la portée de mes phares désormais limitée. À plusieurs reprises, je sens mes roues glisser sur une plaque de verglas.

Les lumières vertes et rouges de la boutique percent la nuit. De notre temps, c'était un Zoom, une supérette en briques blanches où Carmé et moi venions tous les samedis – notre rituel familial – pour déjeuner en compagnie des pêcheurs qui se retrouvaient là-bas. Ils servaient des hamburgers et des pizzas. Rien n'était plus revigorant après de longues heures passées sur leurs chalutiers ou leurs crabiers. Et quand je nous revois ma sœur et moi à cette époque, je ne suis pas surprise qu'elle ait eu des problèmes.

Les enfants comprennent la douleur, mais ne mesurent pas les dégâts à long terme. Et mes parents n'ont jamais parlé devant nous des conséquences de ce jour où nous sommes rentrées séparément de la piscine. Je ne concevais pas qu'une personne censée être ma copie conforme puisse avoir des séquelles d'un traumatisme. Mais Carmé n'a jamais été mon double. Elle ne l'était qu'en apparence. Comme on dit, on ne peut juger un livre à sa couverture.

Carmé et moi semblions identiques, mais en réalité nous ne pouvions être plus différentes. Jusqu'au printemps dernier, je la plaçais tout en bas de l'échelle de l'émotion et de la subjectivité, ce qui est sans doute une bonne chose quand on pilote un hélicoptère bardé de missiles et de mitrailleuses Gatling. Dans le monde de Carmé, il n'y a pas de place pour l'erreur. Dans le mien, où l'on analyse les risques et menaces liés au facteur humain dans le domaine de l'aviation, elle fait partie de l'équation.

Ce n'est donc pas une surprise si, pour notre première année à l'université Rice, elle a choisi algorithmes et systèmes d'information avec options science militaire, programmation, cybercrime et autres armes pour combattre le feu par le feu. Alors que de mon côté je me suis orientée vers l'ingénierie aérospatiale et la mécanique quantique, avec des détours exploratoires vers des exoplanètes telles que la littérature, la musique, la religion, la justice pénale et la philosophie.

À cela se sont ajoutés de longs séjours au département sécurité informatique, où j'ai arpenté les égouts du cybermonde, appris à traquer les pirates et à déjouer leurs attaques, tel un « Spider-Man 2.0 surgissant de la toile des nouvelles technologies, armé de ses lignes de codes », pour reprendre les mots de Carmé. Sauf que je n'ai rien d'un super-héros. Rien du tout.

Je suis plutôt une guérisseuse discrète, qui porte une attention obsessionnelle à la façon dont les choses fonctionnent ou dysfonctionnent, qui se demande sans cesse qui nous sommes et le sens de tout cela. J'ai plus de QE que de QI, il faut croire ! Une émotionnelle, donc. Timide. Mal à l'aise dans la foule. Inquiète. Il y a trop de choses dans ma tête. À l'inverse de Carmé qui évite les contacts humains. Qui n'a guère de compassion. Qui ne supporte pas les refus. Qui ne doute pas. Ni n'abandonne.

Je connais bien ma sœur. Et avec ce que m'a révélé Dick, je pourrais presque relier tous les points du dessin pour décrypter son récent comportement. *Presque,* bien sûr. Autrement dit : *peut-être, voire pas du tout*. Il n'y a pas si longtemps, Carmé se tenait. Elle allait bien, elle était plutôt gentille, calme et pas violente. Comment les choses ont-elles pu se dégrader aussi vite ? Que s'est-il passé ? Et mon inquiétude vibre en moi, comme ces harmoniques que la radio de Fran a réveillées tout à l'heure sur mon écran.

— Pas de soucis ? s'enquiert ma mère. À part le stress et la fatigue habituels ?

Sa voix est si apaisante. Ça me rappelle quand nous allions au Zoom à midi tapant, quel que soit le temps ou l'époque de l'année.

Hormis une grosse tempête arctique, rien n'empêcherait les habitants de sortir. Je nous revois tous les trois, papa, Carmé et moi, assis sur les bancs de bois aussi durs que ceux d'une église, nos sandwichs à la main, en parlant des « bubbas » – on appelait tout le monde par ce petit sobriquet typique du Sud, y compris nous-mêmes. En particulier Carmé : « Ce bubba a fait ci, ce bubba a fait ça et les bubbas du coin font ça… » Elle n'arrêtait pas.

Elle continuait jusqu'à ce que je n'en puisse plus. Je riais si fort que j'en avais mal au ventre. Une fois, j'ai failli m'étouffer avec mon sandwich, presque au point qu'on doive me faire une manœuvre de Heimlich. Le pire, c'était quand on commençait à prendre l'accent du Sud et à manger toutes les voyelles. C'était irrésistible. Je n'ai jamais nié avoir un petit côté péquenot moi-même. Peut-être même plus qu'un *petit* côté.

— Tu dois avoir très faim, s'inquiète maman comme si j'avais dix ans. Et je ne te poserai pas de questions sur Fort Monroe, promis. Rien de plus que ce qu'ils disent aux infos.

Une remarque qui date de mes années de stage à la police. Mes parents ont de tout temps su où était la limite. Bien sûr, pas Carmé. Il faut toujours qu'elle sache tout, que ce soit ses affaires ou non, et même si je mets mon veto. Rien ne l'arrête. Qu'il s'agisse d'arracher des détails intimes ou de deviner un mot de passe.

— Il paraît que c'est un suicide ? poursuit ma mère. Ce n'est jamais le bon moment, mais se tuer juste avant les fêtes ? Seigneur ! soupire-t-elle. Je déteste les histoires tristes.

Je perçois son affliction, comme un signal de détresse au loin.

C'est à cette époque de l'année qu'elle a appris son cancer et que j'ai quitté l'armée de l'air, abandonné Dick et mon poste dans le Colorado, et que je suis rentrée à la maison pour l'aider à vivre ou à mourir – l'un ou l'autre. Pendant un temps, ce fut un cinquante/cinquante. Elle était à la fois vivante et morte, tel un paradoxe quantique. Les deux étant vrais simultanément. Jusqu'à ce qu'un état l'emporte.

— Je vais bien, et oui, c'est une histoire triste mais, comme tu le sais, les choses ne sont pas forcément ce qu'elles paraissent être. (Je songe au cadavre de Vera Young suspendu à la porte de son placard, comme une œuvre d'art morbide.) Par exemple, j'ai beau travailler à la NASA, je resterai toujours une péquenaude.

— Bien sûr, ma chérie.

— C'est la vérité, m'man. Si tu me voyais… je suis au volant d'un gros pick-up et j'ai pris une douche avec mon pistolet à la ceinture ! (J'essaie tant bien que mal de la faire sourire.) Pour garder son flingue sous la douche, il faut être une plouc pur jus, non ?

— Je ne sais pas quoi te répondre, ni pourquoi tu as fait une chose pareille.

Maman sait très bien se servir d'un pistolet mais n'aime guère les armes à feu.

Ma remarque ne l'a pas fait rire. Aucun trace d'amusement dans sa voix. Et ce n'est pas à cause de cette histoire de suicide aux infos. D'ailleurs, je ne crois pas qu'elle ait très envie d'en parler. Ma mère est une force de la nature, à la fois téméraire et sensible à son environnement. Nous évoquons rarement mon travail à la police, la cybercriminalité, la politique ou autres sujets déprimants. Ce qui la tracasse en ce moment n'a rien à voir avec ça.

Comme elle le dit souvent : le mot le plus fort, c'est celui qui n'a pas été prononcé. Et il y a quelque chose qu'elle ne formule pas. Je le sens parce que je la connais. Peut-être mieux que personne.

— J'imagine que porter une arme sous la douche est utile si tu es dans *Psychose* et que tu as peur qu'on te fasse la peau quand tu es toute nue, occupée à te laver tranquillement…

— Je n'étais pas nue et ce n'était pas ce genre de douche. Plutôt une eau glacée comme les chutes du Niagara, et je portais une combinaison. C'est la procédure de décontamination avant de quitter une scène de crime.

— Et la meilleure façon d'attraper une pneumonie par un temps pareil !

— C'est juste les vêtements que j'ai dessous qui sont trempés, et c'est surtout à cause de la sueur. Je ne me sens pas malade, mais poisseuse. Bref, ça a été une longue journée et je suis désolée de rentrer si tard. Je n'aurai peut-être pas le temps de passer à la maison avant de repartir à Langley. Il y a une EVA prévue, et je dois être dans la salle de contrôle dans deux heures.

— À Chase Place, c'est toujours ouvert. Je garde le dîner au chaud, de toute façon… Au fait, il paraît que Dick est en ville ? ajoute-t-elle à brûle-pourpoint.

25

Je n'ai jamais informé mes parents de sa présence ici !

Hier soir encore, j'ignorais qu'il allait venir à Langley et mes instructions étaient très claires : n'en parler à personne. Cela incluait *de facto* ma famille. Les informations sensibles et classées secret-défense ne concernent pas les proches. Et je suis habituée à dîner avec eux sans jamais rien divulguer.

— Où as-tu entendu ça ? dis-je tout en surveillant les plaques de glace sur le bitume.

Je ne veux pas évoquer la visite de Dick au LaRC. Ni que je l'ai raccompagné en voiture jusqu'à la base. Et encore moins révéler ce qu'il m'a raconté sur Carmé. Cela ne ferait qu'inquiéter maman.

— Sur *L'info de Mason Dixon,* me répond la voix de ma mère, qui résonne fort et clair dans l'habitacle. Il a parlé de Dick…

— Cette espèce de c…

Le juron manque de m'échapper.

Bien sûr, je ne parle pas de Dick. Mais de Mason et de sa maudite émission. « *L'intox* » de Mason Dixon !

comme on la surnomme. Je sais que maman regarde Mason en streaming et quand je dis *regarder* c'est précisément ça. Je déteste la voir ainsi, tout admirative et émoustillée devant une célébrité locale parce qu'il a l'âge de ses deux filles célibataires.

— Qu'est-ce qu'il a dit ?

Je m'efforce de garder un ton détaché alors que je m'approche du 7-Eleven qui brille comme un phare dans la nuit.

— Que c'est un *mystère.* Mason a dû le répéter au moins dix fois. Il a appris que le commandant de la Space Force a fait une visite surprise à Langley. Et après, il y est allé de ses supputations quant aux raisons de sa présence à la NASA.

— Ah oui ? (Surtout ne rien montrer.) Et comment Mason est-il au courant ? Ça ne vient pas de moi. Ni de personne de mon entourage. La visite de Dick était confidentielle. Et je n'en ai été informée qu'à la dernière minute.

— Intéressant. Je pensais que c'était toi qui le lui avais dit, s'étonne ma mère. Que Mason était venu te trouver. Et j'allais te demander comment il est en vrai. Pas trop imbu de sa personne, j'espère…

— Il m'a laissé un message. Je ne l'ai pas rappelé. Il a sans doute eu l'info par son oncle. Le gouverneur devait savoir que Dick allait passer. C'est la seule explication possible. (Puis je change de sujet :) Et papa ? qu'est-ce qu'il fait ?

— Il n'est pas à la maison.

Je marque un temps d'arrêt. Ça ne lui ressemble pas. Être dehors, en particulier à cette heure.

— Il est encore au travail ?

Une de mes roues rencontre une plaque de verglas. L'arrière fait une petite embardée.

— Non. Il est rentré, puis il est reparti.

Mon père n'est pas agoraphobe. Et il serait facile de prendre son introversion pour de la misanthropie. Mais c'est plus compliqué que cela. C'est un être complexe. Ce n'est pas vraiment une surprise, mais d'un coup cela me saisit : Fran et papa sont devenus si semblables. Ou, plus précisément, c'est *elle* qui est devenue comme lui, maintenant que ses phobies ont percé ses murailles.

— Oh non…

Ces mots m'échappent. Malheureusement, elle les a entendus.

— Qu'est-ce qu'il y a, Calli ?

— Rien. Je réfléchissais.

— C'est ce que tu fais toujours.

— C'était juste un petit eurêka. Tu sais, quand d'un coup tu comprends pourquoi les gens t'énervent, ou quelle personne ils te rappellent. Et Fran a été particulièrement pénible aujourd'hui, elle m'a rendue folle, et ça a commencé lorsqu'on a dû aller vérifier une alarme dans un tunnel.

— Oh, là là. Fran et les tunnels… Et comment elle s'en est sortie ?

— Comme on pouvait s'y attendre. Ce que je peux être lente d'esprit parfois !

Si les phobies de Fran m'agacent autant c'est parce qu'elle me rappelle ce que j'ai vécu à la maison !

À cause de mon père, si timide, si inquiet de tout. Je lui en veux encore de ne pas avoir été à la hauteur, d’avoir laissé quelqu’un d’autre gérer la situation à sa place – en l’occurrence Dick Melville, un ancien camarade du temps où ils étaient ensemble à l’Air Force Academy. Avant que papa ne démissionne, pour les mêmes raisons que moi : une urgence familiale. Son père avait été tué dans un accident de voiture. Et il n’y avait plus personne pour s’occuper de sa mère.

Comme moi, il est rentré à la maison puis est parti travailler à la NASA. Mais, contrairement à lui, je ne laisse pas les gens tomber.

— Où il est allé ? dis-je, revenant au sujet, alors qu’un type barbu sort du 7-Eleven.

— Aucune idée. Tout ce que je sais, c’est qu’il s’est passé quelque chose.

— À cause du shutdown ?

Mon père peut être un peu bizarre parfois, mais ce n’est pas le genre à s’enfermer dans son bureau pour terminer en hâte un dossier avant que le bâtiment ferme.

— Je suppose que tout est lié, commente ma mère.

Le barbu est grand et costaud. Ça se remarque malgré ses amples vêtements. Il tient à la main un gobelet de café et se dirige vers les pompes à essence, où est garé son Ford F-150 noir. J’aperçois une femme avec de longs cheveux sur le siège passager. Le type est un hybride d’un bûcheron des Appalaches et de ZZ Top. Il n’y a pas d’autres clients. Et ce n’est pas par hasard s’il a attiré mon attention.

— Il compte rester dehors toute la nuit ? reprends-je tout en observant le pick-up avec ses antennes, sa benne couverte et son dôme noir, typique d'un brouilleur de fréquences.

Et il y a ce sac sur son épaule… la façon dont le gars est habillé… Pas de gants, son manteau ouvert, rien n'est boutonné, malgré ce froid. Et je vois bien qu'il manipule ce sac avec précaution. Il évite de le secouer. Et d'abord, pourquoi ce sac ?

Pour payer l'essence, il n'a nul besoin d'emporter ce paquetage dans la boutique. Il lui suffisait de prendre du liquide ou son portefeuille. C'est comme s'il y avait quelque chose de précieux à l'intérieur. Il aurait pu le laisser dans la cabine, avec cette femme – son épouse ? sa petite amie ?

Mais j'ai déjà les réponses à toutes ces questions. Je devine ce qu'il y a dans ce sac. J'en mettrais ma main à couper. Des baguettes magiques, des bâtons de sourcier, pour sonder son environnement. Et il doit avoir sur lui d'autres appareils, des récepteurs, des transmetteurs, et sans doute des armes. Un attirail que des gens comme nous ne laissent jamais traîner.

— Je ne sais pas ce qu'il a prévu, me répond ma mère tandis que le barbu contemple mon Silverado estampillé NASA.

Et son regard est bien trop insistant.

Je ne sais pas ce que fait le Secret Service ici, à l'approche d'une tempête arctique qui va rendre l'endroit aussi inhabitable que l'espace intersidéral. Une chose est sûre : c'est la deuxième fois que je repère ces agents dans des véhicules banalisés durant ces dernières heures. Pourquoi sont-ils là ? Cela ne pique pas ma curiosité, c'est un véritable électrochoc !

Je ne dis pas que la présence de cet agent déguisé en bubba dans mon coin de banlieue ait un lien avec la visite de Dick à Hampton. Mais c'est quand même très troublant. Et je ne peux m'empêcher de penser à ce que Dick m'a dit sur Carmé.

00 : 00 : 00 : 00 : 0

Il y a bien des choses que je ne veux pas en ce moment, et être surveillée en est une – ça figure quasiment en tête de ma liste !

J'observe le pick-up noir dans mon rétroviseur jusqu'à ce qu'il disparaisse de ma vue. Ce type est sorti de la supérette juste au moment où je passais, à la manière d'un bras robotique attendant qu'une capsule de ravitaillement arrive à sa portée. Un tel croisement d'orbites n'a rien de miraculeux. C'est juste une question de calcul. De la simple géométrie, de la triangulation. Il m'a vue approcher, ou, plus vraisemblablement, ses antennes divinatrices m'ont repérée. Et avec cet équipement il sillonne la nuit, va à la pêche et voit ce qui mord.

Je commence à me dire que ce n'est pas moi qui suis tombée sur eux. Mais l'inverse. C'était prémédité de leur part. Parce qu'ils savent très bien se rendre invisibles s'ils le veulent.

D'autant plus en ces circonstances, sachant à qui ils ont affaire. Je ne suis pas née de la dernière pluie, et eux non plus. Je figure sur le fichier de l'Electronic

Crimes Task Force (ECTF), et pas au fond du tableau ! C'est la raison pour laquelle le Secret Service m'a proposé de collaborer avec eux. En ma qualité d'enquêtrice en cybercriminalité, je suis au courant de beaucoup de leurs enquêtes.

Par conséquent, si on me surveille – pour quelque raison que ce soit –, ces agents ont été avertis que je suis plutôt aux aguets quand il s'agit d'antennes, de brouilleurs et autres instruments du même acabit. Je crois que je les connais tous. Alors un barbu avec un sac à dos, qui traîne aux pompes à essence, ne risque pas de me duper. Mieux même, il voulait se faire remarquer. D'où l'insistance avec laquelle il a regardé mon véhicule de police.

Mais le plus urgent en ce moment, alors que je baigne dans ma sueur, ce sont des questions beaucoup plus terre à terre. Son café fumant est un supplice de Tantale. J'en aurais bien besoin, ainsi qu'un arrêt aux stands. Je suis affamée, épuisée, à deux doigts de la déshydratation, et je n'ai pas pu aller aux toilettes depuis que j'ai quitté le PC pour emmener Dick à la base, voilà des heures !

Il n'y avait pas de toilettes dans le camion Hazmat, et cela n'avait rien d'agréable d'avoir la vessie pleine quand je me suis retrouvée sous un jet d'eau glacée, puissant comme une lance d'incendie, et devoir me frotter de la tête aux pieds avec du détergent et une brosse en chiendent. Surtout tout habillée, avec vêtements de ville, combinaison, gilet pare-balles, ceinturon et Glock dans l'étui, chargé, avec une balle dans la chambre…

En particulier devant les collègues.

Et devant les caméras de télé qui n'en perdaient pas une miette.

— Depuis quand papa décide-t-il brusquement de repartir au travail, shutdown ou pas ? (Ça ne lui ressemble tellement pas.) Quand je lui ai parlé plus tôt dans la journée, j'ai eu l'impression que tout était sous contrôle. Ce n'est pas le premier shutdown qu'on subit. Il y a un problème ?

— On était dans la cuisine quand son téléphone a sonné, explique ma mère. (Je monte le son, pour entendre toutes les nuances de sa voix, même les involontaires.) Il n'a pas dit quel était le souci. Juste qu'il devait partir. Il n'a pas terminé son dîner, il a pris quelques affaires et son manteau. Et on est passé le chercher.

— Le chercher ? Ça sent le problème à plein nez. Le problème *urgent*, tu ne crois pas ?

— Je l'ai trouvé soucieux, oui. C'était si soudain. Et pour être honnête, il n'avait pas l'air très content. En même temps, retourner au bureau en pleine nuit par un froid de canard n'a rien de joyeux. Je ne sais pas quand il va rentrer.

— S'il y a une urgence, c'est bizarre que je ne sois pas au courant. Tu sais qui l'a appelé ?

Je ne peux m'empêcher de penser à Dick, et à nos « téléphones d'espions » faits avec deux boîtes de conserve.

Nous sommes reliés aussi par un fil, mais celui-ci n'est pas visible, et cette fois ça n'a rien d'un jeu anodin. C'est l'impression que j'ai depuis qu'on s'est assis côte à côte dans cette même voiture. Dick n'est pas là. Mais je sens sa présence. Je ne peux couper la connexion, comme s'il m'avait prise dans son rayon tracteur à la *Star Wars*.

Carmé ! Qu'est-ce que tu as fait ?

— Je ne sais pas ce qui s'est passé, me répond maman.

Et je n'aime pas la façon dont elle me dit ça.

— Ce qui *s'est passé* ?

Parce que cela a déjà eu lieu ?

— Je crois qu'ils doivent d'abord aller à Langley. Ils ont parlé du hangar. Puis peut-être à Wallops. C'est ce que j'ai cru comprendre. (Un petit silence tombe sur l'habitacle.) Sans doute à cause du lancement en cours. Notre instrument d'observation a été envoyé de Cap Canaveral l'autre semaine.

— Le LEAR. Je sais que tu t'es beaucoup investie sur ce programme pour que des enfants parviennent à construire un truc pareil. Je sais combien tu es fière d'eux.

Et la culpabilité me serre la gorge.

Ma mère, enseignante formatrice à la NASA, ne sait pas que le LEAR est un leurre.

— Je suis tellement contente ! Une expérience scientifique construite par des élèves du fin fond de l'Iowa ! (Elle ne peut s'empêcher de préciser ce détail géographique.) Gagner le grand concours de la recherche de la NASA. C'est d'autant plus étonnant que ce sont des élèves du lycée de Mount Ayr, là où Peggy Whitson justement a fait ses études. La première femme commandante de l'ISS. Qui détient aussi le record féminin du plus long séjour dans l'espace. Presque deux ans !

— Elle pourrait prendre les commandes de l'*Enterprise* et avoir le premier astro-passeport de l'histoire. C'est dire si je la tiens en haute estime.

Je me sens de plus en plus mal.

— Tu imagines ces gosses de l'Iowa dans la salle de contrôle de Wallops. Ils vont être si heureux. Voir leur LEAR en temps réel installé dans l'espace.

— Oui, c'est un rêve.

Et je mesure toute l'ambiguïté de cette phrase.

— Je suis si contente. Puisqu'ils se sont servis de mes supports de cours. J'ai hâte de voir la tête de ces gamins quand leur bébé va être mis en place par nos astronautes.

S'ils savaient la vérité… Leur appareil, de la taille d'une machine à laver, fera effectivement des mesures de l'atmosphère terrestre, mais plus tard. Pas cette fois. Élèves, enseignants, le public, personne n'en saura rien. Et je n'aime pas mentir, que ce soit à des enfants ou à ma mère. Même si je ne le fais pas par choix, c'est bien trop fréquent.

Bien sûr, ma mère comprendrait la nécessité de ces tours de passe-passe, parce qu'il nous faut garder secrètes certaines choses, les cacher à des nations ou des organisations trop curieuses. Ma mère, pur produit de la NASA, accepterait ce subterfuge. Mais je ne peux lui confier que le Low Earth Atmospheric Reader n'a pas été envoyé il y a deux semaines. C'est autre chose qui a été livré à la station spatiale internationale – et non, ce n'est pas un simple appareil scientifique destiné à mesurer la couche d'ozone, le réchauffement climatique, ou à dévier des débris spatiaux se déplaçant dix fois plus vite qu'une balle de fusil.

Ma mère n'a aucune idée de ce qui va être activé dans trois heures au cours d'une sortie extravéhiculaire complexe et risquée. Il faudrait qu'elle couche avec la communauté entière des renseignements pour savoir qu'il s'agit en fait d'une machine quantique, un futur nœud de réseau. Et que, dans un exploit à la fois technique et humain, deux astronautes américains en poste à l'ISS vont la boulonner à la poutre extérieure, où elle se retrouvera dans le vide et à une température proche du zéro absolu, qui sont les conditions optimales de fonctionnement de l'informatique quantique.

Dans le froid et le silence de la grande chambre noire de l'espace. Tout près des seize modules de la station qui accueillent des astronautes et des cosmonautes de nations rivales, même si nous essayons de collaborer là-haut et de laisser sur terre nos différends politiques et économiques. Maman ne saura pas, et peut-être mon père non plus, qu'une fois ce relais installé, la NASA aura posé la première brique d'un réseau quantique.

Ce sera un pas de plus vers la création d'un Internet quantique. Et en ce domaine, c'est le plus rapide, le plus futé qui empochera le jackpot. Qui maîtrisera le quantum sera le maître de cette planète et au-delà.

— … c'est fou ce que des jeunes parviennent à réaliser de nos jours, poursuit ma mère. Et les voir se soucier ainsi de l'état de notre vaisseau mère et du réchauffement climatique. Pour sauver nos terres, nos forêts, nos côtes et les ours polaires…

— Oui, c'est extraordinaire.

Je regrette tant de lui faire croire à ce chemin de roses. De la tromper, elle comme les autres.

— Tu imagines ça ? Ton professeur te met au défi de construire un détecteur d'ozone et abracadabra ! Tu le fais, et il est envoyé dans l'espace ! Tout est possible aujourd'hui.

Oui. *Tout est possible*… Et c'est peut-être le mal du siècle.

26

— Oui, c'est magnifique ! réponds-je sans lui montrer mon inquiétude pour cette sortie dans l'espace, pour le lancement à Wallops. (En fait tout m'inquiète !) Oui, on envoie une fusée de ravitaillement à l'ISS, en plus d'organiser cette EVA. Les ordis vont tourner à plein régime ! C'est sans doute pour ça qu'ils ont appelé papa en renfort.

Ce n'est pas vrai non plus. Je ne pense pas que cela ait un rapport. C'est Dick qui est à la manœuvre en coulisses. Je me demande qui est passé prendre mon père. Et qui il va rencontrer. Ça a sans doute un lien avec ma sœur portée disparue. C'est la seule explication possible.

À en croire Dick, Carmé est totalement sortie des radars. Et, pour reprendre son image, c'est la pire des situations : la perte de contrôle. La perte de signal. À cela s'ajoutent la disparition d'un ingénieur de Pandora et le suicide, plus que suspect, d'une autre employée de cette même entreprise. Si ma sœur est peu ou prou impliquée, que s'est-il passé ? Est-elle devenue une arme qui aurait été reprogrammée ? Auquel cas, contre qui va-t-elle se retourner ?

— Brrr ! Je n'aime pas savoir papa à Wallops par un temps pareil. (Cette fois je suis sincère.) C'est vraiment traître la nuit. Une toute petite route de campagne. J'espère qu'ils ne l'emmènent pas là-bas.

— C'est toujours la même chose. C'est quand la situation se complique et que tout le monde se terre chez soi, que les ennuis commencent. Et tu as raison. Dehors par ce temps ! Pauvre George. Je suis contente qu'il ne conduise pas.

— Qui est passé le prendre ?

— Il ne l'a pas dit. Et je n'ai posé aucune question.

Je ne sais pas si je peux la croire.

— Tu as peut-être vu quel type de véhicule c'était ?

— Un SUV. Un gros. Je l'ai vu quand George est sorti. Mais je ne sais pas qui était au volant. Tu sais comme il fait sombre dans la rue, même avec toutes mes lumières. Bref. Je ne suis pas sortie et je n'en sais pas plus.

— Il va sans doute dormir à l'ancienne base de la marine.

J'ai déjà passé pas mal de nuits dans le dortoir de ce bunker qui date de la Seconde Guerre mondiale. Un lit simple, avec un coin toilettes et pas grand-chose à manger.

— C'est plutôt spartiate mais l'endroit est sûr. Et apparemment on ne devrait pas se prendre la tempête de plein fouet. Le plus gros va passer à côté.

— En fait, personne n'en sait rien. On ne connaît le temps qu'il va faire que lorsque qu'on est dessous, réponds-je. Mais c'est tant mieux si le lancement reste programmé. Et plus le décompte avance, plus il y a de chances qu'il aille au bout. La mise à feu est dans quelques heures seulement.

— À ce qu'on m'a dit, la capsule cargo apporte des cadeaux de Noël à la station, pas seulement pour nos astronautes, mais pour toute l'équipe de l'ISS. Ce serait dommage si, au lieu de Santa Claus, c'était le Grinch qui pointait son nez.

— Papa n'a donné aucune info sur l'endroit où il va ? Pourquoi on l'appelle en pleine nuit, lui un aérodynamicien ? D'accord, tout le monde ne peut pas faire ce travail. Mais pourquoi papa ? Pourquoi pas quelqu'un d'autre ?

Elle se pose la même question. Elle ne sait pas ce qui peut être aussi urgent. C'est bizarre. Si quelque chose s'est mal passé, pourquoi ne suis-je pas au courant ? Et Fran, sait-elle quelque chose ? Je n'ai pas grande confiance dans la version de ma mère. Et elle n'arrête pas de me demander où je suis – comme si elle avait hâte que j'arrive à la maison. Je lui annonce que je passe devant l'ancien cimetière.

Je me rapproche de l'école élémentaire Francis Asbury, où Carmé et moi avons été scolarisées jusqu'au CM2. Pour être tout à fait précise, nous avons sauté le CP et le CM2, nous y sommes donc restées trois ans avant d'aller sauter d'autres classes au collège, puis au lycée Phoebus, dont nous sommes sorties à quinze ans. Notre formation préuniversitaire s'est faite dans le public, à vitesse grand V. Et j'ai un petit coup de nostalgie en passant devant notre ancienne école toute en briques rouges, avec son allée circulaire et ses chênes vénérables couverts de guirlandes.

Les gens du coin commencent à accrocher les décorations de Noël très tôt, souvent dès Halloween (ma mère) ou le lendemain de Thanksgiving (la majorité). Les boîtes aux lettres, les cheminées, les auvents, les rives de toits et les gouttières sont garnis de festons lumineux de toutes les couleurs. Des pères Noël en plastique vacillent sous les bourrasques, comme si le vieux saint Nicolas avait un fou rire. Peut-être est-ce le cas ? Mais la cocasserie du moment m'échappe pour l'instant.

En particulier quand un employé de Pandora a disparu et est présumé assassiné, et qu'un autre a vraisemblablement été tué. Un meurtre maquillé grossièrement en suicide. Et puis cette mise en scène sabotée, avec précision et minutie, pour être certain que je remarque la supercherie. Que je ne laisse pas filer le meurtrier. Et peut-être aussi pour me mettre en garde. Chaque fois que je repense à ce dispositif de pendaison, tous mes sens sont en alerte, parce que cela me rappelle un signal de télécommunication rebondissant sur un satellite.

Voilà la théorie étrange qui se met peu à peu en place dans mon esprit. Une théorie où ma sœur serait impliquée dans l'un au moins de ces événements, serait devenue une sorte de tueuse incontrôlable, tel un drone fou transportant une tête nucléaire. Alors qu'en fait je ne sais même pas si elle a blessé qui que ce soit.

Ni même si elle en avait l'intention.

Il n'y a aucune preuve. Du moins, pas à ma connaissance. En revanche, il est possible que ma tête brûlée de sœur soit quand même mêlée à cette affaire. D'autant qu'elle est introuvable. Même Dick ignore où elle est. Durant ces dernières heures, je vis dans un monde parallèle.

Je passe mon temps à surveiller mon téléphone, dans l'espoir qu'arrive un e-mail, un SMS de sa part, et en même temps je le redoute parce que c'est moins douloureux de ne rien savoir. Et moins terrifiant. Comme si je pouvais changer mes sentiments à son égard en appuyant sur un bouton ! Sur commande ! Si c'était aussi simple… C'est ce que Dick ne comprend pas avec la loyauté.

Il ne peut me demander de choisir. Il n'en a pas le droit. C'est à moi de décider comment gérer ma sœur lorsque viendra le moment.

00 : 00 : 00 : 00 : 0

— Qu'est-ce qui t'est arrivé ? me demande-t-il quelques heures plus tard.

La honte m'enflamme les joues alors qu'il nous sert un verre.

— Merci, mais je ne devrais pas boire. J'ai fait assez de bêtises pour la journée.

L'odeur mêlée du bourbon et de ma blessure me chatouille les narines quand je m'assois à la table de la cuisine, en gardant ma main bandée sur mes genoux, hors de vue.

L'odeur métallique du sang et des bandes adhésives...

— Ne sois pas trop dure avec toi-même, me lance Liz aux fourneaux. Cela peut arriver à tout le monde.

Elle désigne d'un mouvement de tête la télé accrochée au mur, où passe Kitchen Combat *– un épisode enregistré. « Texas Rangers contre Police militaire. » Au programme : cuisine tex-mex et margarita. C'est bizarre de voir Liz en deux endroits en même temps. Dans le passé, sur le plateau de son émission, et ici et maintenant, dans sa cuisine.*

Je bois un verre avec Dick après avoir manqué de perdre le bout d'un doigt. D'ailleurs, ce n'est pas encore gagné. Il faut attendre la cicatrisation.

— Les bagels n'étaient pas complètement décongelés et j'ai poussé trop fort sur le couteau. (À cette simple évocation, mon doigt se met à fourmiller.) Je voulais les couper en deux pour les faire griller.

— Ce n'est pas ce dont je parle, répond-il avec un point iridescent dans les yeux, tel un pixel mort et bleuté sur un écran.

Un puits gravitationnel. Ou le reflet d'une planète invisible. Il y a de l'agacement dans sa voix. Une première. Il est déçu. Finalement, il se rend compte que je ne suis pas de taille.

— La question c'est : pourquoi tout est toujours ta faute, Calli ?

Il se lève au moment où son épouse star de télé s'approche avec ses célèbres burritos aux poivrons.

— Ne sois pas aussi brutal, intervient Liz qui a toujours pris ma défense (même si je ne le mérite pas). Sois gentil, Dick.

— Il a raison et je suis désolée. (Je n'ose pas le regarder.) Je suis la seule responsable.

— C'est exactement le genre de stupidités que je ne veux plus entendre. (Avec sa fourchette, il attaque son burrito.) Si tu veux au final te rendre utile… c'est bien ça le plan, non ?

Je me sens clouée à une planche comme un papillon.

— Oui, général.

— Alors il faut que tu deviennes comme ta sœur.

Devant ces paroles, je suis incapable d'exprimer ce que je ressens.

— En certains domaines, je ne serai jamais aussi bonne que…

— Stop, Calli ! Cesse de te soucier autant des autres. Il faut que tu apprennes à lâcher prise ! Parfois, tu dois penser à toi. Point.

— Tu dis tout le temps que tu es désolée, me rappelle une fois de plus Liz.

Et pourtant si Carmé a cessé de s'inquiéter pour les autres, c'est à cause de moi. Parce que je n'ai pas veillé sur elle et quelque chose s'est cassé dans son processeur, ou s'est mis à dysfonctionner.

00 : 00 : 00 : 00 : 0

Je suis incapable de trahir Carmé, de rapporter ce qu'elle fait, ni à Dick ni à personne. C'est un véritable dilemme. Comment pourrais-je faire l'indic contre ma sœur jumelle ?

Obéir aux ordres ? J'aimerais tant. Et en même temps, je ne veux pas. Cette seule idée me révulse. Je ne sais pas ce que je vais faire. Comme en mécanique quantique, « les états sont superposés ». Avant ce soir, pousser ma sœur sous le bus, ou pas, ne suivait pas une loi de probabilité. C'était un choix.

… Il faut que je lui parle…

Les mots de Dick, quand il était assis à côté de moi dans le pick-up, alors qu'on était garés derrière Dodd Hall, me reviennent en mémoire.

Jusqu'à présent, je n'ai pas eu besoin de me soucier du comportement de Carmé. Jamais on n'a laissé entendre qu'elle ait pu commettre des actes répréhensibles. Je sais qu'elle peut faire bien des choses, y compris éliminer des sales types. Mais dans l'exercice de ses fonctions.

… Elle en est capable…

Sur ordre de sa hiérarchie. Elle avait donc le droit… Comment puis-je aborder ce sujet ? Avoir des doutes ? Allez vous faire voir ! Tous ! Je ne vais rien promettre du tout. Je lève mon pied de l'accélérateur pour m'engager dans notre allée commune d'un kilomètre de long. Un ruban noir menant à l'anse où mon père a grandi ; et son père et son grand-père avant lui. À l'époque où Lincoln a été assassiné, les Chase sont arrivés ici. Pour être libres, libres de vivre et de penser, convaincus que les gens étaient moins différents qu'ils ne le paraissaient.

Sauf que j'ai découvert que tout le monde n'était pas de cet avis. L'allée bordée d'arbres que je remonte lentement peut sembler paisible aujourd'hui, mais elle a été le théâtre d'une vendetta digne de *Hatfields & McCoys.* Carmé et moi n'avions pas encore fait notre entrée dans l'atmosphère terrestre quand a commencé l'invasion.

Mais on nous a raconté les hauts faits du clan qui a débarqué un jour à Hampton en provenance des terres yankee. En soi, je n'ai rien contre le Nord, mais je ne supporte pas les gens grossiers, rustres et belliqueux, d'où qu'ils viennent. Les « Néandertaliens », les « fous », les « platistes », j'ai plein de surnoms pour la tribu qui a envahi la petite anse des Chase et lancé une guerre des territoires – entre autres querelles dont certaines ont failli dégénérer.

Finalement, ma grand-mère paternelle a pris les choses en main (Judi, paix à ton âme !), ainsi que le font toujours les femmes dans ma famille. Elle est sortie la nuit pour planter une ligne de cornouillers roses et blancs au milieu de l'allée, un message codé explicite : rose, pour les femmes qui vous réduiront en charpie si vous nous cherchez des noises. Et blanc, pour délimiter le côté qui revenait à ces voisins indélicats et préserver la paix de ceux qui habitaient en face.

Au fil des années, la situation s'est apaisée et, Dieu merci, cette guérilla appartient désormais au passé. Il n'y a plus eu d'escarmouches. Plus d'agressions caractérisées. Fin de cette mini-guerre civile. Juste des gens vaquant à leurs affaires. Des gens au travail. Trop occupés par les réseaux sociaux, à s'abrutir devant

YouTube pour s'intéresser à ce qui se passe de l'autre côté de la rue. Je ne connais pas tous mes voisins, il y a eu trop de changements, et la plupart ne restent pas au bord de mer pendant la « basse saison », comme ils disent.

Pour certains, ici, ce n'est qu'un lieu de villégiature aux beaux jours ; le reste du temps ils habitent ailleurs, dans une grande ville comme Richmond ou Williamsburg. Et ils n'ont pas, tous les matins, cette vue à couper le souffle sur ce bout de terre unique où se sont installées la NASA, la marine, l'armée de l'air. Ici, le ballet des chasseurs, des drones de combat, des porte-avions et des sous-marins nucléaires fait partie du quotidien.

Je ne me vois pas vivre ailleurs. Mais cela dépend des goûts. Peu de gens ont conscience du spectacle qu'ils ont sous les yeux. Au moins, ils sont polis et amicaux quand nous nous croisons sur cette allée que mon père a baptisée « route de Penny » après avoir épousé ma mère.

C'est le nom de notre côté de la voie, peint sur un panneau en lettres blanches que mes phares éclairent au moment où je m'y engage et que les gravillons commencent à cliqueter sur le bas de caisse.

L'autre côté n'a plus de panneau. Mais quand il y en avait un, il indiquait « route des Autres », une proposition de maman. Je la revois devant la maison, nous poussant sur la balançoire, tandis qu'elle secouait la tête avec ce petit claquement de langue qu'elle a encore quand elle voit au JT trop de « méchancetés ».

Il n'y a rien qu'elle déteste plus que le racisme et les horreurs qui vont avec, et comme beaucoup d'autres personnes nous avons eu notre lot. Même si nous n'avions plus de voisins en guerre ouverte, certains continuaient le harcèlement. Ils jetaient des œufs sur nos voitures, ou du papier-toilette dans les arbres que décorait maman, roulaient sur nos parterres, trouvaient très drôle de ravager le jardin de papa avec du désherbant, d'empoisonner nos canards et nos oies (Carmé et moi, on leur avait tous donné un nom), de couler notre bateau ou de mettre un serpent dans la mangeoire des oiseaux.

Ce ne sont que quelques exemples. Et nous n'avons rien pu prouver. Même si nous savons très bien qui sont les auteurs. Comme je dis toujours, la bêtise est partout, et pas seulement du côté obscur de la route des Autres. Pour être membre de cette noble trinité – racisme, bigoterie et sectarisme –, il suffit d'avoir une propension à juger son prochain, à les juger sur tout : leur apparence, leur façon de marcher et de parler, s'ils vont à l'église, et laquelle, comment est leur maison, quels sont les gens qu'ils aiment et ceux qu'ils n'aiment pas.

Ensuite, la position dans l'ordre hiérarchique s'établit selon la vilénie des actions. Plus on désire s'élever, plus on doit s'enfoncer profond dans l'enfer qu'on se creuse. C'est ce qu'affirme maman. La bêtise à l'état pur, un grand gâchis. « Pourquoi prendre le chemin de la destruction alors que tous les hommes viennent de la même poussière d'étoiles, du premier jusqu'au dernier ? » Elle a écrit ces mots noir sur blanc, voilà des années, dans l'un de ses plans de cours édités par la NASA, le numéro 112 – le plus connu –, et qui s'appelle « Vivre au milieu des étoiles ». Son best-seller à ce jour dans le domaine des sciences, avec plus de cent mille téléchargements rien que pour l'année dernière !

Ce doit être un record, me dis-je en remontant l'allée qui longe notre anse. Une lueur bleu saphir au loin trahit la présence de maman. Une aura dans le ciel semblable à celle d'une nébuleuse ou des radiations Tcherenkov s'échappant du cœur d'un réacteur nucléaire. Cette pollution bleutée semble chasser le brouillard à mesure que j'approche de la maison.

— … Pendant un shutdown ? Je ne sais pas trop, chérie. Je n'arrive pas à me motiver comme avant, poursuit-elle en se plaignant de l'arrêt des activités gouvernementales. Ce n'est facile pour personne, quand on ne sait pas s'ils vont te couper les subventions. Encore une fois ! Ou si tu vas être de nouveau interdit d'accès à ton bureau et à ton ordinateur.

En vérité, maman a du mal à se motiver depuis qu'une échographie a révélé une masse sur sa rate. Lorsqu'on lui a diagnostiqué un lymphome non hodgkinien, la personne qui allait s'occuper d'elle était toute trouvée. Elle a toujours dit que j'étais son « ange gardien ».

— Au moins, tu peux travailler chez toi, lui réponds-je pendant que je me dirige lentement vers le halo azur.

Je me souviens de la blague idiote de ma sœur : *Ne t'approche pas de la lumière bleue, sinon tu vas te retrouver sur Pluton !*

— Comme tu le sais, on est censés ne pas travailler du tout, réplique ma mère, toujours institutrice dans l'âme, avec une pointe de froideur.

Elle considère qu'il faut toujours suivre les règles, même si l'on a les moyens de les contourner. Sinon, on aboutit chez le principal ! Elle a peut-être raison. Je ne sais pas. Ça dépend.

... Globalement, tu dirais que son comportement est devenu bizarre ?

Les paroles de Dick au sujet de Carmé me reviennent encore en mémoire.

— Je sais, je sais, m'man, mais tous ces gamins attendent avec impatience tes brochures... Pour eux, tu es comme le camion du marchand de glaces qui arrive avec sa cloche. Tu pousses les gens à se bouger.

— Si seulement c'était vrai !

— Ça l'est. (Et je n'invente rien.) Les élèves adorent tes planches et tes dessins. Sans compter les professeurs qui comptent sur ces supports de cours. Écoute-moi..., reprends-je en baissant la voix comme si on risquait de nous entendre. Tant que tu ne te sers pas d'un ordinateur de la NASA, personne ne va venir vérifier ce que tu fabriques dans ta cuisine alors que tu ne reçois plus de salaire.

Je sens une bouffée de colère monter en moi, mais je la réprime.

— Cela ne te ressemble pas. Depuis quand joues-tu les rebelles ?

— Seulement lorsque les lois sont stupides et mauvaises.

— Qu'est-ce qui te tracasse ?

— Tout, faut croire, dis-je en entrant au royaume de la fée électricité.

J'ai devant moi un croisement inattendu entre Orbit City et Christmas World. *Des lumières, des lumières partout, et zéro de QI !* pour citer ma sœur qui se moquait de la compulsion de notre mère qui pourtant, d'ordinaire, n'a rien d'une monomaniaque. Sauf à Noël ! Quand elle commence à accrocher ses guirlandes jusque sur le porche d'entrée. Une construction monumentale, sous laquelle je passe à l'instant – édifiée par mon arrière-grand-père, avec deux colonnes en granit et son chef-d'œuvre : une plaque de cuivre gravée *Chase Place*, couverte de vert-de-gris et piquetée d'impacts de chevrotines.

Mes pneus crissent sur le gravier tandis que je m'approche de notre maison blanche, notre havre dans son halo de lumière, baigné par mille feux de Saint-Elme courant sur notre toit de zinc, les chênes et les magnolias. Les petites ampoules de maman scintillent, enroulées avec une précision d'orfèvre aux branches, éclairent notre jardin topiaire hors norme, chaque arbuste taillé au millimètre, chaque buis et autres végétaux à feuilles persistantes métamorphosés en merveilles cosmiques.

Je suis environnée d'objets qui semblent sortir tout droit des dessins animés *Les Jetson* – des fusées et des soucoupes volantes, des capsules spatiales, des planètes habitées par des extraterrestres fantasques, faisant au visiteur de grands signes de bienvenue. Tout est une symphonie de bleus. Un dragon exhale ses flammes cobalt quand je passe à côté de lui, et le père Noël gonflable au bout de sa corde s'agite sous le vent, mais garde sa bonne humeur. Il n'y avait pas tant de lumières à mon départ ce matin, avant l'aube – j'en mettrais ma main à couper !

Maman a dû s'activer à son retour. Les arbres et les arbustes autour de la grange clignotent comme des myriades d'aliens aux yeux turquoise. Je ne me gare jamais ici. Jamais près de l'entrée. Je quitte l'allée et m'arrête comme d'habitude sur le carré de pelouse près du ponton. À l'autre bout du terrain, j'aperçois la maison de Fran, ses fenêtres éclairées et la lumière mouvante du téléviseur derrière les rideaux du salon.

Fran n'a pas couché Easton, comme chaque fois qu'il y a un shutdown. Elle doit retourner à Langley et va déposer son fils chez maman. Parfois, elle l'amène alors qu'il dort à poings fermés et le garçon se réveille chez nous le matin, comme s'il avait été téléporté dans la nuit. Ce n'est pas l'idéal, mais c'est la solution la moins mauvaise.

Quand on vit dans un monde de fusées, sous la menace des shutdowns, on n'a pas des heures de travail régulières. En tout cas pas nous.

27

Mes chaussures mouillées crissent alors que je presse le pas. Je suis congelée jusqu'aux os. C'est certain, on ne va pas échapper à cette tempête arctique.

C'est difficile à expliquer. Je possède une sorte de sixième sens pour ce genre de choses, comme les animaux sentent arriver un séisme, un tsunami, une éruption volcanique ou autres catastrophes. La blague récurrente dans la famille c'est que je suis venue au monde avec un sismographe, un thermomètre, un baromètre avec prise statique et tube de Pitot, et un traducteur pour comprendre le langage des nuages !

Tout cela me permet de savoir ce qui va se produire ; et, malgré leur grande capacité de nuisance, je suis fascinée par les tempêtes. Est-ce que le temps va s'arrêter, comme cela s'est produit il y a des lustres quand un déluge s'est abattu et que nous avons dû fermer toutes les écoutilles et rester cloîtrés, tandis que des hordes de cumulonimbus partaient à l'assaut de la péninsule, chargés d'éclairs et tonnant comme des canons.

Encore une fois, toute la famille Chase s'était émerveillée de la relation intime des masses et de l'énergie – parce que tout est physique, tout est chimie, y compris le Big Bang, et la façon dont les créatures biologiques interagissent. En particulier les humains. Ainsi que le répète ma mère, la nature trouve sa voie, comme lorsque la foudre s'est abattue sur le vieil arbre où était installée notre balançoire.

Une fois acceptée la perte de notre compagnon de jeu, l'arbre foudroyé, pourtant mort, a connu une seconde vie. Il a été abattu et son bois a servi à construire l'espace que nous occupons, Carmé et moi, dans le grenier de la grange. Heureusement, tous les événements météorologiques ne se terminent pas de façon aussi funeste et j'adore écouter le bruit de la pluie sur la tôle ondulée du toit. Ou mieux encore, découvrir au réveil un manteau blanc de trente centimètres recouvrant les arbres et les mangeoires, et regarder voleter de gros flocons comme dans une boule à neige.

Enfant déjà, je le savais dès que j'ouvrais les paupières au petit matin – cette humidité particulière dans l'air, ce silence parfait comme si j'étais entourée de mousse acoustique dans une chambre anéchoïque, isolée de toute interférence extérieure. Je sortais de mon lit, écartais les rideaux, sentais sous mes doigts le froid de la vitre et contemplais les troncs noirs et les feuilles éclairées par la lumière du perron, d'un vert miraculeux sur le dais parfait de la neige.

Carmé et moi nous mettions alors en quête de nos manteaux, gants, bottes, ne sachant plus trop où on les avait laissés la dernière fois, parce que Hampton est entouré d'eau et que l'air chaud et humide gâche souvent la fête. Nous sommes souvent du mauvais côté de la ligne de gel, et nous n'avons droit qu'à de la bouillasse ou de la pluie, ou carrément de la glace et plus d'électricité, avec des épiceries à court de lait et de pain. Juste à un petit enfer quotidien.

Mais quand la neige tenait, c'était un don du ciel ! Cela signifiait pas d'école, et les employés n'étant pas essentiels au fonctionnement de la NASA, comme papa et maman, étaient autorisés à rester chez eux. Autrement dit, pour nous : chocolat chaud, après-midi télé, grand feu dans la cheminée, igloo dans le jardin, batailles de boules de neige et séances de luge. Je nous revois, Carmé et moi, allongées sur le dos, battant des bras dans la poudreuse pour nous dessiner des ailes d'ange, ou marchant à la queue leu leu pour le plaisir de tracer de nouveaux chemins dans ce tapis blanc, heureuses d'y laisser nos empreintes, même éphémères.

Tout était magnifique et immaculé. Pour un temps infime.

Mon visage est engourdi par le froid. Tandis que je marche avec tout mon barda vers la grange, dans la nuit tumultueuse, je ne sens plus mes pieds. Les bourrasques transpercent ma combinaison, mon gilet, s'engouffrent dans mes cheveux. Encore une fois je suis saisie par l'omnipotence de la nature : les bêtes, grandes et petites, qui se terrent quelque part, blotties les unes contre les autres pour se réchauffer, l'air cinglant, les pierres immobiles… Il n'y a plus que le bruit du vent, un grondement rageur, les arbres qui oscillent, tressaillent, les haies qui tremblent comme des pompons, dans des tourbillons de feuilles mortes.

Je presse le pas, tête baissée, pour rejoindre la bâtisse. Il faut que je me débarrasse de mes vêtements mouillés qui commencent à geler sur moi. Avec ce vent, la température ressentie avoisine les – 20 °C. C'est là que j'habite, une sorte de grand loft-garage qui autrefois accueillait des ânes, des vaches et du foin.

Une simple étable, avec des animaux de ferme au chaud et bien nourris, et il n'y a pas si longtemps, durant notre enfance, un lieu d'accueil pour nos petits protégés – un cochon vietnamien, une troupe de poules d'ornement, des lapins, et ma préférée : une chèvre émotive qui avait la particularité de s'évanouir à la moindre frayeur. Évidemment, on l'avait surnommée Boo (prononcer *Bou*), comme le personnage de *Ne tirez pas sur l'oiseau moqueur*. Bien sûr, Carmé et ses amies prenaient un malin plaisir à crier très fort le nom de cette pauvre chèvre et, immanquablement, la biquette tombait les quatre fers en l'air.

Mais il n'y a plus d'animaux à Chase Place, que ce soit à plumes ou à poils, depuis que Ruger, le bulldog, débarqué le printemps dernier, est devenu le nouveau maître des lieux. Dieu qu'il fait froid ! Un temps à ne justement pas mettre un chien dehors ! Je grelotte tellement que mon trousseau de clés tinte entre mes doigts engourdis tandis que je longe la porte du garage – une porte assez grande pour faire passer un tracteur ou un petit avion ; je précise bien « petit ».

Papa est très inventif, il frise le génie, mais parfois il manque de sens pratique. Il peut se montrer étourdi, avoir un côté professeur Tête en l'air, sauf qu'il ne saurait enseigner sa petite folie intérieure. Le diable se cachant toujours dans les détails, moi, je consigne tout par écrit. Même si, concernant cette porte de garage, prendre des notes n'était guère nécessaire. L'envergure de notre avion faisait dix mètres soixante, et la largeur de la porte neuf mètres dix.

A – B = ça va coincer ! Mais c'était inutile de le lui dire. Passer le fuselage du Piper Super Cub de 1954 a été un jeu d'enfant. Mais le sortir, après qu'il eut remonté les ailes, fut une autre histoire.

Cet avion a finalement été remplacé un Beechcraft Baron de 1965 que papa remise désormais dans un hangar de l'aviation générale à l'aéroport de Newport News – l'avion sur lequel Carmé et moi avons appris à piloter. Nous étions trop jeunes pour apprendre sur le Piper, mais j'en ai quelques souvenirs – moi, sur les genoux de maman, regardant par le hublot. À l'époque, la bande d'herbe le long de la Back River nous servait de piste, et nous décollions quasiment au fond du jardin. Le moteur faisait un bruit de tondeuse à gazon, l'air froid s'engouffrait partout dans la cabine. Et je voyais notre maison rapetisser au-dessous de nous.

En survolant l'eau, j'apercevais les pistes de la base aérienne. Et le grand A rouge et blanc du Lunar Landing Research Facility qui se dressait à l'horizon comme une balançoire construite par des géants. Chaque fois, je me demandais pourquoi on devait vivre sur terre alors que tout le monde rêvait de voyager dans les airs, de traverser l'éther.

Au moment où j'approche de la porte d'entrée, sur le côté de la grange, la lumière du porche ne s'allume pas. Bizarre.

Elle fonctionnait parfaitement à mon départ ce matin. Je regarde autour de moi, écoute les hululements du vent sous les rives du toit, le bruissement des arbres comme autant de spectateurs chuchotant avant le lever de rideau. Les cheveux sur ma nuque se dressent. Je sens une présence. Encore. Cette même impression dérangeante d'être observée, telle la vibration silencieuse d'un aimant.

Le pêne cliquète quand je tourne la clé. Un tour sur la gauche. Pas deux. *J'avais pourtant fermé à double tour ce matin !* J'entre. L'alarme émet aussitôt des bips. C'est rassurant. Je referme le battant de chêne. Les ténèbres m'enveloppent, denses et épaisses comme du velours. Je sens l'odeur familière du vieux bois, de la peinture, des solvants. Et autre chose aussi.

Un parfum si évanescent que cela peut être le fruit de mon imagination. Et puis c'est là, à nouveau. Comme si Carmé se tenait juste derrière moi. Une odeur discrète de White Musk. Si je me retourne, je vais la trouver assise à l'établi, un hologramme de moi, avec un crayon et un calepin à la main, occupée à résoudre des mystères et prévoir l'avenir dans le langage de l'univers : les mathématiques.

J'entre le code de l'alarme sur le clavier. Les bips cessent. Le silence tombe alors que l'air remue faiblement dans l'obscurité, juste à côté de mon oreille.

C'est ténu, comme un souffle, une respiration. Il ne s'agit pas du chauffage qui se met en marche. Ni d'un ventilateur, ni d'un effet du vent dehors. Et si c'est ce à quoi je pense, ce n'est pas normal non plus. D'autant que papa n'est pas à la maison.

Quelqu'un est venu ici et est peut-être encore là.

00 : 00 : 00 : 00 : 0

Sans bruit, je pose mon sac au sol. De ma main droite, je sors mon pistolet de son étui, pose mon index au-dessus du pontet, et le tiens à bout de bras, prête à tirer.

Je tends l'oreille, figée comme un iceberg sous mes vêtements trempés. Je garde mes frissons à l'intérieur de moi, respire lentement. Le mouvement d'air, comme si un colibri m'avait frôlée, a disparu. Je sais que ce n'est pas une chouette, ni un écureuil volant ou une autre bestiole nocturne. Rien de vivant selon la définition usuelle, et je suis passée en alerte rouge.

Il y a trop de choses « non nominales ». J'en fais rapidement la liste : de nouvelles guirlandes autour de la grange, comme pour me souhaiter la bienvenue. La lumière du perron HS. La serrure qui n'est pas fermée à double tour. Les appliques qui ne s'allument pas alors que je suis entrée dans le champ des détecteurs volumétriques. Et, plus troublant, ce qui est passé au-dessus de ma tête dans l'obscurité, sans un bruit, un petit tourbillon d'air, tel un mini-souffle de rotor. Je referme le verrou et réenclenche l'alarme.

— Il y a quelqu'un ?

On a toujours l'air bête quand on appelle et qu'on est seul.

Sauf que je ne suis pas seule. Maman est à cent mètres de là, dans la maison – j'étais au téléphone avec elle il y a un instant encore. Fran est chez elle. Papa est sans doute à Langley, voire en route pour Wallops Island. En tout cas, il n'est pas ici, à faire le mort dans le noir.

Donc, à moins qu'un inconnu ait pu déverrouiller la porte en trompant le système d'alarme, et porte le parfum de ma sœur, il n'y a pas beaucoup d'autres candidats en lice. C'est forcément elle. Sinon je me montrerais beaucoup plus agressive. Je serais passée en mode « je tire à vue ».

— Carmé ? Tu es là ?

Je n'ai pas peur d'elle. Même si je le devrais. Et je ne veux pas lui faire de mal. Hors de question. Nous n'avons aucune raison de nous tirer dessus. Des pensées de ce genre hurlent dans ma tête comme autant de sirènes, pendant que je tâte le mur à côté de moi à la recherche de l'interrupteur. Je l'actionne. Une fois. Deux fois.

Clic-clic. Clic-clic.

Rien ne se passe. Je dois me calmer. Respirer profondément. Me détendre. Si j'ai appris une chose, c'est qu'il faut rester connecté avec l'instant. Surtout ne pas paniquer. Faire comme à l'entraînement. Garder sa concentration. Chasser toute considération personnelle. La naissance et la mort ne nous appartiennent pas. Juste ce qu'il y a entre les deux.

Mes mains se réchauffent, fourmillent, comme parcourues de milliers d'aiguilles. Je sens que mon index, posé au-dessus de la queue de détente, est un peu moins sensible qu'autrefois à cause de ma cicatrice. Cela aurait pu être pire. Mais je n'ai plus la même finesse de toucher. Et si ma sœur voulait me tuer, ce serait déjà fait.

— Carmé, si tu es là, dis-le !

Je pose les clés de ma voiture et mon cordon avec mon badge sur la console de l'entrée.

En faisant attention au paillasson, au grattoir pour les bottes, au portemanteau, je m'écarte de la porte. Je crains davantage de trébucher sur quelque chose que de me faire attaquer. Ce qui est stupide. Jamais je ne pourrai égaler la perfection tactique de ma sœur. Elle est efficace comme une IA, et moi c'est juste « essaie encore » – mon petit mantra personnel. Je trouve l'interrupteur général. La lumière inonde brusquement l'atelier.

Je cligne des yeux, éblouie, prête à faire feu. Je ne vois rien voler ou se cacher sur les poutres. Au premier regard, aucune trace d'intrusion sur les établis, les bancs d'essai, le pont élévateur, les comptoirs ou les armoires en Formica beige des années 1950. Tout est à sa place : les perceuses à colonne, les scies, les ponceuses, les tours, les fraiseuses, les rectifieuses et autres appareils, les servantes et les racks d'outils, l'évier d'émail taché de peinture que j'ai frotté à l'Ajax pendant des heures, jusqu'à en rêver la nuit.

Les murs sont décorés d'affiches vintage sur la Seconde Guerre mondiale et sur l'aviation. Il y a aussi la collection de calendriers que papa ne veut pas jeter parce qu'ils ont chacun une signification particulière pour lui. 1986, l'année où il s'est marié avec maman. 1991, la naissance de ses jumelles. 1964, sa naissance à lui. Et son favori, celui sur les voitures anciennes de 1968, l'année où les astronautes d'*Apollo 8* ont pris le premier selfie de la Terre, notre « bille bleue », alors qu'ils faisaient route vers la Lune.

Quand papa est tombé sur une Camaro de 1968, ayant besoin d'être restaurée et donc d'un prix abordable, il n'a pu passer à côté. Un signe du ciel. La muscle car de ses rêves de jeunesse est désormais garée dans l'atelier, couverte d'une housse, tel un géant dans son sac mortuaire, entravé et terrassé par les Lilliputiens de l'entropie et du chaos, un morceau d'antimatière confinée.

Un joyau ici, mais qui a perdu sa magie. La belle n'ira plus nulle part. Papa la fait tourner régulièrement et la déplace un peu, pour recharger la batterie et éviter que les pneus ne pourrissent. Mais c'est tout. Voilà une éternité qu'il n'a pas sorti son chariot de feu avec sa grosse bande noire à l'avant. Quant à Carmé et moi, je ne sais plus quand nous nous sommes assises pour la dernière fois dans les sièges baquets en cuir noir, en tout cas plus depuis l'université. Mais avant, ça nous arrivait souvent de faire un tour avec le plus bel engin de la ville.

Pour les fans de mécanique et les puristes, c'était du gâchis parce que nous ne savions rien de cette voiture ; ni son histoire, ni ce qu'elle représentait. Tandis que nous traversions le centre-ville en fanfaronnant, nous nous fichions de la puissance de son V-8 comme de sa sonorité, même si un souvenir aurait pu gâcher notre plaisir, un passé dont nous ne parlions jamais. Jamais non plus nous n'évoquions l'époque où la Camaro était sur le pont, à être entièrement démontée puis réassemblée avec patience, durant ce long été où mon père insouciant et son ami flamboyant, le pilote de voltige aérienne, avaient refait le moteur et restauré la bête jusqu'au moindre boulon, avec uniquement des pièces d'origine.

Elle était ressortie toute neuve, telle une pièce de collection. Si seulement on pouvait faire la même chose avec Carmé. Hélas, tout ne peut pas être réparé. Et la Camaro de 1968 fait partie de ces objets qu'on ne peut ni jeter ni garder, et c'est la raison pour laquelle elle reste sous cette bâche à longueur d'année. Je ne veux pas la regarder. Ce que je fais rarement, sauf lorsque papa vient la démarrer.

Je grommelle tandis que je me bats avec les doubles nœuds de mes lacets raidis par le gel, et continue de surveiller les alentours, mon Glock à la main.

Je n'ai aucune envie de retirer cette bâche et d'aller faire un tour avec l'auto. Cela me rappellerait trop de mauvais souvenirs, trop de remords. J'aurais préféré qu'on n'ait jamais eu cette voiture. Et que l'ami aviateur de papa ne s'en soit jamais approché – ni de cette voiture, ni de la grange, ni de notre maison et de nos vies. En se montrant aussi attentionné.

— Oh, zut ! m'écrié-je, agacée de me voir si maladroite.

Si Carmé veut en finir avec moi, c'est le moment idéal !

Enfin, je parviens à retirer mes chaussures et mes chaussettes trempées. Je les jette par terre près de mon barda. Je m'en occuperai plus tard. Je retire mon gilet tactique et ma ceinture. Je dézippe ma combinaison et m'en extirpe. J'ai l'impression d'avoir sous les pieds une piscine qui se dégonfle. Ça fait le même bruit. Je la laisse en tas. Tout ce que j'ai sur moi est mouillé, y compris mon blouson d'aviateur.

Mais ce dernier a survécu à une guerre mondiale, il est passé de mains en mains, d'épaules en épaules, avant de finir dans une boutique de vêtements vintage. Il s'est retrouvé dans une vitrine, sur le dos d'un mannequin en plastique, une sorte de Rambo femme. Ce blouson est une relique incomprise, sous-estimée. Un triste sort d'où Dick et Liz l'ont sauvé pour me l'offrir – allez savoir pourquoi ? Après toutes ces épreuves, je suppose qu'il séchera sans garder de séquelles. J'arrête là mon effeuillage. Je continuerai quand je serai à l'étage. Le pistolet pointé vers le bas, le cœur cognant dans ma poitrine, je reprends mon tour d'inspection pour m'assurer que je suis seule, même si, au fond de moi, je sais déjà que ce n'est pas le cas.

Ce pressentiment ne me quitte pas. C'est aussi présent que ma sueur glacée et le fourmillement de ma peau qui revient à température. Mais je n'ai pas peur.

— Carmé ?

Pas de réponse, bien sûr. Son nom résonne dans l'air.

Je me dirige vers le fond de l'atelier, inspecte les tables et les outils, les diverses pièces et composants pour toutes sortes d'engins autonomes susceptibles de ramper, courir ou vrombir dans les airs. Je passe devant des établis jonchés de bras de rechange et de pales de rotor. Des télécommandes, des plaques de fixation pour caméra, des fibres de carbone…

Elle est quelque part, toute proche.

… des mousses et des plaques d'amortissement, des cordons USB et des câbles en nappe, des modules de puissance, des lasers portables, des connecteurs électriques, des LEDs…

Je sens sa présence, comme une force de gravitation.

… des interrupteurs robotisés, des servocommandes, des roues, des coupleurs, des pignons, des engrenages, des platines…

— Carmé ? Tu es ici ?

Je brûle de lui crier : *Sors ! Sors de ta cachette !*

28

Je soulève la bâche, juste assez pour voir la fenêtre côté conducteur, sachant qu'elle est là.

Assise dans le noir, la portière verrouillée. Pour faire quoi ? Je n'en ai jamais eu la moindre idée. Elle y passe des heures, à l'insu de tout le monde. Sauf quand elle veut qu'on le sache.

— Sors ! Sors de ta cachette !

Je soulève un peu plus haut la bâche.

Elle s'est glissée dessous, s'est faufilée comme une anguille par la portière à peine ouverte et l'a refermée en silence et sans laisser de trace. Personne ne peut savoir qu'elle est là, à moins qu'elle klaxonne ou démarre le moteur.

— Carmé ? Je te vois ! (Je m'approche de la fenêtre. Elle secoue la tête.) Ouvre. C'est ridicule !

Elle me répond par une grimace et me fait signe de la laisser tranquille. Oui, je suis un pot de colle – je m'en fiche ! Plus jamais je ne la laisserai seule. Quoi qu'elle dise ou fasse. Je ne bouge pas et continue à toquer à la portière.

— Ouvre, Carmé !

— Va-t'en !

Par bravade, elle frotte son visage contre la vitre. Papa ne va pas être content. C'est interdit !

« Ne touchez pas aux vitres ! » ne cesse-t-il de nous répéter. Carmé s'en fiche. Enfin, elle déverrouille la portière et me laisse entrer. Nous nous retrouvons toutes les deux dans les sièges baquets, dans la pénombre, au milieu de cette odeur de vieux cuir. La regarder, c'est comme me regarder dans un miroir.

00 : 00 : 00 : 00 : 0

J'allume la lumière dans le petit espace qui autrefois abritait une stalle pour les bêtes et découvre ce qu'il y a sur l'établi.

Notre collection de sphères en fibre de carbone ! Elles pèsent entre cent et huit cents grammes, et sont de toutes tailles – d'un ballon de volley à un médecine ball. Onze boules reposant sur onze coussins. Il manque la numéro douze ! Notre petite dernière, une boule à facettes grosse comme une pastèque sur laquelle papa, Carmé et moi travaillions la dernière fois que ma sœur était à la maison.

Tout ça est censé être rangé à l'abri des regards ! Elles n'étaient pas sorties quand je suis partie ce matin à Langley. Je l'aurais remarqué sinon. Je dois passer devant cet établi pour quitter la maison. Et je ne suis pas du genre à laisser ça à la vue de tous. Et je ne vois pas quand papa aurait eu le temps de travailler dessus aujourd'hui.

Il est revenu de la base en fin d'après-midi pour repartir presque aussitôt. Même s'il était passé à la grange pendant une heure ou deux, il les aurait remises à leur place dans les placards, ou aurait au moins couvert l'établi, parce qu'il s'agit d'un cadeau pour maman. Papa n'est pas aussi négligent. Tête en l'air certes, mais pas quand il s'agit de son épouse !

Si maman était entrée dans la grange, la surprise était gâchée. Elle aurait aussitôt vu notre gang de Sphères Personnelles Autonomes à Sustentation (SPAS) pouvant faire le plein d'énergie *ad æternam* sur des Stations Aériennes de Recharge (STAR) et qu'elle pourra piloter à distance via une simple appli sur son téléphone. Elle va adorer ! Je l'imagine déjà faisant voleter ses petites amies. Elle pourra les personnaliser, imaginer les STARs les plus surprenantes, parce qu'elles peuvent être ce qu'on veut, où on veut, et autant qu'on le souhaite – une borne de recharge classique comme un portemanteau, un lustre, un mobile planétaire au plafond, une plante, un arbre, n'importe quoi. Il n'y a pas de limite à l'imagination !

Tout ce qu'il faut, c'est un capteur et une source d'énergie. Et c'est justement ce que j'ai installé sur mon petit pin de Norfolk dans mon bureau à l'étage. Une idée de ma sœur, le mois dernier, après nos entretiens à Houston, quand elle était à la maison pour une semaine. Nous avons passé pas mal de temps ensemble à cet établi, à trouver toute sorte d'idées, dont cette boule disco qui fait davantage que des reflets.

Sa structure à facettes peut se fondre dans le décor avec la même furtivité qu'un calmar. Imaginez un globe caché dans la végétation, reflétant les feuilles et les fleurs tout autour de lui. Mais il peut servir aussi à renvoyer la lumière provenant d'objets et prendre des mesures. Ou répondre à des questions, faire des réservations, effectuer des courses sur Internet, interroger Google et des bases de données. Un engin véloce et multifonctions.

Pour l'instant, j'imagine simplement cette boule orbiter autour de la maison, en compagnie de ses petites camarades, de tailles et de couleurs différentes, toutes scintillantes comme des œufs de Fabergé, avec à l'intérieur leurs hélices rendues invisibles par la vitesse de rotation. Et pour leur vol inaugural, les SPAS arboreront toutes une livrée bleu saphir, la couleur préférée de maman.

Bien sûr, elles peuvent changer de teinte, avoir chacune ses mouvements particuliers, ses capacités intrinsèques. Chaque SPAS est unique, avec sa « personnalité » propre. La SPAS peut être un drone assistant, un espion, un ballon rouge vous suivant dans les rues de Paris. Et tant d'autres choses. Le ciel ne connaît pas de limites, non ? Un compagnon fidèle bardé de capteurs, d'antennes, de caméras. Et ce n'est qu'un début. On peut tout y mettre. Mais même une SPAS a besoin de temps en temps de se reposer et chacune vient s'arrimer grâce à un Système Électronique de Couplage Temporaire, un SECT (papa et ses acronymes !), une sorte d'électroaimant qui fixe la SPAS solidement à sa STAR comme un crochet invisible.

Au moment de l'envol, le signal est coupé, le globe est désaccouplé de la station et les rotors coaxiaux se mettent en marche, chaque hélice tournant de façon indépendante. Les boules volantes peuvent s'arrêter net, faire des virages serrés comme des Formules 1, et dernièrement, avec papa, nous leur avons ajouté des LEDs qui passent du rouge au vert. Elles peuvent briller dans la nuit comme des balises ou clignoter de façon trépidante tels des ovnis miniatures, au choix !

Cela fait des mois que nous planchons sur ce projet. Notre objectif est d'avoir douze sphères comme *Les Douze Jours de Noël*, qui virevoltent, tournoient au-dessus de notre anse, striant la nuit de traînées bleues. Hormis cet aspect festif, nos SPAS pourraient avoir bien d'autres usages dans la vie quotidienne. Être des assistants personnels, par exemple, pour saisir des objets avec des pinces, que ce soit au travail ou à la maison, pour des gens âgés ou handicapés.

Ou encore assurer des livraisons, surveiller les orages ou des personnes. Être envoyées en éclaireurs pour évaluer l'état d'une route, la taille d'une foule et transmettre leurs observations en temps réel grâce à leur caméra. Ou alors dénicher une place libre dans un parking. Ou, si l'on travaille à la NASA, retrouver sa bicyclette ou sa voiture dans le dédale de la base, parce que évidemment on ne sait plus où on les a laissés. Ou survoler les sites sensibles pour repérer d'éventuels intrus, hommes ou machines.

Les possibilités sont sans limites. Un jour peut-être (et cela risque d'arriver plus vite que prévu) des SPAS plus grandes transporteront des passagers. Quel sera notre monde alors ? Quand les gens flotteront dans les airs telle la Bonne Sorcière du Nord dans sa bulle ? J'avoue que je n'en sais rien.

— Pour la dernière fois : il y a quelqu'un ? dis-je d'une voix forte en levant mon pistolet. Carmé ? C'est toi ?

00 : 00 : 00 : 00 : 0

Elle pourrait être dans la propriété ou à l'intérieur même de la grange, je n'ai pas peur. Carmé ne me fera pas de mal.

Ne sois pas si naïve !

Le lien du sang n'est pas plus fort que la folie, le désespoir, ou je ne sais ce qui anime ma sœur. Caïn a bien tué Abel, et le fait que nous soyons de vraies jumelles ne change pas grand-chose. Mais je chasse cette idée. Pour l'instant, peu m'importe que le gars de chez Pandora ait disparu et qu'une autre employée de la même société soit morte. Tout ce qui compte, c'est Carmé.

Si elle est l'auteure de ces crimes, ou plus ou moins responsable de leur mort, alors Carmé n'est plus la sœur que je connais, mon double, ni même un membre du clan Chase. Plus maintenant. Cependant, pénétrer dans cette ferme où elle est née et a vécu est un jeu d'enfant pour elle.

Elle ne tuerait personne sans une bonne raison.

Avec son entraînement militaire et son intelligence, ma sœur peut faire ce qu'elle veut et éliminer quiconque se met en travers de son chemin. Je ne vois pas comment je pourrais la repérer. Je n'ai d'ailleurs jamais essayé et je ne suis pas sûre que je pourrais, même avec mes baguettes magiques high-tech. Pas si elle a décidé de disparaître. De passer du côté obscur. Peut-être que quelque chose s'est définitivement brisé en elle ?

Non !

Il demeure toutefois un fait implacable : ne pas sous-estimer Carmé. Elle a été formée pour brouiller les pistes et être furtive. Elle pourrait reproduire les parasites électromagnétiques pour se rendre invisible. Il lui suffirait de prendre des appareils qui émettent dans le spectre de fréquences que je perçois d'ordinaire.

Comme si elle portait une ghillie électronique lui permettant de se fondre dans le décor. Une sorte de jeu de cache-cache à effet quantique : le moyen le plus simple de disparaître c'est d'être dans deux endroits à la fois, se superposer à son double. Un subterfuge qu'on a pu mettre en pratique le jour où maman nous a donné de vieux draps avec lesquels nous nous sommes déguisées en fantômes. On ne pouvait plus nous distinguer l'une de l'autre. Et pour pousser plus loin l'illusion, j'ai eu l'idée d'installer deux grands miroirs face à face.

Nous nous sommes alors placées dos à dos – même taille, même drapé, avec des trous pour les yeux, chacune regardant son propre reflet. Et abracadabra ! Carmé a disparu ! Je ne voyais plus que mon propre fantôme, et Carmé le sien. Alors que nous étions l'une contre l'autre, au point de sentir battre nos cœurs.

Deux personnes séparées et confondues au même instant. À la fois présentes et absentes. Comme le chat de Schrödinger. Comme si, sur un colis, la flèche indiquant le haut était pointée vers le bas. C'est le genre de paradoxe qui excite mon imagination, qui me tient en joie et éveillée toute la nuit, c'est ma nourriture, ma raison de vivre. Et oui, Carmé pourrait se tenir juste derrière moi. Pas littéralement, mais elle pourrait être en train de me surveiller, d'épier tous mes faits et gestes.

Tant qu'elle n'aura pas décidé de se montrer, je ne la trouverai pas. Il en a été ainsi toute notre vie. C'est elle la pilote, et moi la passagère. Ou celle qui reste sur le banc de touche. À l'image des étés où nous participions au championnat de basket de Langley. On s'appelait les Oursons d'eau. Carmé et Rush étaient les deux capitaines et les meilleurs joueurs, et moi la coach, ce qui m'allait très bien. J'ai le chic pour analyser les statistiques, inventer des tactiques, dessiner des logos, renforcer l'esprit d'équipe et rassurer nos génies timorés de la NASA.

À force de penser à Carmé, j'ai peur de ne plus avoir les idées claires. Je vais commencer à douter de tout, à m'inquiéter pour le moindre détail, à retourner deux fois chaque pierre – tout en redoutant de découvrir ce qu'il y a dessous. Pieds nus, je reviens dans la grande pièce, le cœur battant. Pour ma tranquillité d'esprit, je soulève la housse de la Camaro. Et c'est là, sous mes yeux, alors que c'est impossible : une trace sur la vitre côté conducteur, l'empreinte d'une joue. Et bien évidemment, il ne s'agit pas de la marque faite par Carmé lorsqu'on était petites.

— Oh non…

Les souvenirs remontent d'un coup…

Concentre-toi !

Cette voiture peut être bien des choses, mais ce n'est pas une capsule temporelle scellée depuis vingt-deux ans. La Camaro est régulièrement inspectée, entretenue et nettoyée. J'observe à travers la vitre son intérieur en cuir noir – le cendrier ouvert comme d'habitude, avec la clé à l'intérieur, le levier de vitesse de la boîte manuelle à quatre rapports, l'autoradio avec ses gros boutons argentés, le lecteur de cassettes audio huit pistes. Dans la boîte à gants, il doit y avoir Three Dog Night, les Grass Roots et Elton John.

Les cassettes datent de l'époque de mes parents, et on les écoutait durant nos balades en voiture. Ou quand on s'installait simplement dans l'habitacle et que la Camaro était sous sa bâche comme en ce moment, moi sur le siège passager et Carmé derrière le volant, en colère contre le monde entier, laissant exprès des traces sur la vitre. J'entrouvre la portière. Je reconnais aussitôt le parfum. White Musk. Encore une fois, je me dis que Carmé doit acheter tout le stock chez Body Shop.

Que suis-je censée en déduire ? Juste l'évidence : qu'elle était là, et qu'elle se trouve peut-être encore dans ces murs. Je referme la portière, remets en place la housse et m'éloigne. Cela peut paraître étrange mais, en temps normal, il m'arrive souvent de sentir sa présence, un effet palpable, alors que je sais qu'elle est à des centaines, voire des milliers de kilomètres de moi. Je perçois ses pensées, telle une vibration le long d'un fil. Notre réalité est une matrice commune, une toile délicate où chaque perturbation, chaque oscillation se propage de l'une à l'autre, le bien comme le mal, par-delà l'espace.

Nous n'avons jamais douté de la réalité de « l'action fantôme à distance » énoncée par Einstein. Nous en serions plutôt la preuve vivante. On ne peut agir sur l'une sans agir sur l'autre, tout est double chez nous, les joies comme les problèmes. J'éteins la lumière, passe à nouveau devant les SPAS de maman. Même si c'est totalement fortuit, Otto, mon mannequin de crash-test, est juste à côté des escaliers, telle une sentinelle gardant l'escalier menant à mon appartement.

En soi, un mannequin-gardien n'aurait rien d'exceptionnel, mais ce n'est pas la mission d'Otto. Il a été placé hors du passage, assis dans son fauteuil roulant, la tête penchée sur le côté, avec son anneau de levage qui lui sort de la tête comme une antenne onde courte.

— N'aie pas peur, lui dis-je.

Oui, je parle à mes mannequins.

Mon compagnon silencieux n'a aucune réaction en me voyant armée – avec « ma tête de RoboCop psychopathe », dirait Carmé. Il me regarde de biais, un peu troublé, un peu fâché, presque étonné d'être nu comme un ver, avec sa peau synthétique sur les os. Sa poitrine est ouverte, et une grappe de fils en sort. Dans ses mains, il y a un trousseau de clés, tel saint Pierre aux portes du Paradis.

Sauf qu'il s'agit de clés Allen, celles que j'ai égarées l'autre jour lorsque je testais de nouveaux capteurs que j'ai mis au point. Parce que l'information est dangereuse si elle n'est pas fiable, qu'il s'agisse d'un détecteur dans le sas d'un tunnel ou dans la poitrine d'acier d'un dispositif anthropomorphe d'essai (DAE). Quand la survie est en jeu, il faut avoir des réponses claires et précises, c'est la seule façon de savoir si un environnement est sûr ou non.

Ou ce qui va arriver aux astronautes à l'amerrissage avec un nouveau modèle de capsule.

Vont-ils subir des dommages aux cervicales, aux lombaires ? Ou à la boîte crânienne ? Ce serait dramatique si les données fournies par les accéléromètres et les capteurs de mouvement et de pression étaient fausses. Les humains n'aiment guère reconnaître la vérité et préfèrent serrer les dents (moi la première), faire comme si de rien n'était, pour se montrer vaillants, courageux et autres stupidités.

Tout cela est contre-productif. C'est ce que j'explique souvent à Otto et à ses camarades. Ne jouez pas les gros durs, inutile de me cacher le nombre de G que vous encaissez dans des tests de chute avec et sans parachute. Vous ne me serez d'aucune aide si vous me racontez que vous n'avez rien senti après avoir été secoués, ballottés, écrasés, lors du dernier essai de notre prototype de taxi volant.

Il n'est pas nécessaire de pleurer et de se lamenter – mais ne me faites pas croire que c'était une partie de plaisir ou qu'un autre cobaye, humain celui-là, aurait survécu. Rien ne me paraît plus terrible que de valider un véhicule qui causerait la mort ou la mutilation de ses passagers. Je récupère les clés Allen que Otto semble me tendre. Merci beaucoup ! Mais je sais que ce n'est pas lui qui les a trouvées.

Ça me rappelle qu'il faut que je lui retire ses bras et remplace son bloc dorsal par un nouveau ayant ses six degrés de liberté intacts. Non, je ne perds pas l'esprit. Ces clés n'étaient pas là la dernière fois. Je les ai cherchées partout. Impossible de remettre la main dessus, mais j'étais sûre de les avoir posées quelque part, par inadvertance, dans un endroit improbable. Et soudain les revoilà, comme par magie. Une incongruité de plus dans cette journée.

J'essaie néanmoins de me souvenir si Otto les avait à la main ce matin. Je ne crois pas. Mais il est vrai que je n'ai guère fait attention. Je m'immobilise, les sens en alerte, pour scruter la charpente au-dessus de moi. En retenant mon souffle, je monte l'escalier qui mène à l'ancien grenier où nous avons encore chacune nos quartiers – même si Carmé n'est jamais là. Mon père, qui restera toujours dans son cœur un ancien de l'armée de l'air, a évidemment construit ici une réplique de l'escalier de Dodd Hall.

Tout paraît si différent aujourd'hui. Ma sœur et moi avons vécu ici jusqu'à notre départ pour l'université Rice, à l'âge de quinze ans à peine. Mais c'est devenu mon nid. Lorsque je suis revenue de Colorado Springs, j'ai dû effectuer quelques aménagements. Installer une petite cuisine, par exemple, parce que je ne peux pas manger tous les jours chez mes parents. Même si la cuisine de ma mère me manque souvent.

29

En haut de l'escalier, je bifurque à droite et avance en silence. Je suis toujours aussi poisseuse et sale dans mes habits trempés. Ça bruisse tout autour de moi. Du moins c'est l'impression que j'ai.

Sans doute l'air ambiant, une atmosphère saturée d'énergie électromagnétique que je capte comme si j'étais une antenne. Est-ce le fruit de mon imagination ? Une hypersensibilité ? Parfois, dans des moments comme celui-là, alors que je progresse lentement dans le couloir obscur, je me fais penser à un détecteur de fréquences sur deux jambes. Je perçois les accords, les notes. *Si* bémol, *do* dièse.

Et aussi des formes et des couleurs. La silhouette du poteau qui est légèrement de guingois. L'humidité qui augmente à mesure que je m'approche de l'angle nord-est du bâtiment. Je suis aux aguets, le Glock au poing, plaqué le long de ma cuisse, les amygdales en ébullition, tandis que je traverse un champ d'énergie qui ondoie à mon passage, me suit, telle une myriade de SPAS invisibles. Au moment d'entrer dans mon appartement, j'éprouve une curieuse sensation, une sorte de superposition d'états : à la fois protégée et avertie, sur mes gardes et en même temps à l'abri.

Les stores sont baissés aux deux fenêtres. J'ai l'habitude de les descendre, le soir, pour ne pas être gênée par les illuminations maternelles qui scintillent dans les arbres, du jardin jusqu'au ponton, comme autant de flammèches bleues en suspension. En allumant la lumière, je suis accueillie par la batterie d'ordinateurs et d'analyseurs installés sur mes tables de travail. Je m'approche, sors les appareils de leur veille. Sur les écrans s'affiche la tresse habituelle des ondes environnantes, dans un camaïeu de couleurs – le bruit de fond nominal.

Je m'arrête à la fenêtre à côté de la salle de bains où Glinda, mon pin de Norfolk, a l'air un peu patraque dans son pot de cuivre. C'est un arbre très doux, aussi délicat qu'une fougère qui brille d'un vert chatoyant quand les rayons du soleil l'enveloppent.

— Désolée, dis-je en prenant le vaporisateur empli d'eau filtrée. Je sais que tu as soif et que tu n'as pas vu le soleil. Moi non plus. Ni personne. Il y a eu des nuages toute la journée.

Je lui offre une petite giclée. Je n'ai pas besoin de Darwin pour savoir que les plantes sont des êtres vivants et sensibles.

Je perçois leur plaisir ou leur détresse, leurs pulsations électriques que l'on peut mettre en musique ou en équation. Et dans le cas de mon petit pin, Glinda est une usine photosynthétique qui produit de l'électricité grâce à un réseau de polymères organiques connecté aux vaisseaux du xylème destinés à acheminer l'eau et les nutriments.

En d'autres termes, Glinda est une STAR. Une station de charge vivante. Un endroit où les SPAS peuvent s'accrocher, faire un petit somme, et se réveiller toutes rassérénées et pleines d'énergie. À tel point que je me demande si dans quelques centaines d'années nous serons en mesure de faire la différence entre un perchoir à drones et un nid de pélicans. Les oiseaux et les SPAS ne seront peut-être plus qu'une seule et même espèce. Et cela arrivera probablement plus tôt qu'on ne le pense. Dans quelques décennies seulement, étant donné la croissance exponentielle de la technologie ? En attendant, il faut que je me débarrasse de ces vêtements !

Je commence par mon blouson de cuir que j'étale par terre sur une serviette tout en appelant ma mère au téléphone. Je la mets sur haut-parleur.

— Je suis posée et à l'arrêt, dis-je en reprenant le jargon des pilotes pour dire que je suis bien arrivée.

Je ferme la porte de la salle de bains et la verrouille. Ça me rassure. Je laisse mon téléphone sur le bord de la vasque, à côté de mon pistolet, pour garder mes deux mains libres.

— C'est donc bien ton pick-up que j'ai entendu dans l'allée, commente-t-elle, sa voix se réverbérant dans la pièce carrelée.

— Je t'appelle juste pour te prévenir que je vais sous la douche.

Je retire mon chemisier blanc. Bien trop fin. À ne jamais porter si l'on risque d'être mouillée, à moins de ne vouloir rien cacher !

— J'ai préparé un petit en-cas et je voulais te l'apporter. (C'est bizarre, la voix de ma mère semble avoir changé d'un coup.) Des travers de porc avec de la polenta au fromage et je…

— Je ne veux pas que tu sortes par un temps pareil !

Pas question que ma mère débarque ici.

Avec les SPAS sorties de leur cachette, et peut-être Carmé dans les parages, voire dans la grange ! En même temps, ce n'est pas le genre de maman de jouer au coursier d'Uber Eats en livrant des repas à domicile.

Elle ne veut pas que j'entre dans la maison.

C'est l'impression que ça me donne. Mais je peux me tromper. Je dois être fatiguée et à cran. Pourtant, c'est bizarre qu'elle me propose ça, surtout quand papa est dehors. Et à cette heure-ci ? J'ai une cuisine ici et un réfrigérateur bien garni si je veux me faire à manger. C'est juste le temps qui me manque.

— Tout va bien ? (Je m'assois sur le couvercle des toilettes et commence à retirer mon pantalon.) Tu as l'air préoccupée. Vraiment, je ne veux pas que tu viennes jusqu'ici. Je ne veux pas que tu t'inquiètes, maman, mais c'est vrai qu'il se passe des trucs bizarres aujourd'hui. Et je ne parle pas du shutdown et de la tempête qui se préparent. Ni même que papa ait été appelé en pleine nuit.

— Je n'aime pas le savoir dehors. Et oui, je ne suis pas tranquille.

Alors pourquoi tu ne veux pas que je vienne chez toi ?

— Je sais, je ne devrais pas y penser, poursuit-elle tandis que je me contemple dans la glace. (J'ai vraiment une sale tête !) Mais je me dis qu'il se passe quelque chose, quelque chose de grave. C'est peut-être pour cette raison que Dick a débarqué à la base au moment où on a ce gros lancement ici, et non à Cap Canaveral.

— Pourquoi tu dis ça ?

— Ce serait une explication.

— Pour info, m'man, il n'y a aucun problème de ce côté. S'il y avait une faille dans la sécurité, je serais au courant. Une attaque informatique, par exemple. Lorsqu'il y a un souci dans ce domaine, je suis la dépanneuse de service, celle qu'on appelle à toute heure !

C'est du moins ce que je veux croire. Je ne vois pas pourquoi papa aurait été appelé à la rescousse à ma place. C'est un ingénieur aérodynamicien, un Géo Trouvetou, pas un expert en cybersécurité. Si quelqu'un prépare un mauvais coup concernant le lancement, la solution c'est moi, pas lui !

— Je ne suis pas née de la dernière pluie, réplique ma mère, usant d'une de ses expressions vieillottes. Ce n'est pas normal qu'on vienne chercher George comme ça, c'est tout ce que je dis. En plus avec un gros SUV du gouvernement. Un Suburban. Noir. Et il n'y en avait peut-être pas qu'un.

Enfin, elle m'en dit davantage !

S'il y avait plus d'une voiture, c'est donc signé Secret Service. Elle a raison. Ce n'est pas normal. Il faut que Rush me fasse un topo. Lui ou un autre.

— Cela me perturbe, je le reconnais, continue ma mère. Tous ces secrets, cette précipitation. Mais peut-être que c'est juste moi… parce que je suis toute seule.

— Tu veux que je passe te voir avant de repartir à Langley ?

Je passe mes doigts dans mes cheveux courts. Ils sont si poisseux qu'ils se tiennent dressés comme des piquants.

— Non, non. C'est inutile. Et c'est quoi ces « trucs bizarres » dont tu parlais ?

— Des soucis au boulot. Sans parler de ce que tu viens de dire sur papa. Tu as des nouvelles de lui ?

— Non. Mais je suis sûre que je me fais du mauvais sang pour rien. C'est juste ce temps ; je dois prendre tout mal. (Sa voix tremble.) C'est ce vent, tous ces mugissements, ces bruits. Ce froid. La maison qui n'arrête pas de craquer. Au point que parfois j'ai l'impression qu'il y a quelqu'un.

— Si ça peut te rassurer, j'ai la même impression. (J'accroche mon pantalon à la patère de la porte pour qu'il sèche, avant de le mettre dans le panier à linge sale.) Je te rappelle dès que je suis propre et que j'ai retrouvé forme humaine… il faut que je te parle de quelque chose.

— D'accord… mais je sens que cela va être anxiogène. Et j'ai eu mon compte pour la journée.

— Je sais. Mais j'aimerais t'en toucher deux mots. C'est plus honnête. Parce que je me fais du souci pour…

J'allais dire « pour Carmé » quand la lumière s'éteint d'un coup. Je suis plongée dans l'obscurité. Le chauffage se coupe aussi. Tout s'arrête, sauf le vent qui tourmente le toit et joue sa complainte, faisant vibrer les tôles ondulées comme autant de cordes d'une guitare désaccordée.

00 : 00 : 00 : 00 : 0

Ici, comme au rez-de-chaussée, mes ordinateurs et mes instruments sont passés automatiquement sur l'alimentation des onduleurs. Mais tout ne va pas bien pour autant. Je ne pense pas que cette coupure d'électricité soit due au mauvais temps. Ni que les guirlandes de maman aient fait sauter les plombs.

Carmé !

— M'man ? Tu es toujours là ? Qu'est-ce qui se passe ? (Je m'approche du lavabo à la recherche de mon pistolet.) Le courant est coupé chez toi aussi ? Parce que, ici, je suis dans le noir complet.

— Mon Dieu ! (Sa voix résonne dans les ténèbres.) Toute l'allée s'est éteinte… toutes mes lumières dehors… J'espère que ce n'est pas ma faute. Oh non… Je viens juste de brancher la guirlande du sapin, en me disant que ce serait joli dans salon. Tu crois que j'ai fait sauter tout le secteur ? Ce serait terrible. Tu parles d'une voisine !

Ma mère n'est pas une électricienne, et la réponse est non. Ce n'est pas le disjoncteur. Et on n'a pas fait fondre un fusible, ni trop tiré sur le réseau. Je lui assure qu'elle n'y est pour rien, mais elle refuse de m'écouter.

— J'ai dû mal compter. Mettre trop de décorations. On n'avait pas ce gros père Noël gonflable l'année dernière.

85 watts × 24 heures = 2,04 kilowatts-heure. Multiplié par 31 jours, ça fait 8 dollars par mois pour un machin de quatre mètres de haut.

— Mais quand je l'ai vu au vide-greniers, poursuit-elle, avec sa combinaison spatiale, je n'ai pas pu résister. Il était parfait pour la maison !

— Ton père Noël n'y est pour rien. Ni lui ni toi.

C'est une évidence.

— Il me faut une lampe électrique… La dernière fois, il y en avait une à côté du grille-pain… Mon Dieu, je ne vois même pas ma main !

Mon cœur tambourine dans ma poitrine. Par réflexe, je m'assure que ma porte est toujours verrouillée. C'est plus fort que moi, je m'attends à ce qu'on l'enfonce d'un coup d'épaule ou de bélier, qu'on me saute dessus et qu'on m'emporte dans les ténèbres. Je cherche en pensée mon bouton RESET personnel. Je me dépêche d'appuyer dessus !

Stop !

Je dois relancer mon programme. Pas question de laisser la panique ou l'émotion me parasiter. C'est dans ces cas-là qu'arrivent les problèmes !

Jamais elle ne me ferait du mal.

— Ou alors le vent a arraché une ligne. Ou quelqu'un est rentré dans un poteau électrique, continue ma mère.

Et soudain la lumière revient. Aveuglante.

— Ah ! Merci mon Dieu ! s'exclame-t-elle. Mes lumières n'y sont pour rien. D'ailleurs, ça me rappelle qu'il m'en manque.

— À mon avis, tu en as encore plein…

Je me revois entrer dans la cuisine avant-hier. L'horloge du four indiquait 16 h 16, je me souviens.

J'ai emporté des sacs de courses à l'office et c'est là que j'ai vu toutes les boîtes de guirlandes dans un grand sac – preuve de la fièvre acheteuse de ma mère, l'arme du crime encore fumante ! Il faut que je remarque tout, c'est plus fort que moi. Pas grand-chose ne m'échappe. Et, malheureusement pour ma mère et peut-être pour tout le monde, je suis imbattable en calcul mental.

Vingt boîtes, chacune contenant deux guirlandes de six mètres, avec trois cents LEDs bleues par mètre, soit 3 600 ampoules pour 240 mètres de guirlandes, de quoi aller du perron derrière la maison jusqu'au rivage au bout du jardin.

— Tu as regardé à l'office ?

Je choisis mes mots, je ne veux pas l'embarrasser au cas où elle ne se rappellerait plus qu'elle a acheté ces boîtes.

Chaque fois qu'elle oublie quelque chose, son premier réflexe est de penser que c'est à cause de la chimiothérapie. J'ai beau la rassurer, elle n'en démord pas. Ma mère n'a aucun problème cognitif. Elle a juste vu la mort en face, et cela l'a changée.

— Je crois en avoir aperçu dimanche. Plein de boîtes, dans un grand sac Pottery Factory.

Carmé !

— Non, il n'y a presque plus rien, me répond ma mère en revenant en ligne. Je m'en suis rendu compte quand j'ai préparé le dîner. J'ai dû mal calculer mon coup quand j'ai fait les courses l'autre semaine. Pourtant, j'aurais juré qu'il m'en restait un plein sac. Je n'ai pas envie d'être à cours juste avant Noël, et c'est la folie au magasin…

Le compte y est, maman ! Et tu ne t'es pas trompée dans tes calculs. Je sais très bien ce que j'ai vu quand j'ai rangé les boîtes de bouillon de bœuf, les petits pois et autres ingrédients pour sa fameuse soupe du repas de bienfaisance à l'église. Je n'ai pas la berlue. Je me revois parfaitement dans cette pièce. J'ai vu ces boîtes, comme j'ai vu aussi qu'il y a plus de lumières sur le ponton que ce matin.

Carmé était dans la maison.

Elle y est peut-être toujours. Mais elle ne fera pas de mal à notre mère. Ma sœur aurait volé ces guirlandes pour les installer au bout du jardin ? Pourquoi ? Qu'essaie-t-elle de nous dire ? Ou alors c'est pour nous montrer son attachement ? Pour me rassurer ?

— Tout est normal, soupire maman. Le courant est revenu. Tout fonctionne.

— Ici aussi.

Pourtant, non, rien n'est normal. Pas du tout.

— Je me demande quand même si cette coupure d'électricité n'augure pas d'autres problèmes à venir. Pour ce soir et demain. (*Dans le mille, maman !*) Alors, Calli, de quoi voulais-tu me parler ?

— Rien d'important.

Plus question d'aborder le sujet après ce mini-black-out qui m'a saisie juste au moment où j'allais parler de Carmé.

C'était peut-être une coïncidence, l'un de ces prétendus hasards. Mais alors que je suis enfermée dans cette salle de bains, mon pistolet à la main, face à la glace derrière ma porte, tout mon être me dit l'inverse. Je vérifie. Oui, elle est toujours verrouillée ! Je suggère à ma mère d'en reparler plus tard, quand je me serai lavée et changée. Je termine l'appel et ouvre le robinet de la douche.

J'aperçois mon reflet dans le miroir. J'ai beau faire de la gym comme une acharnée, je ne suis jamais satisfaite du résultat. Je laisse échapper un soupir. J'aurais préféré avoir des jambes plus longues, moins de poitrine, être plus sèche partout. Carmé et moi prenons facilement du muscle quand on soulève de la fonte, mais elle est toujours plus affûtée que moi, plus tonique, et elle a moins tendance à prendre des rondeurs.

Encore une *tare* comparée à elle. Pour la première fois peut-être, je me rends compte que je n'ai pas toujours des pensées charitables envers ma jumelle. Non, je ne suis pas *jalouse*. Rien à voir ! Je tire le rideau de la douche, les anneaux en plastique tintent sur la tringle métallique telles de petites cloches fêlées. *Amère*, peut-être. Pour dire les choses comme elles sont. Je lui en veux. J'ai de la rancœur pour ce qu'elle est et que je ne suis pas. Ou l'inverse. Je ne sais plus.

Je règle la température du jet et commence à me laver des scories de cette journée. L'eau est aussi chaude qu'une averse tropicale. C'est apaisant. L'odeur du shampooing est aussi très agréable. Je ferme les yeux, savoure cette pluie qui masse mon visage, ruisselle sur ma bouche, mes dents, mon nez. Ma deuxième séance de décontamination de la journée. Cette fois, elle est psychologique !

C'est comme si toutes mes craintes étaient emportées par le flot, avalées par la bonde. Et puis je la sens à nouveau. Cette présence. Toute proche… Je coupe l'eau, attrape ma serviette. Et lorsque j'enjambe la baignoire pour sortir de la douche, je suis sur le point d'être terrassée par une crise cardiaque… du moins si j'avais été plus âgée et en moins bonne santé…

Mon cœur cogne dans ma poitrine, un choc sourd et puissant contre les côtes, avec l'impression que le haut de mon crâne va se détacher.

On frappe à la porte de la salle de bains !

30

— Sisto. C'est moi. (C'est la voix de Carmé.) Ouvre !

Ça toque à nouveau.

— Comment je peux savoir que c'est toi ?

Il faut vraiment être demeurée pour poser cette question. Évidemment que c'est elle !

Je m'essuie précipitamment et sors de mon hébétude.

— Tu en connais beaucoup qui t'appellent Sisto ?

Ce surnom date de notre enfance. On partage tellement de choses, juste Carmé et moi. Des secrets de jeu, des surnoms, des mots de passe, des codes de notre cru.

— Ouvre la porte, Sisto. Et tu vas comprendre.

Je m'enveloppe tant bien que mal dans la serviette.

Toc-toc. Ça fait un bruit de métal ou de plastique dur sur le battant de chêne. Mon Glock à la main, j'ouvre la porte…

— Oh, mer… credi !

C'est la SPAS numéro 12, la boule à facettes, celle qui manquait !

— Carmé ?

Elle flotte devant moi.

— C'est toi ?

Sous le choc, je reste pétrifiée tandis que la boule pénètre dans la salle de bains.

Elle décrit des cercles autour de moi à diverses altitudes (ce qui est gênant vu ma tenue plus que légère), puis remonte à hauteur de mes yeux, se stabilise un moment avant de s'éloigner dans la pièce saturée de vapeur, à la manière d'un oiseau rentrant au nid. Elle longe la tringle de la douche, en décrivant des vrilles et des tonneaux facétieux. Ma sœur virtuose tout craché !

Elle est aux commandes, avec son adresse habituelle de pilote, avec la caméra intégrée et les haut-parleurs. Elle m'observe un long moment, comme elle le fait chaque fois que l'on ne s'est pas vues depuis longtemps. Une sorte de check-up avant décollage, pour s'assurer que je suis en forme, en état de monter avec elle pour faire un tour.

— Je suppose que tu ne vas pas me dire où tu es… (J'essuie mes cheveux avec la serviette tandis que le vent continue sa polyphonie sur les tôles du toit. Bien sûr, la boule disco ne me répond pas.) Tu es dans la grange ? Si tu es dehors, dis-le-moi ! Ne va pas attraper quelque chose…

Je suis stupéfaite : c'est sorti tout seul. Ce sont exactement les mots de ma mère ! Un jour, alors que nous étions devenues adolescentes, maman avait voulu nous mettre en garde, nous énoncer les règles de base si nous devions explorer nos « nouveaux centres d'intérêt » – que ce soit dans le cimetière pour animaux de

Fort Monroe, sur les tables de pique-nique du parking du Smitty's ou au fond des salles de cinéma.

Maman n'avait rien contre le fait qu'on sorte avec des garçons tant qu'on ne s'approchait pas trop de leur « machin » et qu'on *n'attrapait pas quelque chose*. Autrement dit, un interdit général pour le véritable objet de notre curiosité.

— Tu te rappelles qu'elle disait ça ?

Pas de réponse audible. Mais la boule se met à tourner dans le sens des aiguilles d'une montre.

— Je suppose que cela veut signifie « oui » ?

Je continue à me frotter la tête avec la serviette. J'hésite un instant à me servir du sèche-cheveux. Comme si je craignais d'effrayer la SPAS. C'est idiot, je sais.

Je poursuis mon soliloque.

— Tu te souviens quand maman nous parlait de la reproduction des oiseaux et des abeilles en guise de cours d'éducation sexuelle ? Quand elle nous faisait la leçon ? Inutile de préciser qui de nous deux n'écoutait pas. Toi, évidemment ! (Je regarde la SPAS à facettes qui ressemble à une petite lune argentée.) Pourquoi tu ne dis plus rien ?

Silence.

— Tu es en sécurité ?

À ces mots, la boule cesse sa giration.

Et se met à tourner dans l'autre sens. Le sens anti-horaire.

Non. Elle n'est pas en sécurité.

— Tu as fait quelque chose de mal ?

La boule disco s'immobilise et inverse sa rotation. Oui. Elle a fait quelque chose de mal.

— Tu as tué quelqu'un ? Une personne ? Deux ? Autant me le dire. (Et à l'intérieur de moi, tout s'écroule.) Je le saurai tôt ou tard.

Elle inverse à nouveau sa rotation. Non, elle n'a tué personne. Et mon cœur bondit de joie. Je ne montre rien, bien sûr.

— Pourtant des gens pensent que tu l'as fait. Mais ce n'est pas toi. C'est quelqu'un d'autre… Zut ! (La peur, l'agacement, tout s'emmêle.) Je suis dans le flou total ! Bon sang, Carmé, dis-moi ce qui se passe !

Elle continue de tourner. Oui, oui, oui à tout.

Il s'est passé quelque chose de terrible et elle se trouve impliquée. Mais elle n'est pas coupable. Il faut qu'elle me raconte. Qu'elle m'explique. Je veux tout savoir. Tous les détails. Mais pas un son ne sort de cette sphère qui flotte devant moi. Je tremble de tout mon être, les larmes me montent aux yeux.

— Tu ne veux plus me parler ? (Je m'éclaircis la gorge.) Carmé, s'il te plaît.

Doucement, elle s'approche, s'arrête devant mon visage, tout près, me regarde à travers mon reflet, puis pose doucement sa face de verre contre mon front tandis que le souffle discret des rotors court sur mes joues, à la manière d'un baiser. Comme du temps où Carmé appuyait sa tête contre la mienne, longtemps, son souffle agitant mes cheveux. On recharge mutuellement nos batteries, c'est ce qu'elle a toujours dit. Une fusion de nos esprits, et un partage. Notre façon à nous de nous dire qu'on tient l'une à l'autre.

Je t'en prie, ne meurs pas.

La sphère se détache de mon regard, s'élève comme un ballon gonflé à l'hélium. Elle ne peut m'en donner davantage.

— Ce serait plus facile avec des mots…

Silence encore.

— Si on pouvait se parler comme avant.

Toujours pas de réponse.

— Très bien. Jouons aux devinettes.

J'essaie de garder un ton calme et détaché. Surtout ne pas pleurer. Parce que si ma sœur se donne tout ce mal, c'est qu'elle n'est pas l'ennemi public numéro un qu'on prétend. Elle n'est pas une elfe du père Noël devenue soudain maléfique, entrant en catimini dans des endroits pour trafiquer des appareils et des scènes de crime. Les images de la journée me reviennent en mémoire. Et je déteste ça.

Le sang séché sur le tuyau dans le Yellow Submarine. L'alarme qui n'était pas activée au PC, la télévision réglée sur les images en direct à bord de la station spatiale – une première. Plus étrange encore, les deux astronautes qui allaient faire la sortie extravéhiculaire étaient à l'écran à mon arrivée, grandeur nature sur le téléviseur, se préparant à installer le faux LEAR. Sans parler de la scène de crime à Fort Monroe, porte et portières ouvertes, le badge volé glissé sous le couvercle de l'ordinateur, le maquillage du crime et son « démaquillage », et les échos que j'ai captés sur mon analyseur de spectre.

Et à mon retour chez moi, la lumière du perron est HS, la porte là aussi n'est pas verrouillée. Comment ne pas croire que Carmé soit derrière tout ça ? Y compris pour le badge de Vera Young qui réapparaît, et le bidon d'eau de Javel manquant. Nul besoin d'être une experte en médico-légale pour savoir que Vera a été tuée, avec violence et contre son gré, et que les indices ont été volontairement brouillés, par deux personnes différentes, ayant chacune des intentions diamétralement opposées.

L'une voulait cacher la vérité. L'autre la révéler.

Je suis curieuse de voir ce qu'on va trouver dans le corps de la victime. Quel type de capteurs ? Dans quel but ? Et surtout, je veux savoir quel peut être le lien avec ma sœur.

Qu'est-ce que tu as fichu ? Je manque de poser la question à la boule à facettes. Mais je me ravise.

Je dois prendre des précautions avec ces SPAS comme avec tous les autres, les considérer comme des personnes, avec leurs émotions, leurs sentiments et leur libre arbitre. Sinon, ce serait oublier l'être qui se trouve derrière. Il pourrait alors se mettre sur la défensive. Ou paniquer. Ce drone est sans doute la corde de survie de ma sœur, ce qui reste une conjecture. Une chose est sûre : si elle évite Dick ou moi, et peut-être tout le monde, ce n'est pas pour faire une farce ou son intéressante, ni par vengeance.

Carmé utilise ce subterfuge parce qu'elle n'a pas d'autre choix. C'est son seul moyen de me contacter. Et cela me terrifie.

Ne m'abandonne pas !

— Si tu me parles à distance par l'intermédiaire des haut-parleurs de la SPAS, quelqu'un peut nous écouter, dis-je avec calme et logique. (Je pourrais avoir l'Oscar de la meilleure actrice !) Sans compter la consommation accrue d'énergie. Et tu ne veux pas que moi ou quelqu'un d'autre rapporte ta présence puisque tu préfères rester pour l'instant sous les radars.

Je dis ça tranquillement comme si c'était la chose la plus naturelle du monde. Et qu'à sa place je ferais la même chose.

Pas de réponse.

— Dick te cherche, mais tu dois dejà le savoir. (Évidemment !) Plein de gens sont impatients de te retrouver. Et je suis censée les prévenir.

Ça aussi elle le sait. Elle sait probablement tout d'ailleurs.

La sphère tourne sur elle-même, comme un mécanisme d'horlogerie. Dans le sens horaire. Un mouvement régulier. Imperturbable.

00 : 00 : 00 : 00 : 0

— Et donc je n'aurai pas mieux qu'un simple oui ou non, c'est bien ça ?

Il faut que je me dépêche de me rhabiller.

Il est minuit, les centres de la NASA sont désormais fermés à cause du shutdown, et malgré tout je dois vite retourner à Langley. Mais ça, c'était avant l'arrivée surprise de ma visiteuse qui dit oui en tournant sur elle-même dans ma salle de bains.

— Au moins, c'est dans ton style !

À cette remarque la rotation accélère dans le sens positif.

Carmé approuve. Oui, elle a toujours été économe en paroles, même si moi j'appelle ça de la distance, de la froideur. Voire de la grossièreté. Si ça ne tenait qu'à elle, Carmé ne parlerait que par acronymes et codes. Elle est courageuse et téméraire et en même temps méfiante, fermée, et fuit comme la peste toute implication émotionnelle avec ses congénères. Aujourd'hui elle quitte son boulot et joue les filles de l'air, ma jumelle superwoman qui ne craint rien hormis le rapprochement humain !

En même temps, sa peur de s'engager intimement ne l'a jamais empêchée de butiner. Pour cela, elle n'a aucun souci. Je suis bien placée pour le savoir, au souvenir du nombre de soirées passées avec elle au Fort Monroe, à la voir enchaîner des ébats où elle aurait pu attraper bien des rhumes, voire d'autres maux. Carmé n'a pas froid aux yeux, et a des appétits insatiables qu'elle n'hésite pas à explorer et à satisfaire. Ce qu'elle évite systématiquement c'est la zone de turbulence émotionnelle.

Chez elle, jamais l'empathie ou les sentiments ne prennent le dessus. À l'inverse de moi. Et cette connexion s'est sans doute rompue ce jour d'automne, alors qu'on avait six ans. À l'image de ce qui s'est passé avec Fran après mon retour de Colorado Springs. J'habitais de nouveau la grange depuis à peine deux semaines quand j'ai reçu cet appel la veille de Noël. Fran et Easton étaient en voiture, ils traversaient un tunnel quand un pneu avait éclaté. Et des gars s'étaient arrêtés pour leur porter secours. Mais ce n'étaient pas de bons samaritains.

Peut-être certains dommages sont irréversibles. Et je ne peux reprocher à ma sœur de vouloir dorénavant se protéger. Ne plus jamais être vulnérable. Pas après que l'ami aviateur l'avait raccompagnée à bord de la sexy « Carmaro », comme il aimait à le dire.

00 : 00 : 00 : 00 : 0

À la nuit tombante, il quitte Beach Road et fait un détour par le cimetière. Tandis que ses phares éclairent les tombes, il lui demande combien de gens sont morts ici. Puis il éteint les lumières. Et se retrouve dans le noir avec elle.

— Je ne sais pas. (C'est ce qu'elle a répondu, me raconte plus tard Carmé.) Combien ?

— Tous ! répond-il en riant.

Il lui prend la main, comme si elle était sa petite amie.

Un jour il l'emmènerait au bal et quand les garçons emmènent les filles au bal, ils se garent exactement dans ce genre d'endroits. Les cimetières la nuit, où personne ne peut les voir voler leur premier baiser.

00 : 00 : 00 : 00 : 0

C'est ce que le pilote avait dit. Tel que cela m'a été rapporté plus tard. Mais je n'en sais pas plus. Juste qu'il a disparu ; nos parents s'étant assurés qu'on ne le revoie jamais.

Des années plus tard, quand j'ai commencé mon stage au lycée dans la brigade de Fran, j'ai fouillé dans les archives. Pas seulement celles de la police de Hampton, mais aussi celles de Langley. Je cherchais partout. Je voulais savoir ce qui s'était passé exactement des années plus tôt. En vain. Je n'ai rien trouvé. Pas même l'identité de l'homme de loi que mes parents m'avaient emmenée voir.

C'était dans le quartier historique de Hampton, non loin de l'endroit où il y a aujourd'hui toutes ces brasseries. Un type chauve avec des lunettes cerclées de métal, un costume sombre et un nœud papillon. Peut-être un procureur. En tout cas, pas un de ceux que je connais. Et à ce jour je ne sais toujours pas de qui il s'agissait.

31

Je me sens toute petite dans ma tenue de cow-boy, assise entre papa et maman sur un canapé de cuir noir avec des accoudoirs bardés de clous de cuivre. L'homme me pose des questions sur Carmé et la sortie à la piscine.

— Calli, explique-moi à nouveau pourquoi tu as laissé ta sœur toute seule ? demande-t-il, enfoncé dans son fauteuil pivotant.

— C'est elle qui me l'a demandé.

— Tu es sûre ? Je te pose la question parce que c'est très important. C'est Carmé qui t'a demandé de la laisser seule ?

— Oui, monsieur.

— Ce n'est pas votre ami pilote ?

— Non, c'est elle.

— Je vois. Mais était-ce vraiment l'idée de Carmé ?

— Oui. La sienne.

— Quel âge vous avez toutes les deux ?

— Six ans.

— Vous venez de fêter votre anniversaire, c'est bien ça ?

— Oui, monsieur.

— Et vous êtes nées quand exactement ? poursuit-il en prenant des notes dans un grand carnet jaune. Voyons si ta mémoire est aussi exceptionnelle que ça.

— Le 2 novembre 1991, à 2 h 22 du matin. Mais Carmé est née huit minutes avant moi, à 2 h 14, heure de la côte Est. Autrement dit 7 h 14 et 7 h 22 UTC. Donc, nous n'avons pas exactement le même âge.

— Je vois, jeune fille, que tu aimes être précise avec les chiffres. Bref, que vous ayez le même âge ou pas à quelques minutes près, il n'en reste pas moins que six ans, ça me semble bien jeune pour organiser un covoiturage.

Il jette un coup d'œil à maman et papa. Personne ne sourit. Sauf lui, de temps à autre.

— Essaie de répondre à la question, ma chérie, me presse mon père assis à côté de moi, avant de se tourner vers l'homme. Elle est fatiguée. Tout cela a été très stressant pour elle…

— Certes. Je comprends bien. Mais je veux que tout soit bien clair, Calli. C'était donc pour votre anniversaire à toutes les deux que votre ami pilote vous a emmenées à la piscine dans la Camaro de votre papa. Une sortie spéciale pour un jour spécial. Et comme on était en semaine et que ta maman et ton papa travaillaient, votre ami a proposé cette sortie à la piscine du Club des officiers, en promettant de vous ramener à 6 heures tapantes.

— À H-1800, c'est comme ça qu'il a dit.

— Oui, H-1800, comme les militaires et tout le monde dans votre coin. Et tu me dis que c'est Carmé qui t'a demandé d'aller faire un tour sur le bateau des… c'est quoi leur nom ?

— Les Powell, intervient ma mère en me prenant la main.

— C'est cela. Ils étaient venus en bateau au Club des officiers. Et donc c'est Carmé qui voulait rester seule à la piscine, seule le jour de son anniversaire avec un homme de l'âge de ton père ?

— Je ne sais pas.

— Je me demande si cette idée aurait pu ne pas *venir d'elle. C'est la question que je me pose.*

— Je ne sais pas.

— Malgré ton QI hors norme, tu ne connais visiblement pas le mot « prémédité ». Or c'est important de savoir si ce qui est arrivé était « pré-mé-di-té ». (Il a ce petit ton moqueur comme les autres enfants à l'école quand on en sait trop.) Ce que je veux savoir, c'est si votre ami pilote avait prévu d'emmener Carmé au cimetière.

— Je ne sais pas.

— Un plan prévu à l'avance. Et peut-être que tu gênais ce plan ?

— Je ne sais pas.

— Ils ne voulaient pas que tu sois là, c'est ça ?

L'homme me regarde, comme s'il savait déjà la réponse.

— Je ne sais pas.

— Qui pensait-il emmener en balade ? Dans cette belle voiture qu'il a restaurée avec ton père ?

— Carmé.

— Parce qu'il peut faire la différence entre vous deux ?

— Je ne sais pas.

— Et ce cascadeur…

— Pilote de voltige, rectifie mon père.

L'homme feuillette son grand carnet.

— Et ce pilote de voltige, Calli, a-t-il déjà été trop amical avec toi ?

— Je ne sais pas.

— Est-ce qu'il te touchait à des endroits intimes ? Te disait des choses qui…

— Vous forcez ses réponses, intervient encore maman.

— Il nous faut connaître la vérité, Penny. Même si c'est dur à entendre. N'est-ce pas, Calli ? Tes parents t'ont appris la différence entre la vérité et le mensonge.

— Oui, monsieur.

— Et ce casca… ce pilote de voltige ne s'est jamais montré trop amical avec toi ? Il ne t'a jamais touchée, mise mal à l'aise ?

— Je ne sais pas. (Mais je secoue quand même la tête.)

Parce que je n'ai jamais eu cette sensation. Il ne m'appréciait pas autant que Carmé, et cela n'avait rien de gênant, contrairement à ce que laisse entendre cet homme. Il ne me voyait pas, c'est tout. Comme si j'étais transparente, comme l'air qu'il fendait avec son avion.

— Je te pose cette question parce que toi et ta sœur vous êtes la copie conforme l'une de l'autre. Et les gens vous confondent souvent. Ce n'est pas vrai ?

— Oui, monsieur.

— Vous êtes faites dans le même moule. On vous a déjà dit ça, n'est-ce pas ? Et on m'a dit que vous vous habillez pareil, vous vous coiffez pareil. Exprès.

— Je ne sais pas.

— Parfois, vous vous amusez à tromper les gens. Vous échangez quelquefois vos places et vos rôles. On m'a raconté que vous faites ça à l'école, et même à l'église – il n'y a pas si longtemps. Et personne n'y voit que du feu. Je me trompe ?

— Je ne sais pas. (À l'intérieur, je tremble de partout. J'essaie de ne pas pleurer.)

— Mais c'est arrivé souvent. Toi, tu te fais passer pour Carmé. Et elle se fait passer pour toi. C'est votre jeu préféré. Et tout le monde se fait avoir.

— Calli, réponds à sa question, insiste papa en passant son bras autour de moi. Il veut juste nous aider.

— C'est déplaisant pour tout le monde, George, je le sais. Mais j'ai besoin qu'elle reconnaisse que Carmé et elle sont si semblables qu'elles peuvent duper n'importe qui. (L'homme me regarde par-dessus ses lunettes.) N'est-ce pas, Calli ?

— Oui, monsieur

La honte m'étouffe. L'homme a vu clair en moi. Tout est ma faute.

— Et vous avez recommencé ce petit tour de passe-passe avec votre ami…

— Ce n'est pas notre ami ! l'interrompt ma mère. Cet homme n'est plus rien pour nous. Il n'a plus de nom. Appelez-le juste « le pilote ».

— À lui aussi, vous lui avez joué ce tour ? Calli ?

Le vieux cuir de son fauteuil craque quand il se penche vers moi. Il sent l'ail et la cigarette.

— Non, monsieur ! Jamais !

00 : 00 : 00 : 00 : 0

Ce procureur avait tout faux. Échanger nos places, ce n'était pas le genre de jeu que Carmé et moi jouions avec le pilote (même s'il l'aurait mérité), pour la simple raison que Carmé voulait le garder pour elle seule.

Je n'avais pas le droit de m'approcher d'eux, et il en profitait. Le magistrat, en ce sens, avait raison. L'ancien ami de la famille était un prédateur opportuniste, un malade victime de ses pulsions pédophiles, et en même temps un criminel à qui l'on ne peut offrir ni son pardon ni sa confiance. On reconnaît rarement le loup déguisé en agneau. Il n'y a personne à blâmer.

Si, moi ! Je n'aurais pas dû laisser Carmé partir avec lui ce soir-là. Au risque de subir sa colère, j'aurais dû rester avec elle. Peu importaient ses cris, sa fureur qui aurait rendu son visage écarlate, prêt à exploser comme un ballon trop gonflé. Je sais quelle serait la décision d'un jury si on lui demandait un verdict. C'est moi la coupable !

Personne ne m'a reproché quoi que ce soit – bien sûr, j'étais une enfant. Mais cela n'a en rien allégé mes regrets. Concernant les dégâts que j'ai causés, Rush est aux premières loges. Il pourrait en dire long sur le sujet – encore faudrait-il savoir où il est ! Je ne sais pas comment il peut supporter les dysfonctionnements de ma sœur. Son mode binaire, *on* ou *off*. Tantôt lointaine, tantôt proche. Une amante passionnée, puis un fantôme. Un coup elle l'aime, puis plus du tout, du jour au lendemain ; des fluctuations aussi prévisibles et implacables que la gravitation ou les éruptions solaires.

Maintenant je le sais, sans la moindre ambiguïté : ma jumelle est en danger, elle a de graves problèmes. Et ce que m'a confié Dick n'est que la partie émergée de l'iceberg. Même si l'idée de prévenir mon ancien chef et mentor me traverse de temps en temps l'esprit, je ne vais pas le faire. Dick Melville n'est plus mon commandant ni mon ami.

Il n'y a plus de dilemme en moi ni de pression, comme c'était le cas un peu plus tôt. Je n'ai aucune envie de lui obéir, et encore moins de l'appeler pendant son dîner prétendument important – quoi qu'il fasse en réalité, et où qu'il se trouve. Je n'ai plus confiance. D'ailleurs, j'ai le pressentiment qu'il n'est pas du tout avec le ministre des Affaires étrangères.

De la même manière, pourquoi croirais-je son histoire d'ingénieur disparu. Je me sens manipulée, bernée. Et le Secret Service qui patrouille en catimini et me nargue ouvertement… Je n'aime pas ça. Je déteste qu'on me cache des données cruciales et qu'on me laisse à l'écart. Tout cela tend à prouver qu'entre nous la loyauté est à sens unique. C'était prévisible. Et

Dick n'étant pas de mon sang, rien ne m'oblige à lui révéler que j'ai eu des nouvelles de ma sœur.

Si je lui annonçais que Carmé s'est transformée en drone et qu'en ce moment elle flotte dans ma salle de bains alors que je viens de sortir de la douche, il me prendrait pour une folle. De toute façon, c'est un non-sujet. Je ne vais en parler à personne, ni à Dick, ni à mes parents, ni à Fran.

Je cogite toute seule – si je fais abstraction bien sûr de cette SPAS qui me surveille comme un ange mécanique ! Je déverrouille mon téléphone et consulte le compte à rebours sur le pas de tir. Je sens l'adrénaline monter en moi. Les chiffres happent mon regard comme un aimant.

1 : 47 : 03 : 6…

Le lancement est toujours en cours. À moins de deux heures, tous les voyants sont au vert. La caméra montre la fusée sur le pas de tir 0A, aussi brillante qu'une aigrette, avec le drapeau américain peint sur sa coiffe, dressée au milieu d'une nuée de flocons qui s'agitent comme autant de confettis. La tour ombilicale et son entrelacs de tuyaux jaunes flanquent le corps du lanceur jusqu'à une hauteur de trente-neuf mètres, de part et d'autre les deux mats portant les batteries de projecteurs et les paratonnerres culminent à cinquante-huit mètres. En arrière-plan, je distingue la mer, un gris d'étain zébré de moutons.

J'aperçois le grand château d'eau sur un côté. Son contenu sera libéré quelques secondes avant la mise à feu, pour atténuer les vibrations acoustiques. Souvent, je donne aux gens cette image assez parlante : c'est comme allumer un pétard dans un bidon d'essence et qu'on arrose le tout avec une lance d'incendie pour réduire la déflagration, le bruit et l'onde de choc. En quarante et une secondes, tout le réservoir se vide dans deux grosses conduites parallèles chacune large de deux mètres, créant un tsunami de plus d'un million de litres d'eau qui inonde tout le pas de tir. La NASA dans ses œuvres, un système ingénieux mis au point il y a des dizaines d'années pour éviter que la poussée de trois mille cinq cents tonnes ne mette en pièces la navette spatiale et son chargement.

Aujourd'hui, ce sont des fusées et leur fret que nous voulons préserver des vibrations. J'observe les données. Aucune alerte ou message d'erreur. Tout est nominal. Sauf Rush qui ne donne plus de nouvelles ! Hormis cela, je n'ai pas d'autres inquiétudes. Rien qui pourrait mettre en péril le lancement. Personne parle de devoir déneiger l'aire de lancement. RAS aussi du côté de Langley.

N'empêche que Rush est toujours aux abonnés absents. Et plus j'y pense, plus cela me trouble. En fait, cela m'agace carrément. Aux dernières nouvelles, nous étions des coéquipiers. Rush est le responsable des communications, le chef de mission concernant l'EVA.

Moi, je suis là en secours, spécialiste des téléopérations pour l'implantation du faux LEAR. Rush a intérêt à se montrer à la salle de contrôle de Langley. Il ne va pas me laisser toute seule gérer deux astronautes en EVA au moment où ils doivent installer un équipement top-secret ! Ce ne serait vraiment pas sympa de sa part. Surtout sans me prévenir.

Je ne ferais ce sale coup à personne. J'essaie toujours d'arranger tout le monde. Et je trimbale son cadeau d'anniversaire depuis des semaines dans mon sac ! Sans compter le temps que j'ai passé à le personnaliser chez moi à l'atelier. Je l'ai emballé dans une ancienne carte aéronautique, une manière de lui souhaiter bon vol dans la nouvelle décennie. Je me suis même fendue d'une carte où je lui disais que cela avait été un plaisir de travailler avec lui sur ce projet.

Et il ne se donne même pas la peine de répondre à mes messages ? Alors que je viens de passer une sale journée ! Et oui, à l'horloge, cette journée vient de finir… J'ouvre ma trousse de toilette avec un long soupir – la prochaine ne s'annonce pas meilleure.

Ce n'est pas normal.

Il n'a même pas la courtoisie de me prévenir ? Histoire que je ne tombe pas des nues en débarquant à la salle de contrôle. Ça ne lui ressemble pas.

1 : 35 : 44 : 4…

J'essaie encore de l'appeler. Je suis immédiatement renvoyée sur sa boîte vocale, qui est pleine comme d'habitude.

— Zut !

Je me penche au-dessus du lavabo pour me brosser les dents. Au-dessus de moi, la boule reste à distance, comme si elle se méfiait.

Selon maman, quand je pique une crise, je ressemble à une baleine qui remonte à la surface. Ça remue de l'air ! Et dans ces cas-là, Carmé préfère s'abriter sur le rivage. Si elle me voit en ce moment (ce qui est une certitude), elle sait que, tandis que je consulte le registre du système de sécurité tout en finissant de me sécher les cheveux, je suis au bord de l'explosion. J'entre le numéro du badge de Rush.

Rien !

Comme s'il n'avait pas mis les pieds à Langley de toute la journée ! La dernière entrée, c'est lorsqu'il a retiré sa carte de son ordinateur à H-1738 dans le bâtiment 1220.

— Où es-tu passé ?

Carrément, je parle toute seule !

1 : 33 : 14 : 2…

Il faut que je retrouve Rush. Et j'ai pour ça un moyen infaillible. Mais je redoute de déranger Ken, le directeur des opérations, juste avant un lancement. Car, à Langley ou dans les dix autres bases de la NASA, les équipes ont été réduites au strict minimum à cause du shutdown. Seuls les gens indispensables sont en poste. Et bien sûr, dans ma tête, cela inclut toute l'équipe de l'EVA.

Ken et moi, c'est une longue une histoire. On se connaît depuis le lycée – j'étais une élève discrète et lui champion de lutte et délégué de classe. Ça ne m'étonne pas que ce type tranquille et posé, qui ne s'énerve jamais, soit devenu le grand manitou de la salle de contrôle à Langley. Mais il doit être très occupé et j'espère qu'il ne va pas m'envoyer sur les roses. Jamais je ne le dérangerais à un tel moment, si ce n'était pas très important.

1 : 33 : 33 : 0…

Et s'il était arrivé quelque chose à Rush ? Je suis sûre que personne à la salle de contrôle n'a songé à ce cas de figure. Le Dr Delgato, comme on l'appelle officiellement, a le don pour débarquer au dernier moment, pile lorsqu'on a besoin de lui.

Il ne vient jamais en avance, qu'il s'agisse du lancement, d'une EVA ou d'une autre opération dans l'espace. Rush fait toujours son entrée en scène au moment opportun. Et je fais pareil. Tous les deux, nous détestons tourner en rond. Sans compter que notre emploi du temps est généralement chargé. En quatorze heures, je n'ai pas trouvé une minute pour manger !

— Bonjour, c'est la capitaine Chase, dis-je à la femme qui décroche à la salle de contrôle. Je sais que ça doit être la folie chez vous, mais…

— Pas plus que d'habitude. On est juste un peu moins de fous. On s'ennuierait presque !

— C'est ça, tranquille comme des chats au milieu d'une autoroute ! J'aimerais dire deux mots à Ken. C'est possible ?

— Il est parti se chercher un autre muffin. Je vous le passe…

1 : 32 : 14 : 0… Je fouille dans ma trousse de toilette.

Personne, y compris Ken, n'est du genre à s'affoler une heure et demie avant un lancement. Personne ne s'inquiète si lui et moi ne sommes pas dans la salle de contrôle. Tout le monde connaît notre méthode. Et nous ne sommes pas irremplaçables, d'autant que les astronautes peuvent installer l'appareil tout seuls.

1 : 31 : 54 : 1… Où est passé mon collyre ?

Tant qu'on ne repère aucun défaut susceptible de poser problème durant l'EVA.

1 : 31 : 33 : 0… J'ouvre l'armoire à pharmacie.

Tant que tout est nominal. Parce que cette mission est une première et qu'un échec est inenvisageable.

1 : 31 : 22 : 1… Pas trace de ce satané collyre !

En plus, avec ce sceau secret-défense, personne n'est au courant. Pour le meilleur et pour le pire.

1 : 31 : 10 : 1…

Encore une fois, peut-être me fais-je trop de souci ? Je suis peut-être la seule à trouver bizarre que Rush nous fasse le coup de l'Arlésienne. Non seulement il n'est pas dans la salle de contrôle, mais il n'a pas mis les pieds à Langley depuis hier.

1 : 30 : 54 : 1…

En attendant que Ken armé de son muffin revienne en ligne, j'observe la boule à facettes qui tourne lentement sur elle-même. Ma sœur serait venue ici sans avoir prévenu Rush ? En particulier aujourd'hui, alors que c'est son anniversaire ? Et pas n'importe lequel. Dans vingt-huit minutes, il aura quarante ans tout rond. J'ai du mal à imaginer qu'elle puisse débarquer ici à Hampton sans chercher à le voir tout de suite.

À moins que ce ne soit un jour sans. Peut-être qu'elle ne veut pas fêter son anniversaire – si tant est qu'elle se souvienne de la date. Ni passer la nuit avec lui… Y aurait-il quelqu'un d'autre dans sa vie ?

— Salut ! Désolé de t'avoir fait attendre.

La voix de Ken résonne dans mon téléphone. Je coupe l'eau au lavabo.

— Quel genre de muffin tu as pris ?

Cela m'intéresse vraiment, parce que mon estomac crie famine. Même dans l'espace on l'entendrait crier !

32

— À la myrtille. Il y a du café, des fruits et plein de gâteaux qui t'attendent, annonce Ken.

J'entends des voix en bruit de fond.

— Je suis un peu en retard, mais je serai là à temps. (Je tiens à le rassurer.) Pardon de te déranger, mais je cherche Rush. Je n'arrive pas à lui mettre la main dessus…

— Il est à Wallops.

— Quoi ? Comment ça ? (Je passe carrément pour une crétine !) Il devrait être à Langley pour diriger les astronautes pendant l'EVA… (Et maintenant je donne des conseils au directeur des opérations !) Je ne pourrai jamais être à l'heure à Wallops, en particulier avec cette météo ! Pourquoi personne ne m'a prévenue ?

— Tu pourras jouer la copilote d'ici, répond Ken.

Et je n'aime pas ce mot.

La copilote ? On dirait que je suis un second couteau. Encore une fois, je me retrouve sur le banc pendant que Rush et Carmé sont les stars.

— J'ai pensé que c'était jouable, poursuit Ken.

Il doit être retourné à sa console, parce que j'entends le cliquetis des touches.

1 : 29 : 52 : 1… Je me passe de la crème sur le visage.

— Pas de problème, dis-je. Je me débrouillerai. Mais que se passe-t-il ?

Je suis nue comme au premier jour, dans ma salle de bains embrumée de vapeur, avec le drone Carmé qui se promène au plafond. Et suis furieuse.

Rush est mon partenaire pour cette opération top-secret sur laquelle nous travaillons depuis des mois. Pourquoi ne m'a-t-il pas tenue au courant de ce changement de programme ? C'est agaçant et humiliant. Je ne peux m'empêcher de le prendre contre moi, même si c'est déplacé. Et égoïste. Jamais de toute ma vie, peut-être, je ne me suis sentie aussi égocentrique. Tout en parlant au téléphone, je consulte mes messages et le compte à rebours.

1 : 29 : 34 : 1…

— … un changement de programme, continue de m'expliquer Ken. Ordres d'en haut. Des huiles de Washington ont senti le filon, l'occasion de se faire mousser. Une grosse équipe de tournage débarque et tout le tralala. Avec le shutdown par-dessus le marché. C'est tant mieux parce que la NASA ne va rien filmer ce soir, en tout cas rien de prévu pour une diffusion publique.

— Wallops n'aurait pas été mon premier choix. Pas avec ce qui se passe. Mais on ne m'a pas demandé mon avis.

Je m'interromps avant de préciser que la décision devait nous revenir à Rush et à moi.

Pourquoi ne m'a-t-il pas avertie qu'on l'envoyait à Wallops ? Je ne comprends toujours pas. Nous formons une équipe. À moins qu'il ne se passe quelque chose qu'il n'a pas le droit de me révéler ? Soudain je sens la présence de ma sœur qui s'intensifie dans la boule à miroirs.

Quelqu'un a interdit à Rush de me parler.

Tous les chemins mènent à Dick ! Il ne veut pas que Rush et moi communiquions. Je n'ai aucune preuve, mais j'en mettrais ma main à couper. Même si Rush n'est guère loquace, il ne m'imposerait pas ce silence radio. C'est bien trop grossier, non professionnel. Et ce n'est pas son genre. Alors que ces pensées me tourmentent, je perçois la faible vibration et le mouvement d'air ténu de la SPAS qui a téléporté ma sœur ici, du moins son esprit.

— … avec ces gamins qui débarquent de l'Iowa, ou de Dieu sait où, c'est une occasion unique pour eux de se faire de la pub, poursuit Ken. (Je l'entends boire quelque chose.) Ils vont voir Rush parler à Peggy Whitson en direct, pendant qu'elle installe leur expérience scientifique qui a gagné le concours, ce LEAR…

1 : 28 : 34 : 1… Ne pas oublier le déo !

— … c'est dommage, ça tombe mal, reconnaît-il, mais au moins l'événement sera filmé.

Ken ne sait pas qu'on va installer là-haut un nœud quantique.

Même notre directeur des opérations n'est pas au courant. Seuls quelques acteurs indispensables, qui ont une accréditation secret-défense, le sont.

— Donc, en ce moment, Rush est à Wallops, reprends-je pour résumer la situation.

Je garde un ton calme et détaché, alors que je bous littéralement !

— Affirmatif. Il est déjà en liaison avec Peggy sur Space to Ground 1. Tout est OK.

Je le remercie, le préviens que j'arrive bientôt et coupe la communication.

— Si tu sais quelque chose, dis-je à la boule disco qui n'a pas perdu une miette de la conversation, c'est le moment de m'en faire part !

Mais la sphère reste silencieuse, les pales des rotors faites dans un matériau composite transparent, fin comme du tulle, tournent, invisibles, quasi inaudibles. Papa et moi avons cherché à nous inspirer des libellules dont le mouvement des ailes est si rapide qu'elles disparaissent de la vue, et le souffle est aussitôt dispersé et devient imperceptible. Comme les ailes d'un ange. Léger comme un soupir.

1 : 27 : 44 : 1… Je me concentre sur l'image du pas de tir à Wallops tandis que je me brosse les cheveux.

Tous les signaux sont au vert. Pas le moindre problème ni risque potentiel, comme c'est presque toujours le cas quand il s'agit du lancement d'une fusée cargo pour l'ISS. On fait ça tous les trois mois. Cette fois, le spectacle est plus impressionnant. On n'envoie pas un nano-satellite ni, comme parfois, un instrument pas plus gros qu'une boîte à chaussures. Je remarque les voitures sur le parking à proximité du pas de tir, uniquement celles du personnel indispensable, les autres étant confinés chez eux à cause du shutdown.

Je compte au mieux dix véhicules, et aucun gyrophare. Juste les balises rouges clignotant sous les bourrasques de neige qui, à en croire les autochtones, n'ont rien d'exceptionnel sur ces îles. Mais le blizzard approche. La tempête sera là dans une heure et il ne fera pas bon être dehors.

Je lâche trois Advil dans ma paume que j'avale avec une gorgée d'eau du robinet. Je ne peux m'empêcher d'avoir une pensée pour les gens qui sont venus voir le lancement. Je les plains toujours et en même temps j'admire leur constance et leur courage. Il fait un temps de chien, et cela ne va pas s'arranger. Même si le risque d'accident est minime, un « événement indésirable », comme disent mes amis du Secret Service, peut toujours se produire.

1 : 27 : 00 : 4… Je resserre les pans de ma serviette autour de ma poitrine.

Cela peut être toute sorte de choses, du très grave à la simple nuisance : un assassinat ou un entartage. Des germes d'anthrax envoyés dans une enveloppe ou quelqu'un sautant par-dessus les grilles de la Maison Blanche. Ou une fusée civile transformée en missile balistique ? Ou pis : de multiples incidents simultanés, au moment où tous ces enfants et leurs familles sont là. Une conjonction de dysfonctionnements qui aboutirait à une explosion sous les yeux du public et des dignitaires, voilà mon cauchemar !

1 : 26 : 51 : 1… Je ramasse mon Glock.

Cependant personne n'a jamais dit que l'exploration spatiale était une promenade de santé. Je pense aux pêcheurs du coin, au personnel enthousiaste qui travaille dans les hôtels, les restaurants et les boutiques à Wallops et à Chincoteague. Ce n'est pas le manque de sommeil ou quelques engelures qui inquiéteront les locaux un jour de lancement. Ils sont tous sur le pont, prêts à offrir le vivre et le couvert aux visiteurs.

Ils sont même prêts à sortir les bateaux pour donner un coup de main, parce que ce qui s'envole doit forcément retomber. Quand des machins redescendent du ciel, suspendus à leurs parachutes, il faut les récupérer. Pour ces marins, s'il s'agissait d'ovnis ce serait du pareil au même. Ils ne posent pas de questions, cela ne les regarde pas et ils ne voient aucun problème à emmener à leur bord des chercheurs, ou à aller récupérer pour eux des reliques high-tech carbonisées.

1 : 26 : 15 : 2… Je contemple mon visage dans la glace tandis que la boule à facettes tournoie au-dessus de moi.

Pour ces braves, c'est comme remonter un casier à crabes, tout le monde est content de donner un coup de main. Les vents glacés, les orages, les canicules, les moustiques gros comme des bourdons, les embouteillages, rien n'arrête un amateur de l'espace. La plupart des îliens aiment la NASA ; ils ont des boîtes aux lettres en forme de fusées et des capsules spatiales artisanales à la place des nains de jardin. Ils ont aussi des astronautes et des navettes gonflables, et des massifs de fleurs ceints de pneus de tracteur décorés d'étoiles et de lunes.

1 : 26 : 00 : 2… J'ouvre la porte de la salle de bains.

Bien sûr, au « pays des fusées », les drapeaux américains sur les maisons sont aussi nombreux que les paratonnerres et tout le monde, ou presque, roule en pick-up. Les touristes sont moins assidus à cette époque de l'année, mais durant la haute saison, ils débarquent en masse des quatre coins de la Virginie et d'ailleurs. À la NASA s'ajoutent nos fiers confrères, les grands de l'aérospatiale, l'armée et les meilleures écoles du pays.

1 : 25 : 40 : 0… La SPAS me suit pendant que je vais dans ma chambre.

Mon public favori, ce sont les élèves, les yeux écarquillés d'émerveillement, comme ces jeunes de l'Iowa à qui l'on a fait croire qu'on allait installer dans l'espace leur appareil de mesure de la troposphère terrestre, au cours d'une EVA qui doit débuter dans moins d'une heure et demie.

Pour des raisons de sécurité nationale, leur LEAR devra attendre au secret dans un entrepôt, à l'insu de ces ingénieurs en herbe et de leurs professeurs, qui ont été conviés pour l'occasion dans le saint des saints : la salle de contrôle, afin de suivre en direct la sortie extra-véhiculaire.

1 : 25 : 11 : 1… Je me dirige vers la commode.

En ce moment, les fans arrivent en un flot continu, ils se garent sur les bas-côtés de la seule route qui mène à l'île. Les plus chanceux ont une place dans la tribune des VIP, les autres se contenteront de patauger dans les prairies boueuses derrière le centre des visiteurs.

1 : 25 : 01 : 1… Je sors d'un tiroir un pantalon cargo.

Des gens de tous âges, de toutes professions se rassemblent pour assister au lancement, et plus le compte à rebours diminue, plus le périmètre de sécurité augmente, les autorités repoussant le public toujours plus loin du pas de tir 0A.

1 : 24 : 41 : 2… Puis des sous-vêtements et des chaussettes.

Quand il ne restera plus qu'une heure, personne ne sera autorisé à s'approcher à moins d'un kilomètre et demi de la fusée. Tous les membres essentiels de l'équipe de vigie seront à leur poste de travail, s'ils n'y sont pas déjà, dans leurs bunkers respectifs. Tous les héros invisibles viendront, malgré le shutdown, quitte à passer par la fenêtre si on leur refuse l'accès.

Ils vont arriver dans leur 4 × 4, avec pare-buffles, rack de fusils et boîte à outils, en jean, parka et bottes de chasse. Ce sont eux les véritables maîtres de l'espace, les as des antennes paraboliques. Ils peuvent piloter tous les modèles de la terre, des petites d'un mètre quatre-vingts aux géantes dix fois plus grandes.

00 : 00 : 00 : 00 : 0

Wallops Island est parsemée de ces paraboles renifleuses de signaux, de toutes tailles, de toutes formes, pour la plupart peintes en blanc.

Le plus souvent, ces antennes sont regroupées comme des bouquets d'ipomées géantes, chaque réflecteur parabolique étant leur pétale et le cornet d'alimentation leur étamine. Chaque fleur, pour filer l'analogie, est tournée vers l'objet qu'elle doit suivre, sauf celles qui ressemblent à des champignons, leurs corolles dirigées obstinément à la verticale comme autant de mains de saints, ouvertes vers le ciel en une supplique silencieuse.

1 : 24 : 20 : 0… Je m'assois sur le bord du lit pour enfiler un caleçon long.

Quand les paraboles sont ainsi tournées vers le ciel, comme si elles attendaient un signe divin, c'est qu'elles sont désactivées. Ou *à l'arrêt*, pour être plus en accord avec le shutdown actuel. Toujours est-il qu'elles ont interrompu leur traque des objets volants ou des ondes traversant le cosmos à la vitesse de la lumière. Mais cette nuit, tels les elfes et les rennes du père Noël à la veille du grand jour, il n'y a pas de repos pour les oreilles de Wallops.

1 : 24 : 10 : 1… Puis je mets mes grosses chaussettes de laine.

Chaque parabole a son rôle dans l'équipe cosmique pour envoyer en orbite dans la mésosphère un cylindre de métal de six tonnes. Il faut tout un village pour édifier une grange, et c'est la même chose pour une fusée : la National Oceanic and Atmospheric Administration (la NOAA), le Near Earth Network (le NEN) de la NASA, ainsi qu'une pléthore de stations au sol, dans la région comme aux quatre coins de la planète, tous seront à l'écoute, tous à la vigie, H-24 !

En fait, ils sont déjà aux aguets, les antennes connectées, joignant leurs efforts telle une chaîne humaine.

Ils se tiennent la main jusqu'à l'infini et œuvrent pour que le voyage soit sûr et l'univers plus sûr encore, autant de maillons qui émettent et reçoivent, prennent et donnent, téléchargent et envoient, adressent des requêtes et remercient, et à nous tous, nous sommes plus forts. Ils sont un exemple. Chacun de nous devrait se comporter ainsi, collaborer pour préserver ce qui est juste et corriger ce qui ne l'est pas.

1 : 24 : 00 : 2... Je me dirige vers le placard, toujours suivie par la SPAS.

Et concrètement, dans le monde des fusées, avant et pendant le décollage, les télémesures vont déferler, un flot impétueux. Alors, paraboles, cornets d'alimentation, actionneurs braqués sur le pas de tir 0A seront les meilleurs amis de l'homme, chacun écoutant la Voix de Son Maître.

1 : 23 : 52 : 2...

Durant ces dernières semaines, scientifiques, ingénieurs, contrôleurs de vol, équipes de secours et services de sécurité ont épluché les check-lists. Un vrai casse-tête ! Aucun acronyme dont la NASA a le secret, ou autre entrée énoncée dans son jargon, n'a été ignoré, pour être sûr que tout est nominal. Tout le monde est sur le pont, concentré et prêt à parer à toute éventualité. Pour arriver sans encombre à l'instant T, et ces quelques secondes qui s'ensuivent, un moment intense, électrisant, quand la fusée s'élève dans une explosion infernale qui fait vibrer tous les organes et que l'on peut ressentir à des kilomètres à la ronde, jusqu'au continent.

Dans un panache tourbillonnant de vapeur, un dragon furieux, juché sur sa boule de feu orange, va prendre son envol. Il va fendre l'air, dans un crépitement formidable, puis, telle une flèche ardente, il décrira une grande courbe au-dessus de la mer, pour n'être plus qu'un point de lumière dans le ciel, un météore qui filera vers les confins de l'espace au lieu de tomber sur terre.

1 : 23 : 32 : 0… J'attrape un polo de police, mes rangers et retourne vers le lit.

Il faut moins de dix minutes avant que le premier étage se sépare et que la capsule (avec son chargement) se mette à orbiter autour de la Terre à près de trente mille kilomètres à l'heure. Ensuite, cela peut durer des jours, des semaines, en attendant le moment précis où le bras télémanipulateur de l'ISS soit dans la meilleure position pour attraper en plein vol la capsule à quatre cents kilomètres d'altitude.

1 : 23 : 20 : 0… Je passe mon pantalon, puis j'attache mes lacets.

L'azimut pour le rendez-vous dépend de la rotation de la Terre. Tant que le vaisseau reste dans son couloir, orbitant entre les cinquante-neuvièmes parallèles nord et sud, il peut être intercepté n'importe où, au-dessus du Sahara, du Nil, des montagnes de Chine, d'un lac asséché d'Australie. La capsule pourrait être à l'aplomb de la Grande Barrière de corail ou d'une efflorescence algale dans l'océan Indien quand Houston décidera qu'il est le moment de suspendre son vol, comme on attrape un papillon.

1 : 23 : 00 : 01

Il n'y a pas de plus beau spectacle sur terre – et au-delà, tant que tout se passe bien. Mais tous les problèmes sont possibles, y compris que des spectateurs de la classe « indésirables » débarquent. J'ai un droit de veto concernant les visiteurs à Langley lors des événements publics, mais ce n'est pas le cas à Wallops. Je ne sais même pas qui est présent. Ils ont là-bas leur propre service de sécurité.

J'ignore quel VIP assiste cette nuit au lancement et à la sortie extravéhiculaire. L'île battue par les vents est à cent cinquante kilomètres d'ici et je n'ai aucune information sur ce point. Sans doute aucune célébrité de renommée mondiale. L'info aurait fuité. Mais c'est toujours envisageable. Il pourrait y avoir un ou deux hommes politiques de premier plan dans la tribune VIP derrière les vitres de la salle de contrôle.

1 : 22 : 51 : 1… J'enfile mon polo.

J'observe le compte à rebours. Les secondes défilent si vite. Plus l'heure du lancement approche, moins je comprends pourquoi Dick et Secret Service seraient venus chercher mon père. Pourquoi lui ? S'il y a une menace imminente, pourquoi ne m'en a-t-on pas informée ?

Le danger est-il à Langley ? À Wallops ? Le commandant de la Space Force pourrait avoir décidé de se montrer au lancement – une opération de com ? Auquel cas, pourquoi mon père serait-il avec lui ? Peut-être que Dick doit être présent dans cette salle avec ces élèves pour voir la commandante Whitson s'arrimer au bras et au faux appareil de mesure de l'atmosphère. Encore une fois, cette image m'évoque celle d'un transporteur de fonds menotté à sa mallette.

1 : 22 : 52 : 2…

Cent trente-cinq kilogrammes de haute technologie qui doivent rester constamment attachés à elle, jusqu'à ce qu'elle achève de les boulonner sur le support. Aucun délai, aucun ajournement ne peut être accepté. Pas même en cas de coupure du signal. Si d'aventure cela se produit, il y a une languette rouge qu'elle doit tirer sur l'appareil pour allumer la balise interne.

Cela activera le nœud quantique, qui est en veille, alimenté par ses batteries depuis qu'il a été placé dans la soute de la capsule à Cap Canaveral, il y a deux semaines. Un peu comme une radio autonome envoyée dans l'espace, quoique d'un genre particulier. La communication avec le sol sera alors rétablie. La mission accomplie, la catastrophe évitée. La première machine quantique installée dans l'espace. À l'insu de quasiment la terre entière.

1 : 21 : 52 : 2…

Ce sur quoi le plan a fait l'impasse, c'est ce « moins de un pour cent de risque » qu'un incident majeur se produise, où à la fois l'appareil et l'astronaute sont perdus.

Comme d'habitude, c'est moi qui m'inquiète le plus. Parce que le diable se cache dans les détails. En particulier quand un bras articulé doit extraire un appareil secret-défense de la soute extérieure pour l'installer sur une palette technique à l'extrémité de la poutre de cent mètres accueillant d'anodines expériences scientifiques.

Il ne faudrait pas qu'il se produise un événement « indésirable » pendant la demi-heure que va durer l'EVA. C'est dans ces moments-là que ce « moins de un pour cent de risque » n'est plus une quantité négligeable, en particulier quand le bras articulé est au plus loin de la station.

Autrement dit, un gouffre abyssal lorsqu'on est rattaché par un simple câble qui n'a jamais été conçu pour faire office de corde d'alpinisme, que ce soit pour se hisser ou descendre en rappel.

33

Le câble sert à assurer l'astronaute sur de courtes distances, au cas où celui-ci raterait une accroche sur une main courante ou trébucherait et tomberait sur la station. Les filins de vingt-trois mètres sont enroulés à des moulinets qui peuvent être crochetés ensemble. Et en aucun cas ils ne sont destinés à servir de plan B si l'astronaute part à la dérive. Pour cela il y a le SAFER (le Simplified Aid For EVA Rescue), autrement dit le « jet pack ».

1 : 21 : 31 : 0… J'enfile mon gilet pare-balles.

Ce système peut sauver la vie en simulateur au centre spatial Johnson, mais dans le vide intersidéral il n'a que trente secondes d'autonomie, et pour piloter les mini-fusées il faudrait abandonner le colis, ce qui serait très dommageable comme je l'ai dit.

Même en cas de petites dérives, à une distance raisonnable, le SAFER reste une grande inconnue. Il peut, sur le papier, ramener son porteur près du sas le plus proche. À condition d'avoir donné l'impulsion exacte sur le joystick et d'être parfaitement aligné avec la cible alors que la station file à Mach 23. Et on n'a droit qu'à un seul essai. C'est quitte ou double !

1 : 21 : 00 : 0… J'attrape mon gilet tactique et mes gants.

Par chance – et je touche du bois –, pour l'instant aucun astronaute ne s'est détaché et retrouvé à la dérive durant une sortie dans l'espace. Ce qui serait le pire scénario. Mieux vaut encore tomber d'un trapèze ou d'un fil de funambule sans filet ! Si l'on ne meurt pas sur le coup, il y aura des gens pour vous aider ou vous tenir compagnie durant vos derniers instants. Mais que l'on survive ou non, au moins on n'aura pas connu l'horreur de savoir, à l'avance, que la fin va arriver.

Ou alors l'espace seulement d'une fraction de seconde, au moment de perdre l'équilibre ou de rater la prise sur la barre du trapèze, juste au moment où la foule pousse un hoquet de surprise sous le chapiteau.

Mais dériver dans l'espace avec aucune chance d'être secouru, c'est le cauchemar absolu. Flotter et tournoyer sans fin dans le vide, incapable de se stabiliser et encore moins de se déplacer. Avec juste l'oxygène de l'EMU (la combinaison spatiale). De quoi tenir au mieux huit heures.

1 : 19 : 41 : 1… Je quitte la chambre.

Il n'y aura pas de navette spatiale pour venir vous chercher. Elles sont toutes clouées définitivement au sol. Et personne à qui parler.

Lentement, inexorablement, vous sortirez du cône d'ondes UHF où baigne l'ISS. Vous pourrez continuer à vous parler dans votre casque, mais comme l'arbre s'écroulant au milieu de la forêt à l'insu du monde, personne ne vous entendra. Vous êtes seul, seul avec vos pensées, tandis que le dioxyde de carbone vous ramollit l'esprit.

La terre bleu et blanc file dessous, autour de laquelle vous orbitez à présent, plus rapide qu'un missile, tandis que lentement vos expirations vous empoisonnent. On ne retrouvera jamais votre corps. Il va tourner autour de la planète avant de brûler, un jour, en rentrant dans l'atmosphère. Comme Icare qui s'est trop approché du soleil. Comme un débris spatial. Un satellite mort.

1 : 19 : 33 : 0… Je sors mon pistolet.

Je regarde les secondes s'égrener sur le compte à rebours. Pourquoi n'ai-je pas de nouvelles de l'affaire à Fort Monroe ? Même si les lancements de fusée et les sorties dans l'espace sont importants, j'ai sur les bras le meurtre d'une employée de Pandora. J'envoie un SMS à Fran :

`Je file au LaRC. Rien côté VY ?`

Elle saura que je parle de Vera Young. A-t-elle été autopsiée ? Ou dois-je attendre jusqu'à demain matin ? A-t-on appris quelque chose ? Qu'ont donné le scanner et l'IRM ? Je me dirige vers mon espace de travail, mon pistolet à la main.

Non, elle n'est pas là. Pas en chair et en os, du moins. La SPAS qu'elle pilote est toujours au-dessus de ma tête et me suit comme un brave toutou quand j'ouvre la porte, vérifie les appareils, mon bureau, mon pin de Norfolk à côté de la porte de la salle de bains. Tout est à sa place. Je réveille mon ordinateur portable, regarde ce que mon renifleur de fréquences me révèle de la présence de mon nouveau compagnon qui flotte à l'aplomb de mon épaule gauche.

— Tiens donc ! Ça s'agite autour des 2,4 GHz !

Je déplie l'antenne et recommence ma petite danse, tournant lentement sur moi-même. Les pics sont plus forts chaque fois que le drone se déplace pour me suivre, à environ cinquante centimètres de ma tête. Finalement lui et moi, c'est un pas de deux !

— Du signal vidéo ! lui fais-je remarquer. Une trace très facile à dissimuler quand tu n'es pas la seule caméra du coin.

Pas de réponse, bien sûr.

Carmé pourrait commander cette SPAS à cent mètres d'ici, voire à plusieurs kilomètres, grâce à la caméra et à la batterie de capteurs qui lui envoient en temps réel un flot ininterrompu de données. En d'autres termes, Carmé pourrait se trouver dans une voiture, derrière la grange, ou ailleurs dans une chambre d'hôtel. Elle peut être n'importe où dans un rayon de dix kilomètres, la portée maximale de nos SPAS s'il n'y a aucun obstacle à la propagation du signal. Mais rien ne prouve qu'elle n'est pas ici même, sous ce même toit. Et si c'est le cas, grand bien lui fasse !

Je sais désormais à qui j'ai affaire. J'espère juste ne pas me tromper.

Qui d'autre cela pourrait-il être ?

Cette question tourne en boucle dans ma tête et chaque fois la réponse est identique. Non, je ne vais pas entrer dans ses quartiers à l'autre bout de la grange. Je n'ai aucune intention de mettre les pieds là-bas. Carmé m'a trouvée. Moi, j'arrête les recherches – tant qu'elle n'est pas dans ma partie, ça me suffit. C'est là ma limite. Techniquement. C'est ce que je dirai à Dick quand le moment viendra.

Il ne va pas être content, c'est évident. Je l'entends déjà me reprocher de faire confiance à ma sœur alors que je ne devrais pas. Et il aura raison. Par principe, d'instinct et sans garantie, je mets en cet instant ma vie entre ses mains. Mais cela ne signifie pas pour autant que je veux être à sa portée.

1 : 18 : 12 : 0…

— Et maintenant, qu'est-ce que tu vas faire, pot de colle ? (Pour une fois ce surnom peu flatteur s'applique à elle et non à moi !) Parce que moi, je dois vraiment m'en aller.

La SPAS flotte vers mon pin de Norfolk, s'approche d'une branche, se pose sur son support et s'y arrime magnétiquement.

00 : 00 : 00 : 00 : 0

Je passe en trombe devant Otto dans son fauteuil roulant et traverse la salle. Je vois les clés de mon pick-up sur la table, là où je les ai laissées. Mais mon badge a disparu !

— Non, non, non…

Je contourne ma combinaison en tas par terre.

Je suis déjà en retard. Inutile de remonter à l'étage. Ma carte n'est pas là-haut. Je sais très bien où elle est en ce moment. Ou plutôt avec qui !

Carmé.

Ma sœur peut aller n'importe où à Langley et se faire passer pour moi ! J'attrape mon sac, m'assure que mon portefeuille et ma plaque de police y sont. Une photo d'identité ne suffira pas à me faire passer les portes, mais c'est mieux que rien. Il faut que j'aie des papiers sur moi. Si je croise la police sans permis de conduire et armée, cela risque d'être compliqué.

Je réenclenche l'alarme et m'avance sous les tourbillons de flocons qui cinglent mon visage. Il fait moins froid, dans les – 5 °C au lieu de – 10°. C'est déjà ça. Pour l'instant, il y a une couche de cinq centimètres de neige et je ne vois aucune empreinte de pas. Juste les miennes. Pas de traces de pneus non plus, l'allée et la cour sont recouvertes d'un tapis aussi immaculé que le glaçage à la vanille d'un gâteau. Si Carmé a pris mon badge et a quitté la propriété, c'était avant que la neige ne se mette à tomber.

00 : 40 : 22 : 0…

À distance, je déverrouille mon pick-up et démarre le moteur, encore une astuce du Secret Service que j'ai reprise à mon compte. Si ma sœur était là, comment est-elle venue ? Elle a forcément une voiture, conclus-je en longeant la maison. Derrière les rideaux de la fenêtre du salon, je remarque la lumière du sapin de Noël.

De la fumée monte de la cheminée. Ma mère doit être assise devant le feu – une image plutôt paisible comparée aux événements de la nuit. Et j'y inclus la coupure d'électricité comme le mystérieux appel qu'a reçu papa. Elle doit se sentir seule et être inquiète – pas au point toutefois de se dire que des individus dangereux rôdent dans le secteur. Je songe à mon arrivée ici un peu plus tôt… la Prius blanche de papa était-elle garée sous le chêne derrière la maison ?

Et comment Carmé a-t-elle pu entrer dans la grange et subtiliser mon badge à mon insu ? J'aurais dû entendre le bip de l'alarme au moment où elle l'a éteinte en entrant, et aussi un autre au moment où elle l'a de nouveau activée en sortant. Ou alors elle était déjà dans les murs. Je me souviens de mon impression en arrivant, d'être observée dans le noir.

La boule à miroirs ?

Qui sait ce qu'a pu faire Carmé durant toute cette journée, alors qu'il n'y avait personne à la maison ? En tout cas, à mon retour, après que j'ai remis l'alarme, elle a dû changer les préférences d'alerte, les passer en mode silencieux. Elle peut le faire depuis son téléphone, grâce à son code personnel. Un jeu d'enfant. Elle a pu ainsi quitter la grange sans que l'alarme bipe. Puis réactiver à distance les alertes à l'allumage et à l'extinction. Comme c'était le cas à l'instant, quand j'ai réenclenché le système au moment de sortir.

J'appelle ma mère pour la tenir au courant et m'assurer qu'elle va bien, qu'elle ne se sent pas trop tendue.

— J'ai entendu ton pick-up dans l'allée, commente-t-elle.

En longeant la maison, je regarde l'endroit où papa gare sa voiture. L'espace est couvert de neige.

La Prius n'est pas là ! Et ça fait un moment. Carmé a dû partir avec lorsque maman m'a proposé de m'apporter à manger. À l'évidence pour que je ne m'approche pas de la maison tant que ma sœur était dans les parages.

— Je retourne à Langley et je ne suis pas en avance ! Tout va bien de ton côté ?

— Oui, sauf que tu n'as rien mangé, me répond-elle tandis que je passe au milieu de la Voie lactée miniature.

— Garde-moi quelque chose pour plus tard. Si je ne meurs pas d'inanition avant !

— Je suis assise devant mon sapin et regarde la retransmission de la NASA sur mon ordinateur, explique-t-elle. C'est vraiment excitant cette double opération. Tous les élèves du pays sont fascinés…

00 : 38 : 11 : 0…

— En particulier ceux de l'Iowa, ajoute-t-elle. C'est une si belle aventure pour eux…

— Maman ?

— Peggy est à l'image. Elle est dans le sas. Elle passe sa combinaison avec Jack…

— Maman… Où est la voiture de papa ?

Ce n'est jamais bon signe quand elle fait semblant de ne pas m'entendre.

— Ils doivent l'arrimer au bras et au LEAR sur sa palette, ce qui semble très dangereux…

Elle continue à parler de l'EVA et, d'une certaine manière, j'ai ma réponse.

— Maman ? Je viens de passer derrière la maison. La voiture de papa n'est pas là, dis-je en longeant ses arbustes taillés sur le thème de l'espace. Je croyais qu'on était venu le chercher ?

Lourd silence.

— M'man ? s'il te plaît, arrête. (Je rejoins l'allée qui longe la propriété.) Où est la voiture de papa ? (Question inutile puisque je connais la réponse.) Je ne te lâcherai pas tant que tu ne me l'auras pas dit. Moi aussi je me fais du souci pour Carmé. Quoi qu'il se passe, on est ensemble. Comme toujours, on…

— Il vaut mieux ne pas parler de ça, réplique ma mère.

Carmé était donc bel et bien ici et je n'ai pas rêvé quand j'ai senti sa présence !

Si elle a déserté et se comporte en fugitive, je suis certaine que mes parents sont au courant. Ils sont prêts à tout pour nous et je sais d'avance quel camp ils choisiront : le nôtre. C'est en gros ce que je fais aussi, puisque j'accorde à ma sœur le bénéfice du doute. Jusqu'au moment où je ne pourrai peut-être plus nier l'évidence.

Pourvu qu'elle n'ait rien fait de mal !

— M'man ? (Arrivée au bout de l'allée, je tourne à droite. Mes phares éclairent le panneau de papa, ROUTE DE PENNY.) Tu te sens vraiment toute seule ?

Une façon de lui demander si Carmé est encore avec elle. À présent, je suppose que notre ligne est sur écoute.

— Ça va aller, ne t'inquiète pas pour moi. Tu dis que la voiture de George n'est pas à sa place habituelle ? Il l'a sans doute déplacée en prévision de la tempête.

Elle me confirme ainsi que Carmé a pris la Prius.

D'un coup, la remarque du garde Crockett me revient en mémoire :

Alors, on joue aux voitures musicales ?

À l'évidence, ma sœur a déjà passé la porte Durand de la base aérienne. Peut-être plusieurs fois, mais pas avec mon badge. Parce que je m'en serais rendu compte si elle l'avait utilisé ces dernières heures. Ou alors c'est plus ancien et elle le fait quand je dors ou quand je suis occupée à autre chose et que par sécurité je laisse mon badge à la maison. Tenant mon téléphone d'une main, je pianote sur l'écran avec mon pouce tout en regardant la route.

J'entre le numéro de ma carte dans la fenêtre du système de sécurité du LaRC. Je lance une recherche non seulement pour aujourd'hui mais pour toute la semaine passée, y compris à la borne de la porte Durand qui relie Langley à la base de l'US Air Force. J'espère me tromper.

Onze passages !

— Mer… de mer…

Je suis à deux doigts de jurer pour de bon.

Ces trois derniers jours, Carmé s'est présentée à la porte Durand près d'une douzaine de fois, à des heures où je ne travaillais pas. Et la dernière connexion date de quatre-vingt-dix minutes. À peu près au moment ou la SPAS m'a appelée par mon petit nom, en toquant à la porte de ma salle de bains.

J'imagine ma sœur face au MP Crockett. La connaissant, elle a dû se montrer aussi déplaisante que lui. D'où la remarque du flic sur les voitures musicales et peut-être aussi son comportement encore plus belliqueux que d'habitude.

00 : 36 : 32 : 0…

De minuscules flocons cognent contre mon pare-brise et tournoient dans le faisceau de mes phares. Où que soit Carmé, elle doit être encore à portée de la SPAS – soit moins de dix kilomètres à la ronde, mais cela fait quand même une belle surface à explorer.

Carmé était donc garée quelque part, les yeux rivés sur son écran de contrôle, et me regardait me préparer dans la grange, parler dans le vide, parcourir les pièces avec mon pistolet à la main, tourner en rond en brandissant l'antenne de mon analyseur de spectre. Et maintenant elle peut être n'importe où.

Mon badge n'a bipé nulle part au LaRC. Ni dans les bâtiments ou les labos de recherche. Cela pourrait signifier qu'elle est encore à la base aérienne. Mais ce serait une erreur de penser ça. Elle et moi avons grandi ici. Passer d'une base à l'autre est un vrai jeu d'enfant. Il suffit de suivre la piste 8 pour rejoindre, tout au bout sur la droite, un taxiway menant à notre énorme hangar.

À partir de ce point, on peut aller où l'on veut. Je suis sur le point d'appeler Fran pour lui annoncer qu'on a un problème de sécurité et que je ne vais pas pouvoir passer les portes, quand mon téléphone sonne.

Je ne reconnais pas le numéro. Mais l'indicatif de la région est 757, le même qu'à Wallops. Un appel vidéo. Je n'en reviens pas.

Qui oserait me demander ça, sachant l'introvertie que je suis ! Personne de mon entourage. Et certainement aucun scientifique ni agent fédéral avec qui je travaille au quotidien. Et bien sûr aucun des cow-boys qui pilotent les antennes à la base de lancement. Tous choisiraient le mode « invisible », comme tous les geeks de la terre, pour ne pas avoir à se soucier de son apparence.

Je prends l'appel.

— Capitaine Chase, bonjour.

J'ai devant moi un visage inconnu.

— À l'évidence, je vous dérange.

Une femme. À la fois séduisante et sévère.

Elle a peut-être une cinquantaine d'années, des cheveux blancs coupés court, et elle me regarde de ses yeux noisette sans ciller. Elle porte des lunettes de designer qui me sont familières.

Les mêmes que celles de Vera Young.

— Vous êtes au volant. J'espère que vous conduisez prudemment avec le temps que vous avez là-bas.

— Qui êtes-vous ? Et comment avez-vous eu mon numéro ?

Je suis déjà sur le qui-vive : la fixité de son regard, et le fait qu'elle me téléphone sans vergogne à 1 h 32 du matin. Et bien sûr ces lunettes. Si elle est bien la personne que j'imagine, à quoi elle joue ?

— Le temps s'est pas mal éclairci ici à Wallops. Il ne neige plus.

Elle n'a toujours pas répondu à ma question.

Alors je la répète, en zappant du pouce entre son visage à la beauté glaciale et l'image du compte à rebours sur le 0A.

00 : 28 : 00 : 0…

— J'ai regardé la météo par chez vous, continue-t-elle. Vous allez vous prendre la tempête de plein fouet à Hampton. Un bon gros blizzard.

— Si vous ne me dites pas qui vous êtes et l'objet de votre appel, je raccroche.

Je surveille le faisceau de mes phares. La route est très glissante même si je suis loin d'atteindre la vitesse limite autorisée. Enfin, elle me dit son nom. Ce n'est évidemment pas une surprise.

Neva – *comme une EVA* – Rong.

00 : 27 : 56 : 1…

La PD-G de Pandora Space Systems, la sœur de Vera qui gît dans un tiroir du centre médico-légal de Tidewater. Pas très loin de Wallops. Qu'est-ce que Neva Rong fait au MARS (notre Mid-Atlantic Regional Spaceport) ? Quel est le rapport entre Pandora et le lancement de la fusée cargo ou l'EVA ? J'ai beau chercher, je ne vois pas.

Mais la DARPA, l'agence Recherche & Développement de la Défense, a le culte du secret, et Pandora mène peut-être des projets avec elle. Il va sans dire que mon accréditation ne m'ouvre pas toutes les portes.

— Ça fait du chemin pour simplement assister au tir d'une fusée, fais-je remarquer.

Elle me rappelle aussitôt que Pandora va construire ses propres lanceurs.

— Et vous connaissez évidemment notre cœur de cible. (Décidément, je n'aime pas son ton suffisant.) Les satellites, les missions lunaires et au-delà. Bien au-delà ! Cela fait un petit moment que je m'intéresse à votre base de Wallops Island. Ce serait un très bon moyen de nous implanter sur la côte Est.

Pourquoi me raconte-t-elle tout ça ?

Elle sourit, remonte ses lunettes sur son nez. Un geste rapide, mais j'ai le temps de remarquer des traces de griffures sur le dos de sa main. Et bien sûr je pense aux contusions sur le cou de Vera Young.

00 : 25 : 44 : 1…

— J'ai été invitée. Un petit cadeau pour une éventuelle future cliente, poursuit Neva Rong. Peut-être vais-je passer contrat avec la NASA et installer un pas de tir ici.

— Pour qu'il n'y ait pas d'ambiguïté, l'interromps-je. Vous êtes bien la sœur du Dr Vera Young ?

— Oui, c'est bien triste. Mais c'est juste Vera ou Mrs Young, s'empresse-t-elle de rectifier.

Que je n'aille pas m'imaginer que sa sœur avait autre chose que quelques vulgaires masters !

— Et elle n'est pas non plus docteur en médecine, ajoute-t-elle, même si je l'ai encouragée dans cette voie.

Neva Rong précise qu'elle non plus n'est pas docteur en médecine, mais qu'à l'inverse de sa sœur elle a bien un doctorat.

Et même plus d'un. Évidemment, elle m'en donne la liste.

— Un en neurosciences et un autre en mécanique quantique…

Je passe à nouveau devant le 7-Eleven. Il brille au milieu de l'océan blanc. Je reconnais le caissier. Il lit un magazine sur le comptoir. Il n'y a aucun client, que ce soit dans la boutique ou aux pompes à essence.

34

— Mille fois, j'ai essayé de convaincre Vera de terminer sa thèse pour qu'elle puisse passer à autre chose, explique sa sœur sans la moindre trace d'émotion. Mais elle était comme tous ces chercheurs touche-à-tout, incapables de finir ce qu'ils entreprennent. Je sais que vous en avez pas mal aussi chez vous. Des procrastinateurs ! Un mot à coucher dehors !

00 : 23 : 52 : 1…

— Elle était malheureuse dans son travail ?

Je passe devant le Hardee's. Il n'y a personne. La neige tourbillonne autour des réverbères du parking.

Je ne vais pas lui dire que Vera Young n'était pas contente d'être envoyée à Hampton, qui était « un trou paumé » pour elle. Quelle était réellement la motivation de Neva Rong ? Pourquoi a-t-elle muté ici sa sœur adepte de la procrastination ? Pour qu'elle pénètre dans le Yellow Submarine et nous pirate ? Je songe aux taches de sang trouvées sur le tuyau à côté du PBO-1.

Nous verrons ce que donnera l'analyse, mais je suis prête à parier que l'ADN sera celui de Vera Young.

C'est dans le tunnel qu'elle est allée, et non chez elle parce qu'elle avait la migraine. Elle était à Langley pour nous espionner, faire des tours de passe-passe avec nos badges – non, ma sœur n'est pas la seule à pouvoir faire ça !

— Elle n'était jamais satisfaite. Jamais, poursuit Neva Rong avec calme. Les études ouvrent simplement les chemins de la connaissance, ce sont des invitations à apprendre, mais Vera ne voulait rien entendre, capitaine Chase – c'est bien ainsi que je dois vous appeler, ou préférez-vous Calli ? En tout cas, vous ne vous êtes pas arrêtée en route, et je vous félicite d'avoir terminé votre thèse. J'ai regardé votre parcours dès qu'on m'a donné votre nom. Impressionnant.

— Qui vous a renseigné sur moi ? Et comment avez-vous eu ce numéro de téléphone.

— Pourquoi ? Ce n'est pas le bon ? réplique-t-elle. (Je ne sais pas trop si elle cherche à faire de l'humour.) Pardon pour cette blague déplacée. (C'était donc une tentative.) Parfois, quand la douleur est trop forte, on perd toute mesure.

Sauf qu'elle est aussi émue qu'une pierre.

— Pourquoi m'appelez-vous ? dis-je froidement.

Je n'ai aucune envie de montrer de l'empathie.

— Il semble que Vera ait mis fin à ses jours. Comme vous l'imaginez, j'aimerais savoir comment ça va se passer. Pour la suite.

— D'abord, je voudrais vous poser quelques questions. Son comportement avait-il changé ces derniers temps ? A-t-elle laissé entendre qu'elle avait des pensées suicidaires ?

Pas question non plus de révéler à Neva Rong que sa sœur a été en fait assassinée. J'espère que personne n'a vendu la mèche. Mais, bien sûr, elle le sait parfaitement. Parce qu'à mon avis elle était aux premières loges. Mais je ne veux pas laisser entendre qu'on ne croit pas au suicide. C'est important. Sur mon téléphone, je reviens à la vue du pas de tir.

Ne lui donne rien !

— Je vais vous répéter la même chose qu'à Mason Dixon il y a quelques minutes, et…

Je l'interromps à nouveau :

— C'est lui qui vous a donné mon numéro ?

Je suis furieuse contre moi. Parce que c'est ma faute si Mason l'a obtenu.

Toutefois le directeur du LaRC, en plus de Fran et du chef de la police, a été très clair quand il m'a embauchée il y a trois ans : je devais gérer les médias. En particulier quand l'un des journalistes n'est autre que le neveu du gouverneur et qu'il a ses entrées à la Maison Blanche. L'été dernier, Mason m'a demandé mon numéro parce qu'il préparait un article sur les drones de la NASA, et voilà le résultat !

Comment connaît-il Neva Rong ? C'est ça le plus troublant. Pourquoi l'aurait-il contactée à propos de ce faux suicide à Fort Monroe ? L'appel de cette femme est déconcertant. Tous mes voyants sont au rouge.

— Mason et moi, c'est une longue histoire.

Et c'est censé expliquer ce qu'ils font tous les deux à Wallops en ce moment même ? Peut-être qu'elle a su avant tout le monde que sa sœur était morte et qu'elle a prévenu Mason, qui a, à son tour, alerté les médias locaux qui ont ensuite débarqué à Fort Monroe. Et si c'est le cas, alors tout cela est plus que suspect !

— Y a-t-il eu chez Vera des signes montrant qu'elle était déprimée, que quelque chose n'allait pas ?

Je pose la question à la sœur « éplorée » – une question bateau tandis que le doute et la suspicion tourbillonnent en moi, de plus en plus vite à la manière d'une tornade.

— Un changement de vie qui aurait pu la perturber ? Par exemple, sa mutation ici, en Virginie ? Se retrouver loin de chez elle.

— Non, je n'ai rien vu. (Neva a un regard de félin, et ses lèvres serrées ne sont plus qu'une petite ligne rose.) Je ne l'aurais jamais envoyée ici si elle s'en était plainte. Et si je l'avais vue déprimée, triste ou dans un état *non nominal*, je l'aurais rapatriée à Houston sur-le-champ.

00 : 20 : 42 : 1… Je dépasse le Wendy's. Je suis proche de ma destination.

— Je me demande à quoi m'attendre avec l'autopsie, poursuit Neva pendant que je surveille le décompte à la NASA.

La fusée se dresse toute blanche sur le pas de tir, tout le monde est rassemblé et guette l'horloge. Y compris la PD-G de Pandora Space Systems. Elle doit, comme moi, regarder les images des dizaines de caméras braquées sur l'aire 0A. Je l'imagine dans la salle des VIP, séparée de la salle de contrôle par une vitre, peut-être juste derrière Rush.

J'observe aussi la retransmission de l'ISS pour voir comment avancent les préparatifs de la sortie. Je déteste être en retard ! Les deux astronautes terminent le protocole de décompression, ce qui signifie que tous les voyants sont verts, qu'ils ont terminé d'enfiler leurs combinaisons et seront bientôt prêts à ouvrir l'écoutille. Le nœud quantique a été sorti de la capsule cargo et attend dehors sur la poutre, prêt à être installé.

— … Je me demande si tout cela est nécessaire, puisque ce qui s'est passé est évident…, continue Neva Rong.

00 : 19 : 52 : 1…

L'équipe de tournage dont a parlé Ken c'est celle de Mason Dixon, évidemment ! Je me demande si Dick se trouve là-bas. Peut-être tout près de Neva Rong, au point de pouvoir la toucher ?

— Après l'examen post-mortem, dis-je avec froideur, vous pourrez contacter les pompes funèbres et récupérer le corps…

— Je vous explique le problème. Je dois rentrer. À Houston. C'est un sujet délicat, mais est-ce qu'elle sera présentable ? Quel aspect aura-t-elle ? Sera-t-elle défigurée par l'autopsie ? J'ai entendu des horreurs à ce sujet, des gens à qui on avait enlevé tous les organes, d'autres les yeux. D'autres encore les membres ! Et leurs corps qu'on avait tailladés à coups de scalpel…

00 : 18 : 22 : 2… Voir la devanture du Bojangle's me rappelle que je suis affamée. Il faut que je prévienne Fran que j'arrive.

— … Je ne regarde pas trop de séries policières, et je ne sais pas à quoi m'attendre. Mais je crois savoir que certains médecins légistes utilisent des techniques moins invasives…

Elle sait pour les capteurs ! Et cela explique l'eau de Javel.

Carmé.

Et aussi le bidon manquant pour donner l'impression que quelqu'un a voulu effacer des indices. Parce que c'était bien le but recherché. Pour que nous y regardions à deux fois – voire trois ! Et ce n'est que le début. Tenant le volant d'une main, j'envoie un SMS à Fran :

`RDV à l'entrée principale. Maintenant !`

— … Si on peut ausculter quelqu'un de l'extérieur, à quoi bon alors le charcuter ? insiste-t-elle lourdement.

— Vous pouvez appeler l'expert légiste. (Je lui donne les coordonnées de Joan qui ne lui dira rien.)

Puis je mets un terme à la conversation et raccroche. Il reste seize minutes avant le lancement, avec l'EVA à suivre juste après. Tous ces gamins de l'Iowa doivent être là. J'imagine Neva Rong tout sourire telle la méchante reine dans *Blanche-Neige*, feignant de s'intéresser à ces rejetons d'un « trou paumé » – parce qu'elle doit être aussi snob que sa sœur !

00 : 16 : 03 : 1…

00 : 00 : 00 : 00 : 0

En m'engageant sur Langley Boulevard, j'ouvre le texto qui vient d'arriver.

10-23, Fran me fait savoir qu'elle m'attend à la porte. Elle ne devait pas être loin pour arriver là-bas aussi vite.

J'aperçois son Tahoe noir garé sur le parking désert devant le bureau des badges. Je me gare le long de son pick-up, tête-bêche comme d'habitude, pour que nos portières soient côte à côte.

— Comment tu as pu perdre ton passe ? me demande-t-elle alors que nous baissons nos vitres.

— Je ne l'ai pas perdu ! Quelqu'un l'a utilisé il y a deux heures pour passer la porte Durand. Et cette personne est peut-être chez nous à présent.

Je refuse de mentionner ma sœur.

— Toi aussi ? Tu te fiches de moi ! (Elle secoue la tête, et le vent fait voler ses cheveux.) Ne va pas te pendre à la porte de ton placard !

— Tout ce que je sais, c'est que quelqu'un s'est servi de ma carte pour passer les portes, et que ce n'est pas moi.

Je pousse le chauffage à fond. Je n'ai aucune intention de lui en dire davantage.

00 : 13 : 00 : 1…

— Et Neva Rong, à l'évidence, sait que sa sœur est morte. Elle vient de m'appeler. La sœur, pas Vera !

— Merci de cette précision ! rétorque Fran, toujours acerbe.

Elle allume une cigarette.

— Elle voulait savoir ce que le médecin légiste allait faire sur le corps. Je n'ai pas aimé son ton, ni son appel d'une manière générale. Me téléphoner comme ça, en pleine nuit. Merci Mason Dixon ! C'est lui qui lui a donné mon numéro. Ils sont tous les deux à Wallops ! Et, le plus important, je pense que Neva Rong est au courant de la présence des capteurs.

— Ils les ont déjà retirés, déclare Fran en levant les mains. J'ai eu Joan tout à l'heure. Elle a suivi ton conseil. Le coup des scanners à main comme à la sécurité des aéroports. Ils ont réussi à récupérer une vingtaine de micro-puces. Elle en avait dans les doigts, les poignets, les chevilles.

00 : 12 : 31 : 1…

— J'aimerais bien les examiner, dis-je. Mais plus tard. Je dois filer à la salle de contrôle. Et je suis en retard.

— J'ai une question à te poser, reprend-elle. (Je vois le bout orange de sa cigarette luire dans la nuit.) Quand Scottie et Butch sont venus déposer les indices au PC, ils ont trouvé un truc bizarre dans le réfrigérateur…

— Je sais, je sais. J'ai laissé des échantillons cet après-midi. Même si tu m'as dit que ça ne servait à rien…

— Non, ce n'est pas ça. (Fran tapote sa cendre et son souffle s'élève dans un plumet blanc.) Il s'agit d'un tube de sang, étiqueté 1111-A.

— Quoi ?

— Tu m'as très bien entendue. Un tube de sang comme ceux qu'ils te prennent dans les labos d'analyses. Dans le frigo, juste à côté de tes échantillons. Avec l'étiquette 1111-A. C'est peut-être le même sang que celui que tu as trouvé sur le tuyau ?

Il y a du sarcasme dans sa voix, mais elle plaisante à moitié.

Carmé !

— Bref, tu veux bien m'expliquer d'où vient ce truc ? De la morte à Fort Monroe ?

Vera Young était décédée depuis plusieurs heures quand les secours ont été appelés. Quelqu'un avait largement le temps de planter une aiguille dans l'artère fémorale et de prélever du sang. Puis d'aller répandre quelques gouttes dans le Yellow Submarine. Et il y a cette alerte qui a sonné sur mon téléphone à 15 h 38, pile au moment où j'étais en réunion.

Carmé…

… qui peut pénétrer tous les systèmes et changer leurs paramètres, qui sait depuis toujours attirer mon attention.

— Si tu as une explication, je t'écoute…, insiste Fran devant mon silence.

Je la sens bouillir sur place.

00 : 10 : 04 : 1…

— Alors ?

— Je ne sais pas.

— Tu ne sais pas qui est venu prélever le sang de Vera sur les lieux mêmes du crime ? Parce que c'est bien de ça qu'il s'agit ! Quelqu'un est allé là-bas avant nous ! (Elle tire une longue bouffée sur sa cigarette.) Calli, je t'en prie…, reprend-elle d'une voix plus douce. Qu'est-ce qui se passe ?

— Je ne sais pas.

— Où est ta sœur ?

Je hausse les épaules. Aucune idée. Fran garde le silence, se contente de fumer dans l'obscurité. La neige tombe toujours aussi dru et les flocons entrent par la fenêtre de nos voitures. Peu importe les infos que j'ai ou non, Fran sait très bien que je ne vais rien lui dire. Ce n'est plus comme au bon vieux temps. Impossible. Elle tire encore une bouffée et éteint sa cigarette dans son gobelet de café Dunkin' Donuts.

00 : 09 : 31 : 1…

— Tiens. (Elle me tend un passe général.) Ne le perds pas, s'il te plaît.

Elle va m'accompagner jusqu'aux portes. Je suis les feux rubis de son Tahoe, puis regarde Fran parler à Celeste, la vigile à l'entrée. Nous la connaissons bien toutes les deux et elle lance des coups d'œil dans ma direction. Elle me fait un petit signe – plutôt amical – mais me regarde quand même avec insistance quand je passe les barrières. Mon téléphone sonne : Fran.

— C'est toi qui es passée à la porte Durand ?

— Pardon ?

— Celeste dit que tu as passé le contrôle là-bas vers minuit. Un type de la police militaire, un dénommé Crockett, l'a prévenue. Il a trouvé ça bizarre. Parce qu'il t'a vue avant avec le général Melville dans ton pick-up de service. Et tu es revenue vers minuit.

— Qu'est-ce que je conduisais ?

— Une Prius. Blanche. C'est bien la voiture de ton père ? insiste Fran. Et ce n'était pas toi qui étais au volant, n'est-ce pas ?

— Non. Ce n'était pas moi. À minuit, j'étais sous la douche.

— Où est ta sœur ?

— Je ne sais pas.

Et c'est la vérité.

00 : 07 : 51 : 0…

Nous ne croisons pas une seule voiture. La base est déserte. Il ne reste que ceux qui sont indispensables. Je m'engage sur le parking du 2101, le bâtiment principal de Langley. Le premier étage est éclairé. Fran poursuit sa route. Je lui promets de tout lui raconter un peu plus tard. Mais ça ne lui suffit pas.

— Calli ? Où est ta sœur ?

Elle a ce ton fataliste qu'elle prend quand elle est sûre que j'ai la réponse et que je ne veux pas le lui dire.

— Je n'en sais rien.

J'ignore réellement où elle se trouve en cet instant précis ; et quand il s'agit de Carmé, il faut s'attendre à tout.

Pour une fois, je trouve une place près de l'entrée.

— En ce moment, ton souci devrait être Neva Rong, dis-je à Fran en sortant de mon pick-up. La PD-G de Pandora qui est à Wallops en ce moment même. Ça va bientôt couper. J'entre dans le bâtiment.

En fait, la communication sera interrompue seulement lorsque je serai dans l'ascenseur, mais je ne veux pas rester au téléphone plus longtemps avec Fran, parce qu'elle n'arrête pas de me bombarder de questions, même si elle sait bien que je ne lâcherai rien. Ma relation avec Carmé est une menace pour elle. Et Fran se méfie.

00 : 06 : 22 : 2…

Grâce à ma nouvelle carte, j'ouvre la porte. Mes rangers résonnent sur les dalles de granit du hall désert. Je marche si vite que je trotte presque. Je dépasse la cafétéria, le foyer, les lumières sont en veilleuses, les portes fermées. Il n'y a personne. Je monte à l'étage. J'ai l'impression d'être à moi toute seule un SWAT en action avec ma tenue de combat. Je passe devant les bureaux des hauts cadres des départements de recherche.

À l'entrée de la salle de contrôle, dans une vitrine, sont exposées nos maquettes : les navettes spatiales, le nouveau lanceur lourd de la NASA (le SLS), le télescope spatial James Webb avec son miroir tapissé d'or.

Notre salle de contrôle est modeste comparée à celle du centre spatial Johnson à Houston et à Cap Canaveral. Personne ne prête attention à moi quand j'entre dans l'open space avec sa moquette beige. Seul un tiers des postes de travail est occupé.

00 : 01 : 11 : 2…

Sur les ordinateurs défilent des lignes d'acronymes et de chiffres se rapportant aux systèmes qui sont surveillés. Un grand écran mural affiche les données avec les images du pas de tir 0A et de l'EVA qui se prépare sur l'ISS.

La commandante Whitson, avec son PGT (le Pistol-Grip Tool) – la visseuse-dévisseuse de l'espace – accroché à son côté droit et sa check-list scratchée au poignet, est attachée au faux LEAR et au bras articulé.

00 : 00 : 50 : 0… T moins cinquante secondes…

Le bras se déplace sur ses rails vers la palette, à l'extrémité de la poutre, où sont installées les expériences scientifiques en cours, tandis que la station, luisante comme un cigare d'argent, rapetisse dans le champ de la caméra. Je regarde les chiffres du compte à rebours, suffisamment gros pour être vus du fond de la salle, avec en arrière-plan la fusée sur son aire de lancement. Ken est derrière sa console, en communication avec ses équipes. Une série d'écrans lui donne toutes les données des systèmes et sous-systèmes qu'il a besoin de suivre.

En jean et sweat-shirt, avec sa barbe de trois jours, il a l'air fatigué. Il a un bol de salade de fruits et un gâteau à portée de la main.

00 : 00 : 30 : 0… T moins trente secondes.

Il m'adresse un petit sourire quand je passe à côté de lui pour rejoindre mon poste. J'ai à ma gauche le responsable du déploiement de la cargaison, et à ma droite le responsable de l'instrumentation et des communications, et deux rangs derrière moi il y a la table avec de la nourriture ! Tout le monde a les yeux rivés sur l'écran mural. Je m'assois, chausse mes écouteurs, et j'entends Rush parler à EV1 et EV2 – nos astronautes dans leurs EMU. Tandis que le compte à rebours à Wallops se poursuit.

00 : 00 : 10 : 0… T moins dix secondes…

J'entre mon mot de passe.

« 5, 4, 3, 2… »

Tout à coup, le bras spatial s'arrête à mi-chemin sur la poutre. À dix-sept mètres de la station.

00 : 00 : 00 : 00…

Sur le pas de tir, la fusée explose comme un volcan puis s'embrase dans une colonne de feu vertigineuse, et à Langley la communication avec l'ISS est coupée ! Dans l'instant, on perd le son et l'image. Nous voilà aveugles, sourds et muets, sur terre comme au ciel.

— Nom de… !

Je pianote aussitôt sur le clavier pour lancer le programme du NORAD destiné à repérer et suivre des objets dans l'espace. Je peux utiliser pour cela la parabole de trois mètres installée sur le toit de notre hangar afin de me reconnecter avec les astronautes. Il suffit que Peggy tire la languette rouge sur le faux LEAR pour allumer la balise. Si elle se souvient de la procédure, nous pourrons achever l'installation du réseau quantique et nous parler ; comme si nous avions bricolé un téléphone.

J'entre les commandes pour alimenter les servomoteurs et positionner l'antenne sur ses trois axes. Sauf que le contact ne se fait pas. Rien ne se produit.

35

L'explosion a dessiné une grande aura orange sur l'horizon noir, visible jusqu'à Washington à en croire les réseaux sociaux.

Les équipes d'urgence combattent le feu, l'île résonne de sirènes, et d'après les images qui nous parviennent à la salle de contrôle, il y a des gyrophares partout. La route qui mène à Wallops a été aussitôt fermée. Les spectateurs se retrouvent coincés là-bas et ne peuvent plus retourner sur le continent. Une nuée de véhicules de pompiers et de police ont envahi l'aire de lancement.

C'est un contraste saisissant avec les territoires déserts que je traverse à H-0713 UTC. Soit 2 h 13 ici. Langley est une planète vide, comme si le vaisseau mère était reparti en oubliant une poignée d'entre nous.

— … le souffle a cassé les vitres de plusieurs bâtiments, ceux qui étaient proches du 0A, m'explique Rush au téléphone par les haut-parleurs de mon pick-up. C'est arrivé si vite. Il y a encore beaucoup de monde sous le choc. Tout va bien ici, mais c'est une première pour nous. Et la dernière, j'espère ! Maintenant, je comprends l'expression « trembler jusqu'aux os ».

Un problème au décollage, le bras télémanipulateur qui tombe en rideau et le black-out avec l'ISS, me résume Rush. Tout ça simultanément. Et, ironie du sort, cela s'est produit alors qu'il disait à Peggy Whitson, via Space to Ground 1, que tous les gamins de sa ville natale la regardaient.

— On sait comment les deux canaux de la bande S et les deux de la bande Ku ont pu être HS en même temps ?

Je roule sous des tourbillons de neige. Les rues sont vides et blanches, les bâtiments éteints et fermés.

— Aucune idée, répond Rush. C'est quand même trois pannes majeures quasiment au même moment.

— C'était le but recherché.

— Comment ça ?

— Par ceux qui ont piraté nos systèmes, parce qu'il s'agit de ça, évidemment ! Bousiller notre fusée, mettre en rade notre bras spatial et couper la communication avec la station alors qu'on mène une EVA pour installer un appareil top-secret. Trois attaques au même moment. Cent pour cent de réussite. Le rêve pour un terroriste.

— Il y aurait un lien entre les trois ? Une seule source ?

— Il n'y a jamais de coïncidences.

— Je suis d'accord avec toi.

— Qu'est-ce que faisait Neva Rong pendant ce temps-là ? (Je dépasse les grandes sphères blanches qui servent à accélérer l'air pour les souffleries.) Votre VIP à Wallops. Celle qui a une sœur sous contrat avec la NASA. À qui on aurait volé le badge et qu'on a retrouvée morte hier, dans des conditions bizarres.

— J'ignorais tous ces détails… Pour répondre à ta question, Neva Rong était dans une pièce séparée avec les gosses de l'Iowa…

Dans mon rétroviseur, les globes géants brillent derrière le rideau de neige, semblables à des pleines lunes préhistoriques. Je pense à la SPAS arrimée à mon petit arbre chez moi. Je me demande si elle est toujours là. Elle me manque presque autant que Carmé. La fatigue sans doute. Je continue de foncer vers le hangar.

— Neva Rong est toujours chez vous ? (J'en suis quasiment certaine.)

En arrière-plan, mes neurones s'activent, les pensées s'enchaînent. Les gouttes de sang sur le tuyau du Yellow Submarine. Le tube de prélèvement apparu mystérieusement dans notre réfrigérateur au PC. La scène de crime trafiquée deux fois, les badges volés, dont le mien. Tout cela pourrait désigner Carmé.

Mais je doute toujours qu'elle ait fait quelque chose de mal. Je pense même l'inverse. Si elle était impliquée dans le piratage du 1111-A et d'autres systèmes de la NASA, elle n'aurait jamais laissé du sang juste à côté du PBO-1. Parce que c'est exactement ce qu'elle a fait. Elle a déposé ce sang à mon intention, pour que je le trouve. Et ce sang, ce n'est pas le sien, évidemment.

— Oui, elle est là ! Tout le monde attend que tu nous sauves le coup ! Que tu rétablisses les liaisons et que tu viennes à la rescousse de notre astronaute.

— Vu la situation, elle va devoir se débrouiller toute seule, je le crains, réponds-je (et je pourrais dire la même chose à ma sœur). Peggy est coincée là-haut, et personne ne peut l'aider. Ça peut vite virer à la catastrophe.

— J'espère qu'ils ne paniquent pas trop. (Je l'entends soupirer.) Si on ne parvient pas à remettre le bras en fonction, Calli, je ne vois pas comment ils vont pouvoir procéder.

— Et moi, je me demande quelles conséquences ces problèmes peuvent avoir sur les tractations entre Pandora et Wallops, fais-je remarquer avec une pointe de sarcasme. Entre nous, je ne me verrais pas installer mon lanceur sur une base où une fusée vient d'exploser. Ou alors, et c'est le scénario le plus probable, je demanderais un sacré rabais.

Neva Rong était en Virginie dès hier, c'est certain. Elle n'avait pas d'autre choix si elle voulait être à Wallops ce matin à la première heure. Et elle ne serait pas passée voir sa sœur ? La pauvre Vera qui n'a pas obtenu de doctorat, qui travaille pour sa PD-G de sœur et qui a des tendances suicidaires ?

La petite ingénieure en chaussures Prada qui s'implantait des capteurs et procédait à des expériences sur son propre corps ! À l'évidence, Neva Rong ne souhaite pas que l'on autopsie sa sœur et elle se montre bien trop impatiente de rapatrier sa dépouille au Texas. Aurait-elle eu intérêt à ce que Vera ne parle plus jamais à personne de la disparition de ce badge ni d'autre chose ?

Prouver tout cela ne va pas être facile.

— … c'est peut-être le jour de chance de Neva Rong, répond Rush de sa voix apaisante. Et aussi celui de Mason Dixon. Nos problèmes, c'est le jackpot pour lui.

Rush est toujours d'un calme olympien, quelle que soit la gravité de la situation. Comparée à lui, je passe pour une hystérique. Je me sens toujours maladroite et nerveuse en sa présence, incapable de dire exactement ce que je ressens ou pense, en particulier quand il me regarde fixement avec ses yeux lumineux, verts et pailletés d'or, qui paraissent avoir leur énergie propre, pouvoir briller avec une telle intensité qu'on dirait deux loupes condensant les rayons du soleil. J'avais déjà cette impression quand Carmé et moi étions en dernière année au lycée et que lui entrait à Langley.

Ma sœur ne s'amuse pas à échanger nos places quand il s'agit de garder quelqu'un pour elle seule. Et ce qu'a dit ce procureur, voilà vingt-deux ans, est vrai : personne ne peut nous différencier l'une de l'autre, en particulier si la substitution est volontaire de notre côté. Même Rush s'y fait prendre parfois. Et récemment encore, quand Carmé était à la maison le mois dernier et qu'il est entré dans la cuisine alors que j'épluchais des carottes au-dessus l'évier.

Je me repasse la scène. Nous sommes tous les deux seuls, ma sœur est partie faire son jogging punitif de dix kilomètres sur le parcours de santé à la base aérienne. Je sens soudain son souffle dans ma nuque et mon esprit se met en court-circuit quand il referme ses bras autour de ma taille

00 : 00 : 00 : 00 : 0

Il m'enlace. Remonte ses mains dangereusement.

— Comment va ma belle aujourd'hui, en plus d'être magnifique ? susurre-t-il dans mon oreille.

— Rush...

Son nom se bloque dans ma gorge, je serre les coudes pour l'empêcher d'aller là où il veut.

Mais c'est trop tard.

— Oh..., bredouille-t-il, perplexe.

Je me retourne.

— Rush ?...

— Bien sûr... Pardon.

Il me lâche, recule d'un pas. Je vois son embarras dans ses yeux.

Le feu s'éteint aussitôt. Il m'examine de la tête aux pieds, en s'efforçant d'être discret. Quoi qu'on en dise, Carmé et moi n'avons pas été faites exactement dans le même moule, nos topographies sont différentes.

— Tu sais que je suis Calli, n'est-ce pas ?

Combien de fois dans ma vie ai-je été obligée de fournir cette précision ?

00 : 00 : 00 : 00 : 0

Officiellement, une enquête est en cours sur le pas de tir. Rien d'autre. Cela fait seulement quinze minutes que tout est parti en vrille là-bas.

Pour autant, ça ne signifie pas que nous n'ayons pas notre petite idée. À T moins trente secondes, une antenne a été piratée à proximité du 0A, par quelqu'un de malintentionné, voulant prendre le contrôle du lanceur – une fusée finalement est assez proche d'un missile, sans la tête nucléaire.

Bien sûr, c'est moins dangereux qu'une bombe atomique, mais personne n'aimerait la recevoir sur la tête. Une chandelle romaine de quarante mètres de longueur avec une poussée de trois cent cinquante tonnes causerait de sérieux dégâts si elle déviait de sa trajectoire et se dirigeait non pas vers l'océan et le ciel, mais vers un centre urbain, par exemple.

Je n'arrête pas de répéter qu'une fusée savamment détournée pourrait raser toutes nos installations de Wallops Island, ou la base navale, le Pentagone, Quantico, le siège de la CIA, la Maison Blanche. Dans ce coin de planète, ce n'est pas les cibles qui manquent. Sans l'intervention de nos sentinelles des télécoms dans leurs bunkers, je ne sais pas ce qui nous serait arrivé.

Ils ont repéré le signal malveillant et ont lancé aussitôt l'autodestruction de la fusée. Dans notre langage officiel, on annonce que « les responsables de la sécurité ont activé le système d'interruption de vol ». Autrement dit qu'on s'est fait sauter. Des millions de dollars de matériel et d'heures de travail partis dans un feu d'artifice.

Mais au-delà de la perte financière et de ce camouflet high-tech, les conséquences sont minimes. Personne n'a été blessé. Pas encore.

Respire !

Sous les bourrasques de gros flocons, je file vers le hangar au bout de la piste 8, sur cette portion de tarmac que l'on partage avec la base de l'US Air Force. Mon taux d'adrénaline monte en flèche. Surtout ne pas paniquer.

Concentre-toi !

— Aller là-haut n'est pas une partie de plaisir. (Rush ne parle pas de l'espace. Mais les deux sont vrais finalement.) Je suis désolé que tu doives gérer ça toute seule.

— C'est du gâteau. J'y suis allée souvent.

C'est faux, bien sûr.

Ce n'est pas du gâteau du tout ! Il fait un froid de canard, il neige à qui mieux mieux, c'est la nuit noire, et je dois grimper sur le toit de ce grand hangar. D'ordinaire, je ne ferais jamais ça par un temps pareil, mais nous avons une astronaute et son chargement top-secret attachés à un bras articulé en panne, à dix-sept mètres de la station orbitale. Nous ignorons ce qui a causé ce dysfonctionnement. Et si l'équipe internationale à bord le sait, elle n'a aucun moyen de nous l'indiquer.

Voilà pourquoi je dois monter sur le toit. Et même par beau temps, ça n'a rien d'une promenade de santé ! D'abord, je dois entrer par le côté et gravir dix étages à pied sur un escalier métallique. Cent soixante marches, si l'on fait le calcul, sur une structure en caillebotis au-dessus du vide. Et une fois arrivée tout en haut, je dois sortir par une autre porte donnant sur une petite terrasse à l'extérieur et escalader une échelle à ciel ouvert le long du flanc du bâtiment, telle une mouche. Avec le vent, le froid, à plus de trente mètres de hauteur… S'il n'y avait pas urgence, je passerais mon tour !

Mais je n'ai pas le choix. Cette fois, c'est *Houston qui a un problème* ! Et un problème bien plus grave que la NASA ne le suppose : où que je regarde, je vois écrit « sabotage » ! Les communications avec l'ISS sont hors service, et notre antenne est en mode « commande locale » et non plus « commande à distance ». Ce qui signifie que quelqu'un est monté ici, sur le toit, a changé les réglages de la parabole en empruntant le même chemin que moi.

Alors que je m'engage sur le parking enneigé, j'aperçois de la lumière derrière la clôture, sur la rampe menant à la gigantesque porte coulissante du côté de la base aérienne. J'ignore pourquoi le hangar est ouvert avec cette tempête. Aucun avion n'y entre ou n'en sort. Je ne vois pas qui pourrait travailler là, en particulier avec le shutdown.

Je retire mon gilet pare-balles et mon ceinturon, les dépose sur le plancher devant le siège avant. Je ne vais pas grimper à l'échelle avec ce fardeau. Mais je garde mon Glock que je glisse dans mon sac à dos. Je resserre les sangles et boucle celle en travers du sternum. J'enfile mes gants de cuir et ferme mon pick-up.

Je pars au petit trot vers une porte latérale en croisant les doigts pour que mon badge de secours fonctionne. C'est le cas. Je pénètre dans un couloir carrelé datant d'avant-guerre. Personne. Je presse le pas, passe devant des vitrines et des affiches de la NASA. Je suis dans les locaux des opérations de vol. Il y a de la lumière dans les bureaux, mais je ne vois personne. En arrivant à la hauteur des toilettes pour dames, je songe qu'il est préférable de prendre ses précautions avant d'escalader le mur du bâtiment en plein blizzard. À cette simple idée, je n'y tiens plus. Je fonce dans une cabine, baisse à la va-vite mon pantalon et me soulage avant de repartir en courant.

La porte suivante est un lourd battant de métal qui mène à l'intérieur d'un hangar assez grand pour accueillir une flottille entière d'aéronefs, à voilure fixe ou tournante, de toutes tailles et de toutes sortes. Et certains sont effectivement indescriptibles. Tout ce qui est stocké ici n'est pas destiné à être connu du public. Parfois, c'est mieux pour tout le monde. Pour ma part, j'ai vu dans cet espace bien des choses étonnantes et top-secret. Aujourd'hui encore, ce hangar me réserve une surprise.

Six Chevrolet Suburban et un Ford F-150 noirs, bardés d'antennes, et une équipe du Secret Service au complet – dont le barbu et la femme que j'ai repérés un peu plus tôt au 7-Eleven. Il y a aussi des militaires que je ne reconnais pas qui s'activent à un PC de campagne mobile, ainsi que Dick Melville assis à une table, en compagnie de mon père.

Lorsque je m'engage dans l'escalier, personne ne regarde dans ma direction. S'ils me repèrent, ils risquent de ne pas être contents. Mais le moment est critique et je n'ai pas le temps de leur donner des explications. Je gravis les marches d'aluminium à pas de loup en surveillant leur batterie d'analyseurs de spectre.

Au bout de quelques volées, je distingue des courbes colorées sur les écrans. Heureusement que j'ai laissé mon téléphone portable dans la voiture. Soudain je pense à la télécommande. Elle envoie son petit signal. Quelle idiote ! Affolée, je tâte mes poches. Comme s'il n'était pas déjà trop tard ! Rien dans ma veste, rien dans mon pantalon… et je ne l'ai pas mise dans mon sac à dos. Elle a dû tomber de ma poche quand je suis allée aux toilettes. C'est bien la première fois que perdre ses clés est une bonne nouvelle ! Car il est clair que le Secret Service scanne le secteur.

Je continue mon ascension, discrètement mais le plus vite possible. À côté de la grande porte, à la distance d'un terrain de football, tout le monde semble très occupé. Ils sont installés à côté d'une montagne de caisses sans inscriptions, livrées la semaine dernière par un C-17 pour être conservées au secret sur la base aérienne. Je ne sais pas ce qu'il y a dedans. Je n'ai pas demandé et je ne tiens pas spécialement à le savoir.

Cinq étages plus haut, je suis en sueur, mon cœur bat à tout rompre, mais je ne ralentis pas l'allure. Je jette un coup d'œil en bas, à travers les mailles métalliques des marches. Il y a les jets T-38 d'entraînement, le Gulfstream bourré d'électronique et de radars, l'hélicoptère Chinook qui n'a pas bougé depuis des mois. J'observe mon père, assis devant une rangée d'ordinateurs, avec sa veste de velours côtelé, sa chemise en coton boutonnée jusqu'en haut. Je peux voir le reflet des écrans dans ses lunettes.

Il n'a pas l'air content. Et à voir sa mèche grise hérissée, je sais qu'il a passé la main dans ses cheveux, comme chaque fois qu'il est agacé. Dick est juste à côté de lui. Si mon père est là avec le commandant, c'est pour ma sœur. C'est la seule explication plausible. Ils sont tous là pour l'attraper.

Carmé, qu'est-ce que tu as fait ?

Ou plutôt : qu'est-ce que eux *croient* qu'elle a fait – ou qu'elle va faire ? Malgré les propos de Dick et ce qui est arrivé, ça ne fait pas d'elle pour autant la méchante de l'histoire. Un monstre à sang froid. Jusqu'à preuve du contraire, je refuse de croire qu'elle ait fait du mal à quiconque. Ni à ce Noah Bishop qui a disparu. Ni à feu Vera Young. Pas plus qu'elle n'en ferait à mes parents ou à moi. Elle en a eu maintes occasions quand elle était dans la maison.

Avec la SPAS, elle a pu nous espionner, certes. Mais Carmé ne s'en prendra jamais à nous. Quelles que soient les circonstances, quoi qu'il se passe. Elle ne touchera pas à sa famille. Ni à Rush. Et au moment où je pense à lui, je vois tous les regards en bas se braquer vers moi comme autant de *spotters* d'avions repérant un Super Guppy dans le ciel. C'est alors que je me souviens de son cadeau d'anniversaire… emballé dans sa carte de vol, oublié au fond de mon sac à dos !

Les alimentations cinétiques émettent un signal que les analyseurs ont repéré dans le bruit de fond. Il a fallu quelques minutes pour que leurs algorithmes fassent le tri et m'identifient. Le GPS et autres dispositifs intégrés au stylo ont été mes mouchards. Maintenant qu'ils ont trouvé l'origine de l'émission, la chasse est ouverte.

Je pousse la porte de métal tout en haut tandis que j'entends déjà leurs pas résonner sur le ciment, dix étages plus bas. Ils se précipitent vers l'escalier.

Ils me prennent pour Carmé !

Ils la cherchent et ne s'attendent pas à ce que je sois ici. À nouveau on nous confond, sauf que cette fois je risque de me faire tuer. Je claque la porte derrière moi. La neige et le froid me cinglent le visage, j'ai déjà les yeux qui pleurent au moment où j'empoigne l'échelle scellée au flanc du bâtiment. Un barreau après l'autre. Surtout ne pas regarder en bas, ne pas faire attention au vent, ni aux larmes qui roulent sur mes joues.

Encore un échelon. Combien de temps ai-je ? Cinq minutes peut-être, avant qu'ils rattrapent leur retard et atteignent la même échelle. J'enjambe le rebord du toit enneigé. C'est très glissant. Le faîte a beau être plat, chaque côté est suffisamment pentu pour que la gravité soit un ennemi plus impitoyable que de coutume. Si je perds l'équilibre je ne pourrai pas arrêter la glissade et tomberai dans le vide, comme un saut dans l'espace.

La neige est épaisse de six ou sept centimètres. Je sonde le manteau blanc pour trouver le revêtement antidérapant qui se trouve quelque part en dessous et mène en ligne droite au radôme. Je ne peux m'empêcher de penser à tous ces hommes lancés à mes trousses. Je ne sais combien ils sont au juste, ni qui ils sont, mais plus je fuis, plus il va être difficile de leur expliquer ce que je fabrique là-haut et les convaincre que je ne suis pas Carmé.

Je progresse le plus vite possible vers la structure qui ressemble à un grand igloo au milieu de la banquise. Arrivée à une vingtaine de mètres, j'aperçois alors des traces de pas qui s'éloignent de l'antenne. Des empreintes fraîches, immaculées. Une seule personne. Il y a juste quelques minutes.

36

Mes pieds manquent de se dérober sous moi. Je me sens aussi vulnérable que cette astronaute coincée dans l'espace que je dois sauver.

Fouettée par les bourrasques, j'écarte les bras pour tâcher de garder mon équilibre au milieu de cet environnement hostile. Je n'y vois pas à deux mètres ! Un mauvais pas et c'est la chute inévitable. Je m'empresse d'atteindre la porte d'accès au radôme. Vite, glisser ma carte dans la fente de la serrure électronique et enfin avoir accès aux commandes !

Hors d'haleine, je me débarrasse de mon sac à dos qui entrave mes mouvements. Non, je ne récupère pas mon arme. Ce serait le moyen le plus sûr de me faire descendre sur ce no man's land ! Mes oreilles sont gelées, mon nez et mes yeux coulent comme des robinets. Je plonge les mains dans mes poches pour récupérer le badge.

Mon cœur bondit dans ma poitrine. Je me tâte partout, la panique monte, et la mémoire me revient… La carte était dans mon pantalon. Elle a dû tomber dans les toilettes, en même temps que mes clés de voiture !

— Mer… de !

Cette fois, ça m'échappe.

Je me retourne. Trop vite. Mes pieds glissent sous moi et je me retrouve sur les fesses. Je me relève tant bien que mal, récupère mon sac – pas pour prendre le pistolet mais ce foutu stylo qui vient de me griller ! Je déchire la carte de vol, ouvre l'écrin et sors le stylo de son étui magnétique. Le clavier de secours se trouve dans un boîtier attenant à la serrure.

Sous le capot de plastique, le pavé numérique à l'ancienne, avec des touches en métal, est protégé par une vitre de sécurité que je casse d'un coup sec grâce à la pointe de carbure du stylo. J'entre le code d'urgence, le pêne se désengage. Au moment où j'ouvre la porte, j'entends des voix derrière moi, portées par le vent. Le groupe de chasse est déjà sur le toit ! J'ai deux minutes.

À l'intérieur de la géode, il fait aussi noir que dans une salle de cinéma.

Je redoute de devenir une cible trop facile. Mais je n'ai pas pris de lampe avec moi. Et je ne peux pas allumer la lumière, conçue pour émettre le minimum de bruits parasites. Cela illuminerait le dôme au-dessus de moi, tout le monde au sol le remarquerait. En explorant à tâtons le socle de l'antenne, je heurte quelque chose qui tombe au sol. Je me baisse et, sous mes doigts, je reconnais la forme d'un ordinateur portable. Je l'ouvre et touche le clavier ; l'écran s'allume. Une série de pics et de creux s'affichent. L'image typique d'une analyse de spectre.

Comme le Secret Service, ma sœur a repéré ma trace électromagnétique – le signal émis pas le stylo ! Ne sachant qui arrivait, elle s'est enfuie. Ou alors elle savait que c'était moi et elle a eu peur que l'on se fasse tuer toutes les deux si elle restait dans les parages. Alors elle est partie en laissant cette carte de visite qui risquait aussi de la trahir si elle l'emportait avec elle. Elle a abandonné cet ordinateur volontairement. J'en suis convaincue.

Elle était ici, cachée. Depuis un bout de temps. Et c'est elle qui a passé l'antenne en mode local. Elle ne voulait pas risquer d'être écrasée par la grosse parabole si, manœuvrée à distance, elle se mettait à bouger. Elle voulait être tranquille pour piloter la SPAS.

Concentre-toi !

Je trouve le boîtier de commande filaire. De mémoire, je sais qu'il est jaune, relié au tableau électrique par un câble de trois mètres. Il y a un gros interrupteur – rouge, si je pouvais le voir. Je l'actionne pour repasser l'appareil en mode « à distance ».

Puis je sors, referme la porte derrière moi, lève les mains en l'air, parce que je préfère ne pas mourir aujourd'hui, et marche à la rencontre de mes poursuivants, d'un pas volontaire mais émaillé de glissades. Ils sont trois. Plus Dick.

— C'est moi ! Calli ! Mon arme et mes papiers sont dans le sac. Emmenez-moi à la salle de contrôle. Vite !

00 : 00 : 00 : 00 : 0

Le bras est toujours bloqué mais Peggy Whitson et moi sommes reliées. Un lien quantique. Qu'on appelle simplement Q, pour nommer notre connexion radio.

Les astronautes sont soulagés d'entendre à nouveau la salle de contrôle. Une sorte de retour à la normale. Mais ils ignorent ce qui se passe, pourquoi la station spatiale a perdu le contact avec la Terre et pourquoi le bras articulé est HS. La commandante Peggy Whitson et Jack Fischer ne savent pas qu'une antenne à Wallops a été piratée, ni que la fusée cargo a été détruite, avec tous leurs cadeaux de Noël à bord.

Même si l'équipage à l'intérieur de l'ISS a connaissance de cette mauvaise nouvelle, ils ne l'ont sûrement pas annoncé à leurs collègues en EVA. Une sortie dans l'espace est toujours une opération périlleuse. Peggy et Jack ont besoin de rester concentrés. La moindre erreur d'inattention pourrait être fatale.

— Capitaine Chase, les communications sont revenues ? demande Peggy dans mon casque, comme si je n'avais jamais quitté mon pupitre.

La différence, c'est que Dick est à côté de moi, en compagnie du barbu et de la fille que j'avais repérés au 7-Eleven.

— Non. Nous sommes sur le canal Q, réponds-je

Image et son. J'ai des yeux grâce à la caméra montée sur le casque de la commandante Whitson et aussi par la caméra fixée sur le bras en panne. Les images sont d'une précision clinique : elle est coincée dans l'espace, attachée au nœud quantique qu'elle a pensé à activer, comme on le lui a indiqué.

Nous disposons désormais d'une sorte de radio de poche comme des flics en patrouille, mais une version Space Force, très chère et très encombrante. Bien sûr, d'ici peu tout cela aura la taille d'une montre-bracelet.

— Vous pouvez annoncer le plan à Houston ? me demande-t-elle sur notre liaison Q.

Je suis désormais son seul contact. Elle ne peut pas communiquer avec Rush, Wallops n'étant pas encore connecté à notre réseau quantique. Pour l'instant, il y a juste Ames en Californie, la station spatiale et Langley. Et il n'y a pour ainsi dire plus de pilote dans l'avion, hormis moi ! Le plan en question est une manœuvre que les astronautes viennent de trouver pour mettre en place le nœud malgré la situation critique.

Gardant les pieds sur terre, tout au moins métaphoriquement, ils ont décidé que le moyen le plus sûr, pour Peggy, était de confectionner une sorte de harnais de fortune. Les deux longes d'un mètre accrochées à sa taille sont en nylon tressé. À l'inverse de leur ligne de survie constituée d'un câble d'acier de deux millimètres et demi de section. Sur les écrans, nous la regardons attacher les deux sangles ensemble, les passer autour du bras comme une ceinture.

Tout le monde retient son souffle au moment le plus risqué : quand elle doit détacher son filin de sécurité fixé à la poutrelle pour pouvoir arrimer ce harnais de fortune à son anneau de ceinture. Puis, tel un monteur de lignes dans l'espace, elle descend le long de son poteau télégraphique, sauf que celui-là fait trente-cinq centimètres de circonférence et pèse près de deux tonnes. Une progression lente, qui n'a jamais été prévue ni enseignée, et encore moins répétée.

Les minutes passent. La tension est palpable dans la salle. Mais tout se passe à merveille, et la manœuvre a déjà un nom : « faire une Whitson » – toujours se montrer imaginatif quand on est perdu dans l'espace.

En bas, sur la poutre, Jack Fischer est prêt à la rattraper et à l'assurer avec un filin. Ensemble, ils vont emmener à la main notre précieux chargement tout au bout de la poutre, jusqu'à la palette des expériences scientifiques. Ensuite, ils rentreront à la station par leurs propres moyens. Ce n'est qu'à une longueur de ligne de survie, au cas où ils feraient un faux pas.

— Tu veux que j'aille te chercher quelque chose ? n'arrête pas de me demander Dick.

Je sais qu'il est gêné.

Ce n'est pas de la culpabilité, juste le regret d'avoir été obligé de vérifier. Il m'a retiré mon gant et a palpé ma main droite pour être sûr qu'il s'agissait bien de moi. Sans compter tous ses mensonges…

— Cela risque d'être long. Tu devrais manger quelque chose, poursuit-il d'un ton paternel, avec l'espoir de redevenir mon ami. Prends un fruit au moins.

Je repousse le plateau. J'ai le ventre trop noué pour avaler quoi que ce soit. Une image m'obsède : les traces dans la neige, qui s'éloignent du radôme vers le bout du toit, là où il n'y a aucune échelle. Aucun escalier. Rien que le vide.

— Du café ? insiste Dick.

Je secoue la tête et regarde fixement sur l'écran mural les astronautes attachés à leurs fils qui brillent et ondoient dans l'espace, tels deux spaghettis lumineux. Ils progressent lentement vers l'extrémité de la poutre avec leur fardeau.

— Ne m'en veux pas, souffle-t-il dans mon oreille.

— Si je ne peux aller voir ça par moi-même, alors montre-moi les images ! dis-je à voix basse.

Pour un peu, on croirait à une dispute d'amoureux, avec mes cheveux ébouriffés, mes yeux rougis par les larmes et mon corps tremblant comme cette fusée avant qu'elle ne vole en charpie.

Tout cela parce que Dick ne m'a toujours pas apporté la preuve que ma sœur est en vie. Je ne vois pas comment elle pourrait l'être. Même si son corps n'est nulle part. En tout cas pas dans la neige au pied du hangar, là où il devrait être si elle était tombée. C'est une certitude parce que Fran est sur place et qu'elle me tient informée par SMS.

Carmé n'a pas été retrouvée pour l'instant, ni morte ni vivante. Et personne ne me donne d'infos. Mais je sais ce que j'ai vu. Une série d'empreintes de pas menant au bord du toit. Aucune issue, sinon le vide droit devant. Et la chute.

Ou l'envol.

Quand il s'est mis à neiger, ma sœur était sans doute cachée depuis longtemps dans ce gros œuf blanc posé à trente mètres de hauteur. Qui aurait eu l'idée d'aller la chercher là ?

Elle devait avoir une petite lampe avec elle, et s'être fait un petit nid à peu près confortable, sachant que le radôme est équipé d'un chauffage qu'elle a forcément allumé. Elle a pu tenir ainsi pendant des heures, voire des jours, à l'abri dans sa coquille, invisible, au-dessus de la mêlée.

— Capitaine Chase, vous avez les réglages du PGT ? me demande Peggy Whitson.

— Oui. Bravo 2, sens horaire 2… comptez 10 tours par boulon.

— On commence par le boulon 2, réglages bravo 2, sens horaire… neuf tours et demi. Voyant au vert !

Jack Fischer s'approche en flottant vers elle, accroché à la rampe.

— Je vais te stabiliser pendant que tu mets le boulon 4…, annonce sa voix dans mes écouteurs.

Je sens le contact de l'épaule de Dick contre la mienne… Il pose son téléphone devant moi. L'écran affiche une photo des empreintes dans la neige au bord du toit. Je ne suis pas allée jusque-là. J'avais bien trop hâte de retourner à la salle de contrôle. Et personne n'était disposé à me laisser me promener dans le secteur, en aurais-je eu le loisir.

Je soulève le téléphone et grossis l'image. Les marques sur le manteau blanc sont inhabituelles. Elles s'arrêtent à un mètre cinquante du vide. Et c'est explicite. Je me souviens alors du jogger dans sa tenue noir mat, avec ses foulées puissantes, courant dans la nuit malgré le froid et le sol verglacé, comme si de rien n'était. Je me souviens du sentiment étrange qui m'avait étreinte, alors que je ramenais Dick en voiture à Dodd Hall. Je me rappelle aussi ce chien qui aboyait, et la lumière qui s'était allumée à la fenêtre.

C'est pour ça que Dick était resté impassible quand je m'inquiétais de savoir qui pouvait bien se trouver dans le bâtiment. Je croyais qu'il était seul à Dodd Hall par cette nuit sinistre de shutdown. Évidemment, il ne voulait pas me révéler qu'un groupe d'agents du Secret Service était avec lui. Ni que je sache qu'ils cherchaient Carmé.

Maintenant, je sais qui courait ainsi sur le parcours de santé de la base aérienne, cette piste où elle a toujours fait son jogging. C'est peut-être bien ma sœur qui a fait peur à ce chien qui s'est mis à aboyer comme s'il faisait une rencontre du troisième type avec un alien ou un cyborg à la Dark Vador. Ma sœur préparait quelque chose et se cachait déjà dans le radôme quand elle n'était pas avec nous à la ferme. Et je n'ai rien vu !

— Capitaine Chase ? (Cette fois, c'est Jack Fischer.) Maintenant que tout est en place, vous voulez qu'on branche le connecteur de sauvegarde des données ?

— Oui. C'est le plus petit câble. (Je le vois passer en revue les étiquettes des fils sur le panneau de raccordement.) Le W1111 dans J-1, dis-je, à toutes fins utiles. Quand ce sera connecté, nous lancerons d'ici la procédure d'acquisition.

— W1111 dans J-1, répète la commandante Whitson. C'est trop étroit… (Elle a du mal à verrouiller la broche du connecteur.) Je n'arrive pas à passer la main…

Aïe ! Ce n'est pas bon, ça. Si, après tout ces efforts, on ne parvient pas à brancher ce truc… Mais je me contente de répondre :

— Bien reçu.

— … je vais essayer une autre position… (Je l'entends redoubler d'efforts.) Peut-être que du bout du doigt…

— Bien reçu.

Si mon accident dans la salle de repos s'était révélé plus grave, je n'aurais pu accomplir ce qu'est en train de faire Peggy !

Une main se pose alors sur mon épaule. Une grosse main. Je reconnais aussitôt le lustre de l'alliance à l'annulaire. La main de mon père ! Puis une assiette avec un bagel au bacon, dégoulinant de fromage fondu, apparaît comme par magie à côté de mon clavier. Je relève la tête. Mon père porte Easton qui dort à poings fermés, vêtu de son pyjama « les dinosaures de l'espace ». Dans ses bras, le gamin ressemble à un mannequin de crash-test miniature.

— Mange.

Ses yeux pétillent derrière ses lunettes à grosse monture noire vintage, et ses cheveux gris sont tout en bataille.

— Et bois ça, ma chérie, renchérit ma mère à côté de lui en déposant une briquette de jus de canneberge déjà percée d'une paille.

— Capitaine Chase, combien de temps nous avons ? s'enquiert Jack depuis l'espace.

Toute la salle de contrôle l'entend. Ma famille aussi. Et peut-être aussi Carmé. Oui, j'espère qu'elle regarde ça aussi. Où qu'elle se trouve.

Faites qu'elle soit en vie !

— Nous sommes prêts ici. On attend juste que le connecteur soit branché.

Je songe aux capteurs, à la robotique, aux voitures volantes, au tourisme spatial, aux jet packs, aux habitats lunaires…

— On y est presque…, annonce la commandante Whitson qui poursuit ses efforts.

Mais surtout je pense aux exosquelettes. À ceux qui sont conçus pour nous permettre de réaliser des prodiges dans l'espace, et ceux destinés à nous faciliter la vie ici-bas. Des accessoires technologiques pour que des humains puissent accomplir des travaux de machine. Ironie du sort ! Pouvoir soulever de grands poids, courir vite. Et voler sans cockpit ni cape de super-héros.

— OK. C'est branché ! annonce Peggy.

Tout le monde dans la salle applaudit et pousse des vivats, comme lorsqu'un rover se pose sans encombre sur Mars ou qu'une sonde frôle Pluton et au-delà Ultima Thulé.

Certains se prennent même dans les bras. Bien sûr, ils ignorent que ce n'est pas le LEAR du lycée de l'Iowa qui a été installé. Je bois une gorgée de mon jus de fruits, croque un morceau de bagel et regarde ma mère qui me sourit avec fierté. Elle ne s'inquiète pas pour Carmé, je le vois. Papa hoche la tête, et même s'il a les cheveux en pétard, il n'est pas inquiet non plus.

Alors je cesse de me tourmenter. Dans la famille, nous connaissons aussi la procédure à suivre : ne pas poser de questions et ne rien dire. Nous la connaissons depuis toujours.

— Parfait, dis-je aux astronautes tout là-haut. Voyons maintenant si on a un contact.

Et sur mon téléphone arrive une vidéo qui démarre toute seule. C'est la boule à facettes. Dans ma salle de bains. Elle se filme dans le miroir au-dessus du lavabo, tournant lentement sur elle-même.

PAPIER À BASE DE FIBRES CERTIFIÉES

Le Livre de Poche s'engage pour l'environnement en réduisant l'empreinte carbone de ses livres. Celle de cet exemplaire est de :
500 g éq. CO_2
Rendez-vous sur www.livredepoche-durable.fr

Composition réalisée par PCA

Achevé d'imprimer en avril 2021 en Espagne par
LIBERDUPLEX
Dépôt légal 1re publication : mai 2021
LIBRAIRIE GÉNÉRALE FRANÇAISE
21, rue du Montparnasse – 75298 Paris Cedex 06